ALEXANDRE DUMAS
ILLUSTRÉ

# La Fille du Marquis

ILLUSTRATIONS
DE
DAUBIGNY, Gust. DORÉ, De la CHARLERIE,
PHILIPPOTEAUX, etc.

PARIS
A. LE VASSEUR ET Cie, ÉDITEURS
33, rue de Fleurus, 33

# LA FILLE DU MARQUIS

## I

### LES VOLONTAIRES DE 93

Le 4 juin 1793, sortaient de Paris, par la barrière de la Villette, deux voitures conduites en poste, l'une à quatre chevaux, l'autre à deux chevaux.

C'était un luxe assez extraordinaire, par le temps qui courait, que deux voitures de poste, pour qu'on ne les laissât point sortir de Paris sans explication.

Aussi de la seconde voiture, qui était une espèce de calèche découverte, ce qui indiquait au reste que les trois personnes qui l'occupaient n'avaient rien à craindre des investigations de la police, descendit un homme de quarante-cinq à quarante-six ans, tout vêtu de noir et portant, chose extraordinaire à cette époque, une culotte courte et une cravate blanche.

Aussi, sa présence excita-t-elle la curiosité du poste tout entier, qui se pressa autour de lui, sans s'inquiéter des deux autres voyageurs restés dans la voiture et qui portaient l'un le costume de sergent des volontaires et l'autre celui d'un homme du peuple, c'est-à-dire le bonnet rouge et la carmagnole.

Mais à peine l'homme vêtu de noir eut-il montré ses papiers, que le cercle qui s'était en quelque sorte noué autour de lui se desserra et qu'après un coup d'œil jeté pour la forme sur la première voiture, en soulevant la bâche rouge qui la couvrait, permission lui fut accordée de continuer sa route.

Dans cet homme vêtu de noir, on a reconnu M. de Paris, lequel s'en allait à Châlons, avec le second de ses aides, nommé Legros, et le fils d'un de ses amis, nommé Léon Milcent, sergent des volontaires, conduire une belle guillotine toute neuve qu'avaient réclamée les maratistes du département de la Marne, et qu'allait inaugurer et peut-être mettre en mouvement le bourreau de Paris en personne.

Son second aide, garçon très expérimenté, resterait jusqu'à ce que le bourreau de Châlons fût bien au courant. Quant au fils de son ami, le sergent de volontaires, il était en destination de Sarrelouis, dont on renforçait la garnison, nos revers en Belgique faisant craindre une seconde invasion de la Champagne.

Il devait rallier sur la route une vingtaine de volontaires allant dans le même but à Sarrelouis.

Tous ces papiers et tous ces ordres étaient émanés de la commune, souverain pouvoir pour le moment, et étaient signés : Pache, maire, et Henriot, général.

Un congé avait été demandé la veille par *M. de Paris*, qui, au reste, laissait à sa place son premier aide, un autre lui-même, et, dont la demande d'ailleurs était trop patriotique pour qu'on lui fît la moindre objection.

On lui avait en outre, sans discussion aucune, donné une feuille de route pour le citoyen Léon Milcent, qui avait déjà fait la première campagne de 1792, et, la campagne finie, était rentré dans ses foyers, mais qui, au nouvel appel de la patrie, s'empressait de courir à la frontière.

Tout était vrai, excepté l'identité de Léon Milcent, qui, comme mes lecteurs l'ont déjà deviné, n'était autre que Jacques Mérey.

M. de Paris s'était chargé non seulement de faire sortir le fugitif de Paris, mais encore de le conduire à Châlons, d'où, avec une bonne feuille de route et la connaissance qu'il avait des localités, il gagnerait facilement la frontière.

Le lendemain, vers midi, les deux voitures entraient à Châlons.

Là toutes relations finissaient entre Jacques Mérey et M. de Paris. M. de Paris l'exigea, et donna le conseil à Jacques Mérey de se présenter immédiatement à la municipalité pour s'informer s'il y avait à Châlons et dans les environs des volontaires à destination de Sarrelouis.

Il y en avait onze à Châlons, sept ou huit dans les environs, et l'on devait en rejoindre cinq ou six encore avant d'arriver à Sarrelouis.

Jacques Mérey était trop au-dessus des préjugés, et en outre il devait trop à M. de Paris pour ne pas lui faire, en le quittant, les remercîments les plus sincères et les plus reconnaissants.

Le départ des volontaires fut fixé au surlendemain, et ordre fut donné à ceux qui habitaient les environs de la ville de se trouver à neuf heures du matin sur la grande place. Après avoir fraternisé par un repas lacédémonien avec la garde nationale, nos dix-huit ou vingt volontaires se mettraient en route.

Bien entendu que Jacques Mérey fut le premier sous les armes. Son grade de sergent d'ailleurs lui imposait l'obligation d'être exact.

La garde nationale, de son côté, composée d'une soixantaine d'hommes, avait veillé aux préparatifs du repas. Une longue table, pouvant réunir cent convives, était dressée sur la place de la Liberté. Les couverts en plus étaient pour les membres de la municipalité qui feraient à la garde nationale et aux volontaires l'honneur de partager leur repas.

A dix heures tout le monde était à table.

Le repas fut gai et bruyant. A Châlons, c'est-à-dire dans la capitale de la Champagne, les repas, lorsqu'ils tirent à leur fin surtout, ressemblent à un feu de peloton à volonté; seulement les bouteilles de sillery, d'aï, de moët, remplacent les fusils. Ce qui fait que les morts et les blessés qui restent sur le champ de bataille en sont quittes pour y dormir une heure ou deux. Après quoi ils vont à leurs affaires comme s'il ne leur était arrivé aucun accident.

Au milieu du feu de la mousqueterie champenoise, beaucoup de toasts furent portés, auxquels il fut fait honneur, même par Léon Milcent. D'abord les toasts à la nation, à la république, à la Convention, passèrent avec un formidable cortège de bravos; puis vinrent les toasts à Danton, à Robespierre, à Saint-Just.

Ces trois toasts furent acclamés par tous, même par notre sergent de volontaires. Jacques Mérey était trop intelligent pour ne pas voir à travers les nuages que les haines politiques jettent sur les réputations, quels grands citoyens et quels profonds patriotes c'étaient que Robespierre et que Saint-Just.

Quant à Danton, si l'on n'avait pas porté un toast à son honneur, Jacques Mérey l'eût porté lui-même.

Un enthousiaste porta un toast à Marat; les applaudissements furent modérés, mais tout le monde se leva.

Jacques Mérey se leva comme les autres, mais ne tendit pas son verre, mais ne but pas.

Un fanatique remarqua cette froideur du sergent; il but à la mort des girondins.

Un frisson courut parmi les convives. Ils se levèrent, mais sans applaudir.

Jacques Mérey resta assis.

— Eh! sergent, cria celui qui avait porté le toast, êtes-vous cloué à votre place, par hasard?

Jacques Mérey se leva.

— Citoyen, dit-il, combattant pour la liberté depuis cinq ans, je croyais avoir conquis au moins celle de rester sur ma chaise quand cela me plaisait.

— Mais pourquoi restes-tu sur ta chaise? pourquoi ne bois-tu pas à la mort des traîtres?

— Parce que je quitte Paris, las de voir des concitoyens s'égorger les uns les autres, et que je vais à la frontière pour y tuer le plus de Prussiens que je pourrai. A la place du toast proposé, je porterai donc celui-ci:

« A la vie et à la fraternité de tous les hommes de grand cœur et de bonne volonté, et à la mort de tout ennemi français ou étranger portant les armes contre la France! »

Le toast du sergent fut accueilli par des bravos unanimes, et Jacques Mérey profita de l'enthousiasme qu'il avait excité, il fit signe qu'il voulait parler encore.

Tout le monde se tut.

— Après le toast que j'ai porté, dit-il, après la façon dont il a été accueilli, je ne puis maintenant en proposer qu'un seul:

« A notre départ immédiat et à notre rapide et victorieuse rencontre avec l'ennemi. Battez, tambour! »

On a dû remarquer une chose, c'est qu'en temps de révolution, il n'y a si petit rassemblement d'hommes armés ou même désarmés, qui n'ait son tambour.

Nos volontaires avaient le leur, il se mit à battre la marche, volontaires et gardes nationaux s'embrassèrent, et la petite troupe se mit en marche en chantant la *Marseillaise* et au cri de Vive la nation!

En quittant Châlons, le sergent Léon Milcent eut encore la joie de faire un dernier signe d'adieu et de remerciement à un homme qui se tenait seul à la fenêtre d'une petite maison isolée.

C'était son hôte de la rue des Marais.

Comme la journée était déjà avancée, on ne fit que cinq lieues ce jour-là, et l'on s'arrêta à Somme-Vesle, c'est-à-dire à la première station après Châlons.

Là le sergent Milcent reçut les félicitations bien sincères de tous ses hommes sur le toast qu'il avait porté au déjeuner. En général les volontaires n'étaient ni des fanatiques ni des énergumènes: c'étaient de vrais patriotes, qui prouvaient leur patriotisme autrement que par de vaines déclamations.

Léon Milcent leur avait été présenté, nous l'avons dit, comme ayant déjà fait la campagne de 92. Aussi les soldats qui allaient pour la première fois rejoindre leur drapeau le prièrent de s'arrêter à l'endroit d'où l'on pourrait le mieux découvrir le champ de bataille de Valmy.

Le faux sergent le leur promit, et la chose lui était facile.

La campagne commença en réalité à Pont-Somme-Vesle, car, le village se composant de deux ou trois maisons seulement, il fallut organiser un bivac.

Heureusement les gardes nationaux avaient bourré les sacs des volontaires de toutes sortes de provisions. Les uns tirèrent un poulet, les autres un pâté; celui-ci une bouteille de vin, celui-là un saucisson, de sorte que le dîner se ressentit de la prodigalité du déjeuner.

Quant à la nuit (on était au 5 juin) le temps était doux; on la passa à la belle étoile, sous les arbres magnifiques qui sont à la gauche de la route en allant à Sainte-Menehould.

Les volontaires qui étaient du pays racontèrent aux autres comment c'était là, c'est-à-dire à Pont-Somme-Vesle, que le roi, lors de sa fuite, avait eu sa première déception, c'est-à-dire n'avait point trouvé les hussards qui devaient l'attendre et qui avaient été dispersés par les paysans.

Au reste, toute la légende de Louis XVI à Varennes est encore vivante dans le pays.

Dans la soirée, un postillon de Sainte-Menehould passa ramenant des chevaux de la poste de Drouet.

Jacques Mérey l'arrêta, lui donna un assignat de cinq francs à la condition qu'il dirait en passant au maître de l'auberge de la Lune, d'envoyer sur la route au-devant des volontaires, un âne chargé de pain, de vin et de tout ce qu'il aurait de viande rôtie.

L'aubergiste était invité en même temps à préparer, pour quatre heures, un dîner de vingt personnes.

Le postillon partit en promettant de s'acquitter de la commission.

Le lendemain, à six heures, le tambour réveilla les dormeurs. On se secoua, on but le reste de l'eau-de-vie que contenaient les bidons, et l'on se mit en route avec une certaine inquiétude.

Il y avait six lieues de Pont-Somme-Vesle à Sainte-Menehould, et nul n'avait connaissance des mesures prises.

La première heure de marche s'écoula assez gaiement, mais la fin de la seconde voyait la moitié de nos volontaires lutter contre un découragement croissant, lorsque le sergent Léon Milcent aperçut à la hauteur de la source de l'Aisne, un âne conduit par un petit paysan.

— Mes amis, dit-il, si j'étais Moïse, que vous fussiez des Hébreux au lieu d'être des Français, et que je vous conduisisse à la terre promise au lieu de vous conduire à l'ennemi, je croirais avoir besoin d'un miracle pour soutenir votre courage, et je vous dirais que Jéhovah nous envoie cet âne et ce paysan. Mais j'aime mieux vous dire tout simplement que c'est le maître de l'hôtel de la Lune qui nous l'envoie et qu'il porte notre déjeuner. En conséquence, comme la place me paraît propice, je me permettrai de vous crier halte! et de vous inviter à mettre les fusils en faisceaux.

Jamais harangue, si éloquente qu'elle fût, ne fut reçue par de semblables acclamations, et jamais conducteur de tribu, fût-il prophète, n'eut une ovation comparable à celle du faux sergent.

D'abord les volontaires n'y voulaient pas croire; mais le petit paysan, s'arrêtant et arrêtant son âne:

— C'est t'y pas vous, dit-il, qui avez commandé qu'on vous apporte sur la route un déjeuner et qu'on vous prépare là-bas à l'auberge un dîner de vingt personnes.

— Ah! le malheureux, s'écria Léon Milcent, il me fait manquer mon effet!

Puis, se tournant vers les volontaires:

— Mes amis, leur dit-il, vous avez bien voulu me reconnaître pour votre chef; or c'est au chef de se préoccuper de la nourriture de ses soldats.

— Ah çà ! c'est bien ici, n'est-ce pas? répéta le paysan

— Eh ! oui, idiot.

— Mais, mon sergent, dit un homme de la troupe après s'être consulté avec deux ou trois de ses camarades, il en est quelques-uns de nous qui n'ont point d'argent et qui comptaient sur l'argent du gouvernement pour nous défrayer en route ; nous aimons mieux vous dire cela tout de suite, sergent, que de vous voir nous traiter en grands seigneurs, quand nous ne sommes que de pauvres diables.

— Que cela ne vous inquiète pas, mes chers camarades, dit Jacques Mérey qui reprenait sa gaieté au fur et à mesure qu'il se rapprochait du moment où il allait revoir Eva ; — de même que je suis chargé de la nourriture de ma troupe, je suis chargé de sa paye. Quand vous serez arrivés à destination, vous recevrez votre arriéré et nous réglerons tout cela. En attendant, à table !

La table fut un beau tapis vert où chacun se coucha pour manger à la manière romaine.

Pris à l'improviste, il n'y avait point de profusion dans ce qu'envoyait l'aubergiste de la Lune, mais il y avait assez.

Le déjeuner fut d'autant plus gai qu'il était plus inattendu ; chacun y puisa des forces pour continuer son chemin. Un boiteux qui s'était donné une entorse le matin, prit l'âne et tout alla à merveille.

Le gamin seul se prétendait lésé, attendu, disait-il, que c'était à lui que l'âne devait appartenir ; mais un verre de vin et un assignat de dix sous lui rendirent sa belle humeur.

On arriva à quatre heures à l'auberge de la Lune, et l'on trouva la table prête. Selon la recommandation de Jacques Mérey, on l'avait dressée à l'extrémité du petit jardin de l'auberge qui dominait toute la plaine de Valmy.

Jacques Mérey et ses volontaires étaient juste postés à la place où, le jour de la bataille, étaient placés le roi de Prusse, Brunswick et l'état-major.

La plaine était couverte de moissons.

Des ondulations indiquaient les endroits où les Prussiens morts étaient couchés dans de grandes fosses.

Partout où ces ondulations se manifestaient, une végétation plus vive attestait la présence de cet engrais animal qu'on appelle l'homme, et qui a seul l'honneur de pouvoir faire concurrence au guano.

Grâce à ces jalons, la démonstration devenait facile pour Jacques Mérey.

A un kilomètre à peu près, au fond d'une petite vallée ayant quelque ressemblance avec celle de Waterloo, les ondulations s'arrêtaient.

Les Prussiens n'avaient pas même atteint le pied de la colline de Valmy.

Sur cette colline étaient Kellermann, ses seize mille hommes et sa batterie de canons.

Derrière lui, sur le mont Ivron, les six mille hommes qu'y avait fait filer Dumouriez pour empêcher son collègue d'être tourné.

A sa gauche, le moulin à vent, derrière lequel un obus mit le feu à quelques caissons, ce qui jeta un instant de trouble dans les rangs français.

— Et vous, demandèrent les volontaires, où étiez-vous?

Le faux sergent poussa un soupir et montra de la main l'espace compris entre Sainte-Menehould et Braux-Sainte-Cubière.

— Alors, dit un des volontaires, tu étais avec Dumouriez?

— Oui, dit Jacques Mérey, je suis de ce pays-ci, et je lui avais servi de guide dans la forêt d'Argonne.

Jacques laissa tomber sa tête dans ses deux mains.

A peine neuf mois s'étaient écoulés depuis Valmy, cette merveilleuse aurore de la République et de la liberté, et la République se déchirait elle-même, et la liberté était plus que jamais menacée par l'ennemi. Enfin, lui-même, Jacques Mérey, lui qui, au milieu des applaudissements de la Convention, de Paris, de toute la France, était venu annoncer les deux grandes victoires que l'on croyait le salut de la patrie, il avait été obligé de fuir inaperçu de la Convention, de sortir de Paris entre le bourreau et son aide, comme s'il eût marché à l'échafaud, et il traversait la France, fugitif, déguisé, proscrit, repassant obscur et caché sous l'habit d'un volontaire, par ces mêmes pays où, neuf mois auparavant, il avait passé triomphant.

Et Dumouriez...

C'était celui-là qui devait vraiment être malheureux.

Victime d'un cataclysme révolutionnaire, Jacques Mérey reverrait peut-être un jour glorieusement la France. Il y reprendrait alors le rang que son mérite lui assignait. Mais Dumouriez, traître, matricide, n'y rentrerait jamais.

Tout cela tira une larme des yeux du faux sergent.

— Tu pleures, citoyen, lui dit un volontaire.

Jacques haussa doucement les épaules, montra d'un geste circulaire tout le champ de bataille.

— Hélas ! oui, dit-il, je pleure ! Je pleure ces jours que, comme ceux de la jeunesse, on ne revoit pas deux fois !

## II

### LA FAMILLE RIVERS

Le dîner fini, comme on avait encore deux heures de jour, on ne voulut point gagner Sainte-Menehould par la grande route, mais faire un pèlerinage à Valmy.

On arriverait un peu plus tard à Sainte-Menehould, mais peu importait ; on avait bien dîné, la fatigue avait disparu, chaque volontaire était dans l'admiration de ce sergent qui pourvoyait à tous les besoins du corps, et qui suffisait à ceux du cœur et de l'esprit par ses propres souvenirs.

Tous l'eussent suivi au bout du monde et se fussent fait tuer pour lui.

Et lui, quelque hâte qu'il eût de rejoindre cette âme de sa vie, cette étoile de son cœur que l'on appelait Eva, il prenait cependant en patience cette obligation où il était de gagner la frontière à petites journées.

Il marchait encore sur la terre de la patrie, que dans trois ou quatre jours il abandonnerait pour ne plus la revoir jamais peut-être.

De temps en temps il lui prenait l'envie de se jeter la face contre terre et de baiser cette mère commune qu'il y a deux mille six cents ans baisait Brutus comme mère des mères.

Tout lui en paraissait beau, tout lui en semblait précieux. Il s'arrêtait pour cueillir une fleur, pour entendre chanter un oiseau, pour voir couler un ruisselet.

Il avait un soupir de regret pour chaque chose.

Il régla son compte avec l'hôte, puis prit, entre un champ d'orge et de seigle, un petit sentier où l'on ne pouvait marcher qu'un à un, et qui conduisait à Valmy.

Les habitants du village les virent venir de loin et crurent qu'ils leur étaient envoyés, comme cela arrivait souvent à cette époque, en logement.

Ils vinrent au-devant d'eux.

Mais quand ils surent que c'était la simple curiosité qui les amenait, chacun voulait se faire cicerone et s'emparer de son volontaire.

Jacques Mérey alla s'asseoir sur le banc de pierre qui est à la porte du moulin, et quand un des garçons meuniers lui offrit de lui raconter obligeamment la bataille :

— Inutile, mon ami, lui dit le faux sergent, j'en étais !

— De ceux *d'ici?* demanda le meunier.

— Non, répondit Jacques en souriant et en montrant le camp de Dumouriez, de ceux *de là*.

On se remit en route, et par un autre sentier on alla, en longeant un petit cours d'eau, rejoindre la descente de Sainte-Menehould, là où le 23 juin 1791 M. de Dampierre avait été tué.

Chose bizarre et cependant commune dans les guerres civiles, l'oncle mourait à la descente de Sainte-Menehould en criant Vive le roi ! le neveu mourait dans le bois de Vicoigne en criant vive la République !

On entra à Sainte-Menehould à la nuit. Les volontaires reçurent à la municipalité des billets de logement. Jacques Mérey préféra coucher à l'auberge.

Avant de se séparer de ses compagnons, Jacques Mérey leur proposa de faire le lendemain grande étape, une étape de neuf lieues, afin d'aller coucher à Verdun.

On déjeunerait à Clermont.

Et comme quelques-uns des volontaires auraient peur à faire cette étape de neuf lieues, Jacques Mérey se procurerait une charrette à deux chevaux bien rembourrée de paille dans laquelle on mettrait le déjeuner d'abord, puis les fusils, puis les sacs, puis les boiteux.

Moyennant toutes ces précautions, on arriverait à Verdun vers huit heures du soir.

Le faux sergent craignait d'être reconnu à Verdun ; il désirait y arriver de nuit et en repartir avant le jour.

On déjeunerait et on ferait une halte de quatre ou cinq heures, aussi longue que l'on voudrait enfin, sous les grands arbres qui bordent l'Aire.

On mangerait, en attendant, un morceau de pain, et l'on boirait la goutte *aux Islettes*, charmant village situé au cœur même de la forêt d'Argonne.

On partit de Sainte-Menehould au jour naissant, et l'on arriva au sommet de la montagne derrière laquelle se cache la forêt, à cette heure charmante de la matinée où flotte au sommet des arbres une vapeur bleue et transparente. Tout à coup la terre semble manquer sous les pieds, et la vue s'étend sur un océan de verdure ; la route s'enfonce rapide au milieu de cet océan qu'elle sépare, et dont parfois les vagues de feuillage se réunissent au-dessus de la tête du voyageur.

Les épaulements de la batterie de Dillon étaient encore debout et intacts, comme si l'on venait d'en enlever les canons.

Dillon, on se le rappelle, avait tenu jusqu'au dernier moment, et c'était sur lui que s'était replié Dumouriez.

La halte fut gaie, les commencements de route, où chacun est alerte et reposé, sont toujours joyeux.

La journée s'écoula selon le programme: on déjeuna au bord de l'Aire, on s'y reposa, on y joua aux cartes, on y dormit sur l'herbe pendant quatre ou cinq heures.

A huit heures on entrait à Verdun.

Verdun payait cher sa faiblesse. Tous ceux qui avaient pris part à la trahison de la ville avaient été arrêtés. On instruisait le procès des jeunes filles qui avaient été porter des fleurs et des bonbons au roi de Prusse.

Le reste de la route offrait peu d'intérêt. La marche des Prussiens, à leur entrée en France, n'avait éprouvé d'obstacles qu'au delà de l'Argonne. On coucha à Briey, puis à Thionville.

On n'avait plus qu'une étape pour arriver à destination. Jacques Mérey donna rendez-vous pour le surlendemain à ses compagnons de route à Sarrelouis, leur annonçant qu'il allait faire une visite à l'un de ses parents qu'il avait dans un petit village des environs.

Avant de quitter les volontaires, le brave sergent Léon Milcent, qui avait si paternellement veillé sur leurs besoins pendant qu'il avait été avec eux, s'informa encore de ceux qui en son absence pourraient avoir besoin de lui.

Une centaine de francs en assignats assurèrent la nourriture des plus nécessiteux, jusqu'au moment où à Sarrelouis ils toucheraient leur arriéré. La Convention accordait, somme énorme, quarante sous par jour à ses volontaires.

Ceux du sergent Léon Milcent quittèrent donc leur chef en le remerciant de tous les soins qu'il avait eus pour eux et en se promettant une fête de son arrivée à Sarrelouis.

Mais ils l'attendirent vainement le lendemain, vainement le jour suivant, et, comme il n'avait pas dit où il allait, ils ne purent s'informer de lui.

Cependant ils espéraient et attendaient toujours; mais une semaine se passa; quinze jours, un mois se passèrent sans nouvelles, et le temps s'écoula sans que l'on entendit jamais reparler de lui.

Qu'était-il devenu?

Jacques Mérey, qui, avec raison, croyait n'avoir plus rien à craindre, prit à Thionville une petite voiture, dont le propriétaire, moyennant un assignat de six livres, s'engagea à le conduire à la ferme des Trois-Chênes, une des plus belles qui soient situées sur la rive droite de la Moselle, à une lieue et demie de la frontière.

A dix heures du matin, toujours sous son costume de sergent de volontaires, Jacques Mérey descendit à la porte de la ferme, et, sous l'ombrage des trois chênes qui lui avaient fait donner son nom et en homme qui est sûr d'être bien reçu, il paya et renvoya sa voiture.

Puis il regarda avec curiosité les bâtiments en homme qui cherche à rappeler ses souvenirs.

Un chien accourut en aboyant contre lui, mais il étendit la main et le calma.

Aux aboiements du chien un enfant accourut, un beau petit garçon blond comme un rayon de soleil.

— Prenez garde, monsieur, dit-il, Thor est méchant.

Thor était le nom du chien.

— Pas avec moi, dit le volontaire. Tu vois?

Il fit un signe à Thor et Thor vint le caresser.

— Qui es-tu? demanda le petit garçon au volontaire.

— Je n'ai pas besoin de te demander qui tu es, toi: tu es le petit-fils de Hans Rivers.

— Oui.

— Où est ton grand-père?

— Dans la ferme.

— Conduis-moi à lui

— Venez.

Il prit la main de l'enfant et s'avança avec lui vers un perron au haut duquel parut un vieillard d'une soixantaine d'années.

— Grand-papa, dit l'enfant qui courut à lui, voici un monsieur qui nous connaît.

Le vieillard leva son bonnet de laine, saluant de la main, interrogeant des yeux.

— Monsieur, lui dit Jacques, j'avais l'âge de cet enfant quand je vins ici, et c'est la seule et unique fois que j'y vins. J'étais avec mon père, Daniel Mérey; vous signâtes avec lui le bail de cette ferme, que je vous ai renouvelé, il y a, je crois, trois ans.

— Dieu me bénisse! s'écria Hans, seriez-vous notre maître Jacques Mérey?

Jacques se mit à rire.

— Je ne suis le maître de personne, dit-il, car, à mon avis, l'homme n'a d'autre maître que lui-même. Je suis tout simplement votre propriétaire.

— Jeanne, Marie, Thibaud, accourez tous, s'écria le vieillard, un jour heureux nous arrive! Venez, venez, venez!

Et au fur et à mesure qu'il appelait, les appelés accouraient et se rangeaient autour de lui.

— Regardez bien monsieur, dit-il, vous tous, tant que vous êtes, et vous aussi, dit-il, étendant l'invitation à deux garçons de charrue, à un berger et à une gardeuse de dindons, c'est à lui que nous devons tout, monsieur, c'est notre bienfaiteur, Jacques Mérey.

Un cri s'échappa de toutes les bouches, les têtes se découvrirent.

— Entrez chez vous! dit le vieillard. Du moment où vous avez mis le pied dans la maison, nous ne sommes plus que vos serviteurs.

Tous se rangèrent.

Jacques Mérey entra.

— Allez chercher à la charrue Bernard et aux vaches Rosine... Bah! c'est aujourd'hui fête, on ne travaille pas.

Bernard et Rosine étaient le fils aîné et la belle-fille du vieillard, le père et la mère de l'enfant blond.

Une heure après, tout le monde était réuni autour de la table du dîner. Il était midi.

Hans était le grand-père, Jeanne était la grand'mère, Bernard était le fils aîné, Rosine était sa femme, Thibaud était un second fils de vingt-deux ans, Marie était une fille de dix-huit ans. Richard était l'enfant blond de dix ans, le fils de Bernard et de Rosine. C'était toute la famille.

L'aïeul avait cédé son fauteuil à Jacques qui présidait la table.

On en était arrivé au dessert

— Hans Rivers, dit Jacques, combien y a-t-il de temps que vous êtes fermier dans notre famille?

— Il y a, monsieur Jacques, attendez donc! c'était entre la naissance de Thibaud et celle de Marie... il y a vingt et un ans, monsieur Jacques.

— Pendant combien d'années avez-vous payé vos redevances?

— Tant que votre digne père, M. Daniel, a vécu, c'est-à-dire quinze ans.

— Il y a donc sept ans que vous ne m'avez rien payé?

— C'est vrai, monsieur Jacques: mais d'après votre ordre.

— Je vous ai dit: Vous êtes d'honnêtes gens, gardez vos redevances, achetez du bien avec; plus vous serez riches, plus je le serai.

— Vous nous avez dit cela, monsieur Jacques, mot pour mot, et, en nous disant cela, vous avez commencé notre fortune.

— Et quand on a mis en vente les biens des émigrés, c'est-à-dire de ceux qui se battent contre la France, je vous ai dit: Vous devez avoir de l'argent de côté, à moi ou à vous, peu importe; achetez du bien d'émigré, c'est du bon bien qui ne se vendra pas plus de deux ou trois cents francs l'arpent, et qui vaudra celui qui se vend six et huit.

— Nous avons fait comme vous avez dit, monsieur Jacques, de sorte qu'aujourd'hui nous avons trois cents arpents de terre à nous. Ça nous fait, Dieu nous pardonne! presque aussi riches que notre maître. Il est vrai que là-dessus nous vous devons, avec les intérêts composés, près de quarante mille francs. Mais nous sommes prêts à vous les rendre, non pas en mauvais papier, mais en bon argent, comme nous vous le devons.

— Il n'est pas question de cela, mes amis. Je n'ai pas besoin de cet argent maintenant; mais peut-être en aurai-je besoin plus tard.

— Vous savez, à ce moment-là vous le direz, monsieur Jacques, et huit jours après, foi de Hans Rivers! vous serez payé.

Jacques se mit à rire.

— Vous auriez un moyen de me payer plus rapide et plus simple, dit-il: ce serait d'aller me dénoncer. Je suis proscrit. On me couperait le cou, et vous ne me devriez plus rien.

Le père et les enfants, à ces mots, jetèrent un cri et se levèrent debout.

Puis le père leva les bras au ciel.

— Ils vous ont proscrit, vous, dit-il, vous le droit, vous la justice, vous la représentation de Dieu sur la terre; mais que veulent-ils donc?

— Ils veulent le bien; ils croient le vouloir du moins. Alors, comme je suis obligé de quitter la France à mon tour et que je pourrais être arrêté à la frontière, j'ai pensé à vous, Hans Rivers.

— Ah! voilà qui est bien! monsieur Jacques.

— J'ai dit, Hans Rivers tient une ferme de mon père sur la Moselle, à deux kilomètres de la frontière, il doit être chasseur.

— Je ne le suis plus, mais mes deux fils Bernard et Thibaud le sont.

— Cela revient au même ; ils doivent avoir un bateau sur la rivière ?

— Ah ! oui, dit Thibaud, et un joli bateau : c'est moi qui le soigne. Vous verrez, monsieur Jacques.

— Eh bien, je mettrai les habits du père Hans ou d'un de ses enfants ; nous monterons dans le bateau, comme des chasseurs de gibier d'eau. La chasse est toujours ouverte sur la rivière. Nous nous laisserons aller à la dérive jusqu'à Trèves, et, une fois là, une fois hors de France, je serai sauvé.

— Ce sera à votre loisir, monsieur Jacques, dit le père Hans. Tout de suite si vous voulez.

— Ma foi, non ! mon brave ami, répliqua Jacques Mérey ; il sera temps demain matin. Vous croiriez que j'ai eu peur de passer une nuit sous votre toit.

Le lendemain, au point du jour, trois hommes vêtus de costumes de chasseur et accompagnés de deux chiens nageurs, détachaient une barque retenue par une chaîne au pied d'un saule, dans une petite anse de la Moselle, et descendaient dans la barque.

La ferme des Trois-Chênes.

Deux de ces trois hommes allaient se mettre aux rames, lorsque le troisième, qui était assis au gouvernail, leur fit signe de les laisser en repos.

Puis, avec un triste sourire :

— Elle ira toujours assez vite, dit-il.

Ces trois hommes, c'étaient les deux fils de Hans Rivers et Jacques Mérey.

Jacques Mérey avait recommandé avec grand soin aux deux jeunes gens de lui dire exactement où finissait la frontière de France.

Au bout d'un quart d'heure de navigation, ils lui montrèrent un poteau : c'était la frontière. D'un côté, le Luxembourg ; de l'autre, le Palatinat. En deçà du poteau, la patrie ; au delà, la terre étrangère.

La barque s'arrêta au pied du poteau. Jacques Mérey voulait une fois encore toucher du pied le sol sacré de la France.

Il enveloppa le poteau de son bras, comme si ce morceau de bois inerte était un homme, un concitoyen, un frère.

Il appuya sa tête contre lui, comme il eût fait sur l'épaule d'un ami.

Sa douleur était double, quitter la France, et la laisser dans l'état où elle était.

Toute une armée assiégée dans Mayence, presque prisonnière. L'ennemi à Valenciennes, notre dernière barrière. L'armée du Midi en retraite ; l'Espagnol débordant sur la France ; la Savoie, notre fille d'adoption, retournée contre nous à la voix des prêtres ; notre armée des Alpes affamée ; Lyon en pleine révolte tirant à mitraille sur les commissaires de la Convention, qui, hélas ! le lui rendront bien ; enfin les Vendéens victorieux à Fontenay et prêts à marcher sur Paris.

Jamais nation sans se perdre ne fut si près de sa perte. Pas même Athènes se jetant à la mer pour fuir Xercès et gagnant à la nage son radeau de Salamine.

Jacques Mérey, tout matérialiste que la science l'eût rendu, sentit cependant que les événements qui se succédaient sur la terre devaient obéir à une mystérieuse puissance cachée dans les profondeurs de l'éternité et devant avoir, au point de vue de notre monde, un but intelligent et humanitaire.

Il leva les yeux au ciel, et murmura ces paroles :

— Toi qui me sers à nommer le mot que je cherche : Zeus, Uranus, Jéhovah, — Dieu, — créateur invisible et inconnu des mondes, essence céleste ou matière immortelle, je ne crois pas que l'homme individuellement ait droit à un de tes regards ; mais je crois que tu couvres toute l'espèce de ta protection toute-puissante, et que de même que les flottes subissent les vents, les grands événements des peuples se courbent sous ta puissante impulsion. De quelque façon qu'il ait été créé, l'homme vient de toi ; et si tu l'as créé seul, pauvre et nu, c'était pour lui laisser le mérite et lui donner l'expérience de créer à son tour la famille d'abord, la tribu ensuite, et enfin la société. La société constituée, restait à l'enrichir matériellement par le travail, à l'éclairer par l'intelligence. Depuis six mille ans chacun coopère à ce but selon sa force et selon son génie. Or, quel est le résultat que tu as dû espérer de tant d'efforts ? la plus grande somme de bonheur possible répandue sur le plus grand nombre d'individus. Qui a le plus fait pour accomplir cette œuvre immense, ou des monarchies de toute espèce qui se succèdent depuis mille ans à partir de la monarchie féodale de Hugues Capet jusqu'à la monarchie constitutionnelle de Louis XVI, ou des cinq années de révolution qui viennent de s'écouler ? qui a donné des droits égaux à l'homme ? qui lui a donné le pain de l'esprit par l'éducation, le pain du corps par le partage des terres ? C'est notre sainte révolution, c'est notre bien-aimée République. La France est ton élue, ô mon Dieu ! puisque tu l'as choisie en quelque sorte comme victime et offerte comme exemple au genre humain. Eh bien ! que son sang coule et le mien tout le premier ; qu'elle soit le Christ des nations comme Jésus a été le Christ des hommes, et que ces trois mots : LIBERTÉ, ÉGALITÉ, FRATERNITÉ, prononcés par lui et adoptés par lui, deviennent le lumineux soleil de l'avenir !

Adieu, patrie ! adieu, patrie ! adieu, patrie !

— Et maintenant, dit Jacques Mérey en se laissant tomber dans la barque plutôt qu'il n'y descendit, jetez-moi où vous voudrez ; tout lieu m'est indifférent, puisque ce n'est plus la France.

## III

### HUIT JOURS TROP TARD

Les deux frères Rivers déposèrent Jacques Mérey sur la berge de la Moselle, à un kilomètre à peu près de la ville de Trèves.

Jacques les embrassa tendrement ; c'étaient les deux bras de la France qui le déposaient sur la terre étrangère.

Jacques, debout, appuyé sur son fusil, les regarda s'éloigner tristement ; puis, au premier détour de la Moselle, ils le saluèrent de leurs avirons, lui de son chapeau, la barque disparut et tout fut dit.

Jacques remit son chapeau sur sa tête, salua la France d'un long et dernier adieu, jeta son fusil sur son épaule, et suivit tête basse le petit chemin tracé par les piétons qui longe les rives de la Moselle, ce petit chemin qui conduit à Trèves.

Jacques Mérey parlait allemand comme un Allemand. Il avait à son carnier, suspendus par le col, quelques petits oiseaux de marais qu'avaient eu la précaution d'y suspendre ses deux compagnons de route. Il ne lui fut fait aucune question. Aux portes, il fut pris pour un bourgeois de la ville revenant de faire une promenade cynégétique.

Mais, la porte franchie, il s empressa de demander qu'on lui indiquât la demeure du bourgmestre.

Arrivé chez le magistrat, Jacques Mérey se nomma ; on savait la catastrophe du 31 mai. Sans avoir le temps de devenir célèbre, le nom de Jacques Mérey avait eu celui de ne pas demeurer inconnu. Le bourgmestre s'inclina, comme tout homme de cœur s incline devant un proscrit. Dans tous les pays du monde civilisé, à l'honneur de l'humanité et du progrès, à la honte des gouvernements, la proscription est une majesté.

Le bourgmestre demanda, en entourant sa question de toutes les délicatesses de l'homme du monde, s'il avait besoin de ces secours que les gouvernements étrangers avaient mis à la disposition des autorités pour aider à la fuite des émigrés. Mais Jacques Mérey déclara que, étant proscrit et non pas émigré, ses biens n étaient pas saisis, et que, outre les dix ou douze mille francs qu'il avait sur lui, il laissait une fortune en France.

Ce qu'il désirait, c'était donc tout simplement un passeport pour Vienne.

Seulement, à cause des circonstances, il fut obligé de tracer le chemin qu'il voulait suivre pour aller à Vienne.

— C'était le plus direct : Carlsruhe, Stuttgart, Augsbourg, Munich et Vienne.

Une fois hors de France, et lorsqu'il ne resta plus dans le cœur de Jacques Mérey que le spectre de la patrie la vivante image d'Eva reprit peu à peu sa puissance ; le souvenir momentanément effacé par les événements, ces événements du passé redeviennent une aurore, et, de même que l'aube se lève derrière les montagnes, ils se lèvent derrière la silhouette aride et décharnée du passé, pour éclairer un nouvel avenir.

Maintenant qu'il était sur le sol étranger, maintenant qu'il ne marchait plus sur cette terre de France sur laquelle Danton voulut mourir, ne pouvant l'emporter à *la semelle de ses souliers*, il sentit sa pensée s'imprégner de nouveau de son amour, et cet amour, comme une sève réparatrice, ruisseler par tout son corps.

Il n'avait point reçu de lettre d'Eva ; mais ce silence ne l'inquiétait aucunement, il savait que les lettres d'Eva étaient confisquées au passage.

Mais ce qui l'inquiétait, c'est qu'Eva, sans soupçon contre sa femme de chambre, devait s étonner de son silence à lui. Sans doute dans les lettres qu'elle lui écrivait et qu'Eva croyait lui être parvenues, elle lui donnait l'adresse à laquelle il devait répondre.

Comment ne lui répondait-il pas ?

Ne se croirait-elle pas oubliée et se croyant oubliée... ?

Mais le cœur d'Eva n'était pas un cœur vulgaire ; elle connaissait l'amour immense que Jacques Mérey ressentait pour elle ; elle l'avait vu renoncer pour elle à toute ambition politique, refuser cette députation qu il avait acceptée ensuite comme une vengeance, et dont les divisions intestines l'avaient empêché de se faire l'arme qu'il espérait pour défendre la République et frapper ses ennemis. Eva aurait meilleure pensée de son ami et d'elle-même ; elle n'avait pas pu se croire oubliée.

Jacques avait constamment porté la lettre d'Eva, qui, extraite du dossier du marquis de Chazelay, lui avait été donnée par le jeune aide de camp du général de Custine.

Cette lettre, il la savait par cœur, mais ce n'était point assez de se la redire, la parole est impalpable, et les objets matériels ont, par la vue et par le toucher, une puissance qu'elle n'aura jamais.

Cette lettre il la tirait de la poche la plus secrète de son portefeuille ; il la regardait, il la touchait, il la baisait. A trente ans, Jacques, par la façon dont il avait vécu, avait retrouvé toutes les illusions d'un jeune homme ; il n'avait jamais eu que deux amours ; la science et Eva, et encore avait-il consacré le premier au second.

Rien au reste n'est favorable à la rêverie comme le mouvement d'une voiture. Le bruit monotone des roues vous isole des autres bruits, et tandis que vous avancez toujours, vous enferme avec votre pensée.

Et alors Jacques repassait dans son esprit cette suite d'événements à laquelle il allait devoir le bonheur de retrouver Eva et de la retrouver libre.

Non, Dieu n'était point un Dieu personnel se mêlant à la vie de l'homme et influant sur l'homme. Mais Jacques croyait, nous l'avons dit, à l'influence et même à la volonté de Dieu sur la conduite des grands événements des nations, se dégageant des petits événements de la vie humaine ; et c'était ainsi que, par un fil invisible qui le rapprochait des croyances communes, il ramenait en réalité tout à Dieu, mais sans imposer à cette suprême majesté qu'elle s'appelât Dieu, Nature, Providence, la responsabilité des petits accidents de mort et de vie, qu'elle jette en pâture à ces deux divinités qui se disputent l'homme : la fatalité et le hasard.

Ainsi, quelques services qu'ait rendus Jacques à Eva et par contre-coup au marquis de Chazelay, en faisant retrouver la santé, l'intelligence et la raison à sa fille, il ne pouvait combler l'abîme qui, dans cette époque de préjugés sociaux, le séparait de celle qu'il aimait, même en jetant le service rendu dans l'abîme.

Mais si Jacques eût été un de ces chrétiens égoïstes qui rapportent tout à eux, se font le centre de tout et croient que Dieu est prêt à faire choir une étoile du ciel pour qu'ils y allument leur lampe, il se fût dit :

La France a fait une révolution pour que le marquis de Chazelay m'enlevât sa fille, que sans indélicatesse je ne pouvais prendre mystérieusement pour ma maîtresse ou pour ma femme ; pour qu'il émigrât avec elle, en la laissant sous la direction de sa tante ; pour qu il se fit tuer en servant contre son pays, ce qui prive non seulement Eva d'un père, mais lui fait perdre toute sa fortune, puisque la confiscation des biens suit immédiatement la mort de l'émigré pris les armes à la main, et pour que sans père et sans fortune, échappant à toute tutelle, redevenant maîtresse d'elle-même, elle retrouve en moi l'appui et la fortune qu'elle a perdus.

Et, sans faire ces réflexions à ce point de vue, Jacques Mérey n'en suivait pas moins avec cet étonnement croissant de l'homme de génie qui, sans voir l'arbre, ramasse les fruits, toutes ces ramifications étranges qui servent de trame à la vie de l'homme.

Et il ne sortait de son rêve, remontant éternellement du connu à l'inconnu et redescendant sans cesse du matériel à l'idéal, que pour crier au postillon :

— Vite, plus vite !

Une fois en voiture, Jacques avait juré de n'en plus descendre, et de faire sans s'arrêter les cent soixante lieues qui le séparaient de Vienne ; mais il avait compté sans les difficultés que les événements politiques mettaient au voyage des Français en Allemagne. Pour tous les princes allemands, en opposition complète avec nos principes, tout Français était un incendiaire prêt à mettre le feu à ses Etats.

Or, à chaque frontière de principauté, si invisible qu'elle fût sur la carte, il fallait descendre de voiture, subir un interrogatoire et justifier de son identité.

C'est ce que faisait Jacques, et il perdait trois ou quatre heures par jour à ces formalités. Il est vrai que, une fois arrivé à Salzbourg, tout fut dit pour le reste de l'Autriche. La frontière franchie, la route était libre jusqu'à Vienne.

Enfin, toujours pressant de la voix chevaux et postillon, on arriva aux portes de Vienne vers cinq heures de l'après-midi.

Là le voyageur eut à subir un nouvel interrogatoire, une nouvelle visite des papiers.

On lui donna ensuite un permis de séjour d'une semaine,

après laquelle il devait faire renouveler sa carte et dire combien de temps il comptait rester dans la capitale de l'Autriche.

Comme il remontait en voiture, le postillon lui demanda où il le devait conduire.

Jacques était décidé à tout brusquer. Il répondit donc :

— Josephplatz, n° 11.

Le postillon s'engagea dans un réseau de petites rues et déboucha enfin en face de la statue de l'empereur qui a fait donner son nom à cette place.

Jacques, la tête passée par la portière, cherchait des yeux laquelle de toutes ces maisons qui forment la place pouvait être celle qu'occupait Eva.

Une seule parmi toutes avait ses portes, ses fenêtres, ses contrevents fermés comme un tombeau.

Il vit avec une angoisse qui dégénéra bientôt en terreur, que le postillon dirigeait la voiture de ce côté.

Enfin il s'arrêta à la porte de cette maison aveugle et muette.

— Eh bien? lui cria Jacques.

— Eh bien! monsieur, répondit le postillon, c'est ici.

— Ici le n° 11?

— Oui.

Jacques sauta hors de la voiture, se recula pour bien voir si c'était en effet la maison désignée, fouilla dans sa poche, rouvrit pour la centième fois le billet de Danton.

Le billet disait bien :

Josephplatz, maison n° 11.

Jacques se jeta comme un fou sur le marteau et la sonnette, et tout à la fois sonna et frappa.

Personne ne répondit.

Le son revenant mat et sourd indiquait que tout était fermé au dedans comme au dehors.

— Ah! mon Dieu, mon Dieu! murmurait Jacques, qu'est-il donc arrivé?

Et il tirait le cordon de la sonnette plus violemment et frappait plus fort. On commençait à s'arrêter.

Enfin un craquement se fit entendre à la maison à côté, une fenêtre s'ouvrit, une tête passa.

C'était celle d'un homme d'une soixantaine d'années.

— Pardon, monsieur, dit-il en bon français avec la politesse viennoise; mais pourquoi vous acharnez-vous à frapper à cette maison où il n'y a personne?

— Comment, personne? s'écria Jacques.

— Non, monsieur, depuis huit jours, du moins.

— Cette maison n'était-elle pas habitée par deux dames?

— Oui, monsieur.

— Deux dames françaises?

— Oui.

— Une vieille et une jeune.

— Une vieille et une jeune, c'est bien cela à ce que je crois, du moins, ne sortant pas de ma bibliothèque et ne m'occupant pas de mes voisins.

— Pardon, pardon, excusez-moi si j'abuse de votre bonté, dit Jacques d'une voix éperdue, mais... mais ces dames, que sont-elles devenues?

— Je crois avoir entendu dire que l'une des deux était morte; oui, c'était même une catholique. Je me rappelle avoir entendu le chant des prêtres, qui m'a dérangé dans mes recherches.

— Laquelle, monsieur? dit Jacques Mérey en joignant les mains; pour l'amour de Dieu, laquelle?

— Comment, laquelle?

— Oui, laquelle, laquelle des deux est morte? la jeune ou la vieille?

— Oh! cela, dit le vieillard, je ne sais pas.

— Mon Dieu! mon Dieu! sanglota Jacques Mérey.

— Mais, reprit le vieillard, si cela vous intéresse, je vais le demander à ma femme; elle se mêle de tout ce qui ne la regarde pas... elle doit le savoir.

— Allez, allez, monsieur, cria Jacques Mérey; allez, je vous en supplie.

Un instant après le vieillard reparut, Jacques n'avait point respiré pendant son absence.

— Eh bien?

— C'était la vieille.

Jacques chercha un appui contre la voiture et respira lentement.

— Et l'autre, et l'autre? demanda-t-il d'une voix à peine intelligible.

— L'autre?

— Oui, l'autre femme, celle qui n'est pas morte, la jeune, qu'est-elle devenue?

— Je ne sais pas. Il faut que je demande à ma femme.

Et le vieillard s'apprêta à faire un nouveau voyage à la source.

— Monsieur! monsieur! lui cria Jacques. Ne pourrais-je parler directement à votre femme? Il me semble que ce serait plus court.

— Ce serait plus court, en effet, dit le vieillard; mais allez à la troisième fenêtre à partir de celle-ci, c'est celle de la chambre de madame Haal. Je ne lui permets pas de venir dans mon cabinet.

Il disparut, et Jacques alla à la troisième fenêtre.

Pendant ce temps un grand cercle de curieux s'était amassé autour du voyageur, et, comme les deux interlocuteurs avaient constamment parlé français, ceux des auditeurs qui comprenaient le français expliquaient la situation à ceux qui ne le comprenaient pas.

La fenêtre s'ouvrit et madame Haal parut.

C'était une petite vieille, toute coquette et toute bichonnée, qui commença par renvoyer son mari à son cabinet, et de l'air le plus aimable se mit à la disposition de Jacques.

Ceux qui connaissent l'admirable bonhomie des Viennois ne s'étonneront point de ces détails. Ils sont dans les mœurs de cette population, l'une des meilleures et des plus obligeantes qu'il y ait au monde.

Jacques ne laissa point à la petite vieille le temps de parler, et en excellent allemand :

— Madame, lui dit-il, j'ai le plus grand intérêt à savoir le plus tôt possible ce qu'est devenue la plus jeune des deux dames françaises qui habitaient dans la maison qui touche à la vôtre.

— Monsieur, répondit madame Haal, je puis vous le dire pertinemment; la plus jeune des deux dames, qui s'appelait mademoiselle Eva de Chazelay, est partie après les derniers devoirs rendus à sa tante, pour tâcher de retrouver en France un homme qu'elle aimait.

— Oh! murmura Jacques Mérey, pourquoi ne suis-je pas resté avec mes amis pour mourir comme eux et avec eux!

Et, sans s'inquiéter de la foule qui l'entourait, sentant son cœur se briser, il éclata en sanglots.

## IV

### LA SALLE LOUVOIS

Le 30 pluviôse an IV (19 février 1796), jour de fête, où l'on venait de briser publiquement la planche des assignats, après une émission de quarante-cinq milliards cinq cents millions, mesure qui n'empêchait point le louis d'or de valoir sept mille deux cents francs en papier, — ce soir, disons-nous, il y avait grande illumination au théâtre Louvois, illumination que faisait d'autant mieux ressortir la masse sombre du théâtre des Arts, acheté un an auparavant à la Montansier, qui l'avait fait bâtir, à la grande terreur des gens de lettres, des savants et des bibliophiles, à cinquante pas de la bibliothèque nationale, sur la place où l'on ne voit plus aujourd'hui que des arbres ombrageant une belle fontaine, imitation des trois Grâces de notre grand sculpteur manceau Germain Pilon.

Ce théâtre, que l'on appelait d'abord le théâtre Montansier, avait pris ensuite le nom de théâtre des Arts, puis il devint le théâtre de l'Opéra, jusqu'au moment où, le 13 février 1820, le duc de Berri fut assassiné sur ses marches par le sellier Louvel; assassinat qui fit décréter sa démolition.

Une longue file de voitures, qui s'étendait dans la rue de Richelieu jusqu'à la maison qui a fait place à la fontaine Molière, déposait la foule des élégantes à la porte du théâtre Louvois, splendidement éclairé comme nous l'avons dit, et disparaissaient par la rue Sainte-Anne, au milieu des cris des commissionnaires se disputant avec les laquais pour ouvrir les portières des carrosses.

Car, avec les maîtres, les laquais et les carrosses avaient reparu.

*— Faut-il une voiture, notre bourgeois?* avait crié à la porte de la Comédie-Française, le soir même de l'exécution de Robespierre, un gamin, qui se faisant le héraut de l'aristocratie, saluait de ces quelques mots l'arrivée de la contre-révolution.

Et depuis ce jour les voitures avaient reparu plus nombreuses qu'auparavant. Nous ne dirons cependant pas, comme beaucoup d'historiens, qu'après cette terrible journée la vieille France avait relevé la tête. Non, la vieille France avait disparu dans l'émigration, sur la place de la Concorde, comme on l'appelle maintenant, et la barrière du Trône, qui avait repris son ancien nom.

Une seule guillotine étant insuffisante sur la place de la Révolution, on sait qu'une seconde avait été établie à la barrière du Trône.

C'était, au contraire, une France toute nouvelle qui apparaissait, si nouvelle, que, connue des Parisiens, qui l'avaient vu naître, elle était demeurée à peu près inconnue au reste de la France.

Costumes, mœurs, tournures, cette France nouvelle n'avait rien gardé de l'ancienne, pas même la langue. Racine et Voltaire, ces deux grands modèles du beau et du bon français, revenant en ce monde, se fussent demandé quel était le patois que parlaient les incroyables et les merveilleuses.

Qui avait amené cette transformation dans les mœurs, dans les costumes, dans la tournure, dans le langage?

D'abord le besoin qu'avait la France de jeter du sable et d'étendre des tapis sur les taches de sang qu'avait laissées partout le règne de la terreur.

Puis, comme dans toutes les rénovations, un homme s'était fait l'incarnation des besoins du moment : avidité de vivre, de jouir, d'aimer.

Cet homme, c'était Louis-Stanislas Fréron, filleul du roi Stanislas et fils d'Elie-Catherine Fréron, fondateur après Renaudot du journalisme en France.

Stanislas Fréron, au milieu des excentricités sanglantes de cette époque, au milieu des Hébert, des Marat, des Collot-d'Herbois, fut une espèce de monstre à part.

Nous ne croyons pas à ces caprices spontanés de la nature. Pour que l'homme devienne ce qu'ont été les Collot-d'Herbois, les Hébert, les Marat; pour que, pareils à des fous furieux, ils frappent au hasard dans la société, il faut que, justement ou injustement, la société ait d'abord frappé sur eux; il faut que, comme le comédien Collot-d'Herbois, ils aient été blessés dans leur orgueil par les huées et les sifflets de toute une salle; il faut que, comme le marchand de contremarques Hébert, ils aient été laquais au service de gens injustes et violents, marchands de contremarques et aboyeurs à la porte des théâtres, sans que ce double métier leur ait rapporté de quoi assouvir leur faim; il faut que, comme Marat, disgraciés de la nature, raillés par tout ce qui les entourait sur la laideur de leur visage, ils aient été vétérinaires quand ils voulaient être médecins, et aient saigné des chevaux quand ils avaient la vocation de saigner des hommes.

Stanislas Fréron avait été courbé sous une de ces fatalités. Fils d'un des critiques les plus intelligents du dix-huitième siècle, qui avait jugé Diderot, Rousseau, d'Alembert, Montesquieu, Buffon, il avait vu son père commettre l'imprudence de s'attaquer à Voltaire.

On ne s'attaquait pas impunément à ce gigantesque esprit. Voltaire avait saisi le journal que publiait Fréron, l'*Année littéraire*, dans ses mains osseuses; mais lui, qui avait déchiré sinon anéanti la Bible, ne put ni déchirer ni anéantir un journal.

Il se rejeta sur l'homme.

Tout le monde sait comment s'est exhalée cette immense colère de l'*Ecossaise*. Tout ce qu'un homme peut supporter et souffrir d'injures et d'insultes, Voltaire les fit supporter et souffrir à Fréron. Il fut frappé comme un laquais, humilié dans sa personne, dans ses enfants, dans sa femme, dans son honneur, dans sa probité littéraire, dans ses mœurs calmes, dans son foyer domestique irréprochable. Il fut traîné sur le théâtre, chose qui ne s'était pas faite depuis Aristophane, c'est-à-dire depuis deux mille quatre cents ans.

Là chacun put le siffler, le huer, lui cracher au visage.

Fréron avait vu tout cela de l'orchestre sans se plaindre, sans dire un mot; il avait vu le comédien qui le jouait, et qui, par le vol d'un valet, s'était procuré un de ses habits, il avait vu le comédien qui le jouait, imiter sa figure, et, s'avançant jusqu'à la rampe, dire de lui-même :

— *Je suis un sot, un voleur, un misérable, un mendiant, un folliculaire vénal.*

Mais, au cinquième acte, une pauvre femme tomba évanouie aux premières loges, en jetant un cri.

A ce cri, Fréron se retourna et s'écria :

— Ma femme! ma femme!

Un homme aida Fréron à sortir de l'orchestre, au milieu des rires, des huées, des sifflets; cet homme c'était ce même Malesherbes, cet athée honnête homme qui défendit Louis XVI, et qui, payant de sa vie sa généreuse intervention dans le procès, remontait comme d'habitude sa montre à midi, quoiqu'il dût être guillotiné à une heure.

Malgré tout cela, malgré la lettre méprisante de Rousseau, qui cette fois-là donna dans sa haine la main à Voltaire, Fréron tint bon. — Il continua d'exalter Corneille, Racine, Molière, aux dépens de Crébillon, de Voltaire et de Marivaux. Mais, dans cette lutte qu'il soutenait à lui seul contre toute l'*Encyclopédie*, il tomba malade de fatigue; alité, sans force, mais dictant encore, il apprit que le garde des sceaux Miroménil, venait de supprimer le privilège de l'*Année littéraire*, et que, par conséquent, il était non seulement ruiné, mais désarmé.

Il laissa retomber sa tête sur l'oreiller, poussa un soupir, et mourut.

Grâce à l'influence de quelques protecteurs qui lui étaient restés, la veuve de Fréron fit rendre à son fils le privilège de l'*Année littéraire*.

L'enfant n'avait que dix ans, et ce furent son oncle Royou et l'abbé Geoffroy qui rédigèrent le journal, tout en lui attribuant une partie du produit. Bercé par le souvenir des souffrances de son père, il avait pris, tout jeune encore, la société en haine. Le hasard fit qu'il fut à Louis-le-Grand le condisciple de Robespierre, de sorte que, quand la révolution éclata, la place de l'homme corrompu par excellence se trouva près de l'incorruptible.

Le journal, qui n'avait été jusque-là qu'une puissance littéraire, était devenu dans les mains de Marat une puissance politique. A côté de l'*Ami du peuple*, Fréron publia l'*Orateur du peuple*. Il se livra dans cette feuille à tous les excès de l'homme timide qui ne sait pas s'arrêter dans la cruauté parce qu'il ne sait pas s'arrêter dans la faiblesse. Nommé membre de la Convention, il avait voté la mort du roi, puis avait été envoyé avec Barras à Marseille.

On sait ce qu'il y fit. On connaît ses mitraillades; l'histoire a enregistré ces mots terribles, après une canonnade :

— Que ceux qui ne sont pas morts se relèvent, la patrie leur pardonne!

Et quand, sur la foi de cette promesse, sains et saufs, les blessés se relevèrent, ce mot plus terrible encore, car il était un mensonge sanglant :

— Feu!

Et cette seconde fois, personne ne se relevait.

Eh bien! nous le disons, pour qu'il y ait eu une semblable haine contre les hommes dans le cœur de l'impitoyable proconsul, il fallait que l'enfant, élevé dans le cabinet de son père, se souvînt que, pour prix d'un travail acharné, de son dévouement à tous les principes conservateurs, son père n'avait recueilli que les insultes et l'ingratitude de ceux-là mêmes qu'il défendait.

Ce fut cet éclectisme dans le crime qui lui fit abandonner le parti de Robespierre et prendre celui de Tallien, se faire thermidorien de terroriste qu'il était, dénoncer Fouquier-Tinville et tous ses complices les uns après les autres; et, à la tête de la réaction antijacobine, créer cette jeunesse dorée à laquelle il donna son nom et que nous appelions tout à l'heure une France nouvelle.

Ce qui l'attirait, cette jeunesse, au théâtre Louvois, le 19 février 1796, c'était sa réouverture, sous la direction de la célèbre mademoiselle Raucourt, qui avait réuni quelques-uns de ses camarades du Théâtre-Français, et qui tentait avec eux de ramener les esprits à la belle littérature dont elle s'était faite l'interprète

Tout avait son côté politique à cette époque; mademoiselle Raucourt avait le sien. Belle à faire damner la moitié des spectateurs, après avoir reçu des conseils de Brizard, elle avait paru pour la première fois en 1772 sur la scène du Théâtre-Français, dans le rôle de Didon.

Mais tout à coup des bruits étranges s'étaient répandus sur l'emploi qu'elle faisait de sa beauté, et, malgré les petits vers de Voltaire qui lui promettaient la royauté de la scène, malgré l'écrin que lui avait fait remettre madame du Barry en lui recommandant d'être sage, elle avait bientôt vu, sous les coups de la calomnie ou de la médisance, — nous ne saurions nous faire juge dans un pareil procès, — ses admirateurs les plus ardents l'abandonner et ses détracteurs les plus acharnés la siffler.

Criblée de dettes, ne croyant plus à cet avenir prédit par Voltaire, la belle débutante s'était réfugiée dans l'enclos du Temple, asile ouvert aux débiteurs insolvables.

Poussée comme elle l'était par le démon de la tragédie, Raucourt ne pouvait demeurer inconnue; elle s'évada une nuit, gagna la frontière, donna des représentations devant les souverains du nord, et revint en France, où Marie-Antoinette, — la chose ne contribua pas peu à accréditer les premières rumeurs, — où Marie-Antoinette paya ses dettes, et la fit rentrer à la Comédie-Française dans ce même rôle de Didon qui lui avait valu ses premiers succès.

Ce fut alors que, se livrant à des études sérieuses, elle reconquit à force de talent la faveur du public.

Lorsque, à la suite de la représentation de *Paméla*, la Convention ordonna l'incarcération en masse de la Comédie-Française, elle fut incarcérée aux Madelonnettes avec Saint-Phal, Saint-Prix, Larive, Naudet, mesdemoiselles Lange, Devienne, Joly et Contat.

Le 11 thermidor, elle sortit de prison, joua quelque temps à l'Odéon; mais, se trouvant trop éloignée du centre de la ville, elle entraîna ses compagnons à la salle Louvois.

La salle Louvois s'ouvrait donc, comme nous l'avons dit, sous ses auspices, par la pastorale de *Pygmalion et Galatée*, qui permettait à mademoiselle Raucourt de faire admirer ses formes magnifiques dans le rôle de la statue, et par *Britannicus*, qui lui permettait de faire admirer son génie dans le rôle d'Agrippine.

L'emprisonnement de mademoiselle Raucourt, sous prétexte d'attachement à l'ancien régime, lui assurait la sympathie de toute cette jeunesse folle qui allait encombrer la salle, et qui ne faisait qu'apparaître en passant sous le péristyle

Mais si le lecteur veut suivre un des deux escaliers qui montent à l'orchestre, s'il veut entrer dans la salle, soit du côté cour, soit du côté jardin, il pourra alors jeter un coup d'œil sur l'ensemble de cette admirable ruche, qu'au premier abord on croirait peuplée, grâce au chatoiement des taffetas et des satins, grâce aux feux des diamants et des pierreries, d'oiseaux des tropiques et de papillons de l'équateur.

Pour donner une idée de l'ensemble des toilettes de toute cette jeunesse dorée, hommes et femmes, il nous suffira de peindre, en hommes, les deux ou trois incroyables, et, en femmes, les deux ou trois merveilleuses qui donnaient le style à l'époque.

Les trois femmes étaient, l'une dans une avant-scène, et les deux autres dans les loges d'entre-colonnes de la salle. Les loges d'entre-colonnes étaient, après les avant-scènes, les loges les plus recherchées.

Ces trois femmes, au nom desquelles l'admiration publique avait ajouté l'épithète de belles, étaient la belle madame Tallien, la belle madame Visconti et la belle marquise de Beauharnais.

Ce sont les trois déesses qui se partagent l'Olympe, ce sont les trois grâces qui règnent au Luxembourg.

La belle madame Tallien, — Térésia Cabarrus, — occupait l'avant-scène à droite des spectateurs; elle représentait la Grèce personnifiée dans Aspasie; elle était vêtue d'une robe de linon blanc tombant à longs plis sur un transparent rose. Sur cette robe elle portait une espèce de péplum comme Andromaque. Deux bandeaux en feuilles de laurier d'or soutenaient son voile; malgré la robe de linon blanc, malgré le transparent rose, malgré le péplum jeté sur le tout, on pouvait voir à la base d'un cou de cygne le haut d'une poitrine admirablement modelée. Un collier de perles à quatre rangs faisait valoir son cou d'un blanc mat, comme son cou faisait valoir les perles d'un blanc rosé. Les mêmes bracelets de perles étaient noués au haut du bras, au-dessus de mitaines roses montant jusqu'au coude.

Un journaliste avait dit quelques jours auparavant:

— Il y a deux mille ans que l'on porte des chemises, cela commence à devenir ennuyeux.

La belle madame Visconti, qui représentait la Romaine, comme son nom lui en imposait l'obligation, avait compris la vérité de cette critique et avait en effet supprimé la chemise.

Elle portait, comme madame Tallien, une robe de mousseline très claire à longues manches ouvertes de manière à laisser voir ses bras moulés sur l'antique; son front était surmonté d'un diadème de camées; son cou entouré d'un collier pareil, ses jambes et ses pieds étaient nus, à part des sandales de pourpre qui lui permettaient de porter autant de bagues aux doigts de ses pieds qu'aux doigts des mains; une forêt de cheveux noirs et bouclés s'échappaient de son diadème et retombaient sur ses épaules. C'était ce qu'on appelait une coiffure à la Caracalla.

Dans la loge en face de celle de madame Visconti, la marquise de Beauharnais, avec sa grâce créole, représentait la France. Elle portait une robe ondée rose et blanc garnie d'effilés noirs. Elle n'avait point de fichu; des manches courtes et en gaze de la couleur de ses effilés, et de longs gants café au lait se nouant au-dessus du coude. Elle était chaussée de bas de soie blancs à coins verts, portait des souliers de maroquin rose, et était coiffée à l'étrusque. Elle n'avait pas un bijou sur elle, mais ses deux enfants à côté d'elle, et, comme Cornélie, semblait dire en les regardant:

— Voilà mes pierreries, à moi.

C'est à tort que nous lui avons laissé le nom de marquise de Beauharnais. Depuis quelques jours elle venait d'épouser un jeune chef de brigade d'artillerie appelé Napoléon Bonaparte. Mais, comme on regardait ce mariage au-dessous d'elle, ses bonnes amies, qui ne pouvaient s'habituer à l'appeler madame Bonaparte tout court, profitant du retour des titres, continuaient de l'appeler tout bas marquise.

Les autres femmes qui fixent tous les yeux, qui attirent à elles toutes les lorgnettes, sont mesdames de Noailles, de Fleurieu, de Gervasio, de Staël, de Lansac, de Puységur, de Perregaux, de Choiseul, de Morlaix, de Récamier, d'Aiguillon.

Les trois hommes qui donnaient le ton à Paris, et qui tous trois aussi avaient reçu l'épithète de beaux, étaient le beau Tallien, le beau Fréron, et le beau Barras.

Il y en avait un quatrième à la Convention, qui était non seulement aussi beau, mais encore plus beau qu'eux. Lui aussi on l'appelait le beau; mais sa tête était tombée en même temps que celle de Robespierre.

C'était le beau Saint-Just.

Tallien, qui allait de loge en loge, pour revenir sans cesse à celle de sa femme, dont il était amoureux comme un fou, portait ses cheveux relevés avec un peigne d'écaille entre deux oreilles de chien tombant jusqu'au bas des joues; il était vêtu d'un habit brun à collet de velours bleu de ciel, une cravate blanche avec un nœud énorme était roulée autour de son cou; il portait le gilet de basin blanc orné de broderies, pantalon de nankin collant avec la double chaîne de montre en acier, des souliers pointus et découverts, des bas de soie rayés en travers, blanc et rose; un claque sous son bras avait remplacé le bonnet phrygien du 31 mai, et un bâton noueux, tordu, à pomme et à extrémité dorées, remplaçait dans sa main le poignard de thermidor.

Le beau Fréron, qui, comme Tallien, papillonnait de loge en loge, portait un chapeau à bateau avec une cocarde tricolore, un habit brun carré, boutonné, à petit collet de velours noir, les cheveux courts à la Titus, mais poudrés, un pantalon collant noisette, avec des bottes à retroussis par-dessus. Contre son habitude, au lieu du bâton noueux, il portait, ce soir-là, un léger jonc dont une perle informe faisait le pommeau.

Barras avait loué l'avant-scène en face de madame Tallien. Il portait un habit bleu clair avec boutons de métal, culotte de nankin à rubans, bas chinés, bottes molles à revers jaune, cravate blanche énorme, gilet à transparent rose et des gants verts.

Cette furibonde toilette était complétée par un chapeau à panache tricolore et par un sabre à fourreau doré.

N'oublions pas que le beau vicomte de Barras était en même temps le général Barras, qui venait de faire le 13 vendémiaire, aidé du jeune Bonaparte, dont la figure sombre comme une médaille antique se dessinait dans la loge de madame de Beauharnais, où il venait d'entrer.

Les autres beaux étaient les Lameth, les Benjamin Constant, les Coster-Saint-Victor, les Boissy-d'Anglas, les Lanjuinais, les Talleyrand, les Ouvrard, les Antonelle.

Le spectacle que donnait la salle faisait prendre en patience celui que promettait l'affiche.

## V

### UN HOMME D'UNE AUTRE ÉPOQUE

Ce spectacle semblait surtout éveiller la curiosité d'un spectateur placé à l'orchestre, et qui de son côté était l'objet de l'attention de toute la salle.

Au milieu de cette foule de jeunes gens portant des habits de soie et de velours, aux couleurs brillantes, taillés à la mode de 96, était apparu tout à coup, méritant tout aussi bien que Tallien que Fréron et que Barras, et peut-être à plus juste titre, l'épithète de beau, un homme de trente à trente-deux ans, vêtu du costume sévère que l'on portait en 93. Il avait les cheveux coupés à la Titus, mais assez longs cependant pour qu'ils flottassent en boucles soyeuses sur son front pâle et retombassent aux deux côtés de ses joues; il avait la cravate blanche, mais sans exagération dans le nœud et les ornements; il portait le gilet de piqué blanc à larges revers dit à la Robespierre, la redingote grenat foncé tombant jusqu'aux genoux avec un collet flottant, et la culotte chamois avec des bottes montant jusqu'aux jarretières. Son chapeau était de feutre prenant la forme qu'on voulait lui imprimer, et portant comme tout le reste de l'habillement cette date de 93 que chacun s'efforçait d'oublier.

Il était entré à l'orchestre, non pas avec la désinvolture des jeunes gens à la mode, mais gravement, tristement, poliment; il avait prié ceux qu'il était obligé de déranger, de lui faire place, dans les meilleurs termes d'une langue oubliée.

On s'était rangé devant lui, en le regardant avec un certain étonnement, car, nous l'avons dit, il était le seul de toute la salle qui portât ce costume d'un autre temps.

Quelques éclats de rire des galeries et des balcons avaient accueilli son entrée; mais, lorsque, en levant son chapeau, il s'était adossé au rang de fauteuils placé devant lui pour embrasser la salle d'un coup d'œil, les rires avaient cessé et les femmes avaient remarqué la beauté calme et froide du nouvel arrivant, ses yeux fermes, limpides et profonds, ses mains éclatantes de blancheur; si bien, comme nous l'avons dit, qu'il avait attiré à lui une attention presque égale à celle qu'il portait lui-même à ce spectacle qu'il paraissait voir pour la première fois.

Ses voisins furent les premiers à s'apercevoir de cette suprême distinction; ils essayèrent de nouer conversation avec lui; mais, sans refuser de répondre, le nouveau venu répondit de façon à faire comprendre qu'il n'était point causeur.

— Le citoyen est étranger? lui avait demandé son voisin de droite.

— J'arrive ce matin même d'Amérique, avait-il répondu.

— Monsieur veut-il que je lui nomme les notabilités qui sont dans cette salle? avait demandé son voisin de gauche.

— Merci, monsieur, avait-il répondu avec la même politesse, mais je dois les connaître à peu près tous.

Et ses yeux s'étaient fixés tour à tour, avec une étrange expression, sur Tallien, sur Fréron et sur Barras.

Barras paraissait inquiet dans sa loge, qu'il n'avait point quittée un seul instant comme l'avaient fait les autres élégants. Il semblait attendre quelqu'un, et d'où il était il avait salué les dames et les hommes de sa connaissance.

Deux ou trois fois la porte de sa loge s'était ouverte, et chaque fois il avait fait un mouvement pour s'élancer vers la porte; mais chaque fois on avait pu voir que ce n'était pas la personne attendue au nuage rapide qui avait passé sur son visage.

Les trois coups annoncèrent enfin que le rideau allait se lever.

En effet la toile se leva, et le public sentit venir à lui cette fraîcheur qui s'élance du théâtre, et qui va porter un instant de bien-être dans l'atmosphère bouillante de la salle.

Le théâtre représentait l'atelier de Pygmalion, avec des groupes de marbre, des statues ébauchées, et dans le fond une statue cachée sous un voile d une étoffe légère et brillante; Pygmalion-Larive était en scène, Galatée-Raucourt était cachée sous le voile.

Toute voilée qu'elle était, mademoiselle Raucourt fut saluée par un tonnerre d'applaudissements.

On connaît le libretto; sorti de la plume de Jean-Jacques Rousseau, il est à la fois naïf et passionné comme son auteur. Pygmalion désespère de jamais égaler ses rivaux et jette avec dédain ses outils. La scène n'est qu'un long monologue, dans lequel le sculpteur se reproche sa vulgarité; puis enfin, rassuré sur sa renommée à venir par celui de tous ses chefs-d'œuvre que l'on ne voit pas, il s'approche de la statue voilée, porte la main au voile, hésite, finit par la soulever en tremblant, et tombe à genoux devant son ouvrage, en disant:

« — O Galatée! recevez mon hommage; oui, je me suis trompé, j'ai voulu vous faire nymphe, et je vous ai faite déesse; Vénus même est moins belle que vous! »

Puis le monologue continue, jusqu'à ce qu'au souffle de son amour la statue s'anime, descende de son piédestal et parle.

Quoique mademoiselle Raucourt n'eût que quelques mots à dire, grâce à sa foudroyante beauté et à la grâce majestueuse de ses mouvements, du moment qu'elle commençait de s'animer elle était écrasée d'applaudissements et la toile tombait, on peut véritablement le dire, sur le triomphe de la beauté physique.

Elle se releva pour que les deux grands artistes vinssent de nouveau jouir de leur popularité. Puis, après quelques secondes d'enthousiasme, la toile retomba, séparant Pygmalion et Galatée de cette salle encore frémissante sous l'impression toute sensuelle de la scène qu'elle venait d'applaudir.

Ce fut en ce moment que la porte de la loge de Barras s'ouvrit et que, comme si elle eût craint de porter ombrage à l'incomparable Raucourt, une femme inconnue, d'une beauté sans comparaison, même avec les plus belles, apparut dans la pénombre de l'avant-scène et s'avança lentement, timidement et comme à regret, sur le devant de la loge.

Tous les yeux se dirigèrent sur cette nouvelle venue, dont on ne fit, en quelque sorte, qu'entrevoir, perdu dans les plis de son voile de gaze, le visage céleste. Ses yeux se portèrent tout autour de la salle, s'abaissèrent sur l'orchestre, où son regard se croisa comme s'il y avait été attiré par une force invincible avec le regard de l'inconnu.

Tous deux en même temps jetèrent un cri, tous deux s'élancèrent vers la porte, l'un de l'orchestre, l'autre de la loge, et se trouvèrent dans le corridor.

Mais au moment où l'étranger arrivait au bas de l'escalier, une femme qui semblait en descendre les marches sans les toucher, vint tomber dans ses bras et se laissa glisser jusqu'à ses genoux, qu'elle baisa avec fureur en éclatant en sanglots.

L'inconnu la regarda et la laissa faire, puis, d'une voix douloureusement tirée des cavités de sa poitrine:

— Qui êtes-vous? dit-il, et que me voulez-vous?

— Oh! mon bien-aimé Jacques, lui dit la jeune femme, ne reconnais-tu pas ton Eva?

— Ce qui est dans la loge de Barras est à Barras! répondit froidement l'étranger, et n'est pas à moi, n'est plus à moi, n'a jamais été à moi!

En ce moment Barras parut au haut de l'escalier; il s'était étonné de cette fuite d'Eva et l'avait suivie.

— Citoyen Barras, dit Jacques Mérey, voilà une femme que je crois folle; invitez-la, je vous prie, à reprendre dans votre loge la place qu'elle doit y occuper.

Mais à ces mots Eva, avec le même rugissement de douleur que si elle eût reçu un coup de poignard à travers la poitrine, saisit Jacques à bras-le-corps, puis, le regardant avec une expression à laquelle il n'y avait pas à se méprendre.

— Tu sais, lui dit-elle, que si tu répètes les paroles que tu viens de dire, je me tue avec la première arme que je rencontre.

— C'est bien, dit Jacques. Le sang purifie. Morte, peut-être redeviendras-tu mon Eva.

Eva se redressa, et, se retournant vers Barras, mais sans lâcher le bras de Jacques qu'elle tenait avec la force d'un homme.

— Citoyen Barras, dit-elle, cet homme est celui que j'aimais, que tu m'as dit mort au 31 mai, retrouvé poignardé dans les landes de Bordeaux, à moitié mangé par les bêtes sauvages; cet homme est vivant, le voilà, je l'aime! N'essaye pas de me reprendre à lui, ou je t'accuse, ou je dis tout haut de quelle ruse tu t'es servi pour me perdre, ou je crie à la violence. Et toi, Jacques, pour l'amour de Dieu, emmène-moi, et si je meurs, que ce soit sous tes yeux!

— Vous êtes Jacques Mérey? dit Barras.

— Oui, citoyen.

— Cette femme a dit vrai; elle a toujours affirmé son amour pour vous, elle vous a cru mort; j'atteste que je le croyais aussi lorsque je le lui ai dit.

— Et qu'importait que je fusse mort ou vivant, répondit Jacques, puisqu'elle croit à un ciel où les âmes se réunissent!

— Monsieur, dit Barras, je reconnais n'avoir aucun droit sur cette femme. Sa fortune est à elle, la maison qu'elle habite est achetée de son bien, et, comme je n'ai jamais eu son cœur, elle n'aura pas besoin de le reprendre.

Puis, avec un côté chevaleresque dont il n'était point exempt, il salua, disparut dans le corridor et rentra dans son avant-scène.

Eva se retourna vivement vers Jacques.

— Tu l'as entendu, n'est-ce pas, Jacques? Cet homme m'avait dit que tu étais mort, j'ai voulu mourir, je n'ai pas pu, je te conterai tout cela; j'ai été sur la charrette jusqu'au pied de la guillotine, la guillotine n'a pas voulu de moi, j'ai été sauvée malgré moi; je ne voulais pas sortir de la prison, c'est madame Tallien qui est venue me chercher et m'a emmenée de force. Ah! si tu savais combien de larmes versées! combien de nuits sans sommeil! combien de cris poussés pour te rappeler de chez les morts!...

Et elle se laissa de nouveau glisser à ses genoux qu'elle baisa.

— Tu me pardonnerais!

Jacques fit un mouvement.

— Non, dit Eva, tu ne me pardonnerais pas. Je ne te demande pas de me pardonner, je ne suis pas digne de pardon! Mais tu peux me faire mourir lentement sous tes reproches; si je me tue, je mourrai trop vite, je n'expierai pas; tu comprends. Dis-moi que tu ne m'aimes plus, que tu ne m'aimeras jamais. Tue-moi avec des paroles; j'ai vécu par toi; je demande à mourir par toi.

— Le citoyen Barras a dit que vous aviez votre hôtel à vous, madame; où faut-il vous conduire?

— Je n'ai pas d'hôtel à moi, je n'ai rien à moi. Tu m'as prise sur un peu de paille, dans une misérable cabane de paysan; rejette-moi sur la paille où tu m'as prise. Oh! mon pauvre Scipion, mon pauvre chien, si je t'avais là, tu m'aimerais encore, lui!

Jacques abaissa ses yeux sur Eva, mais sans que ces yeux fixes et terribles changeassent d'expression. La jeune femme était abîmée à ses pieds comme la Madeleine aux pieds de Jésus.

Mais Jésus, planant au-dessus des passions humaines, avait la mansuétude d'un Dieu, tandis que Jacques avait l'invincible orgueil d'un homme.

Il avait dit vrai. Il eût préféré retrouver morte celle qu'il avait tant aimée que la retrouver vivante dans les conditions où elle était. La terre de sa tombe lui eût semblé douce à baiser, et il frissonnait rien qu'à l'idée de sentir les lèvres d'Eva sur son visage ou sur ses mains.

— J'attends toujours, lui dit-il.

Elle sembla sortir de l'agonie, renversa la tête, le regarda de ses yeux mourants.

— Quoi? dit-elle, qu'attendez-vous? Je ne comprends pas.

— J'attends que vous me disiez où vous demeurez, afin que je vous fasse reconduire chez vous.

Elle se redressa sur un genou, et, se reprenant à la fois à la douleur et à la vie:

— Et moi, je t'ai dit que je ne demeurais nulle part, répliqua-t-elle; je t'ai dit que je ne demandais que le cercueil des suicidés dans la fosse commune, avec les derniers misérables, ou une botte de paille à tes pieds pour y vivre de pain et d'eau, et pour y mourir de faim en te regardant; ce chien, ce malheureux chien enragé qui avait mordu des hommes, tu n'as pas voulu qu'on le tuât, tu l'as emmené avec toi, tu lui as permis de t'aimer ; je suis donc pour toi moins que ce chien !

Jacques ne répondit point, mais essaya de se débarrasser des liens dont l'enveloppait Eva.

Elle sentit l'effort qu'il faisait pour l'éloigner.

— Soit, dit-elle en se détachant de lui. Puisque tu as une telle horreur de moi, te voilà libre ; mais tu ne peux pas m'empêcher de te suivre, n'est-ce pas ? Eh bien ! je te jure, par la paille où tu m'as trouvée et que je te redemande inutilement, je te jure que, à défaut d'arme, je pose ma tête sous la roue de la première voiture qui passera.

— Venez donc, dit Jacques Mérey, j'oubliais d'ailleurs que j'ai une lettre de votre père à vous remettre.

Et il lui tendit le bras.

Mais, à son accent, Eva sentit bien que ce n'était pas un pardon, mais une pitié, peut-être même un simple devoir. N'avait-il pas dit qu'il ne l'emmenait que parce qu'il avait une lettre de son père à lui donner ?

— Non, dit-elle en secouant la tête, je ne veux pas abuser de votre bonté ; marchez devant, je vous suivrai.

Jacques Mérey marcha devant, Eva le suivit, un mouchoir sur les yeux.

Jacques fit approcher une voiture, et montra de la main à la jeune femme la portière ouverte.

Eva y monta.

— Une dernière fois, vous ne voulez pas me dire votre adresse ? demanda Jacques.

Eva fit un cri de profonde douleur, un mouvement pour se précipiter hors de la voiture.

— Ah ! dit-elle, je croyais que vous en aviez fini avec cette torture.

Jacques l'arrêta.

— Place du Carrousel, hôtel de Nantes ! dit-il au cocher.

Il monta dans le fiacre, qui s'ébranla et roula dans la direction indiquée, et s'assit sur la banquette de devant.

Eva se laissa glisser des coussins où elle était assise, et, tombant sur ses genoux, embrassa en pleurant ceux de Jacques Mérey.

Elle ne quitta point cette humble position dans le trajet, assez court du reste, de la place Louvois à la place du Carrousel, où le fiacre s'arrêta.

## VI

### LA LETTRE DE M. DE CHAZELAY

Jacques Mérey était philosophe, mais en amour il n'y a pas de philosophie.

Le cœur de l'homme est ainsi fait. Lorsqu'il souffre par la femme qu'il aime, plus il l'aime, plus il éprouve le besoin de la faire souffrir à son tour ; et, dans cette souffrance qu'il lui impose il trouve une amère et inépuisable douceur.

Jacques Mérey eût été désespéré qu'Eva lui donnât cette adresse qu'il lui demandait.

Qu'aurait-il fait, que serait-il devenu quand elle n'aurait plus été là pour qu'il enfonçât dans son cœur les griffes de sa jalousie ?

Il aurait passé la nuit à errer comme un insensé dans les rues de Paris.

A qui eût-il été dire la rage qui le dévorait ?

Tous ceux qu'il aimait d'amitié étaient morts ; toutes les têtes aux joues desquelles il avait appuyé ses lèvres étaient tombées.

Danton était mort, Camille Desmoulins était mort, Vergniaud était mort.

Il n'y avait point jusqu'au père Sanson, à qui il avait demandé un asile et qui l'avait sauvé, il n'y avait pas jusqu'à ce brave royaliste qui était mort de douleur d'avoir été forcé de tuer le roi.

Jacques Mérey s'était réfugié en Amérique, de l'autre côté de l'Océan. Il avait suivi les événements qui se passaient en France ; il avait vu Marat frappé dans sa baignoire ; il avait vu Danton, Camille Desmoulins, Fabre d'Eglantine, Hérault de Séchelles, marcher à l'échafaud ; il avait vu la chute de Robespierre au 9 thermidor ; il avait vu les progrès de la réaction ; il avait vu les députés proscrits comme lui revenir prendre leur place sur les bancs de la Convention ; enfin il avait vu le 13 vendémiaire constituer un nouveau gouvernement ; alors, sans avoir aucune certitude pour sa sûreté personnelle, il était parti, emporté par son désir de revoir Eva.

Les vents contraires, la mer mauvaise l'avaient jeté sur les bancs de Terre-Neuve et lui avaient fait une traversée de quarante-neuf jours. Enfin il était arrivé le matin même du Havre, était descendu à l'hôtel de Nantes, tout naturellement, comme le lièvre revient à son lancer. Et le soir, ayant entendu parler de la solennité théâtrale qui s'accomplissait rue Louvois, il s'y était rendu dans l'espoir de trouver quelqu'un de connaissance qu'il pût interroger.

Le hasard l'avait servi au delà de ses souhaits.

Nous l'avons vu tout à la fois faible courage et méchant cœur, ne pouvant échapper à sa misérable condition d'homme, ramener chez lui Eva, heureuse d'y venir, sous le prétexte de lui donner la lettre de son père, mais en réalité pour la torturer plus longtemps.

Plus grand il voyait son amour, plus grand était son besoin de la faire souffrir.

Il rentra chez lui, et tandis que le garçon de l'hôtel, en allumant les bougies, regardait avec étonnement cette belle créature, mise avec une suprême élégance, qui restait anéantie sur le fauteuil où elle était tombée, il alla droit au secrétaire et y prit le portefeuille qui renfermait tous les souvenirs chers à son cœur.

Il revint alors s'asseoir près d'un guéridon de marbre sur lequel était posé un candélabre, et tira du portefeuille plusieurs papiers.

Le garçon était sorti et avait refermé la porte.

Son plan de douleur était dressé.

Il semblait que, non pas au point de l'amour, mais au point de vue humain, ce qu'il faisait était mal, mais une incroyable puissance le poussait à chercher dans ce cœur en lambeaux une preuve d'amour plus grande que les plaintes, les larmes et les sanglots.

— Puis-je parler, demanda-t-il d'une voix ferme à force de volonté, et m'écoutez-vous ?

Eva joignit les mains, tourna ses beaux yeux baignés de larmes vers Jacques.

— Oh oui ! je t'écoute, dit-elle, comme j'écouterais l'ange du jugement dernier.

— Je ne suis pas votre juge, dit Jacques, mais seulement le messager chargé de vous faire connaître quelques détails qu'il est important que vous connaissiez.

— Sois pour moi ce que tu voudras être, dit-elle, j'écoute.

— Inutile de vous dire que j'ignorais où ceux qui vous avaient enlevée à moi vous avaient conduite. J'appris en même temps l'émigration et la mort de votre père, que, dans une nuit de combat, au feu de la mousqueterie, j'avais cru reconnaître dans la forêt d'Argonne.

Espérant apprendre quelque chose de vous dans les papiers laissés par votre père, je me fis autoriser à visiter ces papiers, et je partis pour Mayence dans ce but. Le quartier général français était à Francfort. Je poussai jusqu'à Francfort. Là je trouvai un aide de camp du général Custine ; j'ai eu l'ingratitude d'oublier son nom.

— Le citoyen André Simon, murmura Eva.

— Oui, c'est cela.

— Je m'en souviens, moi, dit Eva en levant les yeux au ciel.

— Il me laissa prendre connaissance des papiers.

Jacques Mérey s'arrêta un instant, il sentait que sa voix s'altérait.

— Au nombre de ces papiers, continua-t-il, il y avait une lettre de vous qui m'était adressée et qui avait été envoyée par votre tante à votre père. J'eusse donné beaucoup à cette époque pour pouvoir dire ou faire savoir que votre femme de chambre vous trahissait. Voici cette lettre, je vous la rends ; cette lettre n'a plus de raison d'être.

— Oh ! dit Eva, tombant à genoux, garde-la ! garde-la !

— A quoi bon ? dit Jacques en l'ouvrant, vous avez donc oublié ce qu'elle disait ?

Et il lut à haute voix les premières lignes.

« Mon ami, mon maître, mon roi, je dirais mon dieu si je ne devais pas garder Dieu pour le supplier de me réunir à toi. »

— Dieu vous a exaucée, dit Jacques avec un accent d'une profonde amertume, puisque nous sommes réunis.

Et il approcha la lettre de la flamme des bougies pour la brûler.

Mais Eva se précipita sur elle et la lui arracha des mains, éteignant entre ses mains un commencement de flamme qui s'emparait d'elle.

— Oh ! non, dit-elle, puisque tu l'as gardée trois ans, c'est que tu m'aimais, c'est que tu l'as lue et relue, c'est que tu l'as baisée cent mille fois, c'est que tu l'as portée sur ton cœur. Je n'ai pas de lettre de toi, celle-là m'en tiendra lieu. Je mourrai avec cette lettre sur les lèvres, on la mettra dans ma tombe, et, si Dieu m'interroge, je lui montrerai cette lettre, en disant : Vois comme je l'aimais !

Et, couvrant la lettre de baisers et de pleurs, elle l'enfonça dans sa poitrine.

— Continue, dit-elle, tu me tues ; cela me fait du bien.

Et elle se laissa aller couchée sur le tapis.

— Quant à celle-ci, dit Jacques d'une voix dont il essayait vainement de cacher l'altération, elle est du marquis de Chazelay; on l'apportait chez votre tante, à Bourges en même temps qu'ayant appris que vous étiez à Bourges, j'étais venu vous y chercher. On me fit observer que, puisque j'étais à votre recherche, mieux valait que je me chargeasse de la lettre que de la laisser où le facteur l'avait jetée, sous la grande porte. Je ne vous rejoignis pas quand j'arrivai à Mayence; vous en étiez partie. J'eus de vos nouvelles par André. Il vous avait parlé de moi.

Un long sanglot fut la seule réponse d'Eva.

— Proscrit au 31 mai, j'eus encore un rayon d'espoir, sant à un ordre d'une puissance supérieure qui lui eût momentanément rendu la force, elle lut, en se rapprochant du cercle de lumière que jetait le candélabre.

« Mayence, le 1793.

« Ma sœur,

« Regardez ma dernière lettre comme non avenue, et, si vous n'êtes point partie, restez.

« Je suis jugé, puis condamné par les républicains; dans douze heures tout sera fini pour moi dans ce monde.

Oh ! c'en est trop, murmura-t-elle.

et je bénis ma proscription; elle me permettait de vous suivre en Autriche où je savais que vous vous étiez retirée. Je traversai la France et gagnai sans accident la frontière; là, je pris la poste pour Vienne, je marchai jour et nuit; ma voiture ne s'arrêta qu'à Josephplatz, nº 11. Vous étiez partie depuis une semaine... Ce fut ma dernière déception; non, je me trompe, reprit Jacques Mérey, ce ne fut pas la dernière.

Et, laissant tomber son coude sur le guéridon et sa tête dans sa main.

— Tenez, madame, dit-il, voici la lettre du marquis de Chazelay, lisez, ne fût-ce que par respect pour la mémoire de votre père; elle doit contenir ses dernières volontés. Elle est à l'adresse de votre tante, mais, votre tante étant morte, c'est à vous qu'il appartient de la décacheter.

Eva décacheta machinalement la lettre, et, comme obéis-

« Au moment solennel où je vais paraître devant Dieu, mes regards se reportent sur vous et sur ma fille.

« A votre âge et avec vos principes religieux, vous me laissez peu d'inquiétude. Ou vous vivrez dans la retraite et vous échapperez à la proscription, ou vous monterez sur l'échafaud et vous y monterez la tête haute, comme une Chazelay doit y monter.

« Mais il n'en est point ainsi de ma pauvre Hélène; elle a quinze ans, elle entre dans la vie à peine, elle ne saura ni vivre ni mourir. »

— Oh ! interrompit Eva en relevant la tête, vous vous trompez, mon père.

« Placé depuis ce matin en face du néant des choses d'ici-bas, je ne crois pas devoir, au moment de quitter ce monde, prendre mort une responsabilité qui, moi vivant, ne m'eût point épouvanté.

« Vivant, j'avais sur ma fille une puissance de direction que mort je n'aurai plus.

« Nous deux morts, personne ne l'aime plus ici-bas que cet homme, et de son côté elle n aime que lui.

« Ce n'est pas un homme de notre caste, mais (vous l'avez entendu dire vingt fois) un homme honorable et honoré; ce n est pas un noble, mais un savant, et il paraît qu'aujourd'hui mieux vaut être savant que noble. »

Eva leva les yeux sur Jacques Mérey; il restait impassible.

« D'ailleurs, continua Eva, reprenant sa lecture, si quelqu'un a sur elle des droits presque égaux aux miens, c'est lui qui l'a prise, masse inerte et abandonnée par moi à de vils paysans, et qui en a fait la créature belle et intelligente que vous avez sous les yeux.

« Hélène trouvera en lui un bon mari et vous, puisqu'il partage les principes damnés qui triomphent en ce moment, un protecteur. »

Eva s'arrêta; elle avait lu les lignes suivantes; elle étouffait.

— Eh bien, demanda Jacques d'une voix calme.

Eva fit un effort et continua :

« Je donne donc mon consentement à leur mariage, et, les pieds dans la tombe, je leur envoie ma bénédiction paternelle.

« Je veux que ma fille, qui n'a pas eu le temps de m'aimer pendant ma vie, m'aime au moins après ma mort.

« Votre frère,

« MARQUIS DE CHAZELAY. »

Eva laissa échapper la lettre de ses mains et, les bras étendus sur ses genoux, inclina la tête sur sa poitrine comme la Madeleine de Canova.

Ses longs cheveux, qui s'étaient dénoués, faisaient un voile autour d'elle.

Jacques la regarda un instant de cet œil dur que les hommes ont pour la femme coupable; puis, comme si, à son compte, elle n'avait point encore assez souffert :

— Ramassez cette lettre, dit-il, elle est importante.

— En quoi? demanda Eva.

— C'est son consentement à votre mariage.

— Avec toi, mon bien-aimé, dit-elle de sa voix douce et résignée, mais non avec un autre.

— Pourquoi cela? demanda Mérey.

— Parce que ton nom y est.

— Bon! dit amèrement Jacques, mon nom s'est bien effacé de votre cœur, il s'effacera bien de ce papier.

Eva se leva chancelante. On entendait le roulement d'un fiacre; elle alla en se soutenant aux meubles à la fenêtre et l'ouvrit.

— Oh! c'en est trop! murmura-t-elle.

Et elle jeta un cri rauque qui fit retourner le cocher.

Le cocher vit une fenêtre ouverte, une forme blanche à cette fenêtre; il comprit que c'était une femme qui l'appelait; il vint et rangea sa voiture à la porte.

Eva rentra.

— Adieu, dit-elle à Jacques, adieu pour toujours!

— Où allez-vous? demanda Jacques.

— Où tu m'as envoyée, chez moi.

Jacques se rangea pour la laisser passer.

— Me donneras-tu une dernière fois la main? dit-elle avec un regard plein d'angoisse.

Mais Jacques se contenta de saluer.

— Adieu, madame, dit-il.

Eva se précipita dans l'escalier en murmurant :

— Dieu sera moins cruel que toi, je l'espère.

Jacques entendit-il ces mots? lui donnèrent-ils à penser? entrevit-il le projet d'Eva? se crut-il assez vengé ou, ne l'étant point assez, voulut-il savoir où la retrouver pour prolonger le supplice de celle à qui la veille, pour épargner un soupir, il eût donné sa vie? Le fait est qu'il revint à la fenêtre, s'effaçant de façon à ce que de la fenêtre de l'entresol il pût tout voir sans être vu.

Eva parut à la porte de l'hôtel et mit un louis dans la main du cocher.

Un louis d'or, c'était près de 8.000 francs en assignats.

Il secoua la tête.

— Comment voulez-vous que je vous rende, ma petite dame? dit le cocher; je n'ai pas de monnaie d'argent, et en assignats je ne suis pas assez riche.

— Gardez tout, mon ami, dit Eva.

— Comment! que je garde tout, vous ne me prenez donc pas à la course?

— Si fait.

— Mais alors...

— Je vous donne la différence.

— Il ne faut pas refuser le bien qui nous tombe du ciel.

Et il mit le louis dans sa poche.

Eva était montée dans le fiacre, le cocher referma la portière sur elle.

— Où faut-il vous conduire, ma petite dame, demanda-t-il.

— Au milieu du pont des Tuileries.

— Ce n'est point une adresse, cela?

— C'est la mienne, allez!

Le cocher monta sur son siège et partit dans la direction indiquée.

Jacques Mérey avait tout entendu. Il resta un instant immobile et comme hésitant.

Puis tout à coup :

— Oh! non! dit-il, moi aussi je me tuerai!

Et, sans chapeau, il s'élança hors de l'appartement, laissant portes et fenêtres ouvertes.

## VII

### L'INSUFFLATION

Lorsque Jacques Mérey se trouva sur la place du Carrousel, le fiacre était près de disparaître sous les arcades du bord de l'eau.

Il s'élança à sa poursuite avec toute la légèreté dont il était capable; mais lorsqu'il arriva sur le quai, la voiture était déjà engagée sur le pont. Vers le milieu du pont elle s'arrêta. Eva en descendit et marcha droit au parapet.

Jacques Mérey calcula qu'il arriverait trop tard pour l'empêcher de se précipiter. Il se laissa glisser le long du talus et se trouva au bord de la rivière.

Une forme blanche apparaissait au-dessus du parapet.

Jacques Mérey mit bas son habit et sa cravate et s'avança le plus qu'il put vers le milieu de la rivière, sur les bateaux amarrés à la plage.

Tout à coup il entendit un cri, une blanche vision raya l'ombre, un coup sourd retentit, la rivière se referma.

Jacques s'élança de manière à couper l'eau et à se trouver en avant du corps: par malheur, la nuit était sombre; on eût dit que la rivière roulait de l'encre.

Le nageur eut beau ouvrir les yeux, il ne vit rien; mais il sentit à l'agitation de l'eau qu'il ne devait pas être loin d'Eva.

Il lui fallait respirer.

Il remonta sur l'eau, vit quelque chose de blanc tourbillonner à trois pas de lui, à la surface de la rivière. Il respira profondément et plongea de nouveau.

Cette fois, ses mains s'embarrassèrent dans les vêtements d'Eva; il la tenait, il pouvait la soulever à la surface de l'eau; mais c'était sa tête qu'il fallait amener à l'air respirable.

Ses cheveux flottaient, il la prit par les cheveux, et, par un vigoureux coup de pied, il remonta avec elle, et en ouvrant les yeux vit les étoiles.

Eva évanouie, complètement inerte, ne l'aidait ni ne le gênait.

Le courant était rapide. Il les avait entraînés tous deux à trente pas du pont.

Jacques Mérey calculait qu'il pouvait s'aider du courant pour gagner la berge en coupant l'eau diagonalement, lorsqu'il entendit crier derrière lui :

— Ohé, le nageur!

Jacques tourna la tête et vit une barque qui venait à lui. Il se soutint et soutint Eva au-dessus de l'eau. La barque, conduite par le courant, arriva à la portée de sa main.

Il s'y accrocha et tendit Eva à l'homme qui la montait.

L'homme tira Eva à lui, la coucha dans la barque, la tête haute.

Puis il aida Jacques à y monter à son tour.

Jacques s'aperçut alors qu'il n'avait pas de rames, mais seulement l'écope à vider l'eau.

Avec cette écope il avait godillé, et en godillant il était parvenu à l'endroit où étaient la noyée et le sauveteur.

Le batelier n'était autre que le cocher, qui, voyant ce qui se passait, était descendu sur la berge avait sauté dans un bateau, avait détaché la chaîne, mais, ne trouvant pas les rames, enlevées par précaution, s'était servi de l'écope comme d'une godille.

En continuant la même manœuvre et au bout d'une minute ou deux, il accosta.

On tira la barque à terre; les deux hommes transportèrent Eva évanouie le long de la berge.

Arrivé au pont, le cocher alla chercher son fiacre où il l'avait laissé, l'amena sur le quai, à la naissance de l'arche, puis il souleva par les épaules Eva soutenue par Jacques Mérey et l'attira à lui.

Jacques escalada le talus à son tour, et, prenant Eva entre ses bras, il la transporta dans le fiacre.

Le cocher demanda l'adresse, comme la première fois; Jacques donna celle de l'hôtel, et le fiacre partit au grand trot.

A la porte il s'arrêta, Jacques descendit avec Eva et mit sa main à sa poche pour récompenser le cocher; mais celui-ci vit le mouvement, et, écartant le bras de Jacques :

— Oh ! ce n'est pas la peine, dit-il, la petite dame a payé la course, et bien payée !

Et il partit au petit trot dans la direction de la rue de Richelieu.

Jacques emporta rapidement Eva et retrouva la porte de sa chambre comme il l'avait laissée.

Il posa la jeune femme sur un lit et s'assura que la respiration et la circulation étaient suspendues; le sang, ne pouvant plus pénétrer dans les vaisseaux pulmonaires, avait reflué dans les cavités droites du cœur.

Il commença par poser Eva sur un plan incliné, puis avec un couteau il ouvrit sa robe du haut jusqu'en bas, mit le torse à nu, en l'inclinant sur le côté droit, en lui penchant légèrement la tête et en lui écartant les mâchoires avec la lame du couteau.

Puis, comme il craignait que cette eau glacée d'où il l'avait tirée n'empêchât la chaleur de revenir, il fit chauffer une couverture de laine du lit, et tandis qu'elle chauffait à la cheminée au dos d'un fauteuil, il déchira le reste des habits qui couvraient le corps toujours inerte de l'asphyxiée.

Une fois enveloppée d'une couverture bien chaude, Jacques passa aux moyens plus actifs, c'est-à-dire à la respiration artificielle.

Il commença par des pressions exercées avec la main sur la poitrine et l'abdomen, de manière à simuler l'acte respiratoire.

Sans donner un signe direct d'existence, Eva commença de rejeter une partie de l'eau qu'elle avait prise.

C'était déjà un grand point.

Jacques avait préparé sa trousse. Il était décidé, si l'immobilité continuait et si la respiration ne se rétablissait pas, à inciser le tuyau laryngo-trachéal, opération qui n'était point encore connue à cette époque, mais qu'il s'était toujours promis d'appliquer en cas de nécessité.

Il appliqua son oreille dans la région du cœur et s'assura que le cœur continuait de se contracter; alors il redoubla les pressions respiratoires, ce qui fit de nouveau rejeter à Eva une certaine quantité d'eau.

Alors il eut recours aux moyens suprêmes, qu'il semblait avoir hésité jusque-là à employer. A cette époque où Chaussier n'avait point encore inventé le tube laryngien, on employait l'insufflation pulmonaire, c'est-à-dire que, de bouche à bouche, on introduisait de l'air dans les poumons des noyés.

Jacques Mérey approcha ses lèvres des lèvres d'Eva, puis, comme il ne voulait pas lui insuffler un air déjà respiré, c'est-à-dire chargé d'acide carbonique, il emplit le plus qu'il put sa bouche d'air atmosphérique, et, lèvres sur lèvres, lui serrant les narines pour qu'il n'y eût point déperdition, il souffla à trois reprises différentes, à petites quantités, d'une façon intermittente, pour rendre l'élasticité aux poumons.

Un faible mouvement indiqua qu'Eva commençait à revenir à elle, et qu'en lui insufflant son haleine Mérey lui avait insufflé la vie.

Le traitement que venait d'employer le docteur, joint à cette suprême preuve d'amour que venait de lui donner Eva en voulant mourir parce qu'il l'abandonnait, influa sur le docteur lui-même; cette tension nerveuse, sous l'empire de laquelle il avait agi et qui l'avait si longtemps rendu impitoyable, s'amollit peu à peu; son cœur contracté et qui ne battait plus qu'au centre se dilata doucement, se gonfla de soupirs et se mouilla pour ainsi dire de larmes.

Il prit dans sa bouche une cuillerée d'eau de mélisse, et, appuyant de nouveau ses lèvres sur celles d'Eva, non plus pour l'insufflation, mais pour la distillation, il laissa tomber goutte à goutte la liqueur astringente, qui, rencontrant un obstacle dans l'œsophage, amena une légère toux. Cette toux indiquait le retour à la vie, et en même temps un reste d'eau qu'il fallait expulser.

Jacques baissa la tête d'Eva; l'eau tomba sur le tapis. Alors il recommença ses insufflations, et nous ne voudrions pas dire que cette fois la science du médecin ne fût point un prétexte aux désirs sensuels de l'amant.

Tout à coup Jacques sentit la bouche d'Eva s'animer sous la sienne; il fit un mouvement pour s'éloigner, mais les bras de la jeune femme l'enveloppèrent, et il saisit ces mots murmurés par cette bouche qui se croyait plongée dans la mort au moment même où elle revenait à la vie :

— Mon Dieu ! je te remercie de nous avoir réunis au ciel !

Mérey se dégagea vivement. C'était plus qu'il n'avait voulu. Il était loin encore d'avoir pardonné, et, au fur et à mesure qu'Eva revenait à la vie, lui rentrait dans sa douleur et dans sa sévérité.

Au reste, après les quelques mots qu'elle avait prononcés, Eva avait laissé retomber sa tête, et avait été prise de cette espèce d'assoupissement qui suit presque toujours les asphyxies et surtout les asphyxies par l'eau.

Il tâta ses pieds. Ses pieds, encore froids, indiquaient que la circulation n'était pas complètement rétablie.

Alors il sonna. Une fille de l'hôtel monta. Jacques lui donna l'ordre de mettre des draps au lit et de les bassiner chaudement.

La chambrière obéit. Jacques enleva Eva, toujours enveloppée dans sa couverture, s'assit devant le feu et la mit en travers sur ses genoux comme on met un enfant.

En sentant la douce chaleur du feu qui pénétrait sa couverture, Eva rouvrit les yeux; mais craignant ou d'être sous l'empire d'un songe, ou que Jacques, en la voyant revenir à elle, ne s'éloignât, elle les referma aussitôt sans rien dire, et s'abandonna à cette douce sensation de se sentir bercée dans les bras de l'homme qu'elle aimait.

Le lit refait et bien chauffé, Jacques y porta Eva, laissa tomber la couverture qui l'enveloppait, posa ce beau corps dans toute sa longueur, écarta aux deux côtés de ses bras les cheveux, qui encore mouillés auraient pu les refroidir, regarda un instant avec un frémissement presque convulsif cette splendide statue, et, n'y pouvant plus tenir, étouffant sous l'action du sang qui se précipitait vers son cœur, il la recouvrit rapidement, se jeta dans un fauteuil, et, les mains enfoncées dans les cheveux, moitié colère, moitié douleur, il éclata malgré lui en sanglots.

Au bruit de ces sanglots, Eva, qui ne feignait le sommeil que pour prolonger la vague situation dans laquelle elle se trouvait, se souleva doucement, tendit ses deux beaux bras vers Jacques, resta un moment immobile, haletante, comme la statue de la prière, et, ne pouvant devant cette grande douleur demeurer plus longtemps dans une fausse insensibilité, elle murmura d'une voix à peine perceptible :

— Oh ! Jacques, Jacques !

Ces deux mots, si bas qu'ils fussent prononcés, furent entendus par le cœur de Jacques plus que par son oreille. Il bondit du fauteuil, tout honteux d'avoir été surpris dans son attendrissement.

Alors seulement Eva s'aperçut que Jacques était sans cravate et sans habits; il les avait jetés sur la berge de la Seine et n'avait point songé à les reprendre.

Tout préoccupé de secourir et de sauver Eva, il n'avait point songé à lui et était resté avec les mêmes vêtements qu'il avait en plongeant à la rivière. Ses cheveux étaient collés à ses tempes, et sa chemise fumait sur ses épaules et sur sa poitrine.

Elle comprit tout.

— Jacques, dit-elle, écoute-moi; je ne viens plus te prier pour moi, je viens te prier pour toi, pour toi dont la vie est mille fois plus précieuse que la mienne, pour toi qui es un apôtre de cette grande religion de l'humanité que j'ai tant entendu prêcher et vu si peu pratiquer, Jacques, ne reste pas ainsi mouillé, j'ai entendu dire que l'on pouvait mourir d'un refroidissement.

— Croyez-vous que ce serait un bien grand malheur pour moi de mourir ? demanda Jacques.

Eva secoua la tête.

— Du moment où tu m'as sauvé la vie, dit-elle, tu n'as plus le droit de mourir ou de me quitter; car alors pourquoi m'aurais-tu sauvé la vie ? Si tu voulais mourir, il fallait mourir avec moi quand nous roulions tous les deux dans ces eaux noires et glacées. Un instant j'en ai eu l'idée, quand je t'ai senti pour la première fois, j'ai deviné qui c'était. Quel autre miséricordieux se serait dévoué pour une misérable créature comme moi ? J'avais encore le sentiment. Oui, un instant j'ai voulu t'envelopper de mes bras et t'entraîner avec moi au plus profond de la rivière. Mais je me suis dit : Peut-être ce qu'il fait il le fait par pure humanité, peut-être ne veut-il pas mourir, lui. En ce moment, j'ai perdu connaissance, tout a disparu. Je me suis sentie morte, j'ai vu noir, ou plutôt je n'ai plus vu du tout. A part une douleur obstinée au cœur, c'était un état assez doux; la sensation générale c'était le froid. Je me sentais glacée, puis j'ai senti dans ma poitrine comme des coups de lame de feu, des bondissements dans mon cœur, quelque chose comme une cataracte intérieure qui ruisselait de mon cerveau, puis mon âme s'est concentrée sur mes lèvres. Je me suis dit : Oh ! il m'aime toujours, il m'embrasse. Je me trompais, ce n'était pas un baiser à la femme, c'était un secours à la noyée. Eh bien, la voilà revenue à elle, la noyée, et c'est à elle de supplier Jacques de lui obéir. Eh, mon Dieu ! il n'y a pas d'amour dans tout cela; tu serais un étranger que je te supplierais tout de même. Du moment où tu m'as sauvée par pitié, du moment où ce n'est pas un baiser que tu m'as donné, du moment où je ne reviens pas à la vie la main dans ta main; du moment où tu me dis que ce ne serait pas pour toi un grand malheur de mourir, c'est que tout est fini entre nous ; mais, mon Dieu Seigneur ! en échange de ton amour que je te rends, tu peux bien ne pas mourir.

Jacques Mérey n'avait plus ni soupirs ni sanglots, seulement les larmes coulaient silencieuses le long de ses joues.

Il sonna. Un garçon monta.

— Faites du feu dans la chambre à côté, dit-il, et portez-y mes malles. Je la prends pour moi. Madame garde celle-ci.

Cinq minutes après, on vint lui dire que la chambre était prête.

Jacques Mérey sortit, et, comprenant le regard suppliant d'Eva qui l'accompagnait jusqu'à la porte.

— Je reviendrai, dit-il.

Et il sortit.

Eva respira.

Mais à peine la porte se fut-elle refermée sur Jacques et Eva se trouva-t-elle seule, que, sans sortir du lit, elle allongea le bras et reprit sa robe, que, pour la déshabiller plus vite, Jacques avait ouverte avec un couteau. C'était dans le corsage de cette robe qu'elle avait caché la lettre que Jacques voulait brûler et qu'elle lui avait arrachée des mains.

Cette lettre, elle tremblait, au milieu des événements de la soirée, de l'avoir perdue.

Elle chercha avec anxiété dans les plis de la robe, dans ceux du corset, dans ceux de la chemise.

Enfin, elle jeta un cri de joie, elle venait de froisser un papier.

Ce papier c'était cette lettre bien-aimée, qui tant de fois avait été lue et relue par Jacques, tant de fois avait été baisée par lui.

Seulement, détrempée par l'eau de la Seine, une partie des caractères s'était effacée.

C'était un souvenir de plus, souvenir terrible, à ajouter aux doux souvenirs qu'éveillait ce billet.

## VIII

### LA SÉPARATION

Lorsque, après un quart d'heure d'absence de la chambre d'Eva, Jacques Mérey y rentra, il avait changé de vêtements, et nous dirons presque de visage.

Son front était encore triste, et l'on sentait que, pour longtemps, sinon pour toujours, il serait perdu dans de sombres nuages ; mais sa physionomie, pendant quelques heures pleine de menace et de haine, avait secoué la tempête et avait pris l'aspect d'une morne sérénité.

La jeune femme jeta sur Jacques un regard inquiet ; ce fut lui qui le premier prit la parole.

— Eva, dit-il, c'était la première fois qu'il l'appelait Eva, elle tressaillit ; Eva, vous allez écrire à votre femme de chambre de vous envoyer pour demain matin du linge et des robes. Je me chargerai de faire parvenir votre lettre.

Mais Eva secoua la tête.

— Non, dit-elle, c'est la seconde fois que vous me sauvez la vie : la première fois la vie de l'intelligence, la seconde fois celle du corps ; autrefois comme aujourd'hui, vous m'avez prise nue à la mort. Je ne veux pas avoir plus de passé aujourd'hui qu'il y a neuf ans ; c'est à vous de m'habiller ; ce ne sera pas cher ; je n'ai besoin ni de linge fin ni de belles robes.

— Mais que ferez-vous de votre maison et de tout ce qui est dedans ?

— Vous vendrez la maison et tout ce qu'il y a dedans, Jacques, et vous en emploierez le prix à de bonnes œuvres. Vous rappelez-vous, mon ami, que vous disiez toujours que quand vous seriez riche vous feriez bâtir un hôpital à Argenton ; l'occasion est venue, ne la laissez pas échapper.

Jacques regarda Eva, elle souriait du sourire des anges.

— C'est bien, dit-il, j'approuve votre idée, et dès demain je la mettrai à exécution.

— Je ne vous quitterai jamais, Jacques. (Jacques fit un mouvement. Eva sourit tristement.) Jamais un mot d'amour ne sortira de ma bouche, Jacques, aussi vrai que vous m'avez sauvé la vie, et, vous le voyez, j'ai déjà cessé de vous tutoyer... Oh ! il m'en coûte beaucoup, continua-t-elle en essuyant avec ses draps les grosses larmes qui coulaient de ses yeux ; mais je m'y ferai. Ce n'est point assez de me repentir, mon ami ; il faut que j'expie.

— Ne prenons pas d'engagements éternels, Eva. Ils sont, vous le savez, trop difficiles à tenir.

Elle s'arrêta un instant ; le reproche de Jacques lui avait coupé la parole.

— Je ne vous quitterai que si vous me chassez, Jacques, reprit Eva ; est-ce mieux ainsi ?

Jacques ne répondit point ; il appuyait son front brûlant sur la vitre de la fenêtre.

— Que vous restiez à Paris ou que vous retourniez à Argenton, vous avez besoin de quelqu'un près de vous. Si vous vous mariez et que votre femme veuille me garder près d'elle, ajouta-t-elle d'une voix altérée, je serai sa dame de compagnie, sa lectrice, sa femme de chambre.

— Vous, Eva ! n'êtes-vous pas riche, ne vous a-t-on pas rendu tous les biens de votre famille ?

— Vous vous trompez, Jacques, je n'ai rien. Si on me les a rendus, c'est pour les pauvres ; moi, je veux vivre du pain que vous me donnerez, m habiller de l'argent que vous me donnerez ; je veux dépendre en tout de vous, mon doux maître, comme j'en dépendais dans la petite maison d'Argenton, sachant que si je dépends de vous, Jacques, vous en serez meilleur pour moi.

— Nous ferons du château de votre père une maison de refuge pour les pauvres du département.

— Vous en ferez ce que vous voudrez, Jacques. Pourvu que je trouve ma petite chambre dans la maison d'Argenton, c'est tout ce que je vous demande ; vous m'apprendrez à soigner les malades, n'est-ce pas ? les pauvres femmes et les petits enfants ; puis, s'il y a quelque fièvre contagieuse et que je l'attrape, vous me soignerez à mon tour. Je voudrais mourir dans vos bras, Jacques, car je suis bien sûre d'une chose, c'est qu avant que je ne meure, quand vous seriez bien sûr que je n'en puis revenir, vous m'embrasseriez et me pardonneriez.

— Eva !

— Je ne parle point d'amour, je parle de mort !

En ce moment l'heure sonna à l'horloge des Tuileries.

Jacques compta trois heures.

— Vous rappellerez-vous tout ce que vous venez de dire, Eva ? demanda Jacques avec une certaine solennité.

— Je n'en oublierai pas une syllabe.

— Vous rappellerez-vous que vous avez ajouté qu'il y avait des fautes pour lesquelles le repentir ne suffisait pas, pour lesquelles il fallait l'expiation ?

— Je me souviendrai de l avoir dit.

— Vous rappellerez-vous enfin que vous ferez de la charité même au risque de votre vie ?

— J'ai touché deux fois la mort de la main. Je n'aurai jamais peur de la mort.

— Dormez sur cette triple promesse, Eva, et demain en vous éveillant vous trouverez sur votre lit tout ce dont vous avez besoin.

— Bonne nuit, Jacques, dit doucement Eva.

Jacques, sans répondre, passa dans sa chambre ; mais une fois la porte fermée, il répondit par un soupir, en murmurant :

— Il faut que cela soit ainsi.

Le lendemain Eva trouva en effet six chemises de fine toile sur une chaise à côté de son lit, et sur son lit deux peignoirs de mousseline blanche.

Jacques était sorti au point du jour, et avait fait les achats lui-même.

Une bourse contenant cinq cents francs d'or était déposée sur la table de nuit.

Pendant toute la matinée les marchandes se succédèrent : couturières, faiseuses de mode, bonnetières, — toutes venaient de la part de la même personne, qui envoyait à choisir parmi les objets choisis par elle-même.

A deux heures de l'après-midi le trousseau était complet ; mais, chose étrange, ce qui avait fait le plus de plaisir à Eva, c'était l'argent, l'argent étant un signe de dépendance. Et Eva, à quelque titre que ce fût, voulait appartenir à Jacques.

A deux heures, Jacques revint avec une procuration notariée au nom de mademoiselle Hélène de Chazelay, pour vendre et disposer de tous ses biens, meubles et immeubles, à commencer par la maison et les meubles de la rue...

Il y avait un blanc.

Eva n'avait qu'à remplir ce blanc et à signer.

Elle ne voulut pas même lire, rougit en mettant l'adresse, sourit en signant, et rendit la procuration à Jacques.

— Comment comptez-vous agir avec votre femme de chambre ? demanda Jacques.

— Lui payer son mois, lui donner une gratification et la renvoyer.

— De quel prix est son mois ?

— Son mois est de 500 francs en assignats, mais je lui donne d'habitude un louis d'or.

— Elle s'appelle ?

— Artémise.

— C'est bien.

Jacques sortit.

La maison dont l'adresse était portée à la procuration, était située rue de Provence, n° 17.

Le notaire devant qui l'acte avait été passé se nommait le citoyen Loubon.
Elle avait été payée 400,000 francs en assignats, à une époque où, étant moins dépréciés, les 400,000 francs d'assignats valaient 60,000 francs en or.
Jacques se rendit immédiatement à la petite maison de la rue de Provence. Il se fit reconnaître de mademoiselle Artémise, fort inquiète de n'avoir pas vu rentrer sa maîtresse, lui donna trois louis, un louis pour ses gages, deux louis de gratification, et lui signifia son congé.
Resté seul dans la maison il en fit l'inventaire.
La première chose qu'il trouva dans un petit secrétaire de Boule, fut un long manuscrit avec cette suscription :

« Récit de tout ce que j'ai pensé, de tout ce que j'ai fait, de tout ce qui m'est arrivé depuis que je suis séparée de mon bien-aimé Jacques Mérey, écrit pour être lu par lui si jamais nous nous revoyons. »

Jacques poussa un soupir, essuya une larme en lisant ces mots et mit le manuscrit à part.
C'était, de tous les objets que renfermait la maison et de la maison elle-même, la seule chose qui dût échapper à la vente.
Jacques envoya chercher un commissaire-priseur.
A cette époque, où le luxe faisait à Paris sa bruyante et fastueuse rentrée, tous les objets d'élégance, au lieu de perdre, augmentaient chaque jour de valeur. Le commissaire-priseur donna le conseil à Jacques de faire voir la maison telle qu'elle était à quelques-uns de ses fastueux clients, et de la vendre en bloc avec tout ce qu'elle renfermait.
Il ferait du reste un calcul détaillé qu'il lui présenterait le lendemain.
Il se mit à l'instant même à l'œuvre.
Jacques, de son côté, son manuscrit sur sa poitrine entre sa redingote boutonnée et son gilet, écrivit à Eva la lettre suivante :

« Eva,

« Comme rien ne vous retient à Paris, et qu'il est, j'espère que ce sera votre avis, inutile que vous y attendiez la fin des affaires qui m'obligent à y rester, vous pouvez partir ce soir par la diligence de Bordeaux, et vous arrêter à Argenton, où elle passe.
« Je ne sais si la vieille Marthe est morte ou vivante ; vous sonnerez à la porte ; si elle est vivante elle viendra vous ouvrir ; si elle est morte et que personne ne vous réponde, vous irez chez M. Sergent, notaire, rue du Pavillon, vous lui montrerez le paragraphe de cette lettre qui a rapport à lui, vous lui demanderez la clef de la maison et une femme pour vous servir.
« Si enfin M. Sergent était mort ou n'habitait plus Argenton, vous feriez venir Baptiste ou Antoine, et, avec l'aide d'un serrurier, vous ouvririez la porte.
« Une fois dans la maison, je n'ai plus de recommandations à vous faire.
« Comme j'ai pris à mon compte tous les objets que vous avez choisis, vous n'avez rien eu à dépenser, il vous reste donc les vingt louis que je vous ai laissés ce matin. C'est plus qu'il ne vous faut pour vous rendre à Argenton, où je ne tarderai pas à vous rejoindre.
« J'ai trouvé le manuscrit, je vais le lire.

« JACQUES MÉREY. »

Jacques appela un commissionnaire. Il lui donna un assignat de 100 francs, et l'envoya porter la lettre à l'hôtel de Nantes.
Puis il reprit la plume, et écrivit à chacun de ses fermiers :

« Mon cher Rivers,

« En attendant que nous fassions nos comptes, qui, à mon avis et sauf vérification, vous feraient mon débiteur d'une soixantaine de mille francs, envoyez-m'en, si vous le pouvez, trente mille, c'est-à-dire moitié, à l'adresse de M. Sergent, notaire à Argenton.
« Si cette somme vous paraît trop forte et qu'elle vous gêne, faites-moi vos observations. Vous savez que vous avez en moi plus qu'un ami, un homme à qui vous avez donné l'hospitalité quand il était proscrit, et que vos fils ont, au risque de leur vie, conduit hors de France.
« Votre dévoué et reconnaissant,

« JACQUES MÉREY. »

Il écrivit à ses deux autres fermiers deux lettres à peu près dans les mêmes termes, sauf les remerciments qu'il devait à Rivers et qu'il ne devait pas aux autres.

Il s'était arrangé pour toucher une somme de 80,000 francs, qui, avec le produit de la vente des meubles et de la maison de la rue de Provence, devait suffire à tous ses projets.
Après un premier coup d'œil jeté sur le tout, le commissaire-priseur estima la maison 65,000 francs, et ce qu'elle contenait une somme à peu près égale, ce qui mettait à sa disposition une somme de 200,000 francs
Le lendemain, au reste, comme il l'avait dit, il donnerait un résumé exact de son inspection.
Le commissionnaire revint avec une réponse.
Elle ne contenait que ces quatre mots :

« Je pars.
« Merci.

« ÉVA. »

A cinq heures, en effet, la diligence de Bordeaux partait de la rue du Bouloy ; elle avait une excellente place de coupé que prit Eva.
Elle n'emportait absolument rien qui ne vînt de Jacques.
Il ne lui restait que la mémoire incessante et douloureuse du passé qu'elle n'avait pu laisser au fond de la Seine.
On arriva le lendemain soir à Argenton. La voiture relaya à l'hôtel de la Poste, et en relayant descendit Eva et son bagage à l'hôtel.
Elle prit un commissionnaire pour porter sa malle et s'achemina à pied vers la petite maison du docteur.
Il était huit heures du soir ; il tombait une pluie fine ; toutes les portes et tous les contrevents étaient fermés.
En quittant Paris, si bruyant à cette époque et si resplendissant de lumière à cette heure, on eût cru en arrivant à Argenton descendre dans une nécropole.
L'homme marchait devant, son falot à la main, sa malle sur l'épaule.
Eva suivait par derrière en pleurant.
Cette obscurité, ce silence, cette tristesse lui avaient navré le cœur. Il lui semblait rentrer à Argenton sous un funeste présage. Elle fit ce que font tous les cœurs tendres et croyants en pareille occasion ; les cœurs tendres et croyants sont toujours superstitieux.
Elle se posa une question sur son bonheur ou sur son malheur futur, question qu'elle chargea le hasard de résoudre.
Elle se dit :
— Si je trouve Marthe morte et la maison vide, je suis à tout jamais malheureuse ; si Marthe vit, mes malheurs n'auront qu'un temps.
Et elle pressa le pas.
Quoique la nuit fût noire, elle vit comme une masse plus noire se dresser dans la nuit la maison du docteur terminée par son laboratoire.
Le laboratoire était sombre, les volets des autres fenêtres étaient fermés, aucun filet de lumière ne passait par une fenêtre quelconque.
Elle s'arrêta, une main sur son cœur, la tête renversée en arrière.
Le commissionnaire, n'entendant plus son pas derrière le sien, s'arrêta aussi.
— Vous êtes fatiguée, mademoiselle, dit-il, ce n'est pas un beau temps pour s'arrêter en route. Je vous en préviens, une pleurésie est bientôt prise.
Ce n'était pas la fatigue qui retenait Eva en arrière, c'était la masse de souvenirs qui l'écrasait.
Puis, plus elle approchait, plus la maison lui apparaissait morne, sombre et solitaire.
Enfin on atteignit les quelques marches qui conduisaient à la porte.
Le commissionnaire déposa sa malle sur la première marche.
— Faut-il frapper ou sonner ? demanda-t-il.
Eva se rappela qu'elle avait l'habitude de frapper d'une certaine façon.
— Non, dit-elle, restez là, je frapperai moi-même.
En montant l'escalier, ses genoux tremblaient ; en mettant la main sur le marteau, sa main était aussi froide que le marteau.
Elle frappa deux coups rapprochés, puis un coup un peu plus espacé, et elle attendit.
Un hibou qui avait son refuge dans le grenier au-dessus du laboratoire de Jacques, répondit seul par son hululement.
— O mon Dieu ! murmura-t-elle.
Elle frappa une seconde fois ; pour mieux voir, en même temps, le commissionnaire levait sa lanterne.
En ce moment, le hibou, attiré par la lumière, passa entre la lanterne et Eva.
Eva sentit le vent de son aile.
Elle poussa un faible cri.
Le commissionnaire eut peur, il laissa tomber la lanterne, qui s'éteignit.
Il la ramassa ; une lumière brillait à travers une petite fenêtre étroite et basse.

— Je vais aller rallumer ma lanterne, dit-il.

— Non, restez, fit Eva en lui mettant la main sur l'épaule ; il me semble que j'entends du bruit dans la maison.

En effet, on venait d'entendre le bruit d'une porte qui se refermait ; puis un pas lourd qui descendait lentement l'escalier.

Ce pas s'approcha de la porte. Eva était muette et tremblante comme s'il s'agissait de sa vie.

— Qui est là ? demanda une voix tremblante.

— Moi, Marthe, moi ! répondit Eva d'une voix joyeuse.

— O mon Dieu, notre chère demoiselle ! s'écria la vieille femme, qui avait reconnu la voix d'Eva après trois ans d'absence.

Et elle ouvrit vivement la porte.

— Et le docteur ? demanda-t-elle.

— Il vit, répondit Eva ; il se porte bien. Dans quelques jours il sera ici.

— Qu'il revienne ! Que je le revoie et que je meure ! dit la vieille Marthe. Voilà tout ce que je demande à Dieu.

***

En quittant la petite maison de la rue de Provence, Jacques Mérey était rentré à l'hôtel de Nantes qu'il avait trouvé vide.

Il avait poussé un soupir.

Peut-être était-il triste d'avoir été si vite et si bien obéi.

Il fit venir une marchande à la toilette, lui donna tous les vêtements qu'Eva portait sur elle lorsqu'elle s'était jetée à la Seine, jusqu'aux bas et aux souliers, et lui ordonna en échange de donner dix francs au premier pauvre qu'elle rencontrerait.

Mais il remit et renferma dans son portefeuille la lettre du marquis de Chazelay.

Puis il s'enferma dans la chambre d'Eva, où il s'était fait servir d'avance son souper, déroula le manuscrit et commença de lire.

Le titre du premier chapitre était : EN FRANCE.

## IX

### LE MANUSCRIT

#### I

Ce fut le 14 août 1792, jour de cruelle mémoire, que je fus séparée de mon bien-aimé Jacques, près duquel j'étais depuis sept ans, et que j'adorais depuis le jour où j'eus la connaissance de moi-même.

Je lui dois tout. Avant lui je ne voyais pas, je n'entendais pas, je ne pensais pas ; j'étais comme ces âmes que Jésus a tirées des limbes, c'est-à-dire des *lieux bas*, pour les conduire au soleil.

Aussi, malheur à moi si j'oubliais jamais, ne fût-ce qu'une seconde, celui à qui je dois tout !

(Arrivé là de sa lecture, Jacques poussa un soupir, laissa tomber sa tête sur sa main, et une larme glissa de ses paupières sur le manuscrit. Il l'essuya avec son mouchoir, s'essuya les yeux et se remit à lire.)

Le coup était d'autant plus violent qu'il était plus inattendu.

Une heure avant l'arrivée du marquis de Chazelay, — je n'ai pas encore le courage d'appeler mon père cet homme que je ne connais que par la douleur, — il n'y avait pas d'être plus heureux que moi. Une heure après qu'il m'eut séparée de mon Jacques, il n'y eut pas de créature plus malheureuse.

J'étais folle de douleur, plus que folle, idiote. On eût dit que Jacques avait gardé avec lui toutes les idées que, avec si grand'peine, pendant sept ans, il m'avait fait entrer dans le cerveau.

On m'emmena au château de Chazelay.

Du château de Chazelay, de ses appartements immenses, de ses meubles splendides, de ses portraits de famille, je ne me souviens que d'une simple peinture.

C'était le portrait d'une femme en robe de bal.

On me le montra en disant :

— Voilà le portrait de ta mère !

— Où est-elle, ma mère ? demandai-je.

— Elle est morte.

— Comment ?

— Un soir qu'elle s'habillait pour aller à une fête, le feu prit à sa robe ; elle se sauva d'appartement en appartement, le vent activa la flamme, elle tomba étouffant quand on vint à elle pour la secourir.

Il y avait une tradition dans les environs que, si quelque malheur devait arriver à l'un des habitants du château, on entendait des cris et l'on voyait la nuit, à travers les fenêtres, tournoyer des flammes.

On ne parlait que de la chasteté de sa vie, que du bien qu'elle faisait, que de la reconnaissance des pauvres gens pour elle.

C'était tout à la fois une sainte et une martyre.

Dans la situation d'esprit où j'étais, ma mère m'apparaissait comme mon seul refuge ; c'était mon intermédiaire naturel auprès du Seigneur.

Je passais des heures à genoux devant son portrait ; et, à force de la regarder, je croyais voir s'illuminer son auréole.

Puis quand je me levais de devant elle, c'était pour aller coller mon visage aux carreaux d'une fenêtre du même salon donnant sur la route d'Argenton. J'espérais toujours, quoique je comprisse la folie de cette espérance, j'espérais toujours le voir arriver pour me délivrer.

On avait d'abord ordonné de ne pas me laisser sortir ; mais lorsque M. de Chazelay vit dans quel état de torpeur je m'enfonçais de plus en plus, il ordonna lui-même que l'on m'ouvrît toutes les portes. Il y avait tant de serviteurs au château, que l'un d'eux pouvait toujours avoir les yeux sur moi.

Un jour, voyant les portes ouvertes, je sortis machinalement ; puis, à cent pas du château, je m'assis sur une pierre et me mis à pleurer.

Au bout d'un instant, je vis une ombre se projeter sur moi ; je levai la tête : un homme était debout et me regardait avec une expression de pitié.

Moi je le regardai avec une expression d'effroi car c'était le même homme qui accompagnait le marquis et le commissaire de police quand le marquis était venu me réclamer ; le même qui t'avait fait une visite quelques jours auparavant, mon bien-aimé Jacques, et qui m'avait trouvée si fort embellie : c'était enfin mon père nourricier, Joseph le bûcheron.

Cet homme me fit horreur ; je me levai et voulus m'éloigner.

Mais lui :

— Il ne faut pas me haïr pour ce que j'ai fait, ma chère demoiselle, car je ne pouvais pas faire autrement. M. le marquis avait une reconnaissance de ma main constatant que je vous avais reçue de lui et que je m'obligeais à vous rendre à lui et à la première réquisition. Il est venu et il a exigé mon témoignage. Je l'ai donné.

Il y avait dans la voix de cet homme un tel accent de vérité que je me contentai de lui dire en me rasseyant :

— Je vous pardonne, Joseph, quoique vous ayez contribué à me rendre bien malheureuse.

— Il n'y a pas de ma faute, ma chère demoiselle, et, si je puis racheter cela par des complaisances, ordonnez et je vous obéirai de grand cœur.

— Vous iriez à Argenton si je vous en priais ?

— Sans doute.

— Et vous lui remettriez une lettre ?

— Certainement.

— Attendez. Mais je n'ai ni plume, ni encre, on ne voudra pas m'en donner au château.

— Je vais vous procurer du papier et un crayon.

— Où les irez-vous chercher ?

— Au prochain village.

— Je vous attends ici.

Joseph partit.

Depuis que j'avais dépassé la grande porte du château j'entendais des abois désespérés.

Je me retournai du côté d'où ils venaient, c'était Scipion qu'ils avaient mis à la chaîne et qui s'élançait de toute la longueur de sa chaîne pour venir me rejoindre.

Mon pauvre Scipion, pendant huit jours, comprends-tu, mon bien-aimé Jacques, je l'avais oublié !

Que veux-tu, j'eusse oublié jusqu'à ma vie, si je n'avais souffert !

Ce fut pour moi une grande joie que de revoir Scipion. Quant à lui, il était fou de bonheur.

Joseph revint avec du papier et un crayon ; je t'écrivis une lettre insensée au fond de laquelle il n'y avait en réalité que ces deux mots : je t'aime.

Mon messager partit ; le lendemain à la même heure je devais le retrouver à la même place.

J'avais peur que l'on m'empêchât d'emmener Scipion dans ma chambre, mais on n'y fit même pas attention.

Je ne pouvais me lasser de lui parler et, folle que j'étais de lui parler de toi, je ne sais si c'était ton nom qu'il reconnaissait ou l'accent avec lequel je le prononçais ; mais, à chaque fois qu'il l'entendait, il jetait un petit cri tendre, comme si lui aussi avait dit : *Je t'aime*.

Dès le point du jour j'étais à ma fenêtre ; je pensais que Joseph aurait passé la nuit chez toi à Argenton, et qu'il arriverait le matin.

Je m'étais trompée, il était revenu la nuit même. Quand je sortis du château, je vis, à l'endroit où j'étais assise la veille, un homme qui était couché sur l'herbe et qui faisait semblant de dormir.

Je m'approchai ; c'était lui ; mais je vis bien, au premier regard que je jetai sur lui, qu'il n'avait que de mauvaises nouvelle à m'apprendre.

En effet, tu étais parti, mon bien-aimé Jacques, et cela sans dire où tu allais.

Joseph me rapportait ma lettre.

Je la déchirai en morceaux impalpables que je livrai au vent. Il me semblait déchirer mon cœur lui-même.

Joseph était au désespoir.

— Je ne puis donc rien pour vous? me dit-il.

— Si fait, lui répondis-je, vous pouvez me parler de lui.

Alors, avec des choses relatives à la manière dont tu m'avais trouvée et que tu m'avais racontées toi-même, il me raconta des choses que je ne savais point. Ces espèces de miracles opérés par toi sur des animaux furieux ; comment tu domptais les chevaux, les taureaux, comment tu avais dompté Scipion ; il me montra la voûte du mur où le chien s'était réfugié, quand tu le forças de venir rampant à tes pieds ; puis des animaux il passa aux hommes et me raconta les merveilleuses cures que tu avais faites : un enfant mordu par une vipère que tu avais sauvé en suçant la plaie, un chasseur qui s'était mutilé le bras avec son fusil, à qui on voulut couper le bras, et à qui tu le conservas ; que te dirai-je, mon bien-aimé Jacques, les mêmes souvenirs que je croyais toujours nouveaux. Un jour cependant la conversation changea.

— Mademoiselle, me dit Joseph avant que j'eusse eu le temps de lui adresser la parole, savez-vous une nouvelle?

— Laquelle?

— C'est que M. le marquis part ; il émigre.

Je songeai aussitôt au changement que le départ du marquis allait faire dans mon existence, à la liberté qu'il allait me donner.

— En êtes-vous sûr? lui demandai-je avec un mouvement de joie que je ne pus réprimer.

— Cette nuit, ses amis se rassemblent au château ; on y tient conseil sur la façon d'émigrer, et, quand chaque fugitif aura arrêté son moyen de fuite, on partira.

— Mais qui vous a dit cela, à vous, Joseph? Vous n'êtes pas, il me semble, des conseils du marquis?

— Non. Mais comme il sait que je tire proprement un coup de fusil, que je tue un lapin au déboulé et une bécassine à son troisième crochet, il serait bien aise de m'avoir près de lui.

— Et il vous a fait des offres?

— Oui. Mais je suis du peuple, moi, et par conséquent pour le peuple. De sorte que je lui ai dit : Monsieur le marquis, si nous nous retrouvons là-bas, ce sera l'un contre l'autre, et non pas l'un avec l'autre.

— Mais, m'a-t-il dit, je sais que tu es honnête homme, et que le secret de mon départ, que je te confie, tu le garderas. Or, comme ce secret n'en doit pas être un pour vous et que vous ne dénoncerez pas votre père, je vous le dis pour que, de votre côté, si vous avez des mesures à prendre, vous les preniez.

— Quelles mesures voulez-vous que je prenne. Je ne dispose de rien et l'on dispose de moi ; je laisserai faire à la Providence.

Le lendemain de cet entretien, mon père me fit prier de passer chez lui.

Je ne lui avais parlé que deux fois depuis qu'il m'avait reprise à toi, mon bien-aimé ! Il m'avait demandé si je voulais manger avec tout le monde ou dans ma chambre : je m'étais empressée de répondre : Dans ma chambre ; quand on est séparé de celui qu'on aime, être seule c'est être à moitié avec lui.

Je passai chez le marquis.

Il aborda immédiatement la question.

— Ma fille, me dit-il, les circonstances deviennent telles que je dois songer à quitter la France ; d'ailleurs, mon opinion, mon rang dans la société, ma position parmi la noblesse de France, me forcent d'aller offrir mon épée aux princes. Dans huit jours j'aurai rejoint le duc de Bourbon.

Je fis un mouvement.

— Ne vous inquiétez pas de moi, dit-il ; j'ai des moyens sûrs de quitter la France. Quant à vous, qui ne courez aucun risque et n'avez aucun devoir à remplir, vous resterez à Bourges avec votre tante ; elle vient vous chercher demain. Avez-vous des observations à me faire?

— Aucune, monsieur, je n'ai qu'à vous obéir.

— Si notre séjour à l'étranger paraît devoir se prolonger, ou si vous couriez quelque danger en France, je vous écrirais de venir me rejoindre, et nous nous fixerions hors de France pour tout le temps que durera leur infâme révolution, qui du reste, je l'espère bien, n'en a pas pour longtemps. Comme nous n'avons plus que trois ou quatre jours à passer ensemble, si vous voulez pendant ce temps prendre votre dîner en même temps que nous et avec nous, vous me ferez plaisir.

Je m'inclinai en signe d'assentiment.

Sans doute les jeunes nobles qui s'étaient réunis au château la nuit précédente y étaient restés, car le marquis avait une douzaine de convives.

Il me présenta à eux, et je vis bien vite quel était le but de cette présentation.

Trois ou quatre étaient jeunes, élégants, beaux, bien faits. Mon père voulait savoir si l'un d'entre eux ne parviendrait pas à attirer mes regards.

Mon père n'avait donc jamais aimé, qu'une pareille idée lui ait passé par l'esprit ! Douze jours après que je t'avais quitté, toi ma vie, toi mon âme, toi mon Jacques bien-aimé, penser que mes yeux pouvaient s'arrêter sur un autre homme !

Je ne me fâchai même pas d'une semblable supposition ; j'en haussai les épaules.

Le lendemain, ma tante arriva. Je ne l'avais jamais vue.

C'est une grande fille sèche, dévote et prude ; elle n'a jamais dû être jolie, et par conséquent n'a jamais été jeune.

Son père, ne pouvant pas la marier, en fit une chanoinesse.

En 1789 elle sortit de son couvent et rentra dans la société avec six ou huit mille livres de rentes que lui faisait mon père. Seulement elle ne voulut pas quitter Bourges, sa ville chérie, pour venir demeurer au château de Chazelay.

Elle avait donc loué une maison à Bourges.

Elle avait été, quelques années après ma naissance, mise au courant de ma laideur et de mon idiotisme ; puis on n'avait plus jugé à propos de lui parler de moi.

Quand le marquis lui écrivit de venir me chercher, elle s'attendait donc à trouver quelque horrible magote branlant la tête à droite et à gauche avec des yeux chinois, et exprimant ses désirs par des mots inintelligibles.

J'étais depuis une demi-heure en face d'elle qu'elle cherchait encore où je pouvais être. Enfin elle demanda qu'on lui amenât sa nièce, et, quand on lui dit que c'était elle qu'elle avait sous les yeux, elle fit un soubresaut d'étonnement.

Je crois que ma digne tante, forcée par les obligations qu'elle avait au marquis de me garder près d'elle, m'eût préférée plus laide et plus sotte. Mais je lui dis tout bas :

— C'est comme cela qu'il m'aime, ma bonne tante, et, ne vous en déplaise, je resterai ainsi.

Notre départ fut fixé au lendemain et celui du marquis à la nuit du surlendemain. Il avait pour état-major une partie de la noblesse du Berri et une cinquantaine de paysans, auxquels il promit une solde de cinquante sous par jour.

Le jour de notre départ, je dis adieu à Joseph le braconnier, qui me dit en me quittant :

— Je ne sais pas l'adresse de Jacques Mérey ; mais, comme il est de l'Assemblée nationale, en lui adressant vos lettres à la Convention, il n'y a pas de doute qu'elles ne lui parviennent.

Ce fut le dernier service que cet excellent homme me rendit !

## II

Le lendemain de notre départ du château de Chazelay, nous arrivâmes à Bourges. Notre voyage s'était fait dans une petite voiture des remises du marquis et avec un cheval de ses écuries ; un paysan nous conduisait.

Mademoiselle de Chazelay devait renvoyer le paysan et garder la voiture et le cheval.

Il résulta de cet arrangement que nous couchâmes à Châteauroux.

Je mourais d'envie de t'écrire, mon bien-aimé Jacques ! mais sans doute le marquis avait renseigné sa sœur à ton endroit, car mademoiselle de Chazelay ne détourna pas un instant ses yeux de dessus moi, et me fit coucher dans sa chambre.

J'espérais être plus libre à Bourges, et, en effet, j'eus ma chambre à moi, une chambre donnant sur un jardin.

A peine arrivée, mademoiselle de Chazelay se hâta d'organiser la maison ; elle avait une vieille servante nommée Gertrude qui l'avait suivie au couvent, mais qui, en me voyant arriver, déclara qu'elle n'admettait point ce surcroît de travail.

Ma tante fit donc demander par Gertrude une femme de chambre à son confesseur, qui lui envoya le même jour une de ses pénitentes nommée Julie.

Je l'étudiai ; mais je connais encore bien peu le cœur humain, même celui des femmes de chambre. Je crus le troisième jour pouvoir me fier à elle et lui donner une lettre pour toi ; elle m'assura l'avoir mise à la poste, ainsi qu'une seconde et qu'une troisième ; mais, comme je n'ai jamais reçu de réponse de toi, je commence à croire que j'ai été trop confiante et que mademoiselle Julie les a remises à ma tante au lieu de les porter à la poste.

A part ton absence, mon bien-aimé Jacques, et le doute où j'étais, non pas de ton amour, Dieu merci, je sens à mon cœur que tu m'aimes toujours, mais de notre réunion, le mois que je passai à Bourges ne fut point malheureux ; sans m'aimer, ma tante avait des égards pour moi ; elle avait gardé le paysan, l'avait habillé d'une espèce de carmagnole et en avait fait son cocher. Tous les jours, sous prétexte du soin qu'elle prenait de ma santé et en même temps de la sienne, elle nous promenait deux heures, et le reste du temps, à part l'heure des repas, j'avais toute liberté dans ma chambre.

J'en usais en restant seule.

Depuis que l'idée m'était venue que Julie avait pu me trahir, je la détestais autant que je puis détester, ce qui n'est pas bien fort ; et, pour ne pas voir une créature qui m'était désagréable et à laquelle je ne voulais pas faire la peine de la renvoyer, je lui interdisais l'entrée de ma chambre.

Ma tante était abonnée au *Moniteur*. Je dévorais tous les jours le journal dans l'espérance d'y trouver ton nom. Deux ou trois fois mon espérance fut accomplie. D'abord je vis ton nom parmi les députés de l'Indre lors de l'appel nominal, puis je vis que tu avais été envoyé en mission près de Dumouriez, que tu lui avais servi de guide dans la forêt d'Argonne, enfin que tu avais rapporté à la Convention les drapeaux pris à Valmy.

Mais, huit ou dix jours après la bataille de Valmy, nous reçûmes une lettre du marquis, qui nous disait que les choses politiques n'allaient point tout à fait selon son espoir, et qu'il nous invitait à nous tenir prêtes à le rejoindre au premier avis que nous recevrions de lui.

Nous fîmes nos préparatifs de départ de manière à n'avoir qu'à nous mettre en route aussitôt que le marquis nous appellerait.

Nous le trouverions occupé au siège de Mayence.

Quoique l'on commençât à être sévère aux émigrations des hommes, qui emportaient un danger avec eux puisqu'ils n'émigraient que pour revenir combattre contre la France, on s'inquiétait assez peu des émigrations des femmes. Les autorités de Bourges d'ailleurs, demeurées royalistes, nous munirent de tous les papiers nécessaires pour assurer notre voyage, et nous partîmes en poste dans notre petite voiture.

Nous gagnâmes la frontière et nous la traversâmes sans avoir couru un danger réel ; mais, un peu au delà de Sarrelouis, nous trouvâmes des prisonniers émigrés que l'on ramenait à une forteresse ou à une citadelle pour les faire fusiller.

Nous poussâmes jusqu'à Kaiserlautern.

Là nous apprîmes la prise de Mayence par le général Custine. Comme deux femmes à la recherche d'un frère et d'un père ne courront jamais un risque quelconque de la part d'un général français, nous poussâmes jusqu'à Oppenheim. Là les nouvelles devinrent plus précises et en même temps plus inquiétantes.

Dans un des derniers combats qui avaient eu lieu quelques jours auparavant, un certain nombre d'émigrés avaient été pris, et, lorsque ma tante prononça le nom du marquis de Chazelay, celui qu'elle interrogeait lui dit qu'en effet il croyait avoir entendu ce nom-là. Au reste les prisonniers avaient été conduits à Mayence, et, vivants ou morts, c'était là seulement que l'on pouvait avoir de leurs nouvelles.

Nous poussâmes jusqu'à Mayence. Aux portes, on nous arrêta.

Il nous fallut écrire au général Custine. Nous ne lui cachâmes rien ; nous lui dîmes qui nous étions, et le but sacré qui nous amenait à Mayence.

Un quart d'heure après, un de ses officiers d'ordonnance venait nous chercher.

— Ah ! mon bien-aimé Jacques, la nouvelle était terrible. Mon père, pris les armes à la main, avait été condamné et fusillé dans les vingt-quatre heures.

Je n'avais pas de puissantes raisons d'adorer un père qui m'avait abandonnée dans mon enfance et qui ne m'avait reprise que pour me briser le cœur. Cependant, au moment où j'appris l'horrible catastrophe, je le pleurai filialement.

Mais alors un incident complètement imprévu vint faire trêve à ma douleur. Le jeune officier que le général nous avait donné pour nous accompagner, me demanda à m'entretenir d'une chose importante ; d'un regard je sollicitai de ma tante la permission de l'écouter. Elle crut, comme il avait commandé le détachement exécutionnaire, qu'il avait à me transmettre de la part du marquis quelques recommandations suprêmes et je le suivis dans un cabinet, tandis que ma tante se faisait donner, pour constater le décès, le procès-verbal de l'exécution.

— Mais là, chose incroyable, de qui penses-tu que me parla cet inconnu ? De toi, mon bien-aimé Jacques. Tu étais venu deux jours avant à Mayence pour savoir si parmi les papiers trouvés sur mon père il n'y en aurait pas quelqu'un qui pût t'apprendre notre adresse, et non seulement tu avais appris que nous demeurions à Bourges, mais encore tu avais pu lire une lettre de moi, à toi adressée, soustraite par ma tante et envoyée par elle à son frère. Cette lettre, mon bien-aimé Jacques ! il me dit avec quels transports de joie tu l'avais lue ; que tu avais demandé à la copier ; qu'il t'avait autorisé à la prendre en en laissant copie ; que, la copie faite, tu avais pris la lettre, tu l'avais baisée, tu l'avais mise sur ton cœur.

Mon Dieu ! que cette voix du sang est peu de chose, mon bien-aimé Jacques, abandonnée à elle-même ! que ces mots dits tout à coup, à propos d'un homme que l'on croyait étranger — *c'est ton père !* — ont peu de puissance, puisqu'en face de cette tombe de mon père à peine refermée, ton nom prononcé j'oubliai tout ! C'est que tu es mon véritable père, toi ! A part la vie matérielle, je te dois tout. Je suis ton enfant, je suis ton œuvre, je suis ta création ; et avec cela, dans sa suprême bonté, Dieu a voulu que je pusse être autre chose.

Quand je sortis du cabinet où cet excellent jeune homme venait de m'apprendre ton passage, j'étais honteuse de moi. J'avais des larmes dans les yeux ; mais, larmes et sourires, tout était pour toi.

Oh ! que l'amour est bien ce que tu m'as dit, l'âme de la création tout entière, le fluide obstiné qui perpétue la vie, et qui des parcelles de temps de notre vie fait l'éternité des êtres. Nous rêvons Dieu, nous sentons l'amour ; l'amour ne serait-il pas le seul, l'unique, le vrai Dieu ?

Je cachai ma joie dans mon voile. Qu'eût dit la rigide chanoinesse en voyant ces fausses larmes et ce vrai sourire.

Ainsi je m'étais reprise à espérer. Depuis que nous avions été séparés, c'était la première fois que j'entendais parler de toi. Le fil de ma vie presque brisé se renouait, plus ardent que jamais, à l'amour et au bonheur.

Mais toi, de ton côté, qu'allais-tu faire, pauvre bien-aimé ? courir après une nouvelle déception. Je te voyais reprenant la poste dans l'espoir de me retrouver à Bourges, te penchant en avant, pressant le postillon et arrivant dans notre sombre rue, en face de notre triste maison, pour trouver la maison fermée et apprendre mon départ.

Mais, n'importe ! Je me disais, égoïste que j'étais, que toutes ces secousses-là feraient revivre ton amour comme celle que je venais de recevoir avait galvanisé le mien.

Le reste de la journée fut consacré à une visite à la tombe du marquis. Là, je retrouvai des larmes. Le général nous permit de mettre une pierre sur la fosse, avec le nom de celui qu'elle recouvrait.

Mademoiselle de Chazelay s'obstinait à vouloir mettre dessus : *Mort pour son roi*. Mais le général lui fit observer qu'une pareille inscription ferait mettre avant vingt-quatre heures la pierre en morceaux par les soldats de la République.

Nous quittâmes Mayence dans la même nuit, et nous prîmes la route de Vienne. C'était là que mademoiselle de Chazelay voulait fixer sa résidence. Elle avait une douzaine de mille francs en or avec elle. Il ne fallait plus compter sur autre chose. Toute notre fortune était là.

Il était évident que la République héritait des biens du marquis de Chazelay, émigré pris les armes à la main et fusillé.

Nous partîmes donc pour Vienne, mais nous cessâmes de voyager en poste. Nous prîmes nos places à une diligence, et je priai tant qu'on laissa mon pauvre Scipion monter avec nous.

Scipion, c'était le dictionnaire de ma vie passée

Nous arrivâmes à Vienne, et nous descendîmes d'abord dans le plus beau quartier de la ville, à l'*Agneau d'or*.

Ma tante confia au maître de la maison qu'elle désirait louer une petite maison dans un quartier calme et retiré. Trois jours après, une vieille dame venait nous prendre en voiture et nous conduisait à la place de l'Empereur-Joseph où elle avait une petite maison garnie.

Cette petite maison nous convenait sous tous les rapports. La propriétaire en voulait cent louis par an. Ma tante, après longue discussion l'obtint à deux mille francs, avec faculté de renouveler le bail d'année en année tant qu'il lui plairait.

A la fin de chaque année elle pouvait résilier, mais l'année commencée elle devait payer l'année entière.

— Nous nous installâmes à Josephplatz.

Aussitôt installée, comme je n'avais plus de femme de chambre pour m'espionner, — ma tante avait jugé que nous pouvions nous servir seules, et que par conséquent cette dépense était inutile, — comme je n'avais plus de femme de chambre pour m'espionner, je t'écrivis une longue lettre et je la mis moi-même à la poste.

Ni celle-là ni trois autres que j'écrivis n'obtinrent de réponse.

Je me désespérai. M'avais-tu donc oubliée? Cela me semblait impossible.

Hélas! depuis j'ai réfléchi.

Il y avait une double raison pour que mes pauvres lettres ne t'arrivassent point.

Ne sachant point ton adresse, je t'écrivais :

« A monsieur Jacques Mérey, député du département de l'Indre à la Convention. »

J'ignorais les défiances du gouvernement autrichien. Mes lettres étaient décachetées et lues.

Puis celui qui était chargé de ce triste office de lire les lettres ne jugeait pas à propos de recacheter mes lettres et de leur faire suivre leur cours.

C'est si peu important pour un indifférent des lettres d'amour!

J'eusse donné la moitié de mon sang pour une lettre de toi!

Et, en supposant même que mes lettres eussent été remises à la poste, est-ce que la police française eût fait parvenir à *monsieur* Jacques Mérey, député à la Convention. des lettres de Vienne?

Cette appellation de *monsieur*, complètement abolie à Paris, sentait son aristocratie d'une lieue.

J'étais bien malheureuse lorsque ces observations que je fais ici me furent faites par un vieux savant, notre voisin, avec la femme duquel ma tante allait faire parfois sa partie de whist.

Une chose qui te fera rire, mon cher Jacques, c'est que ce vieux savant aimait à causer avec moi, disait-il, parce que j'étais savante.

Moi savante! Hélas la chose que j'eusse dû savoir avant tout c'est que, pour que mes lettres t'arrivassent, il ne fallait pas écrire à *monsieur* Mérey, mais au *citoyen* Mérey.

Une fois que j'eus trouvé la cause de ton silence, mon Jacques, bien loin de t'en vouloir, je t'en aimai davantage. Mais ce n'était pas le tout de t'aimer de mon côté, je voulais que tu m'aimasses du tien.

Or ce point de la cause de ton silence éclairci, tu m'aimais toujours; que m'importait le reste. Ton amour n'était-il pas tout pour moi.

## III

La vie que nous menions, ma tante et moi, à Vienne, ressemblait beaucoup à celle que nous menions à Bourges.

Nous avions pris une femme pour nous servir; c'était une vieille Française, dont le mari, domestique d'un attaché d'ambassade, était mort à Vienne.

Tant qu'il y avait eu ambassade française à Vienne, l'ancien maître du mari de Thérèse avait aidé la veuve; mais depuis la guerre avec l'Autriche, l'ambassadeur français avait pris ses passeports, et Thérèse s'était mise à faire les ménages de ses compatriotes émigrés.

Depuis la mort de mon père, ma tante, tombée dans une espèce de spleen, ne s'occupait plus ou paraissait ne plus s'occuper de nos amours.

J'étais libre, j'avais ma chambre à moi; j'y demeurais seule tant que je voulais, et j'avais tout le temps de t'écrire.

Pendant le premier mois de mon arrivée, je t'écrivis toutes les semaines; seulement ma tristesse était profonde de voir que quoique je t'adjurasse, au nom des plus douces heures de notre amour, de me répondre, tu ne me répondais pas; cette fois, je ne pouvais pas même concevoir l'idée que mes lettres étaient détournées, puisque deux ou trois fois j'avais mis mes lettres moi-même à la poste.

Vers le troisième mois de notre séjour à Vienne, j'eus une grande douleur; mon pauvre Scipion s'en allait mourant de vieillesse.

C'était avec toi le seul être qui m'eût véritablement aimée; et lui qui t'avait quitté volontairement pour me suivre quand le marquis m'avait enlevée, lui qui était venu avec moi en exil, ne m'aimait-il pas mieux que toi dont le silence incompréhensible accusait l'oubli?

Si ton silence venait de ta fierté blessée, je le comprenais encore tant que le marquis vivait; mais, le marquis mort, tu n'avais plus aucun motif pour ne pas m'écrire; d'ailleurs, ne savais-je point par l'officier d'ordonnance du général Custine que tu m'aimais toujours?

N'avais-je pas pleuré de joie quand il m'avait raconté tes transports de joie à la lecture de ma lettre?

Je me dis que sans doute certaine partie de mon cerveau n'avait pas été suffisamment développée par toi, que le temps t'avait manqué pour achever mon entière création : que de cette partie incomplète venait le trouble dans lequel je me perdais.

Scipion ne me quittait plus d'un pas; on eût dit que la puissance de son attachement pour moi lui avait inspiré la révélation de sa mort prochaine.

Et moi, en le voyant s'affaiblir de jour en jour, je le regardais tristement. Scipion c'était le catalogue de toute ma vie. Avant que personne m'aimât, il m'aimait; quand je n'étais qu'une masse inerte, il me réchauffait; quand j'étais impuissante à percevoir moralement, je le percevais physiquement. Il fut, quand la vue me fut donnée, le premier être que je vis, et quand peu à peu je reçus le mouvement, il fut mon premier moyen de locomotion; à tous mes souvenirs de toi, il est mêlé, et ce fut à travers lui en quelque sorte que j'arrivai à toi. Depuis que nous sommes séparés, pour parler de toi je n'ai que lui; et aujourd'hui que la mort s'approche, que son regard trouble m'entrevoit à peine, si je lui demande où est notre maître bien-aimé à tous deux, il comprend de qui il est question, et par de douces plaintes arrachées à ton nom il semble me dire : Pas plus que toi je ne sais où il est, mais comme toi, tu vois bien que je le pleure.

Les journaux français sont défendus ici; mais comme, grâce à toi, l'allemand est devenu pour moi une seconde langue maternelle, je lis les journaux allemands. J'ai vu ton vote dans le procès de ce malheureux roi dont nous ne nous étions jamais occupés ensemble, dont nous avions parlé deux ou trois fois à peine, dont j'ignorais presque l'existence. Quand, au nom de la patrie, on est venu te chercher pour lutter contre son pouvoir expirant, tu n'as pas voulu voter la peine de mort, cœur miséricordieux, et tu t'es exposé aux murmures et peut-être à la vengeance de toute l'Assemblée pour rester fidèle, non pas dans ta foi, — car je sais ce que tu pensais, — mais dans ton humanité.

Tu n'as aucune idée de la façon dont on s'illusionne ici. Tous les émigrés passent ici, et dans leur nombre immense nous en voyons quelques-uns parlant de leur retour en France comme d'une chose prochaine et sûre; selon eux, la mort du roi, loin de gâter les affaires de l'émigration, les rend meilleures; si la tête du roi tombe, disent-ils, toute l'Europe se soulèvera, et il me semble impossible que la France résiste à toute l'Europe, quoique je désire bien rentrer en France, puisque rentrer en France ce sera me rapprocher de toi. Je ne voudrais pas rentrer à ce prix, il me semble que c'est une impiété d'espérer une pareille chose.

Inutile de te dire que ma tante est au nombre de ceux qui espèrent rentrer en France de cette façon.

Si je n'étais pas si triste, mon bien-aimé Jacques, je rirais des étonnements que causent à ma tante les preuves successives et inattendues de l'éducation que tu m'as donnée.

D'abord, en arrivant en Allemagne, sa grande inquiétude était de savoir comment elle se ferait comprendre, lorsque tout à coup elle me vit parler couramment allemand avec les postillons et les aubergistes.

Premier étonnement.

Il y a huit ou dix jours, nous avons visité les serres du palais, qui sont fort belles. Le jardinier justement est Français, et, reconnaissant en moi une compatriote, il voulut me faire lui-même les honneurs de son royaume.

Aux premiers mots que nous échangeâmes, il vit que je n'étais point tout à fait étrangère à la botanique. Alors il me fit visiter ses orchidées les plus curieuses; il en avait de magnifiques, dont les fleurs imitaient des insectes, des papillons, des casques; puis, voyant que je m'intéressais surtout aux choses mystérieuses de la nature, il me fit voir sa collection d'hybrides.

Mais l'excellent homme ne connaissait que les hybrides naturelles, fruit et résultat d'un accident quelconque de la nature; il ne savait point en faire artificiellement en enlevant les étamines d'une fleur avant sa fécondation, et en apportant sur le pistil le pollen d'une autre espèce.

Il se plaignait aussi que ses hybrides, quoique fécondes, retournassent spontanément à la tige maternelle, c'est-à-dire à l'*atavisme*. Je lui indiquai alors le moyen de combattre ce retour, en redoublant dans les générations subséquentes une nouvelle aspersion du pollen paternel.

Le jardinier était dans le ravissement; il m'écoutait comme il eût écouté Kœlrenter lui-même. Quant à ma tante, tu comprends, mon bien-aimé, elle qui est arrivée à l'âge de soixante-neuf ans sans savoir distinguer une anémone d'une tubéreuse, elle était stupéfaite.

Mais ce fut bien pis lorsque hier, à propos de mon pauvre Scipion, qui sera mort demain, je me pris avec le confesseur de ma tante, vieux prêtre français non assermenté, d'une discussion sur l'âme des hommes et sur celle des animaux, et lorsque j'avançai que c'était l'orgueil humain qui avait converti en âme l'intelligence humaine plus perfectionnée grâce à la quantité de matière cérébrale plus considérable contenue dans le crâne humain que dans le crâne des animaux, et que j'attribuai à chaque animal une âme en harmonie avec son intelligence. J'essayai vainement de faire comprendre que la nature n'était rien autre chose dans son éternelle palpitation que cette chaîne générale des êtres, que la sève de l'arbre était le sang de l'homme, et que la moindre plante, à un degré inférieur, avait sa vie sensitive à des degrés de plus en plus supérieurs, comme le mollusque, comme l'insecte, comme le reptile, comme le poisson, comme le mammifère, comme l'homme enfin.

Le prêtre m'accusa de panthéisme, et ma tante, qui ne savait pas ce que c'était que le panthéisme, déclara simplement que j'étais une athée.

Comment se fait-il, ô mon cher maître, comment se fait-il, mon Jacques bien-aimé, que ce soit nous qui voyons Dieu en toutes choses dans les mondes qui roulent au-dessus de nos têtes, dans l'air que nous respirons, dans l'océan que ne peut embrasser notre regard, dans le peuplier qui plie au vent, dans la fleur qui s'ouvre au soleil, dans la goutte de rosée que secoue l'aurore, dans l'infiniment petit, dans le visible et dans l'invisible, dans le temps et dans l'éternité, comment se fait-il que ce soit nous qu'on accuse d'être des athées, c'est-à-dire de ne pas croire en Dieu?

Notre pauvre Scipion est mort ce matin. Il en sait maintenant autant que nous en saurons un jour sur le grand secret, que le tombeau ne révélera jamais du moment où il n'a pas répondu à la sublime interrogation de Shakspeare.

Ce matin, ne le voyant pas entrer lorsque l'on ouvrit la porte de ma chambre, je me doutai ou qu'il était mort, ou qu'il était trop malade pour venir jusqu'à moi.

J'allai donc jusqu'à sa niche.

Il était vivant encore, mais trop faible déjà pour marcher. Son œil était fixé sur la porte par laquelle il s'attendait à me voir paraître.

En m'apercevant, son œil s'anima. Il fit entendre un petit cri de joie, sa queue s'agita, il sortit à moitié de sa niche.

Je pris un tabouret et vins m'asseoir près de lui et, voyant qu'il faisait effort, je lui pris la tête et la posai sur mon pied.

C'était cela qu'il voulait.

Une fois là, l'œil fixé sur moi, de temps en temps détournant son regard pour le plonger dans le lointain, comme s'il te cherchait, mais le ramenant aussitôt vers moi, il ne s'occupa plus qu'à mourir.

En vérité, celui qui donne une âme à l'assassin sans pitié qui égorge pour quarante sous des femmes et des enfants à la porte d'une prison, et la refuse à ce noble animal qui, pareil au pécheur privilégié de l'Ecriture, après avoir fait le mal s'est repenti de l'avoir fait, et a consacré le reste de sa vie au bien et à l'amour, celui-là me semble non seulement hors de raison, mais hors d'intelligence.

Mon bien-aimé Jacques, le jour où tu liras ces lignes, si tu les lis jamais, et que tu te reporteras à leur date, 23 janvier 1793, tu me trouveras sans doute bien enfantine de m'absorber dans la contemplation d'un chien qui meurt au moment même où tu te trouves, toi, en face de l'échafaud d'un roi, au milieu des débris d'un trône qui croule. Mais tout est relatif : l'amour qu'on porte à son roi, c'est-à-dire à un homme que l'on n'a jamais vu, à qui l'on n'a jamais parlé, est une convention sociale, une affaire d'éducation, tandis que l'amitié que je porte à la pauvre bête qui agonise là sous mes yeux en pensant à moi dans la mesure de son intelligence, est un sentiment presque d'égal à égal, en supposant même que Scipion n'ait pas été longtemps mon supérieur.

Quant à ce trône qui croule, il tombe sous la mine incessante de huit siècles de despotisme, sous la parole de tous les grands philosophes et de tous les esprits sublimes de notre temps, et ses débris, symboles de haine et de vengeance, essayent, en roulant vers l'abîme, d'entraîner avec eux tout ce qu'il y a de courageux, de loyal et de patriotique dans notre époque.

Notre pauvre Scipion est mort.

Un dernier frémissement d'agonie a parcouru tout son corps, ses yeux se sont fermés, il a poussé un faible gémissement, et tout a été fini pour lui.

O mort ! ô éternité ! n'est-ce pas que tu es la même pour tous les êtres créés, ou du moins pour tous ceux dont les cœurs ont battu, pour tous ceux qui ont souffert, pour tous ceux qui ont aimé.

Scipion est enterré dans le jardin, et sur la pierre qui le couvre j'ai gravé le seul mot : FIDELIS.

*
* *

Là, malgré lui, Jacques Mérey s'arrêta. Cet homme qui avait vu tant de grands événements d'un œil sec, avait senti malgré lui les pleurs obscurcir son regard ; une larme d'Eva avait laissé sa trace sur le manuscrit ; une larme de Jacques tomba près d'elle.

Puis il regarda tristement le lit où elle avait couché, la chaise où elle s'était assise, la table où elle avait mangé, fit plusieurs tours dans la chambre, vint s'asseoir sur son fauteuil, reprit son manuscrit et se remit à lire.

Mais il y avait une grande lacune entre l'endroit où il était arrivé et celui où le récit continuait.

Il reprenait à la date du 26 MAI 1793.

*
* *

Je pars pour la France demain soir. C'est le premier usage que je fais de ma liberté. Je ne crois pas courir aucun danger, et, si j'en cours, je les braverai joyeusement en pensant que c'est pour toi que je les brave.

Ma pauvre tante est morte hier d'une apoplexie foudroyante. Elle faisait son whist avec deux vieilles dames et son directeur ; c'était à son tour à jouer, elle tenait les cartes et ne jouait pas.

— Jouez donc, lui dit son partner.

Mais au lieu de jouer, elle poussa un soupir et se renversa dans son fauteuil.

Elle était morte.

Quel bonheur, le 4 juin au plus tard, je serai dans tes bras, car je ne puis croire que tu m'aies oubliée !

Tu trouveras peut-être étonnant que je n'aie pas une parole de regret pour la pauvre vieille fille que nous conduirons demain à sa dernière demeure, quand j'ai employé six pages à te parler de la mort et de l'agonie de mon chien ; mais, que veux-tu, je suis l'enfant de la nature, je ne sais pleurer que ce que je regrette, et je ne puis, en conscience, regretter une parente que je n'ai connue que comme ma geôlière.

Voici l'épitaphe que j'ai composée pour elle et dont son orgueil héraldique serait satisfait, je crois, si elle pouvait la lire

CY GIT

TRÈS-HAUTE ET TRÈS-PUISSANTE DEMOISELLE
CLAUDE-LORRAINE-ANASTASIE-LOUISE-ADÉLAIDE
DE CHAZELAY,

DE SON VIVANT CHANOINESSE ET SUPÉRIEURE
DES DAMES AUGUSTINES
DE BOURGES.

LE VENT DES RÉVOLUTIONS L'A EMPORTÉE
SUR LA TERRE ÉTRANGÈRE OU ELLE EST
MORTE

LE XXV MAI 1793.

PRIEZ LE SEIGNEUR POUR SON AME.

Au revoir, mon bien-aimé, la première fois que je te dirai *je t'aime*, ce sera de vive voix !

*
* *

Oh ! la malheureuse enfant ! s'écria Jacques Mérey en laissant tomber le manuscrit ; elle sera arrivée le surlendemain du jour où j'aurai quitté Paris !...

Mais comme l'intérêt croissait pour lui, il le ramassa avec un soupir, et en reprit avidement la lecture.

## IV

Oh ! décidément, j'étais maudite avant ma naissance, et la malédiction écartée un instant par toi est retombée plus pesante sur ma tête.

J'arrive à Paris. Je m'arrête à l'hôtel même de la diligence. Je dépose mes malles dans ma chambre. Je cours à la Convention, je me précipite dans une tribune, je te cherche des yeux parmi les députés, je ne te vois pas ; je demande où sont les girondins.

On me montre des bancs vides.

— C'est là qu'ils étaient, me dit-on.

— Qu'ils étaient ?...

— Arrêtés ! prisonniers ! en fuite !

Je redescends avec l'intention d interroger un député dont la physionomie m'inspirera quelque confiance.

Je croise un représentant dans le corridor : au moment où je le croise, une voix appelle : Camille !

Il se retourne.

— Citoyen, lui dis-je, on vient de vous appeler Camille.

— Oui, citoyenne, c'est mon nom de baptême.

— Seriez-vous le citoyen Camille Desmoulins, par hasard?

— Trop heureux si je pouvais vous être bon à quelque chose.

— Vous avez connu le représentant Jacques Mérey? lui demandai-je vivement.

— Quoiqu'il fût d'un parti opposé au mien, nous étions amis.

— Pouvez-vous me dire où il est?

— Savez-vous s'il est arrêté ou en fuite?

— Je ne savais pas même, il y a dix minutes, qu'il fût proscrit. J'arrive de Vienne. Je suis sa fiancée. Je l'aime!

— Ah! pauvre enfant! Vous avez été chez lui?

— Il y a huit mois que nous sommes séparés sans nouvelles l'un de l'autre, je ne sais pas même où il demeurait.

— Je le sais, moi. Voulez-vous prendre mon bras? nous irons à son hôtel; peut-être le propriétaire pourra-t-il nous donner des renseignements; il saura du moins s'il a été arrêté chez lui.

— Ah! vous me sauvez la vie! Allons.

Je pris le bras de Camille, nous traversâmes la place du Carrousel, nous entrâmes à l'hôtel de Nantes.

Nous demandâmes le propriétaire, Camille Desmoulins se nomma; on nous introduisit dans un petit cabinet dont le propriétaire referma avec soin la porte.

— Citoyen, lui dit Camille, tu logeais ici un député qui était mon ami à moi et le fiancé de la citoyenne.

— Le citoyen Jacques Mérey, dis-je vivement.

— Oui, à l'entresol; mais depuis le 2 juin il a disparu.

— Ecoute, dit Desmoulins, nous ne sommes ni de la police, ni de la Commune, ni partisans du citoyen Marat, par conséquent tu peux te fier à nous.

— Je le ferais bien volontiers, dit le propriétaire, mais j'ignore complètement ce que le citoyen Mérey est devenu. Le soir du 2 juin, un gendarme est venu pour l'arrêter, et, voyant qu'il n'y était pas, il est resté dans sa chambre, en l'attendant toute la journée d'avant-hier et d'hier; mais voyant qu'il faisait une faction inutile, il est parti.

— Depuis quand n'avez-vous pas revu Jacques Mérey?

— Depuis le 2 juin au matin. Il est sorti, comme d'habitude, pour aller à la Convention nationale.

— Je l'ai vu à son banc jusqu'à quatre heures, dit Camille.

— Et il n'a pas reparu chez vous? demanda Eva.

— Je ne l'ai pas revu.

— Si l'on vous en croyait, dit Eva, il serait parti sans vous payer, ce qui n'est pas probable.

— Le citoyen Jacques Mérey payait tous les jours sa dépense et son loyer de la veille, prévoyant justement le cas où viendrait le moment de fuir sans perdre une minute.

— Un homme qui prend ces précautions-là, dit Camille, ne les prend pas pour se laisser arrêter. Il se sera probablement dirigé vers Caen avec les autres proscrits.

— Avec lequel de ses amis de la Gironde était-il particulièrement lié?

— Avec Vergniaud, dit le maître de l'hôtel, c'est celui que j'ai vu venir le visiter le plus souvent.

— Vergniaud doit être arrêté, fit Camille; Vergniaud est trop paresseux pour avoir essayé de fuir.

— Comment s'assurer s'il est ou s'il n'est pas arrêté?

— C'est bien facile, dit Camille.

— Comment cela?

— Julie Candeille doit le savoir.

— Qu'est-ce que Julie Candeille?

— C'est une charmante actrice du Théâtre-Français qui a fait avec Vergniaud la *Belle fermière*.

— Mais mademoiselle Julie Candeille craindra probablement de se compromettre.

— Oh! pauvre fille, elle passerait dans le feu pour lui.

— Mais de compromettre Vergniaud.

— Je lui ferai cette simple question! Est-il ou n'est-il pas arrêté? Elle me répondra *oui* ou *non*, je ne vois rien là dedans qui puisse le compromettre.

— Allons chez mademoiselle Candeille.

Le propriétaire de l'hôtel appela un fiacre, nous montâmes dedans, Camille lui donna l'adresse de l'actrice. Cinq minutes après, il s'arrêtait devant le numéro 12 de la rue Bourbon-Villeneuve.

— Montez-vous avec moi, demanda Camille, ou demeurez-vous à m'attendre? Si rapide que je sois, je vous préviens que vous trouverez le temps long.

— Je monte avec vous. Mais ma présence ne l'inquiétera-t-elle point?

— Vous m'attendrez dans l'antichambre, dit Camille. Si je suis trop longtemps à revenir, vous ferez l'inconvenance d'entrer.

Nous montâmes rapidement un élégant escalier. Camille sonna. La femme de chambre vint ouvrir.

— Oh! s'écria-t-elle avant que Camille eût même ouvert la bouche; mademoiselle a défendu sa porte; elle a fait prévenir au Théâtre-Français qu'elle ne jouerait pas. Mademoiselle ne peut pas recevoir.

— Ma belle Marton, fit Camille sans s'inquiéter de la réponse, dites tout simplement à mademoiselle Candeille : *Le citoyen Camille*.

La femme de chambre entra, et presque aussitôt on entendit retentir ces mots :

— Oh! si c'est Camille, qu'il entre, qu'il entre!

Camille me fit un signe et passa dans la chambre de mademoiselle Candeille. Cinq minutes après on m'appela.

Elle était au lit, les yeux rougis de larmes; mais comme la coquetterie ne perd jamais ses droits chez la femme, elle y était dans un négligé charmant.

Jamais on n'avait mieux pris ses aises et ses avantages pour pleurer.

— Mademoiselle, me dit la belle artiste, j'apprends que nous souffrons des mêmes craintes, et que la souffrance nous rend sœurs; quoique bien malheureuse moi-même, puis-je quelque chose pour vous; alors ce sera un allègement à mes douleurs.

Et elle me fit signe de venir m'asseoir sur son lit.

J'y allai, elle me prit les deux mains.

— Et maintenant, parlez, dit-elle.

— Hélas! lui dis-je, je n'ai qu'une chose à vous demander. Il paraît que l'homme que j'aime était lié d'amitié avec l'homme que vous aimez; sont-ils arrêtés ensemble, ont-ils fui ensemble; en me donnant des nouvelles de l'un, pouvez-vous me donner des nouvelles de l'autre? L'homme que j'aime se nomme Jacques Mérey.

— Je le connais, madame; il m'a été présenté par Vergniaud comme un des hommes les plus distingués du parti. Le 1er juin, c'est-à-dire il y a quatre jours, il assista à la dernière séance où les girondins décidèrent de se retirer en province et de soulever les départements.

— Croyez-vous que Jacques ait adopté ce parti? Dans ce cas, je saurais presque où le retrouver.

— Je ne crois pas, car dans la discussion il a été d'un avis contraire; il a déclaré qu'il ne se croyait pas le droit de se faire à l'extérieur l'allié de l'Autriche, à l'intérieur celui de la Vendée. Cet avis a été aussi celui de Vergniaud.

— Et depuis lors vous n'avez eu aucune nouvelle?

— Aucune. Je m'attends seulement à apprendre d'un moment à l'autre que Vergniaud est arrêté.

Et mademoiselle Candeille porta à ses yeux, d'où coulaient de véritables larmes, un mouchoir de batiste brodé et parfumé.

— D'après ce que j'entends et d'après ce que je vois, ce qu'il y a de mieux à faire, dit Camille Desmoulins, c'est que mademoiselle — et il m'indiqua du regard — prenne un logement bien retiré, pour ne point fixer les yeux sur elle. Comme fille d'émigré, comme fiancée d'un girondin, sa présence ne me paraît pas sans danger à Paris, et le tribunal révolutionnaire en a bientôt fini avec ceux qu'il soupçonne, et surtout avec ceux qu'il ne soupçonne pas. Moi, pendant qu'elle se tiendra bien tranquille, j'irai aux informations, et Lucile ou moi lui porterons des nouvelles.

Je regardai mademoiselle Candeille en l'interrogeant des yeux.

— C'est en effet ce qu'il y a de plus raisonnable à faire, à mon avis du moins, dit-elle; si je vois Vergniaud, ce dont je doute, non point que j'ignore où il est, mais la police doit avoir les yeux sur moi, et la conviction que j'en ai m'impose la plus grande circonspection; si je vois Vergniaud, je l'interrogerai, et, si j'apprends quelque chose, vous le saurez aussitôt, mon cher Camille; comptez sur moi dans la mesure de mes forces, ma jeune et belle amie, continua-t-elle en se tournant de mon côté. Notre cause est la même. Pour être née dans les larmes, notre amitié, je l'espère, n'en sera pas moins durable.

Et, m'embrassant une dernière fois, elle se laissa retomber dans une pose pleine de grâce sur son oreiller.

— Que décidez-vous? demanda Camille quand nous fûmes remontés dans notre fiacre.

— Je suivrai votre avis, lui répondis-je.

— Eh bien! alors, ne perdons point de temps à le mettre à exécution. Je connais, rue des Grès, un petit appartement qui, je l'espère, vous conviendra à merveille; prenez vos malles à la diligence et allons le voir.

— Mais s'il ne me convient pas?

— Nous en chercherons un autre et nous ne descendrons pas du fiacre que nous ne l'ayons trouvé. Dieu merci, les logements ne manquent point à Paris à cette heure.

Le logement de la rue des Grès me convenait à merveille : c'étaient deux petites chambres et un cabinet très propres, sur une cour; je m'y installai séance tenante.

Deux heures après j'avais la visite de Lucile, elle venait se mettre à ma disposition.

Le seul service que j'eusse à réclamer d'elle c'était de me trouver une femme de chambre sur laquelle je pusse compter. Le même soir elle m'envoya une paysanne d'Arcis-sur-Aube, dont la mère était sœur de lait de Danton ; elle était venue à Paris se recommandant de lui ; mais Danton était à Sèvres, tout entier à ses nouvelles amours. Le gladiateur prenait des forces pour les luttes futures.

Camille l'avait remplacé près de sa compatriote, et il la plaçait près de moi.

Comme elle s'appelait Marie de son nom de baptême, et Le Roy de son nom de famille, on avait cru par précaution en l'envoyant à Paris devoir changer ces deux noms, elle s'appelait Jacinthe Pommier.

Ces deux noms d'une innocence incontestable avaient remplacé les deux noms que les circonstances incriminaient.

C'était une bonne fille dont je n'eus jamais qu'à me louer.

Quelques jours après Camille vint me voir, il avait des nouvelles de Caen. Il savait que Guadet, Gensonné, Péthion, Barbaroux, et deux ou trois autres proscrits avaient trouvé asile dans cette ville ; mais Jacques Mérey n'était point avec eux.

Quelques jours après, Jacinthe m'annonça Danton. Il était enfin revenu à Paris. Je savais qu'il avait été le meilleur ami de Jacques, et Camille Desmoulins m'avait même dit qu'il lui avait offert un asile qu'il avait refusé.

Je courus ouvrir moi-même la porte de la chambre où je me tenais d'habitude, mais, si bien que je fusse prévenue de cette laideur léonine de Danton, je fis un pas en arrière.

— Bon, dit-il en riant, c'est encore un tour de ma figure.

Et comme je voulais m'excuser.

— N'en faites rien, me dit-il, j'y suis habitué.

Puis, en prenant la chaise que je lui offrais :

— Savez-vous, me dit-il, ce qui m'a rendu athée ? c'est ma laideur. Je me suis dit que si Dieu entrait pour quelque chose, ne fût-ce que comme conseil, dans la composition de la race humaine, il y aurait trop d'injustice à vous faire, vous, si belle, et moi si laid. Non, j'aime mieux mettre cela sur le compte du hasard, c'est-à-dre de la matière inintelligente qui produit sans s'occuper de la production. Et quand on pense qu'il y a un homme plus laid que moi encore, c'est Marat ; connaissez-vous Marat ?

— Non, citoyen ; je ne l'ai jamais vu.

— Voyez-le, et je vous réponds qu'après vous me recevrez sans broncher.

— Mais je vous jure, citoyen..., lui dis-je en rougissant.

— Ne parlons plus de cela, parlons de Jacques Mérey.

— Vous venez m'en donner des nouvelles, m'écriai-je en lui pressant les mains.

— Ah ! voilà que j'embellis, dit en riant Danton.

— Je vous en supplie, citoyen, dites-m'en ce que vous savez.

— Je n'en sais rien, sinon qu'il vous aime comme un fou, et il a, ma foi ! bien raison, il n'y a rien de bon que l'amour. Tel que vous me voyez, et avec cette figure-là, je suis amoureux, amoureux de ma femme, que je viens d'épouser. Un ange comme vous, pas si belle que vous, mais digne cependant de porter avec vous la queue de la robe de la Vierge. Vous savez que pour me marier j'ai reconnu tout cela, la Vierge, le Saint-Esprit, Dieu le père, la sainte Trinité, tout le bataclan. Je me suis confessé des pieds à la tête. Si Marat savait cela, il y aurait de quoi me faire couper le cou ; mais vous ne le lui direz point, n'est-ce pas, et en échange je vous dirai que, probablement à cette heure, s'il est parvenu à gagner la frontière, Jacques Mérey bouleverse Vienne pour vous trouver.

— Mais qui lui a dit que j'étais à Vienne ?

— Moi. Josephplatz, maison nº 11. Etait-ce bien cela ?

— Oh ! oui, mon Dieu !

— Eh bien, si vous aviez eu la patience de l'attendre, il est probable qu'à l'heure qu'il est il vous serrerait contre son cœur.

— Pour l'amour du ciel ! citoyen Danton, m'écriai-je, mettez un peu d'ordre dans ce que vous me dites ou vous me rendrez folle.

— Eh bien ! voyons, je ne demande pas mieux ; vous connaissez la catastrophe du 31 mai.

— Vous voulez parler de la proscription des girondins.

— Qui n'a eu lieu en réalité que le 2 juin, n'est-ce pas ?

— Oui.

— Eh bien ! depuis longtemps Jacques m'avait confié son amour pour vous et m'avait prié de chercher à savoir où vous demeuriez. Il est inutile que je vous dise par quel moyen j'ai eu votre adresse ; le 30 mai elle m'est arrivée ; de sorte que le 2 juin, en prenant congé de lui et en lui offrant un asile chez moi, qu'il m'a refusé sous prétexte qu'il en avait un plus sûr, mais en réalité, je crois, pour ne pas me compromettre, j'ai pu, pour dernier adieu, lui laisser dans la main, *Josephplatz, 11, Vienne.*

— Et alors il est parti ?

— Je le crois.

— Sauvé, alors ?

— N'ayez pas trop grande confiance sous ce rapport ; la Providence est bonne fille, mais elle a ses caprices ; dans tous les cas nous n'avons aucune nouvelle de lui. Vous connaissez le proverbe, *Pas de nouvelles, bonnes nouvelles.*

— Mais, ajoutai-je en hésitant.

— Parlez.

— Par le même moyen que vous vous êtes procuré l'adresse, pourra-t-on avoir des nouvelles ?

— Je l'espère.

— Que dois-je faire ?

— Ce que vous faisiez là-bas quand vous étiez là-bas et qu'il était ici, attendre.

— Attendre ; c'est bien long d'attendre.

— Quel âge avez-vous ?

— Pas encore dix-sept ans.

— Vous pouvez attendre un an ou deux, même trois, sans qu'il vous trouve trop vieille à son retour.

— Vous croyez donc que tout sera fini dans deux ou trois ans ?

— Dame ! quand il n'y aura plus personne à guillotiner, il faudra bien que cela finisse, et du train dont nous y allons, la besogne marche.

— Mais lui...

— Oui, je comprends, il n'y a que lui qui vous inquiète.

— Vous espérez qu'il aura gagné la frontière.

— Nous sommes aujourd'hui le 20 juin, s'il était pris, on le saurait ; s'il était tué, et l'on ne se tue pas quand on aime, on le saurait encore. Il y a donc bien des chances pour qu'il ait gagné l'étranger. Je vais mettre ma police en campagne, et aux premières nouvelles vous me reverrez, à moins que...

Il se mit à rire.

— Monsieur Danton, lui dis-je, voulez-vous me laisser vous embrasser en récompense des bonnes nouvelles que vous m'avez apportées ?

— Moi ? fit-il tout étonné.

— Oui, vous.

Il approcha du mien son terrible visage, que j'embrassai sur les deux joues.

— Ah ! par ma foi ! dit-il, il faut que vous l'aimiez bien !

Et il sortit en riant.

Oh ! oui, je t'aime, mon bien-aimé et je ferais bien autre chose que d'embrasser Danton pour te revoir.

Quelques jours plus tard je vis entrer Danton.

Sa figure avait une expression remarquable de tristesse.

— Pauvre enfant ! dit-il, aujourd'hui vous ne m'embrasseriez pas...

Je restai debout, muette et pâlissante.

— Puis, après un effort :

— Oh mon Dieu ! m'écriai-je, est-il mort ?

— Non ; mais il a quitté l'Europe. Il s'est embarqué à Stettin.

— Pour où ?

— Pour l'Amérique.

— Il ne court plus aucun risque alors.

— Excepté celui d'être nommé président des Etats-Unis.

Je poussai un grand soupir, et, tendant la main à Danton.

— Puisque je n'ai plus rien à craindre pour sa vie, tout est bien, lui dis-je. Aujourd'hui je ne vous embrasserai pas, c'est vous qui m'embrasserez.

Deux larmes lui vinrent aux yeux.

Ah ! mon bien-aimé Jacques, quel cœur il y a sous cette rude enveloppe !

## V

O mon Jacques bien-aimé, je viens de voir une horrible chose qui me restera bien longtemps présente aux yeux et à la pensée !

Je t'ai dit que j'avais pris un petit logement rue des Grès.

La rue des Grès donne dans la rue des Fossés-Monsieur-le-Prince, qui donne elle-même dans la rue de l'Ecole-de-Médecine.

Ce soir, comme Jacinthe venait de dresser la table et de servir mon souper, j'entendis un grand tapage dans la rue, et au milieu des cris de haine et de colère qui montaient jusqu'à moi.

— Les girondins ! ce sont les girondins !

Je savais que Vergniaud et Valazé avaient été arrêtés. Je crus que de nouvelles arrestations venaient d'être faites, et, malgré ce que m'avait dit Danton, je te vis aux mains des gendarmes, traîné, déchiré, mis en morceaux par le peuple. Je descendis comme une folle, je me précipitai dans la rue, et je courus où l'on courait.

Un immense rassemblement était formé en face d'une grande et triste maison n° 20 (1) de la rue de l'École-de-Médecine, attenante à celle de la tourelle qui fait le coin de la rue.

Les cris furieux, les menaces sanglantes se croisaient; les cris de meurtre, d'assassinat faisaient retentir l'air. Tous les yeux étaient fixés sur les fenêtres du premier étage; mais les rideaux tirés avec soin empêchaient les regards curieux d'y pénétrer.

Tout à coup une des fenêtres s'ouvrit et une femme pâle, échevelée, furieuse, tachée de sang, parut à la fenêtre en criant :

— Plus d'espoir, il est mort! L'ami du peuple est mort! Marat est mort!... Vengeance, vengeance!

— C'est Catherine Evrard, c'est madame Marat! cria la foule.

Et elle voulut forcer la porte que gardaient deux sentinelles.

Au milieu de tout ce tumulte, j'entendis sonner l'heure, le timbre vibra sept fois.

Les sentinelles allaient être forcées quand le commissaire de police arriva, avec six hommes pris au prochain corps-de-garde.

Un perruquier parut près de cette malheureuse créature qui continuait de crier en se tordant les bras.

— Tenez, dit-il en brandissant le couteau ensanglanté, tenez, voilà le couteau avec lequel elle l'a tué!

— Ce sont les girondins! cria la femme; elle vient de Caen! la malheureuse! ce sont eux qui l'ont envoyée pour l'égorger!

Cependant, par la fenêtre ouverte, les regards avaient plongé, et des exclamations s'échappaient de la foule.

— Oh! je le vois.

— Où?

— Dans sa baignoire.

— Mort?

— Oui, ses bras pendent; il est tout rouge de sang!

Puis, comme des rafales de vent, passaient des bouffées de voix furieuses criant :

— Mort aux girondins! mort aux traîtres! mort aux amis de Dumouriez!

La foule devenait tellement compacte que je commençais à avoir peur d'être étouffée, et que, voyant qu'il n'était pas question de toi et que tu ne courais aucun danger, je cherchais une issue par où me retirer, lorsque je sentis une main qui se posait sur mon épaule.

Je me retournai et reconnus Danton.

— Que faites-vous dans une pareille foule, me dit-il, vous voulez donc être écrasée?

— Non, lui dis-je tout bas, mais j'ai entendu crier : *A mort les girondins!* j'ai eu peur, et je suis accourue.

— Est-il vraiment mort? me demanda-t-il.

— Il paraît que oui. Cette femme a ouvert la fenêtre et a annoncé sa mort au peuple.

— C'est un grand événement que cette mort, dit Danton, et qui va nous replonger dans le sang.

— Mais il me semble qu'au contraire Marat ne demandait que cela.

— Non, il commençait à se lasser. D'autres vont venir qui prendront sa coupe vide et qu'il faudra abreuver à leur tour. Cette mort de Marat, voyez-vous, mon enfant, c'est notre mort à nous.

— Votre mort! m'écriai-je.

— La mienne surtout. Cet homme était entre moi et Robespierre. Robespierre frappait sur lui quand il n'osait frapper sur moi. J'en faisais autant de mon côté. Maintenant, plus de Marat, nous allons nous trouver en face, moi et l'incorruptible; plus personne pour recevoir les coups. Il faudra que l'un de nous deux tombe, et, quel que soit celui de nous deux qui tombera, la République est finie. Vous reverrez Jacques Mérey plus tôt que je ne croyais, mon enfant! En attendant, voulez-vous voir Marat?

— Grand Dieu! que me proposez-vous là?

— Vous avez tort, c'est un spectacle curieux que vous ne reverrez jamais. On dit qu'il a été assassiné par une jeune fille de votre âge, aussi belle que vous.

— Une jeune fille! m'écriai-je, impossible!

— Ne croyez-vous donc plus aux Judiths et aux Jahels.

— Une jeune fille! et quel motif a pu la porter à un pareil acte?

— L'amour de la patrie; elle a vu que la France avait donné sa démission, elle a pris la place de la France. Venez, vous dis-je, je vous promets que vous ne vous en repentirez pas.

— Mais comment entrerez-vous?

— Comme entrent en ce moment Drouet, Chabot et Legendre; j'entrerai comme député.

— Et moi, comment entrerai-je?

— Vous entrerez comme étant au bras de Danton. Oh! avant que nous tombions l'un ou l'autre, Robespierre ou moi, nous avons encore à grandir tous les deux.

Danton fit un mouvement pour m'entraîner. Je frissonnai de tout mon corps.

— Oh! jamais! lui dis-je.

— Et moi, reprit-il, je veux que vous racontiez ce spectacle à votre, ou plutôt à notre ami, quand Robespierre et moi ne serons plus pour le lui raconter.

Je me laissai entraîner, j'étais prise d'une irrésistible curiosité.

Et cependant à la porte je fis un mouvement pour échapper à mon conducteur.

— Bon, dit Danton en riant, quand ce ne serait que pour vous assurer qu'il y a, — je me trompe, — qu'il y a eu au monde des hommes encore plus laids que moi!

Je me laissai entraîner. Je savais que ce que j'allais voir serait hideux; mais l'horrible a son vertige, l'horrible m'attirait.

Je montai dix-sept degrés, de ces escaliers moitié bois moitié brique, avec une grosse rampe carrée; puis nous nous trouvâmes sur le palier.

Deux soldats gardaient la porte de l'appartement. Nous traversâmes une première chambre, où avaient pénétré quelques curieux, chambre donnant par un dégagement sur des pièces obscures donnant sur la cour, et où l'on composait et pliait le journal.

— Tout droit, tout droit, me dit Danton, ça c'est le domaine du prote et des ouvriers.

De la première chambre nous passâmes dans un petit salon, non seulement fort propre, mais fort coquet, qu'on était tout étonné de trouver chez Marat : il est vrai que ce salon n'était pas *chez Marat*, Marat n'avait point de chez lui; ce salon était à la pauvre créature qui lui donnait un asile. Cet homme de sang et de ténèbres, ce sombre oiseau de l'émeute qui ne faisait que glapir la mort sur tous les tons, tant Dieu est bon, tant la nature est immense, cet homme avait trouvé une femme qui l'aimait.

C'était elle qui avait ouvert la fenêtre pour crier malédiction sur son assassin.

Ce n'était point encore dans le salon qu'était Marat.

Dans le salon étaient les familiers de la maison, les protes, les compositeurs, les plieuses, les ouvriers qui vivaient de cet autre ouvrier plus pauvre qu'eux.

Puis enfin on arrivait à une pièce petite, obscure, éclairée par deux chandelles seulement et par un reste de jour blafard venant de la fenêtre.

Lorsque nous apparûmes sur le seuil, Danton, dominant tout de sa haute stature, moi appuyé à son bras, la vieille femme s'élança vers nous les ongles en avant comme pour me déchirer le visage.

— Une femme! encore une femme! s'écria-t-elle, et jeune et belle! Sortez d'ici, ce n'est point votre place, péronnelle!

Je voulus fuir, Danton me retint en serrant mon bras sous le sien.

Puis écartant de la main cette furie qui, sentant depuis quelque temps la mort à la porte de Marat, n'avait laissé entrer Charlotte Corday qu'à son corps défendant.

— Je suis Danton, dit-il.

— Ah! vous êtes Danton, dit Catherine, et vous avez voulu voir, n'est-ce pas? Je comprends, le corps d'un ennemi mort sent toujours bon.

Et elle alla s'asseoir, brisée, dans un coin.

Alors je me trouvai en face de cet horrible spectacle qui m'avait attirée.

Sur une petite table placée à la tête de la baignoire, un peu à gauche, un greffier écrivait sous la dictée du commissaire de police, qui achevait de dresser son procès-verbal.

A la tête de la baignoire était une belle jeune fille de vingt-quatre à vingt-cinq ans, avec des cheveux superbes contenus par un ruban vert, coiffée du bonnet bien connu des femmes du Calvados : malgré une chaleur intense, malgré la lutte qu'elle venait de soutenir, sa poitrine était couverte d'un épais fichu de soie solidement renoué derrière la taille, sa robe était blanche, mais tachée d'un jet de sang. Deux soldats lui tenaient les mains, lui disant à demi-voix des injures et des menaces, qu'elle écoutait calme, les joues roses; plutôt avec le sourire de la femme contente d'elle qu'avec le calme mélancolique de la martyre.

Cette femme c'était l'assassin, c'était Charlotte Corday.

C'était à ses pieds, dans la baignoire, qu'était le spectacle hideux.

Marat dans sa baignoire, dont l'eau était devenue couleur de sang, Marat, recouvert à moitié d'un drap sale, la tête renversée en arrière, la bouche encore plus tordue que

(1) Aujourd'hui 18.

de coutume, le bras pendant hors de la baignoire, les cheveux coiffés d'une serviette grasse, Marat, avec sa peau jaune, ses membres grêles, semblait un de ces monstres sans nom que les bateleurs exposent dans les foires !

— Eh bien ? me dit tout bas Danton.

— Silence ! répondis-je. Ecoutez.

Le greffier disait à l'accusée :

— Vous vous reconnaissez donc coupable de la mort de Jean-Paul Marat ?

— Oui, monsieur, répondit la jeune fille d'une voix ferme, vibrante, presque enfantine.

— Qui vous inspira la haine que vous avez manifestée contre lui d'une si terrible façon ?

— Personne. Je n'avais pas besoin de la haine des autres, j'avais assez de la mienne.

— Cet acte a dû vous être suggéré ?

Charlotte secoua doucement la tête, et avec un sourire : un pressentiment. C'est lui, le pauvre homme, qui a crié : Laissez-la entrer, je veux qu'elle entre.

— Ah ! continua-t-elle en sanglotant, on n'échappe pas à sa destinée.

Et elle se laissa retomber sur sa chaise.

— Pauvre femme ! murmura Charlotte en la regardant tristement ; j'ignorais qu'un pareil monstre pût être aimé.

— Que se passa-t-il, demanda le commissaire de police, entre vous et le citoyen Marat quand vous fûtes entrée ?

— Je fus effrayée de la laideur de cet homme et je m'arrêtai près de la porte.

— C'est vous, me dit-il, qui m'avez écrit pour m'offrir des nouvelles de la Normandie ?

— Oui, répondis-je.

— Approchez et donnez-m'en. Les girondins sont arrivés à Caen ?

— Oui.

Charlotte se dressa dans la charrette.

— On exécute mal, dit-elle, ce qu'on n'a pas conçu soi-même.

— Que haïssiez-vous dans le citoyen Marat ?

— Ses crimes.

— Qu'entendez-vous par là ?

— Les plaies de la France.

— Qu'espériez-vous en le tuant ?

— Rendre la paix à mon pays

— Croyez-vous donc avoir tué tous les Marat ?

— Celui-là mort, les autres auront peur, peut-être !

— Depuis quand avez-vous formé ce dessein ?

— Depuis le 31 mai.

— Racontez-nous les circonstances qui ont précédé l'assassinat ?

— Aujourd'hui en traversant le Palais-Royal, j'ai cherché un coutelier et j'ai acheté un couteau tout frais émoulu à manche d'ébène.

— Combien l'avez-vous payé ?

— Deux francs.

— Qu'avez-vous fait ensuite ?

— Je l'ai caché dans ma poitrine ; j'ai pris une voiture rue Notre-Dame-des-Victoires, et je me suis fait conduire ici.

— Continuez.

— Cette femme ne voulait pas me laisser entrer.

— Oh ! non, interrompit Catherine Evrard, j'avais comme

— Et ils y ont été bien reçus ?

— A bras ouverts.

— Combien sont-ils ?

— Sept.

— Nommez-les.

— Il y a Barbaroux, il y a Péthion, il y a Louvet, il y a Roland, il y a...

Il ne me laissa point achever.

— C'est bien, dit-il, avant huit jours ils iront à la guillotine.

Ce fut son arrêt de mort. Je le frappai. Il ne dit que ces mots :

— A moi ! ma chère amie.

Et il expira.

— Vous avez frappé de haut en bas ? demanda le commissaire de police.

— Ma position m'y forçait.

— Puis, ajouta le commissaire de police, en frappant horizontalement, vous pouviez rencontrer une côte et ne pas le tuer.

— Puis, dit avec son mauvais sourire le capucin Chabot qui était là, elle s'y était sans doute exercée à l'avance.

— Oh ! le misérable moine, dit Charlotte, je crois qu'il me prend pour un assassin !

Les soldats crurent devoir venger Chabot et secouèrent cruellement Charlotte.

Danton fit un mouvement pour marcher sur eux. Je le retins.

— Venez, lui dis-je, vous avez vu tout ce que vous vouliez voir, n'est-ce pas?

— Et vous aussi? me répondit-il.

— Oh! moi, j'en ai vu plus que je ne voulais.

— Eh bien! allons-nous-en.

En regagnant la porte, nous vîmes Camille Desmoulins, qui était venu comme les autres curieux.

— Eh bien, lui dit à demi-voix Danton, que penses-tu de cela?

— Je pense, dit Camille en plaisantant selon son habitude, qu'il est bien malheureux de ne prendre qu'un bain dans sa vie et qu'il tourne si mal.

— Incorrigible! murmura Danton. Il ne se fera pas couper le cou pour un principe; il se fera couper le cou pour une plaisanterie.

## VI

On peut s'éloigner matériellement de pareils spectacles, mais la pensée s'y acharne; on n'arrive pas à les fuir.

Ramenée chez moi par Danton, restée seule, je revis dans un angle de ma chambre, comme par une ouverture de théâtre on voit une décoration, je revis toute cette scène: la femme Evrard affaissée sur sa chaise; ce commissaire de police appuyé des deux poings sur la table et dictant; ce greffier impassible écrivant; cette belle jeune fille debout, maintenue et maltraitée par deux soldats, pareille à la statue de la justice arrachée à sa base; puis ce capucin immonde la regardant avec des yeux de haine et de luxure.

Toutes les autres figures formaient un deuxième et troisième plan au tableau; mais indistinctes et à peine esquissées.

Et malgré moi je tendais les bras à cette belle héroïne, et malgré moi je l'appelais ma sœur.

A trois heures il se fit un grand bruit; les rues n'avaient pas un instant cessé d'être pleines de curieux. Au milieu de la foule, des hommes aux bras nus criaient, hurlaient, demandaient qu'on leur livrât l'assassin.

C'était Charlotte Corday que l'on conduisait à la prison de l'Abbaye.

Contre toute attente, elle y arriva sans être mise en morceaux.

Le lendemain, à mon grand étonnement, je vis arriver chez moi Danton avec sa femme, belle enfant blonde, de mon âge à peine, qu'il poussa dans mes bras.

Il l'amenait passer la matinée avec moi, à la condition qu'ils m'emmèneraient dîner à la campagne, où je resterais quelques jours avec elle.

Ma solitude était si triste, mon cher bien-aimé, que j'acceptai; puis ce me serait une occasion de parler de toi avec une femme, avec un cœur jeune qui me comprendrait.

D'ailleurs tu aimais Danton; ne pouvant aimer Danton, je voulais aimer sa femme.

Danton sortit pour aller aux nouvelles; depuis le matin le jour s'était fait sur cette jeune fille. Ce n'était point la première venue, comme on eût pu le croire; ce n'était point une passion amoureuse pour un girondin fugitif qui l'avait fait sortir de sa retraite et de son obscurité; c'était l'amour profond de la patrie. La France lui était apparue comme une dormeuse haletante sur le sein de laquelle est accroupi ce monstre qu'on appelle le cauchemar. Elle avait pris un couteau et avait frappé le monstre.

Elle se nommait Marie-Charlotte de Corday d'Armans.

Chose bizarre, son père était républicain, elle était républicaine, ses deux frères étaient à l'armée de Condé.

Il n'y a que les révolutions pour faire de pareils écartèlements dans les familles.

C'était l'arrière-petite-nièce de Corneille, la sœur d'Emilie, de Chimène et de Camille.

Elevée au couvent de l'Abbaye-aux-Dames de Caen, fondée par la comtesse Mathilde, la femme de Guillaume le Conquérant, où l'on recevait les filles de la noblesse pauvre, elle s'était réfugiée, à la suppression des maisons religieuses, chez une vieille tante nommé mademoiselle de Bretevelle.

Elle ne voulut point accomplir une pareille œuvre, qui la conduisait droit à l'échafaud, sans être munie de la bénédiction de son père; elle donna tous ses livres, sauf un volume de Plutarque qu'elle emporta avec elle, passa par Argentan, où était M. de Corday, s'agenouilla devant lui, et, bénie et embrassée par lui, reprit sa place dans la diligence, arriva à Paris le 11, et descendit rue des Vieux-Augustins, n° 17, à l'hôtel de la Providence.

Le prétexte de son voyage avait été le besoin de retirer du ministère de l'intérieur des pièces utiles à une amie émigrée, mademoiselle de Forbin; elle s'était fait donner en conséquence une lettre de Barbaroux pour son collègue Duperret.

Elle avait employé la journée du 12 à ses démarches. Son interrogatoire nous avait dit que le 13, jour du meurtre, une heure avant le meurtre, elle avait acheté au Palais-Royal le couteau qui devait l'accomplir.

Ah! j'ai oublié de te dire, mon Jacques bien-aimé, que le seul moment de faiblesse qu'elle ait manifesté, pendant l'interrogatoire auquel nous assistâmes, fut quand on lui présenta le couteau sanglant, en lui demandant si c'était bien celui-là dont elle s'était servie.

— Oui, avait-elle dit en détournant les yeux et en l'écartant de la main, je le reconnais.

Voilà ce que l'on savait d'elle le 14, à une heure de l'après-midi.

Elle avait été interrogée pendant la nuit par les membres du comité de sûreté générale et par plusieurs députés, et c'était le résultat de ses interrogatoires qui se répandait dans Paris.

Quant à Marat, il était tout simplement question pour lui du Panthéon.

Je restai toute la journée avec madame Danton. Je lui parlai de toi; elle me parla de son mari.

Elle me dit la peur qu'il lui avait d'abord inspirée, et comment elle s'était aperçue bientôt que sous cette rude enveloppe battait un cœur toujours prêt à déborder, et que la moitié de son génie était fait de bonté.

Non certes elle ne l'aimait pas comme je t'aime, elle l'aimait comme une épouse honnête doit aimer son mari. Tandis que toi je t'aime comme un ami, comme un frère, comme un époux, comme un amant, comme mon maître, comme mon Dieu!

Oh! où es-tu, mon bien-aimé? penses-tu à moi avec cette pensée qui dévore, qui me fait me tordre les bras et t'appeler en criant sans le savoir au milieu de la nuit, réveillant la pauvre Jeannette qui accourt tout éperdue et me demande ce que je veux?

— Rien, lui dis-je, je rêve.

Danton revint nous chercher à six heures.

Il était dans l'enthousiasme de Charlotte. Jamais il n'avait vu, disait-il, cœur à la fois si naïf et plus fortement trempé.

On avait en la fouillant trouvé sur elle son dé à coudre, des aiguilles et du fil.

— Pourquoi avez-vous ces objets sur vous? lui avait-on demandé.

— J'avais pensé qu'après la mort de Marat je serais probablement fort maltraitée, que quelques-uns de mes vêtements seraient déchirés, et, une fois en prison, je voulais avoir le moyen de les recoudre.

— N'est-ce pas toi, lui avait demandé le boucher Legendre, qui t'es présentée chez moi, vêtue en religieuse, pour m'assassiner?

— Le citoyen se trompe, répondit-elle avec un sourire; je n'estimais point que sa vie ou sa mort importât au salut de la République.

Et comme avec son dé à coudre, son fil et ses aiguilles, on avait trouvé dans sa poche sa bourse et sa montre, et que Chabot ayant demandé à les voir, les gardait trop longtemps à son avis entre ses mains:

— Je croyais, dit-elle, que les capucins avaient fait vœu de pauvreté?

Chabot semblait s'être attaché à elle avec une idée obscène: il voulait la fouiller; il prétendait que son fichu n'était si bien fermé que parce qu'elle y cachait quelque chose, et, profitant de ce qu'elle avait les mains liées, il se jeta sur elle et glissa sa main dans sa gorge.

Mais au contact de l'impur la chaste jeune fille éprouva un tel dégoût, qu'elle brisa les liens qui lui retenaient les mains; mais par l'effort même son fichu ouvert laissa voir son sein.

Les larmes en vinrent aux yeux des geôliers; ils achevèrent de lui délier les mains pour qu'elle pût se rajuster.

En outre, on lui avait permis de rabattre ses manches et de mettre des gants sous ses chaînes.

C'étaient toutes les nouvelles de la journée.

Ah! j'oubliais: un peintre nommé David, ami de Marat, a passé la journée près de sa baignoire, à faire son portrait, juste dans la même pose où nous l'avons vu.

Demain on doit proposer à l'Assemblée de porter le corps de Marat au Panthéon.

A six heures, nous partîmes pour la campagne de Danton. C'est là qu'il habite avec sa femme.

Pendant les huit premiers jours de son mariage, il ne l'a pas quittée un seul instant. Même devant moi il n'y peut tenir et l'accable de caresses. Elle, de son côté, me paraît éprouver plus d'étonnement et de peur que d'amour. Le lion a beau limer ses dents, rogner ses griffes, elle ne me paraît pas le moins du monde rassurée devant le monstre sublime.

Il y a séance de nuit à la Convention. La sépulture de Marat doit y être discutée.

Louise elle-même a poussé son mari à aller à Paris.

— J'espère bien, lui a-t-elle dit, que vous ne laisserez pas profaner le Panthéon en permettant que le cadavre de ce vampire y entre.

Imagine-toi, cher Jacques, que ton ami Danton, c'est-à-dire la révolution faite homme, a épousé une jeune fille royaliste. J'ai vu cela dans la soirée que je viens de passer avec elle sur une colline qui domine la Seine, et d'où l'on voit toute la vallée de Saint-Cloud.

Quel calme admirable ! quelle majesté douce dans toute cette nature ! Se douterait-on qu'on est à deux lieues à peine de ce volcan qui rugit et qui jette des flammes qu'on appelle Paris? Non. Le soir son bourdonnement immense, mélange de cris, de huées, d'imprécations, arrive comme un doux murmure de feuilles agitées, de ruisseaux pleurants, d'oiseaux amoureux.

Nous nous demandions avec la pauvre petite Louise, comment, lorsque l'homme peut vivre si calme, si heureux sous la voûte diamantée du ciel, couché sur un gazon doux et frais, avec un ruisseau à ses pieds, et l'ombre des feuilles tremblant sur son front, nous nous demandions comment il leur préfère les luttes de la tribune, les haines des partis, la boue sanglante des rues.

Puis l'ombre de Charlotte de Corday passait devant nous. Elle aussi était doucement blottie dans un nid de mousse ; elle aussi avait des ruisseaux, du gazon, de l'ombre, dans sa belle Normandie, le pays des grands ormes. Eh bien, elle femme, elle a quitté tout cela, et elle a fait cinquante lieues, un couteau à la main, pour venir le plonger dans le cœur d'un homme qu'elle n'avait jamais vu, contre lequel elle n'avait pas de rancune personnelle et qu'elle ne haïssait que de toute la violence de son amour pour la patrie.

O mon bien-aimé ! si jamais les révolutions s'apaisent, si Dieu permet que les cœurs séparés se rejoignent, si, au lieu de ces jours terribles qu'on appelle le 20 juin, le 10 août, le 2 septembre, le 21 janvier, le 31 mai, on a des jours sans date, calmes et mélangés d'ombre et de soleil, oh ! nous aurons, nous aussi, une maison, une chaumière, une cabane sur une colline du haut de laquelle nous puissions voir couler l'eau, blondir les moissons, frissonner les arbres ; nous nous y assoirons au crépuscule, et nous verrons se coucher le soleil, tirant après lui le crêpe mystérieux de la nuit, et nous saluerons chaque beauté de la nature qui passera à son tour devant nous par un regard, par un sourire, par un baiser.

Nous restâmes là bien avant dans la soirée ; nous entendîmes successivement s'éteindre tous les bruits du jour, le roulement des voitures sur les routes, le retentissement de la hache du bûcheron dans la forêt, le chant du vigneron dans sa vigne, le gazouillement des oiseaux dans les arbres, les derniers cris du merle dans les cépées. Puis nous vîmes s'allumer çà et là des points d'or, étoiles de la terre, avec elles le silence se répandit et plana sur la campagne, et la seule rumeur qui traversa l'espace et éveilla l'écho fut l'aboi inattendu, prolongé parfois, mais plus souvent s'éteignant aussitôt, de quelque chien veillant dans sa niche à la porte d'une ferme, ou faisant sa garde autour d'un parc de moutons.

Oh ! que nous étions loin en écoutant ce monde qui s'endormait de penser à l'assemblée tumultueuse, à Marat posant dans sa baignoire pour le peintre David, et à Charlotte Corday, attendant en écrivant à Barbaroux, l'échafaud dans sa prison.

Danton revint à minuit ; la séance avait été orageuse, les cordeliers avaient demandé le Panthéon pour Marat, les jacobins accueillirent froidement cette demande, Robespierre se déclara contre, la motion fut repoussée.

Le lendemain Charlotte Corday devait être transportée à la Conciergerie, et Marat devait être enterré au cimetière de la vieille église des cordeliers, près du caveau où si longtemps il avait écrit.

Il y avait à propos de cette mort un grand mouvement dans le peuple. Les pauvres gens savaient qu'il avait été leur défenseur, qu'il avait, toute sa vie, écrit pour eux, et, sans qu'ils eussent lu ses journaux, ils lui étaient reconnaissants. La pompe eut lieu de six heures à minuit. Danton y assista et nous emmena avec lui. Marat fut déposé, à la lueur des torches, sous un des saules qui poussaient çà et là dans le cimetière.

Il était près d'une heure du matin quand le dernier discours fut achevé.

Après chaque discours, les cris de Vive Marat ! Mort aux jacobins ! s'élançaient de dix mille bouches et venaient me frapper au cœur.

Beaucoup demandaient que Charlotte Corday fût amenée et égorgée sur la tombe fraîche. Danton avait beau me rassurer, à chaque mouvement dans les groupes je me figurais que c'était *elle* qu'on était allé chercher à l'Abbaye et que l'on amenait victime expiatoire.

Nous rentrâmes à Sèvres au jour. J'étais brisée de terreur.

## VII

Nous étions au 18 juillet ; depuis quatre jours Marat était mort, depuis quatre jours Charlotte était arrêtée.

On commençait à crier dans les rues de Paris que le procès était bien long ; on se demandait ce que faisaient les juges.

La nouvelle qu'elle avait été conduite à la Conciergerie avait donné bonne espérance aux maratistes. On savait que le séjour que faisaient les prisonniers à la Conciergerie n'était jamais bien long.

Charlotte devait comparaître ce jour même devant le tribunal révolutionnaire.

Danton s'était pris d'enthousiasme pour cette âme romaine ; il voulut assister au jugement.

On savait déjà qu'elle avait écrit à un jeune député, neveu de l'abbesse de Caen. La lettre ne le trouva point chez lui ou il n'osa point y répondre et céda l'honneur de la défense à un autre.

On lui donna pour avocat d'office un jeune homme encore inconnu, le citoyen Chauveau-Lagarde.

Danton revint émerveillé.

— Eh bien ? lui demandâmes-nous quand il revint.

— C'est elle qui les a jugés tous, nous répondit-il, et elle les a condamnés au bagne de l'histoire.

Nous lui demandâmes des détails, mais tout s'était résumé pour lui dans le majestueux ensemble de son apparition. Seulement il avait remarqué que pendant l'interrogatoire de l'accusée, un jeune peintre allemand qu'il connaissait, nommé Hauer, avait fait son portrait.

Elle aussi l'avait remarqué, avait souri et s'était posée du mieux qu'elle avait pu, pour lui faciliter sa tâche.

En rentrant dans sa prison, elle avait trouvé un prêtre qui l'attendait. Mais, républicaine jusqu'au bout, elle avait refusé le secours de celui qui était venu lui offrir le soutien de sa parole.

— J'ai la voix d'en haut, et j'espère qu'elle me suffira, avait-elle répondu.

Tout cela est bien beau, n'est-ce pas, mon ami ? mais il me semble que cela dépasse la taille de la femme.

L'exécution aura lieu ce soir à huit heures. Danton veut que nous y assistions, j'ai fait quelques difficultés, mais Danton a dit :

— Cette femme donnera une leçon de mort, même aux hommes, et, dans les temps où nous sommes, il est bon de prendre de ces sortes de leçons. Puis d'ailleurs, a-t-il ajouté, c'est un dernier hommage à lui rendre que d'aller la voir mourir.

J'irai, mon bien-aimé Jacques ; dans le cas où je serais condamnée, moi aussi, je veux apprendre à bien mourir, afin de ne point te faire honte.

***

Oh ! mon ami, comment te raconterai-je cela ? Danton avait raison : c'est un grand et sublime spectacle que celui d'une créature qui meurt noblement pour sa conviction.

La hache n'était point encore tombée que Charlotte Corday en était déjà à la légende. On répétait de bouche en bouche parmi les spectateurs ce qu'elle avait fait.

Le peintre, qui était commandant au second bataillon des cordeliers, avait, grâce à son grade probablement, obtenu d'achever dans le cachot de la condamnée le portrait qu'il avait commencé d'elle à l'audience. Il était en conséquence revenu avec elle à la Conciergerie.

Ne sachant pas qu'elle serait jugée, condamnée et probablement exécutée dans la journée, Charlotte avait promis aux concierges de déjeuner avec eux.

Il paraît que ce sont d'excellentes gens que l'on appelle Richard.

— Madame Richard, dit-elle en rentrant, vous m'excuserez si je ne déjeune pas demain avec vous, comme je vous l'ai promis, mais mieux que personne vous saurez qu'il n'y a pas de ma faute.

Charlotte, rentrée dans son cachot, posa de nouveau et causa tranquillement avec le peintre, lui faisant promettre d'exécuter pour sa famille une copie de son portrait.

Le peintre y donnait les dernières touches lorsque le bourreau ouvrit une petite porte placée derrière elle.

Elle se retourna ; il tenait à la main les ciseaux destinés à lui couper les cheveux, et sur son bras la chemise rouge qu'elle devait revêtir.

La chemise des parricides à cette martyre ! Quelle profanation !

A cette vue Charlotte tressaillit.

— Eh quoi, déjà? dit-elle.

Puis, comme honteuse de ce mouvement de faiblesse :

— Monsieur, demanda-t-elle au bourreau, de sa plus douce voix et avec son meilleur sourire, voulez-vous me prêter vos ciseaux, s'il vous plaît?

Le bourreau les lui tendit.

Alors, coupant elle-même une boucle de ses longs cheveux, elle la donna au peintre.

— Je n'ai que cette boucle de cheveux à vous offrir, dit-elle, gardez-la en mémoire de moi.

On disait que le bourreau s'était détourné et que les gendarmes eux-mêmes pleuraient.

En effet, mon bien-aimé, il s'était, en l'honneur de l'humanité, fait dans les masses un heureux changement.

Pendant les quatre jours qui s'étaient écoulés, le bruit de la sérénité de la prisonnière s'était tellement répandu, l'énergie et la précision de ses réponses avaient fait un tel effet, que l'admiration commençait à succéder au premier mouvement d'horreur qu'inspire toujours un assassin. De sorte qu'au moment où à sept heures du soir, sous la sombre arcade de la Conciergerie, on vit sous un ciel orageux à la lueur des éclairs apparaît la belle victime drapée dans son manteau rouge, on crut que la tempête n'éclatait au ciel que pour reprocher à la terre le crime qu'elle allait commettre.

Des cris s'élevèrent accusant deux fanatismes contraires, des cris de haine et des cris d'admiration.

L'orage sembla fuir devant elle; lorsqu'elle arriva au pont Neuf, il avait disparu. Une grande clarté se faisait sur la place de la Révolution, où le firmament avait repris toute sa limpidité. A la rue Saint-Honoré, le dernier nuage qui couvrait le soleil se dissipa et il put caresser de ses plus onduleux rayons la vierge qui allait mourir.

Danton déposa sa femme au palais qui donne sur la place de la Révolution, soit qu'il craignît pour elle un accident, soit qu'il lui crût le cœur trop faible pour assister au terrible spectacle de plus près.

Et comme je voulais rester avec elle :

— Non, dit-il, vous êtes une âme vaillante, vous, vous viendrez avec moi. Quand une femme comme celle-là va mourir, on ne la regarde pas de la loge d'un cirque ou du balcon du garde-meuble, on va se placer près d'elle, et on lui dit des yeux :

— Meurs tranquille, tu ne mourras pas tout entière, sainte victime, ton souvenir restera dans nos cœurs!

Et nous allâmes nous placer sur le flanc droit de la guillotine.

J'avoue que je marchais machinalement, subissant l'impulsion que je recevais; mes jambes tremblaient, mes yeux ne voyaient plus qu'à travers un nuage; je n'entendais qu'un bruissement confus.

J'étais dans le même état qu'une créature qui s'évanouit quand son esprit, n'ayant pas encore quitté le jour, n'est pas encore non plus complètement entré dans les ténèbres.

De grands cris me tirèrent de ma torpeur. J'ouvris les yeux, mes pieds se cramponnèrent au sol, je me tournai du côté d'où venait le bruit; la charrette apparaissait à la porte Saint-Honoré et se dirigeait vers l'échafaud.

O mon bien-aimé, non, rien de plus beau, rien de plus saint, rien de plus sublime n'est apparu à des yeux mortels depuis le commencement des siècles, que cette autre Judith offrant son sang pour racheter les péchés de Béthanie et ayant sur la première l'avantage d'être immaculée!

De ce moment mes yeux se fixèrent sur elle et ne purent plus s'en détacher.

Un rayon de soleil brilla sur le couteau et se refléta dans ses yeux.

A cet éclair précurseur de la mort il me sembla qu'elle pâlissait; mais ce moment de faiblesse eut la rapidité de l'éclair même.

Charlotte se dressa dans la charrette, s'appuya aux traverses et sourit doucement, sans ostentation comme sans dédain.

Elle descendit seule du tombereau, monta seule les degrés de l'échafaud; le bourreau et ses aides la suivaient comme des serviteurs suivent une reine.

Arrivée sur la plate-forme, elle regarda lentement tout autour d'elle.

C'était un ange; à cette exécution qui devait surtout soulever des flots de peuple, c'était le peuple qui manquait.

Ce n'étaient point des curieux qui entouraient l'échafaud, c'étaient des observateurs sérieux, des hommes graves; c'étaient des médecins, c'étaient des députés, c'étaient des philosophes.

Puis une foule de femmes douces, sympathiques, bien mises, qui étaient venues là comme on vient aux funérailles d'une sœur, d'une parente ou d'une amie.

Au lieu du tumulte habituel, il se faisait sur la place de la Révolution un sombre silence.

Ce silence fut interrompu par un cri de la patiente. Le bourreau, en lui arrachant son fichu, lui avait mis le sein à découvert.

Ce cri, ce n'était pas la crainte, c'était la pudeur qui l'avait poussé.

— Dépêchons, dit-elle en voyant sa gorge à demi nue.

Elle se jeta d'elle-même sur la bascule.

Un grand cri retentit. On avait vu le couperet passer comme un éclair vertical.

Au moment où la belle tête virginale tomba, un aide de l'exécuteur, nommé Legros, la prit par les cheveux et la montra au peuple.

Puis il eut l'indignité de lui donner un soufflet.

Les yeux se rouvrirent et les joues, déjà pâlies, reprirent leur rougeur.

Un murmure d'horreur et d'indignation s'éleva de la foule.

— Arrêtez cet homme pour insulte à l'humanité! s'écria Danton.

— Oui, oui! crièrent mille voix, arrêtez-le!

Les gendarmes qui avaient accompagné Charlotte Corday montèrent sur l'échafaud et l'arrêtèrent.

Danton avait dit vrai, mon bien-aimé; s'il me fallait mourir maintenant, je crois, grâce à l'exemple que je viens d'avoir sous les yeux, que la chose me serait facile.

Et en effet j'avais admirablement supporté ce spectacle, si terrible qu'il fût; il m'avait exaltée au lieu de m'abattre.

Je me disais :

— Si j'apprenais la mort de mon bien-aimé, moi aussi j'achèterais un couteau, j'irais chez Robespierre, je le tuerais, et je mourrais comme vient de mourir Charlotte.

Le croirais-tu, un instant j'enviai le sort de cette belle vierge, décapitée, souffletée par un valet de bourreau, et j'eusse voulu être à sa place.

Mais serais-je aussi belle qu'elle? Le soleil ferait-il pour moi ce que pour elle il a fait, m'enverrait-il, pour me faire comme à elle une auréole, son plus beau, son plus doux, son dernier rayon?

Je n'ai qu'une peur, bien-aimé, c'est que votre vieux Brutus païen ne soit détrôné, et qu'il ne se fonde une religion dans le sang de Charlotte Corday :

La religion du poignard!

Nous allâmes chercher madame Danton au balcon du garde-meuble. La pauvre femme m'avoua qu'elle avait profité de ce que son mari n'était plus là pour se réfugier dans l'intérieur de l'appartement.

Elle n'avait rien vu.

Nous prîmes une voiture découverte pour nous reconduire à Sèvres. L'orage avait complètement épuré le ciel; on respirait cette vivifiante odeur qui flotte dans l'air après les tempêtes.

Danton était devenu rêveur.

Le courage simple et grandiose de cette jeune fille l'avait profondément impressionné.

— Je croyais bien à sa fermeté, dit-il, mais je ne croyais pas à sa douceur. C'est beau à son âge de ne pas plus en vouloir à la mort. Je ne croyais pas à ces regards pénétrants, à ces vives et humides étincelles jaillissant de ses beaux yeux jusque sur l'échafaud. Tout ce qu'elle haïssait est mort dans la personne de Marat. Elle est partie sans même penser à pardonner à ses bourreaux. Son âme planait au-dessus des petites inspirations terrestres; je crois que, si j'étais jeune homme, j'éprouverais une sombre volupté à la suivre et à la chercher dans le monde inconnu où elle vient de descendre.

Ordinairement les condamnés se soutiennent par l'animation, par les chants patriotiques, par des injures qu'ils échangent avec leurs ennemis, par des sourires que leur envoient leurs amis.

Elle n'a eu besoin de rien de tout cela, elle avait la foi. La foi a été son pilier d'airain.

Dieu sait comment je mourrai, mais je voudrais mourir comme elle!

Madame Danton pleurait, moi je serrais la main de Danton.

## VIII

L'anniversaire du 10 août arrivait. Te rappelles-tu, mon bien-aimé Jacques, que ce fut ce jour-là même où parvinrent à Argenton les détails de cette terrible journée, de laquelle date notre séparation?

La date peut être glorieuse pour la révolution, mais, à coup sûr, elle est fatale pour moi...

Les nouvelles du dehors étaient mauvaises; les Anglais continuaient d'assiéger Dunkerque; les armées coalisées marchaient sur Paris; la fête se donnait sous les yeux des

Prussiens et des Autrichiens ; en quatre jours de marches forcées ils eussent pu y assister.

Les nouvelles de l'intérieur étaient pires. Marat mort, le journal le *Père Duchesne* avait succédé à l'*Ami du Peuple*, et comme Hébert disposait du ministère de la guerre et de la Commune, il puisait à deux mains dans la double caisse, et, selon qu'il le jugeait nécessaire à ses intérêts, à sa haine ou à son amitié, faisait tirer son journal à six cent mille exemplaires.

A tout moment des incendies éclataient dans les ports ; on les attribuait aux Anglais ; Pitt vient d'être déclaré par la Convention l'ennemi du genre humain ; les clubs ne parlent que de tuer. On va tuer la reine à la première occasion ; on va tuer les girondins au premier caprice ; on veut tuer la royauté jusque dans le passé ; on vient d'ordonner la destruction des tombeaux de Saint-Denis.

Danton s'est épuisé à leur crier : Créez un gouvernement ! Et, en effet, personne ne gouverne et tout le monde tue.

Danton est sombre et inquiet ; il sent qu'il n'a plus les mêmes moyens d'action sur le peuple qu'il avait en 92, l'enthousiasme a disparu ; il est vrai que le dévouement continue.

— Mais des hommes ne suffisent plus, dit Danton ; il faut des soldats.

Nos fédérés de 93 n'ont rien à ce qu'il paraît des volontaires de 92 ; ils sont soucieux, mis humblement, ils donnent leurs bras, ils donnent leur vie, mais froidement, tristement, comme des hommes qui accomplissent un devoir.

Puis ce n'est plus cette entraînante *Marseillaise* qui les pousse en avant : c'est le *Chant du départ* qui les guide. La musique de Méhul est véritablement splendide ; il y a dans ce chant des coups de trompette qui doivent percer l'Europe à jour.

On dit que la Convention a dépensé un million deux cent mille francs à la fête qu'elle vient de nous donner.

On a ouvert deux musées. Danton nous y a conduites, sa femme et moi.

L'un est celui du Louvre ; le monde artiste tout entier a contribué à sa composition ; l'école flamande et italienne surtout y sont richement représentées.

M. Danton, qui de son côté est un excellent juge, a bien voulu s'étonner de mes connaissances en peinture.

L'autre musée, celui des monuments français, est un admirable trésor archéologique. Les couvents, les églises, les palais, ont contribué à le peupler. David, l'ordonnateur de la fête, le même qui a fait le portrait de Marat mort dans sa baignoire, a classé toute cette grande chronologie de la France par siècle, presque par règne.

Tous ces dormeurs de marbre, étendus sur leurs tombes avec la double rigidité de la mort et du granit, offrant, de la croix de Dagobert jusqu'aux bas-reliefs de François Ier, l'histoire de douze siècles, parlent à l'imagination avec la voix de la science. Là encore, par ma connaissance exacte des costumes, j'ai mérité l'éloge de M. Danton. Il paraît que tu as fait de moi, cher bien-aimé, une femme plus complète que je ne croyais ; la pauvre petite madame Danton, qui ne sait rien de tout cela et qui n'a jamais entendu parler d'art ni de sciences dans sa famille, est encore plus étonnée que son mari ; elle me regarde presque avec admiration, ce qui me fait rougir, mais en même temps me rappelle que c'est à toi que je dois tout cela.

Je m'attendais à voir paraître dans la fête quelque effigie gigantesque de Marat. Je me trompais. Danton dit que c'est Robespierre qui s'y est opposé.

Je vais te raconter la fête telle que Danton me l'a expliquée.

Peut-être un jour liras-tu ce manuscrit. Alors tu sauras que je n'ai pas été un instant sans songer à toi.

Voici ce qu'il m'a dit :

David, pour cette occasion s'était fait à la fois historien, architecte et auteur dramatique

Il a fait une pièce en cinq actes de la Révolution.

D'abord, sur la place de la Bastille, il a dressé une statue colossale de la Nature, quelque chose comme une Isis aux cent mamelles, jetant par chacune d'elles, dans un bassin immense, l'eau de la régénération.

La liberté, colosse de la même taille, qu'il a mise sur la place de la Révolution.

Enfin un troisième Titan, le peuple, Hercule terrassant devant l'hôtel des Invalides le Fédéralisme sous les traits de la Discorde.

Pour arriver à ce dernier groupe, il faut passer sous un arc de triomphe tenant toute la largeur du boulevard d'Italie ; puis, du groupe des Invalides, on va à l'autel de la Patrie, situé au milieu du Champ de Mars.

Sur chacun de ces points, désignés à l'avance comme des reposoirs le jour de la Fête-Dieu, s'arrêtait et accomplissait un acte patriotique le cortège parti de la place de la Bastille.

Danton, qui était obligé de marcher avec la Convention, nous avait remises, sa femme et moi, pour ce jour-là, à la garde de Camille Desmoulins et de Lucile.

Camille Desmoulins, quoique membre de la Convention, ne tenait aucune place obligée dans toutes ces fêtes. Curieux comme un gamin de Paris, il voulait tout voir pour tout critiquer. Lucile riait comme une folle des saillies de son mari ; moi, je l'avoue, ce spectacle avait un côté de grandeur qui m'impressionnait énormément.

C'est Hérault de Séchelles qui, en sa qualité de président de la Convention, menait la tête du cortège ; si on l'avait choisi pour sa beauté, on ne pouvait faire un meilleur choix. C'est bien l'homme des cérémonies nationales, et je me le figurais avec la robe grecque ou la toge romaine ; il monta sur les débris de la Bastille, tendit une coupe étrusque, la remplit d'eau, la porta à ses lèvres, et la passa aux quatre-vingt-six vieillards représentant les quatre-vingt-six départements, dont chacun portait une bannière, et chacun d'eux, buvant à son tour, disait après avoir bu :

— Nous nous sentons renaître avec le genre humain.

Le cortège descendit le boulevard ; la terrible société des jacobins marchait en tête avec sa bannière, symbole de sa police universelle, montrant un œil ouvert dans les nuages. Derrière la société des jacobins marchait la Convention.

David, pour symboliser la fraternité du peuple avec ses mandataires, avait dépouillé les représentants de leur costume ; habillés en bourgeois, il n'y avait aucune différence de vêtements entre eux et les gens qui les avaient nommés. Seulement, ils étaient enfermés d'un ruban tricolore, que tenaient les envoyés des assemblées primaires.

Camille ne put s'empêcher de rire.

— Voyez donc, nous dit-il, la Convention menée en laisse par les jacobins !

Les seuls juges révolutionnaires portaient un panache noir, indice de leur terrible mission de deuil.

Tous les autres, la Commune, les ministres, les ouvriers, marchaient pêle-mêle. Seulement, comme parure et comme signe de la noblesse du travail, les ouvriers portaient leurs outils.

Les rois de la fête étaient les humbles et les malheureux de la société. Les aveugles, les vieillards, les enfants trouvés allaient sur des chars. Les tout petits qui ne pouvaient se tenir debout étaient traînés dans leurs berceaux. Deux vieillards, un homme et une femme, étaient, comme Cléobis et Biton, traînés dans une petite charrette par leurs quatre enfants.

Une urne sur un char était censée contenir les cendres des héros. Huit chevaux blancs avec des panaches rouges, relevant et secouant la tête à chaque coup de trompette, traînaient ce char. Les parents de ceux qui avaient été tués dans cette grande journée marchaient derrière, le front joyeux et couronné de fleurs, indiquant qu'ils ne sont point à regretter ceux-là qui sont morts pour la patrie.

Une charrette ressemblant à celle du bourreau emportait les trônes, les couronnes et les sceptres.

L'échafaud avait disparu de la place de la Révolution. Au pied de la statue de la Liberté, le président fit verser le tombereau contenant les insignes de la royauté. Le bourreau y mit le feu.

Trois mille oiseaux délivrés en même temps, s'envolèrent dans toutes les directions comme un joyeux nuage.

Deux colombes allèrent se reposer dans les plis de la robe de la Liberté.

Le lendemain, l'échafaud, de retour à son poste, devait les faire envoler.

De la place de la Révolution on se rendit au Champ de Mars ; la statue d'Hercule écrasant le Fédéralisme était placée sur un rocher élevé devant lequel on avait ménagé une plate-forme. Au pied de la montagne était placé le niveau de l'égalité.

Tout le monde passa dessous.

Arrivés sur la plate-forme, les quatre-vingt-six vieillards remirent chacun à son tour, au président, la pique qu'ils tenaient à la main.

Le président les relia toutes avec un ruban tricolore, proclamant ainsi l'alliance des départements avec la capitale. Ils étaient debout, et à la vue de tous, et en face de l'autel fumant d'encens.

Hérault de Séchelles lut l'acceptation de la loi nouvelle, proclamant l'égalité.

A ses dernières paroles le canon éclata.

Mon ami, je ne suis qu'une femme, mais je vous jure qu'en ce moment j'éprouvai un si profond sentiment d'enthousiasme, que mes larmes coulèrent malgré moi. Ah ! si vous eussiez été là ! Oh ! si j'eusse été appuyée à votre bras au lieu d'être appuyée à celui d'un étranger ! Ah ! comme je me serais jetée dans votre poitrine, et comme j'y eusse pleuré tout à mon aise !

La République française, fondée sur la base de l'égalité ! Le char portant la cendre des victimes du 10 août s'avança jusqu'au temple qui était élevé à l'extrémité du Champ de Mars ; là, on prit l'urne, on la déposa sur l'autel, et tous s'agenouillant, le président baisa l'urne et on l'entendit dire à haute voix ces paroles :

— Cendres chéries ! urne sacrée, je vous embrasse au nom du peuple !

Un homme s'approcha de Camille Desmoulins et lui demanda :

— Citoyen, peux-tu me dire pourquoi je ne vois plus ici, comme en 92, ce glaive de justice couvert de crêpes que portaient des hommes couronnés de cyprès ?

— Parce que, répondit Desmoulins, quand on sent le glaive partout, il est inutile de le montrer.

J'ai oublié de te dire, mon bien-aimé Jacques, que l'arc de triomphe des Italiens était consacré aux femmes des 5 et 6 octobre, qui ramenèrent de Versailles le roi, la reine et la royauté.

Seulement j'ai entendu raconter que ces héroïnes étaient de vraies mères de famille, qui s'étaient arrachées mourantes de faim à leurs enfants ; de belles jeunes filles, chastes, qui n'osèrent parler lorsqu'elles se trouvèrent en face du roi, et qui s'évanouirent en face de la reine, tandis qu'ici le peintre les a remplacées par des modèles hardis et effrontés.

Les femmes de l'arc de triomphe des Italiens sont plus belles, mais les autres, j'en suis sûre, étaient plus touchantes.

Aux premières ombres du soir, toute la foule s'éparpilla ; les uns, parmi ceux qui la composaient, entrèrent calmes et paisibles dans Paris ; les autres, non moins calmes et paisibles, s'assirent sur l'herbe déjà flétrie du mois d'août et dînèrent en famille de ce qu'ils avaient apporté.

Nous étions à moitié chemin de Sèvres, où Danton devait nous rejoindre ; Camille et Lucile y dînaient avec nous. Nous prîmes une voiture, et en une demi-heure, du Champ de Mars nous fûmes à la maison de campagne de Danton.

Danton ramena avec lui un homme que je ne connaissais pas, mais que tu dois connaître, toi ; il se nomme Carnot ; c'est un petit homme en culottes courtes, coiffé à la Jean-Jacques Rousseau, avec un habit gris. Il a l'air d'un sous-chef de ministère. C'est sur lui que l'on compte pour faire face à la fois aux Anglais qui sont devant Dunkerque et aux Prussiens qui ont pris Valenciennes, ou plutôt à qui Valenciennes a été livrée.

Par sa position au ministère de la guerre, il sait toutes les nouvelles, et les nouvelles sont déplorables à ce qu'il paraît. Danton a une grande confiance en lui ; mais il paraît que Robespierre ne l'aime pas. C'est un travailleur obstiné, qui passe, quand il est à Paris, sa vie à aller de la rue Saint-Florentin aux Tuileries, où il fouille les anciens cartons. Quand il va à l'armée, il ôte son habit gris pour prendre un habit de général, puis la bataille gagnée, il reprend son habit gris et revient faire son plan à Paris.

Ce qui l'inquiète surtout c'est Valenciennes, qui est devenu un foyer de réaction et de fanatisme. On y chante, sur la terre de France, le *Salvum fac imperatorem* ; les femmes pleurent de joie, remercient Dieu ; les émigrés tirent leurs épées et crient : — A Paris ! à Paris !

Je m'émerveille quand je pense que ce petit homme, qui a à peine cinq pieds deux pouces et qui ne boit que de l'eau, va aller avec sa culotte courte et son habit gris combattre le duc d'York, frère du roi d'Angleterre, qui a six pieds de haut et qui boit dix bouteilles de vin après son dîner. Il paraît qu'il aurait bien voulu rester tranquille à Valenciennes, n'aimant pas à se déranger ; mais qu'il a été tellement tourmenté par les belles dames, qui raffolent de lui et par les émigrés qui le comparent à Marlborough, qu'il a fini par tirer son épée comme les autres et par crier : — *or now, or never!* Maintenant ou jamais !

Ses dernières nouvelles lui annonçaient que les avant-postes ennemis étaient à Saint-Quentin.

Danton a rédigé un décret de levée en masse que l'homme à l'habit gris proposera et fera adopter demain à la Convention, et qui me paraît un chef-d'œuvre.

Tous les Français sont en réquisition permanente... Les jeunes gens iront au combat, les hommes mariés forgeront des armes et transporteront des subsistances, les femmes feront des tentes, des habits et serviront les hôpitaux ; les enfants feront la charpie ; les vieillards, sur les places, animeront les guerriers, enseignant la haine des rois et l'unité de la république.

Dès demain nous nous mettons au travail, madame Danton et moi.

## IX

Oh ! mon bien-aimé, je suis brisée. Comment vivre ? comment mourir ? Mourir me paraît bien plus facile que de vivre, et ce n'est pas la première fois que l'envie me prend d'aller t'attendre ou d'aller te rejoindre à ce rendez-vous de la mort où nul n'a jamais manqué.

Ton nom vient d'être répété dix fois, vingt fois, cent fois : tu leur manquais pour leur chiffre ; il leur fallait vingt-deux têtes. Ils ont remplacé la tienne par celle d'un certain Mainvielle, connu et célèbre par les assassinats de la Glacière, à Avignon. Toi, disent-ils, tu es mort de fatigue dans je ne sais quelle grotte du Jura avec Louvet, ou dévoré par les loups avec Roland.

Mais pour eux tu es mort, et ce n'est qu'à cette condition que tu n'as pas été jugé avec eux.

Oh ! si j'étais sûre que ce fût vrai, comme j'en finirais vite au profit de l'âme avec cette maladie du corps qu'on appelle la vie !

Depuis quelque temps, je voyais Danton passer par des alternatives de douleur et de colère. Il avait toujours espéré que le procès des girondins n'aurait pas lieu. N'étaient-ce pas les girondins qui avaient pris l'initiative de la révolution ? n'étaient-ce pas les girondins qui avaient fait le 10 août ? n'étaient-ce point les girondins qui avaient déclaré la guerre à tous les rois !

Mais voilà que tout à coup, tandis que les Anglais, au nord, assiègent Dunkerque, voilà qu'au midi les royalistes livrent Toulon aux Anglais.

C'était trop de clémence envers la reine et envers les girondins. N'accusait-on pas les girondins de complicité avec la reine, et, par conséquent, avec les royalistes ?

Le jour où l'on sut à Paris la prise de Toulon, Robespierre, maître de la situation, ordonna de commencer deux procès qu'on n'avait point osé attaquer jusque-là ; le procès des girondins, le procès de la reine.

Aux Prussiens entrant en France par la Champagne on avait opposé le massacre des prisons.

Aux royalistes faisant la Vendée à l'ouest ; aux Anglais achetant Toulon au midi, on opposait la tête de la reine et celle des vingt-deux girondins.

Comprends-tu, mon bien-aimé ? quoique douze de tes amis seulement fussent aux mains du tribunal révolutionnaire, les autres étant ceux-ci morts, ceux-là en fuite, on avait promis au peuple les vingt-deux girondins, il fallait les lui donner.

On ajouta des députés qui n'avaient jamais voté avec la Gironde. On avait voulu faire entrer Danton au comité de salut public ; en y entrant il sauvegardait sa vie. Qui eût osé toucher à un membre de ce terrible comité ?

Oui, mais pour y entrer il fallait accepter deux conditions terribles :

La mort des girondins !

Les massacres de la Vendée !

Nous vîmes rentrer Danton, un soir, plus abattu que jamais.

— Je suis las de toutes ces boucheries d'hommes ! nous dit-il.

Puis à sa femme :

— Prépare-toi à venir demain avec moi à Arcis-sur-Aube, lui dit-il.

Arcis-sur-Aube c'était son lieu de naissance. Comme Antée qui reprenait des forces en touchant sa terre natale, Danton allait redemander aux sources de sa vie sa vigueur perdue.

— Venez-vous avec nous ? me demanda-t-il.

— Oh ! non, lui répondis-je. Vous devez comprendre que si j'ai une chance d'apprendre quelque nouvelle de *lui*, ce sera en suivant minute à minute le procès des girondins.

— Nous avons tort tous les deux, me dit-il ; je devrais rester ; vous devriez partir.

Le même soir, Garat vint le voir. C'est celui, tu te le rappelles, qui a été ministre de la justice après lui.

Il le trouva malade ; plus que malade, consterné.

Il fit tout ce qu'il put pour obtenir qu'il restât à Paris ; il lui montra Robespierre profitant de son absence pour déraciner tour à tour Hébert et Chaumette ; quand il reviendrait, ses amis seraient ceux de Robespierre et se tourneraient contre lui, comme les amis des Girondins s'étaient tournés contre eux.

— Ton départ, lui dit-il enfin, c'est tout simplement un suicide ; tu n'oses pas te tuer, tu veux mourir.

— Peut-être ! fit Danton. Mais la ruine de mon parti, mais la perte de mon influence, mais ma popularité anéantie ! Tout cela n'est rien ! Ce qui m'anéantit, ce qui me perce le cœur, c'est de ne pouvoir les sauver. Vergniaud, l'éloquence même ; Péthion, l'honneur ; Valazé, la loyauté ; Ducos et Fonfrède, le dévouement.

Et de grosses larmes tombaient de ses yeux.

— Et c'est moi, dit-il, c'est moi qui, le 31 mai, ai frappé le coup terrible ! Je voulais les écarter de mon chemin, je ne voulais pas les tuer.

Garat quitta son ami sans avoir rien obtenu de lui.

Camille et Lucile me restaient ; mais j'étais bien loin

d'être liée avec eux comme avec Danton et sa femme. J'avais pour Danton l'amitié confiante et respectueuse que l'on a pour l'homme de génie. Même dans ses faiblesses je le trouve immense.

Le 13 octobre, il partit. Le volcan était éteint. Se rallumera-t-il jamais? J'en doute.

Le 16, la reine mourut sur l'échafaud.

Sa mort ne fit pas à Paris tout l'effet qu'on en pouvait attendre.

On savait que le général Jourdan livrait à Wattignies une bataille de laquelle dépendait le salut de la France.

Le petit homme à l'habit gris et à la culotte courte avait quitté Paris. Il était arrivé à l'armée; il avait mis son habit de général, s'était battu deux jours.

On les avait d'abord enfermés à la prison des Carmes, encore toute sanglante des massacres de septembre; on les plaça dans un quartier distinct du reste de la prison. Un seul de ces cachots contenait dix-huit lits.

Vergniaud, déjà depuis plusieurs mois en prison, n'avait rien voulu demander à personne; ses vêtements tombaient en lambeaux et, depuis longtemps, son dernier assignat était passé dans la main d'un prisonnier plus pauvre que lui.

Son beau-frère, M. Alluaud, revint de Limoges, lui apportant un peu d'argent et des habits. Il obtint de voir Vergniaud et entra dans sa prison avec son fils, enfant de dix ans.

L'enfant, en voyant son oncle traité comme un scélérat,

On fit descendre les condamnés vers la cour du palais.

La première journée avait été perdue; mais avec son armée, que l'ennemi croyait en retraite, il avait attaqué l'ennemi et l'avait battu.

Puis il avait remis son habit gris, était revenu à Paris le 19, et avait annoncé que le général Jourdan venait de remporter une grande victoire.

De lui-même il n'avait pas dit un mot.

Cette victoire donnait une force énorme à Robespierre, à qui, dans un moment de défaillance, Danton avait cédé la place, et qui, étant resté seul maître, s'était fait gouvernement.

Le lendemain de cette victoire, Fouquier-Tinville demanda les pièces pour faire le procès de tes malheureux amis. Toutes les mesures avaient été prises non seulement pour les tuer, mais pour les déshonorer.

Leur procès vint immédiatement après celui d'un misérable nommé Perrin, voleur de deniers publics, condamné aux galères et à l'exposition, qu'il avait subie sur la guillotine. Entre lui et les nobles girondins on eut soin de ne trancher la tête à personne; il fallait que l'échafaud restât pilori.

le visage pâle et amaigri, les cheveux épars, la barbe inculte et les habits déchirés, se mit à pleurer et, au lieu d'aller embrasser son oncle qui lui tendait les bras, il se réfugia entre les genoux de son père.

Mais Vergniaud l'attira à lui, lui disant :

— Rassure-toi, et regarde-moi bien ; quand tu seras grand, quand la France sera libre, quand on ne rencontrera plus dans les rues de Paris cette hideuse machine qu'on appelle la guillotine, tu diras :

— Quand j'étais enfant, j'ai vu Vergniaud, le fondateur de la République, dans le plus beau temps et dans le plus glorieux costume de sa vie, celui où, persécuté par des misérables, il se préparait à mourir pour les hommes libres.

Mais l'apôtre parmi eux, le martyr heureux du supplice, c'était Valazé, que son grade dans l'armée avait familiarisé avec la mort. Celui-là a la foi et prétend qu'à toutes les religions nouvelles il faut du sang. On sentait qu'il était heureux d'offrir le sien en sacrifice.

— Valazé, lui dit un jour Ducos, comme on te punirait si on ne te condamnait pas!

Le 22 octobre on leur communiqua leur acte d'accusation, le 26 leur procès commença.

A midi, ils furent introduits devant le tribunal révolutionnaire. Chacun d'eux avait un gendarme près de lui.

J'étais au bras de Camille, Lucile était au mien. Nous les vîmes tous s'asseoir l'un après l'autre au banc des accusés, ces nobles martyrs sur la figure desquels on eût cherché vainement un de ces signes qui font dire :

— Voilà un coupable !

Il n'y eut pas d'hypocrisie dans le procès au moins. Tout le monde vit bien que tout ce qui précéderait l'échafaud ne serait qu'une forme, et qu'il ne s'agissait que de tuer. Les accusateurs Hébert et Chaumette furent reçus comme témoins. Pas d'avocat pour les défendre.

On leur reprochait des choses étranges : les assassinats de septembre, dont ils avaient toujours poursuivi la punition ; on leur reprochait d'avoir été les amis de la Fayette, de d'Orléans et de Dumouriez. Et cependant les juges avaient honte de condamner sur de pareilles accusations et sur de pareils témoignages.

Le procès dura sept jours, et le septième jour il était moins avancé que le premier.

Il fallut que les jacobins s'en mêlassent ; une députation vint sommer l'assemblée de décréter que le troisième jour, ne le fût-il pas, le jury pouvait se déclarer suffisamment éclairé.

Camille m'a dit qu'on avait retrouvé la minute tout entière écrite de la main de Robespierre, car Robespierre voulait leur mort à tout prix.

Le second jour du procès, et quand on vit clairement tout l'odieux de l'accusation, Garat, que j'avais vu chez Danton le soir de son départ, fit une démarche près de Robespierre pour sauver les girondins. Il avait préparé une espèce de plaidoyer pour la clémence ; il le lui lut.

Il a raconté tout ce que Robespierre avait souffert pour l'écouter ; son masque, si froid qu'on eût dit un parchemin tendu sur une tête de mort, était agité de frémissements musculaires ; aux passages pressants, il se couvrait les yeux de sa main pour qu'on ne vît pas le poignard de la haine dans ses prunelles. Cependant il le laissa lire jusqu'au bout. Puis :

— C'est à merveille, dit-il, mais que voulez-vous que j'y fasse ? je n'y puis rien, ni moi, ni personne. Vous dites qu'ils n'ont point d'avocat ; ils n'en ont pas besoin, puisqu'ils le sont tous, avocats !

Le décret de la Convention fut apporté au tribunal révolutionnaire à huit heures du soir.

Grâce à ce décret, le jury se trouva éclairé tout à coup et déclara qu'il était inutile de continuer les débats. Les jurés ne firent qu'entrer et sortir dans la salle des délibérations. Le président, sur son âme et conscience, annonça que les vingt-deux girondins étaient condamnés à mort.

Je sentis frissonner le bras de Camille.

— Oh ! malheureux que je suis, murmura-t-il tout bas, c'est mon livre qui les tue !

Il paraît que Camille avait écrit un livre contre les girondins.

Cette condamnation était si inattendue que les spectateurs n'y voulaient pas croire. Les condamnés poussèrent un cri de malédiction contre leurs juges. Les gendarmes étaient paralysés ; chaque accusé eût pu tirer du fourreau le sabre du gendarme placé près de lui, et poignarder les juges sans que personne s'y opposât.

En ce moment, Valazé sembla s'évanouir et glissa sur le parquet.

— Tu pâlis, Valazé ? lui dit Brissot.

— Non, je meurs, répondit celui-ci.

Il venait de s'enfoncer la pointe d'un compas dans le cœur.

Il était onze heures du soir.

Après un moment donné à l'émotion du public, aux malédictions des condamnés, aux soins inutiles portés à Valazé, qui s'était raidi, les condamnés se serrent l'un contre l'autre et crient :

— Nous mourons innocents ! Vive la République !

Le mort et les vivants descendirent du tribunal et prirent l'escalier qui les conduisait à la Conciergerie. Ils avaient promis aux autres détenus de les informer de leur sort ; ils trouvèrent un moyen bien simple : ils chantèrent le premier couplet de la *Marseillaise*, en changeant un seul mot au quatrième vers.

> Allons, enfants de la patrie !
> Le jour de gloire est arrivé !
> Contre nous de la tyrannie
> Le *couteau* sanglant est levé !

Les autres prisonniers attendaient et écoutaient. Ce mot *couteau* substitué au mot *étendard* leur dit tout.

On entendit alors par tous les cachots des cris, des pleurs et des sanglots.

Eux ne pleuraient pas.

Un repas les attendait, envoyé par un ami.

Valazé, tout mort qu'il était, y assista. Le tribunal avait ordonné que le corps du suicidé serait réintégré dans la prison, conduit sur la même charrette au lieu du supplice, et inhumé avec eux.

Terrible tribunal, auquel on n'échappait pas par la mort, et qui suppliciait la mort.

On dit que c'est le représentant Bailleul, proscrit comme eux, mais échappé à la proscription et caché dans Paris, qui leur a envoyé ce dernier repas qui leur a permis de faire ce que les chrétiens dévoués au cirque appelaient le *repas libre*.

Vergniaud avait été nommé président du repas ; son visage resta calme et souriant.

— Ne vous en étonnez pas, dit-il, craignant d'humilier ses amis par sa sérénité. Je ne laisse derrière moi ni père, ni mère, ni épouse, ni enfants. J'étais seul dans la vie, je vais vous avoir tous pour frères dans la mort.

Comme personne n'a assisté à ce dernier repas, comme aucun des convives n'a survécu, on ne saurait dire sur quel sujet roula la conversation.

Cependant un geôlier entendit Ducos qui disait :

— Que ferons-nous demain à pareille heure ?

— Notre journée sera faite, répondit Vergniaud, et nous dormirons.

Lorsque le jour descendant par une lucarne dans le cachot des girondins fit pâlir les bougies :

— Allons nous coucher, dit Ducos, la vie est si peu de chose qu'elle ne vaut pas l'heure de sommeil que nous perdons à la regretter.

— Veillons, dit Lassource, l'éternité est si redoutable que mille vies ne suffiraient pas à nous y préparer.

A dix heures, ceux qui dormaient furent réveillés par le bruit des verrous ; ceux qui ne dormaient pas virent entrer les exécuteurs, qui venaient pour préparer leurs têtes au couteau.

Les uns après les autres vinrent alors, souriants et soumis, incliner leur tête sous les ciseaux et tendre leurs bras aux cordes.

On avait permis à un autre prisonnier, l'abbé Lambert, d'entrer près d'eux à ce moment suprême, pour préparer à la mort ceux qui demanderaient les secours de la religion.

Gensonné ramassa une boucle de ses cheveux noirs, et, la donnant à l'abbé :

— Dites à ma femme que c'est tout ce que je puis lui envoyer de mes restes, mais que je meurs en lui adressant toutes mes pensées.

Vergniaud tira sa montre, l'ouvrit, et sur la boîte d'or grava un chiffre et la date du 30 avec la pointe d'une épingle ; puis il chargea l'abbé Lambert de la remettre à une femme qu'il aimait, mademoiselle Candeille probablement.

Lorsque la toilette fut terminée, on fit descendre les condamnés vers la cour du palais.

Cinq charrettes les attendaient, entourées d'une foule immense. Le jour s'était levé, pâle et pluvieux, un de ces jours blafards qui ont toute la désespérance de l'hiver. On avait défendu de donner aucun cordial aux condamnés, espérant qu'ils resteraient au-dessous d'eux-mêmes.

Ils étaient quatre dans chaque charrette ; dans la dernière seulement cinq et le cadavre de Valazé. Sa tête, cahotée par les secousses du pavé, ballottait sur les genoux de Vergniaud, destiné à mourir le dernier comme le plus coupable de tous, c'est-à-dire comme le plus éloquent, comme le plus brave.

Au moment où les cinq charrettes sortirent de la sombre arcade de la Conciergerie, ils entonnèrent tout d'une voix, et comme une marche funèbre, la première strophe de la *Marseillaise* :

> Allons, enfants de la patrie !

Ce chant choisi par eux n'avait-il pas à la fois la double signification du patriotisme et du dévouement ? Ne signifiait-il pas que partout où vous pousse la voix de la patrie, même à la mort, il fallait y aller en chantant ?

Au pied de l'échafaud, la première charrette versa les quatre victimes. Ils s'embrassèrent en signe de communion dans la liberté, dans la vie, dans la mort.

Puis ils montèrent un à un, celui qui montait continuant de chanter comme les autres.

La pesante masse de fer étouffa seule sa voix.

Tous moururent en héros. Seulement le chœur allait diminuant au fur et à mesure que tombait la hache ; les rangs s'éclaircissaient, la *Marseillaise* continuait toujours.

Enfin une seule voix resta pour glorifier l'hymne patriotique.

C'était celle de Vergniaud, qui, nous l'avons dit, devait mourir le dernier.

Ses paroles suprêmes furent :

Amour sacré de la patrie !

Puis tout fut dit. Le silence se fit sur la foule comme sur l'échafaud. Le peuple se retira consterné ; il comprenait que quelque chose d'essentiel à la Révolution venait de mourir.

Pourquoi n'étions-nous pas ensemble sur la dernière charrette ?

## X

Hélas ! je n'ai plus que des exécutions à te raconter. Celle des girondins eut son retentissement jusqu'à Arcis-sur-Aube, mais ne suffit pas cependant pour arracher Danton à sa torpeur.

Sa jeune femme, qui était enceinte, m'écrivait que son mari passait quelquefois deux ou trois heures de la nuit à la fenêtre de sa chambre à coucher qui donnait sur la campagne.

Là, les yeux fixés au ciel, écoutant chaque bruit, aspirant chaque brise, Danton, dont toute la religion n'était qu'un vaste panthéisme, semblait se préparer à rendre à la nature tous les éléments qu'il avait reçus d'elle.

Il reparut le 3 décembre, il reparut retrempé par la solitude et par le repos. Il parla avec une éloquence qu'il n'avait jamais eue ; mais nul ne sut de quoi il avait parlé. A peine sut-on même qu'il avait reparu à la Convention. Le *Moniteur* avait reçu l'ordre de ne pas imprimer son discours.

Il trouva le vide autour de lui ; ses amis les plus chauds s'étaient ralliés à Robespierre ; un ou deux seulement lui étaient restés fidèles : Bourdon de l'Oise et Camille.

On se rappelle ce cri poussé par Camille au jugement des girondins :

— Malheureux ! c'est moi qui les ai perdus !

Ce cri, le club des jacobins en demanda compte. Camille, qui écrivait très bien, parlait très mal. Il était bègue, et Robespierre avait bien compté qu'il pataugerait dans son bégayement, et ne pourrait se faire entendre.

Mais voilà que pour faire face à l'art que lui a refusé la nature, son cœur lui donna tout à coup la puissance des larmes.

— Oui, s'écria-t-il, oui, je le répète ici : je me suis trompé. Sept des vingt-deux étaient nos amis. Hélas ! soixante amis vinrent à mon mariage, tous sont morts ! Il ne m'en reste que deux, Robespierre et Danton !

Le discours de rentrée de Danton qui n'avait point été imprimé au *Moniteur* était de sa part une espèce d'abdication de toute prétention politique.

Il avait dit, — ce qui était parfaitement vrai, — que les deux années de lutte qu'il avait soutenues ne lui avaient laissé ni orgueil, ni vanité, ni velléité de concurrence. Cette fois, comme Camille, il s'était rallié à Robespierre, s'était fait son second ; enfin son discours s'était terminé par un vœu :

— Puisse la république, hors de péril, faire un jour comme Henri IV, grâce à ses ennemis !

Deux ou trois jours après, Robespierre avait demandé de sa voix larmoyante cinq cent mille francs pour les indigents.

Cambon, le vrai ministre des finances de l'époque, le dantoniste Cambon, qui avait tant de mal à lâcher son argent, répondit de sa voix rude :

— Cinq cent mille francs, ce n'est pas assez. J'offre dix millions.

Les dix millions avaient été mis aux voix et adoptés.

Enfin il était arrivé ceci que, le 26 décembre, le jour même où Robespierre réclamait l'accélération des jugements révolutionnaires, un dantoniste monta à la tribune, pâle et égaré, en criant :

— On va guillotiner un innocent, et en voilà la preuve !

Il y avait un tel besoin de retour vers la clémence, que la Convention vota un sursis à l'instant même, et plus de vingt membres se précipitèrent alors de la salle, les uns courant au palais de justice, les autres à la place de la Révolution, pour empêcher que cet *innocent* ne fût exécuté.

Cela donna du cœur aux dantonistes. Ils allèrent plus loin que Danton lui-même n'aurait voulu.

Bourdon de l'Oise, une espèce de sanglier à poils roux, rejeta toutes les précipitations sur l'agent public du comité de sûreté, Héron, qui était l'agent secret de Robespierre.

L'immaculé Robespierre était censé n'avoir aucune relation avec la police ; jamais il n'avait vu Héron.

Mais du petit hôtel où se tenait le comité de salut public il y avait un corridor obscur communiquant avec les Tuileries.

C'était là que les hommes de Héron venaient remettre à Robespierre des papiers cachetés qui le tenaient au courant de tout ce qui se passait.

Souvent des petites jeunes filles portaient des paquets pareils aux demoiselles Duplay. Robespierre les trouvait en rentrant chez son menuisier.

Robespierre, qui une fois sa confiance donnée la maintenait jusqu'à l'imprudence, avait assuré l'impunité à cet agent, ce qui le rendait insolent au point d'insulter les députés.

Comme beaucoup avaient à se plaindre de lui, la proposition de Bourdon (de l'Oise) fut acceptée. L'assemblée vota. Héron fut arrêté.

Alors tous les robespierristes accourent ; ils avaient reçu le mot de Robespierre, la mesure avait été prise en son absence, et, si elle était maintenue, Robespierre était sinon perdu, du moins cruellement entamé.

Ce fut d'abord Couthon qui vint demander que l'assemblée continuât sa confiance au comité de salut public. Puis Moïse Bayle, qui vint témoigner que, dans plusieurs affaires, Héron s'était montré adroit et hardi. Puis ce fut Robespierre lui-même qui joua l'attendrissement, qui parla des âmes sensibles et de son ambition d'obtenir la palme du martyre.

L'arrestation de Héron fut révoquée.

Si Héron eût été arrêté, c'était notre ami Danton qui régnait à la place de Robespierre ; Brune, l'ami de la maison, homme déterminé s'il en fût, mettait la main sur les satellites de Héron, Westermann sabrait Henriot et soulevait avec son ami Santerre la grande rue du grand faubourg.

Il venait alors imposer l'homme populaire par excellence, Danton, à l'assemblée qui ne demandait pas mieux.

Robespierre sauvé, c'était Danton qui était mort.

Robespierre avait vu de trop près l'abîme pour ne pas le combler avec les cadavres des dantonistes. En le voyant tout pâle et tout tremblant du choc, Billaud lui prit la main et lui dit tout bas :

— Il faut tuer Danton, n'est-ce pas ?

Robespierre bondit d'étonnement qu'on eût osé prononcer une semblable parole.

— Quoi ! dit-il, en regardant Billaud les yeux dans les yeux, vous tueriez donc les premiers patriotes !

— Pourquoi pas ? répondit Billaud.

— Mais vous ? dit Robespierre.

— Oui, moi, répondit celui-ci.

Robespierre fit appeler Saint-Just et Couthon. Il leur dit qu'on se plaignait de l'immoralité, de la corruption de Danton.

Couthon et Saint-Just applaudirent.

On commença d'en parler au comité de salut public. Lindet, qui était dans les bureaux, fit avertir Danton.

Danton haussa les épaules.

— Eh bien, soit, dit-il ; j'aime mieux être guillotiné que guillotineur.

Et comme nous lui disions au moins de fuir :

— Est-ce que vous croyez, répondit-il, que l'on emporte la patrie à la semelle de ses souliers ?

— Au moins cachez-vous, lui dis-je.

— Est-ce que l'on cache Danton ? dit-il.

Et, en effet, Danton était difficile à cacher.

Aussi, sans qu'il sût même encore qu'il allait être accusé, déjà créait-on pour lui un nouveau cimetière.

Et cependant Danton semblait avoir un pressentiment de ce qui devait arriver.

Danton nous racontait lui-même que, sortant du palais de justice avec Souberbielle, juré du tribunal révolutionnaire, et Camille, par une de ces soirées sombres et froides qui préparent aux impressions sinistres et qui laissent échapper les secrets de l'âme, il s'était arrêté sur le pont Neuf et regarda mélancoliquement couler l'eau. Souberbielle s'approcha de lui :

— Que fais-tu là ? lui demanda-t-il.

— Regarde, dit Danton, est-ce que la rivière ne te fait pas l'effet de rouler du sang ?

— C'est vrai, dit Souberbielle, le ciel est rouge, il y a bien d'autres pluies de sang derrière ces nuages.

Danton se retourna, et s'adossant au parapet :

— Sais-tu, lui dit-il, que du train dont on y va, il n'y aura plus bientôt de sûreté pour personne ; les meilleurs patriotes sont confondus sans choix avec les traîtres, le sang versé par les généraux sur le champ de bataille ne les dispense pas de verser le reste sur l'échafaud ; je suis las de vivre !

— Que veux-tu ? dit Souberbielle, ces gens-là ont commencé par demander des juges inflexibles, et j'ai accepté la position de juré ; mais ils ne veulent plus que des bourreaux complaisants. Que puis-je, moi ? je ne suis qu'un patriote obscur. Ah ! si j'étais Danton !

Danton lui posa la main sur l'épaule :

— Danton dort, tais-toi, lui dit-il ; il se réveillera quand il sera temps. Tout cela commence à me faire horreur.

Je suis un homme de révolution ; je ne suis pas un homme de carnage... Mais toi, poursuivit Danton en s'adressant à Camille Desmoulins, pourquoi gardes-tu le silence ?

— J'en suis las du silence ! répondit Camille. La main me pèse ; j'ai quelquefois envie de faire de ma plume un stylet et d'en poignarder ces misérables. Mon encre est plus indélébile que leur sang : elle tache pour l'immortalité.

— Bravo, Camille ! reprit Danton. Commence dès demain. C'est toi qui as lancé la révolution, c'est à toi de l'enrayer, et, sois tranquille, cette main t'aidera. Tu sais si elle est forte.

Trois jours après, le *Vieux Cordelier* parut.

Voici ce qu'il disait dans son numéro 6, le lendemain du jour où on avait arrêté le poète Fabre d'Eglantine, ami de Camille :

« Considérant que l'auteur du *Philinte* vient d'être mis au Luxembourg avant d'avoir vu le quatrième mois de son calendrier ; voulant profiter du moment où j'ai encore encre et papier et les deux pieds sur les chenets pour mettre ordre à ma réputation, je vais publier ma foi politique, dans laquelle j'ai vécu et mourrai, soit d'un boulet, soit d'un stylet, soit de la mort des philosophes, comme dit le compère Mathieu. »

Ce numéro, déjà très violent, annonçait un numéro plus violent encore.

Je vis que Camille se perdait, et, n'oubliant pas qu'il était un des deux amis à qui tu m'avais léguée et qui m'avaient accueillie à mon arrivée à Paris, je courus rue de l'Ancienne-Comédie, où j'avais autrefois été reçue par Lucile, au temps de la toute-puissance de Danton et de Camille, et où leurs amis terrifiés venaient prier Camille de s'arrêter pendant qu'il en était temps encore.

Il y avait là un officier très patriote nommé Brune, et qui ne paraissait nullement timide. Il déjeunait avec Camille et lui conseillait la prudence. Mais Camille était lancé ; il regardait comme une lâcheté de faire un pas en arrière.

On lui apporta ses épreuves ; il les corrigea tranquillement, et, entre deux filets, il ajouta :

— Miracle ! Cette nuit un homme est mort dans son lit !

Puis, comme Brune haussait les épaules :

— *Edamus et bibamus*, dit-il en latin, pour n'être pas entendu de Lucile, et, croyant que je ne comprenais pas, il continua :

— *Cras enim moriemur.*

J'allai à Lucile et lui dis tout bas ce que je venais d'entendre. Elle faisait le chocolat.

— Laissez-le, laissez-le, dit-elle ; qu'il remplisse sa mission, c'est lui qui sauvera la France ; ceux qui pensent autrement n'auront pas de mon chocolat.

Le lieu où l'on devait enterrer Danton étant marqué d'avance, il n'y avait plus qu'à l'arrêter.

Camille fit déborder le vase en demandant dans son journal un comité de la clémence.

Le 28 mars, Danton nous annonça qu'il dînait avec Robespierre ; des amis communs avaient tenté un dernier effort pour les réunir.

Je résolus de rester à Sèvres cette nuit-là, afin d'avoir des nouvelles de cette réunion, où le dîner n'était qu'un prétexte.

C'était chez Panis, à Charenton.

Danton revint vers une heure du matin.

— Eh bien ! nous écriâmes-nous en le voyant paraître.

— Rien, dit-il, cet homme est impassible ; ce n'est pas un homme, c'est un spectre. On ne sait par où le prendre, il n'a rien d'humain ; je crois que nous sommes plus brouillés que nous ne l'avons jamais été.

— Mais enfin, dit madame Danton, que s'est-il passé ? Donne-nous des détails.

— Pourquoi faire ? Est-ce que je sais moi-même ce qui s'est dit ? Est-ce que l'on peut tirer quelque chose de clair de cette parole terne et visqueuse de Robespierre ? Des récriminations des deux côtés ; il m'a reproché septembre, comme s'il ne savait pas que c'est Marat qui a fait septembre. Moi je lui ai reproché Lyon et Nantes. Bref, nous nous sommes quittés au plus mal.

Le lendemain, le bruit s'était déjà répandu de ce qui s'était passé.

Robespierre avait dit à Panis :

— Tu le vois, il n'y a pas moyen de ramener cet homme au gouvernement ; dedans il corrompt ; dehors il menace. Nous ne sommes pas assez forts pour mépriser Danton, nous sommes trop courageux pour le craindre ; nous voulions la paix, il veut la guerre : il l'aura.

Les amis de Danton accoururent à Sèvres, le suppliant de conjurer l'orage qui se préparait, tous le poussaient à la résistance :

— La Montagne est à toi, lui disait le boucher Legendre.

— Les troupes sont à toi, disait l'Alsacien Westermann.

— Le sentiment public est à nous, disait Camille Desmoulins, qui à travers les numéros du *Vieux Cordelier*, sentait palpiter le cœur de la France.

Mais Danton ne répondit que par un sourire d'indifférence et d'orgueil en disant :

— Ils n'oseront s'attaquer à moi, je suis plus fort qu'eux !

Le lendemain, 31 mars, à six heures du matin, lui et ses amis étaient arrêtés.

Ce fut le pauvre Camille que cette arrestation frappa le plus cruellement.

Les gendarmes entrèrent justement au moment où il décachetait une lettre qui commençait par ces mots :

« Ta mère est morte ! »

Il apprit en même temps que Danton était arrêté.

— C'est bien, dit-il, où il ira, j'irai.

Il embrassa son fils, le petit Horace, qui dormait dans son berceau, et se livra aux gendarmes.

On le conduisit à la prison du Luxembourg. Il y arrivait en même temps que Danton ; ils y entrèrent tous deux ensemble, et la première chose qu'ils virent fut Hérault de Séchelles, qui, en attendant la mort, jouait au bouchon avec les enfants du concierge.

Il courut à Danton et à Camille et les embrassa.

Quand le bruit de leur arrestation se répandit dans Paris, Paris fut consterné.

Camille Desmoulins était comme un fou ; il se frappait la tête contre la muraille, il pleurait, il appelait Lucile.

— A quoi bon ces larmes ? demanda Danton, on nous envoie à l'échafaud ; marchons-y gaiement.

Une voix faible arriva d'un cachot voisin.

C'était celle de Fabre d'Eglantine.

— Qui es-tu, pauvre malheureux au désespoir ? demanda la voix.

— Je suis Camille Desmoulins, répondit le prisonnier.

— La contre-révolution est donc faite ? s'écria Fabre.

En entrant au Luxembourg et en baissant sa tête sous la voûte qu'on ne repassait que pour mourir, Danton murmura :

— C'est à pareil temps que j'ai fait instituer le tribunal révolutionnaire. J'en demande pardon à Dieu et aux hommes.

Le 2 avril, à onze heures du matin, on amena les accusés.

Madame Danton, malade de sa grossesse, n'avait pas eu le courage d'assister à la séance ; on avait réuni deux ou trois hommes salis par leurs tripotages d'argent, et on les avait adjoints au procès pour que le public crût Danton, Camille Desmoulins et Hérault de Séchelles les complices de ces misérables.

A la vue de Danton entre ces deux larrons, Delaunay et Despagnac, le greffier du tribunal n'y put tenir, il jeta sa plume et alla embrasser Danton.

— Votre âge, votre nom et votre demeure ? demanda-t-on à Danton.

— Je suis Danton, répondit-il ; j'ai trente-cinq ans ; ma demeure sera demain le néant, mon nom restera au Panthéon de l'histoire.

La même question fut faite à Camille Desmoulins.

— Je suis Camille Desmoulins, dit-il, j'ai trente-trois ans, l'âge du sans-culotte Jésus-Christ.

Depuis qu'il était en prison, Camille avait écrit à sa femme deux lettres qui lui étaient parvenues.

Elle errait, éperdue de douleur, autour du Luxembourg. Camille, collé aux barreaux, essayait de la voir, ne pensant qu'à elle et à la mort.

Elle s'adressa à Robespierre ; elle lui écrivit, elle lui rappela que Camille avait été son ami, qu'il avait été témoin de son mariage.

Robespierre ne répondit pas.

Elle vint trouver madame Danton ; elle voulait l'entraîner chez Robespierre, que toutes deux ensemble et à genoux lui demandassent la grâce de leurs maris.

Madame Danton s'y refusa obstinément.

— Quand même je serais sûre de sauver mon mari, dit-elle, je ne ferais pas une pareille démarche. Quand on s'appelle Danton, on peut mourir, mais on ne doit pas être avili.

— Vous êtes plus grande que moi, dit Lucile à madame Danton.

Et elle nous quitta désespérée.

Inutile de mentionner leur condamnation.

A quatre heures, les valets du bourreau vinrent lier les mains des condamnés et couper leurs cheveux.

Danton se laissa faire ; puis, se regardant dans une glace :

— Ils ont réussi, dit-il, à me faire encore plus laid que d'habitude ; heureusement que ce n'est point ainsi que je paraîtrai devant la postérité.

Camille Desmoulins n'avait jamais pu croire que Robespierre consentît à sa mort. Quand il vit entrer les exécuteurs, il entra dans un terrible accès de rage. Il n'attendit point qu'ils vinssent à lui, il se jeta sur eux, luttant en désespéré.

Il fallut le terrasser pour lui lier les mains et lui couper les cheveux.

Les mains liées, il pria Danton d'y glisser une boucle de cheveux de Lucile qu'il portait sur sa poitrine et qu'il voulait serrer en mourant.

Ils étaient quatorze dans la même charrette.

Tout le long de la route, Camille en appela au peuple.

— Peuple, criait-il, tu ne me reconnais donc pas! Je suis Camille Desmoulins! C'est moi qui ai fait le 14 juillet, c'est moi qui t'ai donné la cocarde que tu portes!

Et à tous ces cris la foule ne répondit que par des insultes, tandis que Danton, essayant de le calmer, lui disait:

— Meurs donc tranquille, et laisse cette vile canaille.

Quand on arriva rue Saint-Honoré, devant la maison du menuisier Duplay, habitée par Robespierre, on la trouva portes et volets fermés. La foule redoubla de cris.

Mais Danton se leva dans la charrette, et l'on se tut.

— Si bien caché que tu sois, cria-t-il, tu entendras ma voix. Je t'entraîne, Robespierre! Robespierre, tu me suis!

Et Robespierre l'entendit en effet, et l'on assure que, baissant la tête, il dit:

— Oui, tu as raison, Danton, innocents ou coupables, nous donnerons tous notre tête à la République. La Révolution reconnaîtra les siens de l'autre côté de l'échafaud.

Hérault de Séchelles descendit le premier, mais, avant de descendre, il se tourna pour embrasser Danton.

L'exécuteur ne le lui permit pas.

— Imbécile! dit Danton, tu n'empêcheras pas nos têtes tout à l'heure de se baiser dans le panier.

Camille Desmoulins monta ensuite et, reprenant tout son calme sur l'échafaud, il regarda le couperet ruisselant du sang et dit:

— Voilà donc la fin du premier apôtre de la liberté.

Puis, au bourreau:

— Fais remettre à ma belle-mère les cheveux que tu trouveras dans ma main.

Danton monta le dernier. Jamais il n'avait été plus superbe et plus imposant à la tribune; il regarda en pitié le peuple à droite et à gauche, et, s'adressant au bourreau:

— Tu leur montreras ma tête, dit-il; elle en vaut bien la peine.

Lorsque le lendemain je voulus aller à Sèvres mêler mes larmes à celles de madame Danton, je trouvai portes et fenêtres fermées; toute la pauvre famille, décapitée dans la personne de son chef, avait quitté le pays sans dire où elle allait.

Je revins chez Lucile: elle avait été arrêtée ce matin même.

Huit jours après, elle montait à son tour sur l'échafaud.

Avec elle je perdis ma seule et ma dernière amie. Paris n'était plus qu'un désert.

Alors, les idées les plus désespérées me passèrent par l'esprit.

Un instant j'eus l'intention de quitter la France, de partir pour l'Amérique, de te chercher, de t'appeler dans ce monde nouveau.

Hélas! une chose à laquelle je n'avais pas pensé me donna le dernier coup.

Quelques centaines de francs me restaient seulement: je n'avais pas de quoi payer ma traversée.

## XI

A partir de ce moment, me sentant seule, complètement abandonnée, sans nouvelles de toi, sans certitude de ta vie, je tombai dans une torpeur dont je ne sortis momentanément que pour y retomber plus profondément encore.

Je t'ai dit que j'avais près de moi une fille de la campagne nommée Jacinthe. Le surlendemain de la mort de Danton, elle me demanda à aller passer le dimanche chez une tante à elle, qui demeure à Clamart.

Je lui donnai la permission qu'elle désirait.

Sachant que je n'avais qu'elle pour me servir, elle apprêta tout, afin que je ne manquasse de rien pendant les vingt-quatre heures que devait durer son absence.

Puis elle partit.

Le lendemain, elle revint plus tôt que je ne l'attendais. Il s'était passé quelque chose d'extraordinaire à Clamart.

Vers neuf heures du matin, un homme jeune encore, à la barbe longue, aux yeux égarés, aux habits mutilés par une marche nocturne dans les ronces, entra au cabaret du *Puits-sans-vin*. Il demanda à manger et mangea assez avidement pour éveiller la curiosité des paysans qui buvaient à côté de lui et qui faisaient partie du comité révolutionnaire de Clamart.

Tout en mangeant il se mit à lire, tournant les pages du livre avec des mains si blanches et si soignées que les sans-culottes qui étaient là ne doutèrent pas un instant qu'ils n'eussent affaire à un ennemi de la République.

Les paysans l'avaient arrêté et l'avaient conduit au district. Seulement, comme ses pieds étaient déchirés et qu'il ne pouvait faire un pas, on l'avait hissé sur un vieux cheval et on l'avait conduit à la prison de Bourg-la-Reine.

Je m'empressai de demander quel âge avait le prisonnier.

Jacinthe me répondit qu'il était tellement défait par la fatigue et les privations, qu'il était impossible de deviner son âge; seulement elle avait entendu dire que c'était un de ceux qui, proscrits le 31 mai et le 2 juin avec les girondins, étaient parvenus à se sauver.

Alors il me vint à la fois une espérance et une douleur, c'est que ce proscrit c'était toi, mon bien-aimé Jacques. J'envoyai chercher une voiture, je fis monter Jacinthe avec moi, et nous partîmes à l'instant même pour Clamart, quoique je susse bien qu'il n'y était pas, mais je ne voulais perdre aucun des renseignements que je voulais recueillir.

Dès Clamart, je commençai à douter que ce fût toi; le signalement qu'on me donna du prisonnier était loin de se rapporter au tien; mais la souffrance fait de tels ravages en nous que je n'en continuai pas moins ma recherche.

Nous arrivâmes vers le soir à Bourg-la-Reine; le prisonnier était au cachot, et il devait être ramené le lendemain à Paris.

Nous couchâmes dans un petit hôtel, où j'attendis avec impatience le jour sans me coucher et sans dormir.

Là on m'avait confirmé la nouvelle que le prisonnier, caché depuis près d'un an, soit en France, soit à l'étranger, avait été pris lorsqu'il essayait de rentrer dans Paris.

Ils se trompaient. C'est au moment où il essayait d'en sortir, au contraire.

Au point du jour, j'ouvris la fenêtre. Il y avait un grand tumulte dans le village; tout le monde courait du côté de la prison.

J'y envoyai Jacinthe. Je sentais que les forces m'auraient manqué.

Jacinthe revint tout effrayée.

Le prisonnier s'était empoisonné pendant la nuit; on l'avait trouvé mort dans son cachot.

Tant que je le savais vivant, les forces, comme je l'ai dit, m'avaient manqué; mais lui mort, je n'eus plus un instant d'hésitation.

En arrivant à la prison, nous apprîmes son nom. C'était un nom que j'avais entendu prononcer bien souvent, et avec respect, par Danton et par Camille Desmoulins. Il s'appelait Condorcet.

Je voulus le voir.

Nous entrâmes dans la prison; il était couché sur son lit. On eût dit qu'il dormait.

C'était un homme de cinquante-cinq ans à peu près, presque chauve; une figure grave, douce et pleine de noblesse.

Je me penchai sur son lit et je le regardai longtemps.

C'était donc cela, la mort!

Pour la seconde fois, je fus prise d'un sentiment de profonde envie. Ce repos ne valait-il pas mille fois mieux que la vie agitée et sans espoir que je menais! Pourquoi continuer cette vie? Pour apprendre un jour ou l'autre ta mort, comme madame de Condorcet allait apprendre celle de son mari. Sans doute c'était un poison bien doux et bien facile que celui qui lui avait donné une mort si calme. Il en fallait bien peu aussi; car on montrait la bague dans laquelle il était enfermé.

— Où trouverai-je de ce poison, et pourquoi ne t'avais-je point dit, mon ami, avant de te quitter, de me préparer une bague pareille, pour le cas où je serais séparée de toi?

Je m'informai si quelqu'un s'était offert pour veiller près du mort. Personne n'avait eu cette pitié. Je demandai à rester près de lui et à prier.

Je savais que M. de Condorcet avait une femme jeune et belle. Je savais qu'elle avait un jeune enfant et qu'elle aimait d'une profonde tendresse cet homme qui eût pu être son père; je savais encore qu'elle avait, rue Saint-Honoré, nº 352, un petit magasin de lingerie. Au-dessus de la boutique, elle faisait des portraits, et de ce travail, ainsi que de la vente de son magasin, elle vivait, elle, sa sœur malade, sa vieille gouvernante et son jeune enfant.

La permission demandée par moi m'étant accordée et

le cadavre ne devant être enterré que le lendemain, je pris une plume et j'écrivis à madame de Condorcet :

« Madame,

« Je suis comme vous une femme qui pleure l'homme dont elle est séparée peut-être pour toujours. Le hasard m'a conduite près du lit de mort d'un des plus grands hommes de notre époque. Je ne vous le nomme pas, madame ; vous devinerez de qui je veux parler. Je vous envoie ma femme de chambre et la voiture qui m'a conduite ici ; elle vous y amènera ; ce n'est point à moi qu'est réservé l'honneur de rendre les derniers devoirs à celui pour qui je prie. »

Je donnai la lettre à Jacinthe, je lui dis de partir pour Paris et de la porter à son adresse.

Elle partit.

Vers le soir, les visiteurs, qui avaient entouré le lit toute la journée, devinrent plus rares.

Telle est l'influence des choses pieuses que, parmi tous ces hommes grossiers, pas un ne songea non seulement à m'insulter, mais à rire de moi.

La nuit venue, le geôlier apporta deux chandelles, qu'il déposa sur la cheminée, et me demanda si je désirais quelque chose.

Je demandai un bouillon, qui me fut apporté, et je restai seule.

Qui donc peut dire, mon bien-aimé Jacques, que la mort est une chose effrayante ? quand l'amour, qui est l'âme de la vie, se couche tristement à l'horizon, comme fait le soleil chaque soir ; la vie alors n'est pas autre chose que la nuit, et la nuit pas autre chose que la sœur de la mort.

Aussi, pendant les cinq ou six heures que je veillai près de ce cadavre, je pris cette résolution bien arrêtée.

J'ai encore pour deux mois à peu près d'argent. Je ne veux pas mendier. Je ne sais pas travailler ; je vivrai encore deux mois, espérant pendant ces deux mois que la Providence permettra que tu me donnes de tes nouvelles. Si dans deux mois je n'en ai pas, comme la faim est une mort trop douloureuse, j'irai, un jour d'exécution, sur la place Louis XV, je crierai : Vive le roi ! et en trois jours tout sera fini, et je dormirai aussi calme et aussi impassible que ce corps près duquel je viens de passer la nuit.

Hélas ! mon ami, plus je regardais ce corps, plus je m'enfonçais à sa vue dans la fatale croyance du néant. Ce cadavre, c'était celui d'un homme de génie, d'un homme de bien, d'un homme selon le cœur de Dieu. Si jamais une âme émanant de l'essence céleste a habité un corps, ce fut celui-là.

Combien de fois lui demandai-je pendant une longue veille, seul à seul avec lui au milieu de la solitude, au milieu du silence, quand moi seule veillais dans la prison et peut-être dans le village ; combien de fois lui demandai-je : Cadavre, qu'as-tu fait de ton âme ?

Il me semble que si l'âme existait, quand elle serait adjurée ainsi, dans la solennité de la nuit, elle donnerait un signe quelconque de sa présence. Il n'y a que ce qui n'existe pas qui ne répond pas.

Si l'âme eût dû répondre, elle eût certes répondu à Shakspeare interrogeant la mort par la bouche d'Hamlet. Jamais plus sublime apostrophe, plus pressante prière ne lui avait été adressée.

Aussi que fait Shakspeare ? Voyant que la mort est muette, il envoie Hamlet lui-même chercher dans la mort le secret de la mort.

Ce secret, si c'était tout simplement le néant, si l'homme avait vécu toute une vie d'angoisses et de douleurs, suspendu à cette espérance vague et fragile, pour voir cette espérance se rompre à son dernier soupir, pour retomber dans cette nuit sans écho, sans souvenir, sans lumière, d'où il est sorti le jour de sa naissance !

Alors que deviendraient nos beaux projets, mon Jacques bien-aimé, d'une vie éternelle passée l'un près de l'autre ; après les illusions du temps perdu viendrait la perte des illusions de l'éternité !

Encore si l'on pouvait comprendre quel a été le dessein de Dieu en nous laissant dans le doute ! Mais non, ses actes sont incompréhensibles comme lui !

Lorsqu'un roi envoie un messager de l'autre côté des mers, de peur que ce messager ne s'égare en route, il lui dit le but de son message.

Louis XVI, lorsqu'il envoyait La Pérouse en Océanie, lui traçait la route qu'il avait à suivre dans ce monde inconnu.

La Pérouse y est mort. Mais au moins savait-il dans quel but il avait été envoyé, ce qu'il allait chercher, ce qu'il devait rapporter s'il eût survécu.

Nous, on nous envoie sur un océan bien autrement orageux que l'océan Indien, et l'on ne nous dit pas ce que nous allons y faire, et ce qu'il adviendra de nous lorsqu'une tempête nous aura engloutis.

Et lorsqu'on pense que les plus grands esprits, créés par ce Dieu muet et invisible depuis six mille ans, peut-être le double, qu'ils s'appellent Homère ou Moïse, Solon ou Zoroastre, Eschyle ou Confutzée, Dante ou Shakspeare, ont posé en face du cadavre d'un frère, d'un ami ou d'un étranger, les questions que je pose à ce cadavre qui devrait être d'autant plus disposé à me répondre qu'il a été de lui-même au-devant de la mort, et que pas un n'a vu frissonner une fibre du cadavre pour lui répondre oui ou pour lui répondre non.

Oh ! mon ami, quand tu étais là, je croyais, parce qu'il est facile de croire quand on est pleine d'espérance, d'amour et de joies ; mais loin de toi, dans mon isolement, dans ma solitude, dans ma douleur, je ne m'arrête pas même au doute ; et je ne crois qu'à l'absence du bien et du mal, qu'au repos éternel, qu'à la dissolution de notre être dans le sein de cette nature ignorante qui produit, sans plus d'affection pour l'un que pour l'autre, l'arbre vénéneux et la plante bienfaisante, le chien qui caresse son maître, le serpent qui mord celui qui l'a réchauffé.

A trois heures du matin, j'entendis une voiture rouler sur le pavé du village et s'arrêter à la porte de la prison.

On frappa, les portes s'ouvrirent, et, conduite par le geôlier et par Jacinthe, qui resta à la porte, entrait madame de Condorcet.

Son premier mouvement fut de se jeter à corps perdu sur le lit où était étendu le corps de son mari.

Je profitai de la douleur dans laquelle elle était plongée, pour sortir de la chambre, redescendre dans la rue et m'éloigner rapidement.

A six heures du matin, j'étais rentrée chez moi et je m'endormais tranquillement.

Ma résolution était prise.

## XII

Mon premier soin en m'éveillant fut de compter le peu d'argent qui me restait.

Il me restait cent dix francs en argent, à peu près trente ou quarante mille francs en assignats. Mais la chose revenait au même, puisqu'un pain qui coûtait douze sous en argent coûtait quatre-vingts francs en assignats.

Je devais un mois à Jacinthe ; je lui payai ce mois et deux autres d'avance, en tout soixante-quinze francs.

Il me resta cent trente-cinq francs.

Je ne dis rien à la pauvre fille de ma résolution et continuai de vivre comme d'habitude.

Hélas ! personne ne vivait plus comme d'habitude ; nous étions sinon dans la nuit éternelle, du moins dans le crépuscule qui y conduit. 93 était un volcan, mais sa flamme était une lumière. A cette époque, on vivait et l'on mourait ; aujourd'hui l'on agonise.

Il y avait des cris dans les rues : on criait l'*Ami du peuple*, L'ami du peuple est mort ;

On criait le *Père Duchesne*,

Le père Duchesne est mort ;

On criait le *Vieux Cordelier* ;

Le vieux cordelier est mort.

On disait : voilà Danton qui passe ! Et l'on courait pour voir Danton.

Aujourd'hui l'on dit : Voilà Robespierre qui passe ! et l'on ferme sa porte pour ne pas voir Robespierre.

Je l'ai vu pour la première fois et je l'ai reconnu tout de suite.

J'étais allée au cimetière Monceaux, je ne dirai pas prier, sur les tombes de Danton, de Desmoulins et de Lucile, — tu ne m'as pas appris à prier — mais les consulter.

J'espérais que les tombes des tribuns seraient plus éloquentes que le cadavre du philosophe.

La mort c'est non seulement la nuit, c'est surtout le silence.

Les fosses de nos amis sont près du mur qui sépare le cimetière du parc réservé de Monceaux.

J'entendis parler de l'autre côté du mur. J'eus la curiosité de savoir qui osait d'une parole si élevée venir troubler les morts.

Le mur est bas, une pierre tombée du mur me permit de regarder par-dessus.

Je regardai. C'était lui, Robespierre.

Il paraît que tous les jours il a besoin d'une promenade de deux heures, et qu'il a choisi le parc réservé de Monceaux

Sait-il que la mort est à deux pas de lui ?

Sait-il qu'un mauvais petit mur le sépare seul de l'enclos aride du lit de chaux vive et dévorante où il a couché Danton, Camille Desmoulins, Hérault de Séchelles, Fabre d'Eglantine ? Est-ce un défi qu'il jette aux morts comme il l'a jeté aux vivants ?

Il marchait vite, ses compagnons avaient peine à le suivre. Les yeux clignotant, les muscles de la face agités, épuisé, maigri, où va-t-il donc ainsi et quand s'arrêtera-t-il ?

Il est temps cependant. A force de voir guillotiner des femmes et des enfants, la peur de la guillotine a passé

Le journal de Prudhomme, le seul qui reste, et qui après avoir cessé vient de reparaître, racontait, il y a quelques jours, qu'un curieux, en revenant de voir fonctionner l'échafaud, demandait à son voisin :

— Que pourrais-je bien faire pour être guillotiné?

L'autre jour, un des condamnés lisait quand on l'appela. Il se laissa faire sa toilette tout en lisant, continua de lire jusqu'à l'échafaud, au pied de la guillotine, mit le signet, posa le livre sur le banc de la charrette, puis donna ses bras à lier.

Avant-hier, c'est Jacinthe qui m'a raconté cela, cinq prisonniers échappent aux gendarmes, non pas pour se sauver, mais pour aller une fois encore au Vaudeville.

L'un des cinq revient au tribunal qui l'a condamné :

— Pouvez-vous me dire où sont mes gendarmes? je les ai perdus.

Elle sait qu'il reste encore quatre girondins cachés, deux à Bordeaux, deux dans la grotte de Saint-Emilion.

Elle ne sait pas leur nom ; elle aura de leurs nouvelles et m'en donnera.

Oh ! mon bien-aimé Jacques, qu'y aurait-il d'étonnant que tu fusses un de ces quatre réservés !

D'ici à un mois, d'ici à deux mois, tout peut changer. On hait bien Robespierre, je te jure.

Depuis la mort de Danton, tout est retombé sur lui. On n'oublie pas que c'est leur appel à la clémence qui a poussé nos amis dans la tombe.

Robespierre a tué les femmes, les femmes le tueront, non dans le sens matériel de Charlotte Corday, mais moralement.

La mort de Charlotte Corday, calme, intrépide, sublime, a fondé une religion, la religion de l'admiration.

Le prisonnier s'était empoisonné pendant la nuit.

Un homme est trouvé endormi dans une des tribunes de la Convention.

— Que faites-vous ici? lui demande-t-on.

— J'étais venu pour tuer Robespierre ; mais, comme il parlait, je me suis endormi.

J'ai eu la visite de madame de Condorcet, qui est venue me faire ses remerciments.

C'est une virginale figure, que Raphaël aurait prise pour type de la métaphysique. Elle a trente-trois ans. Elle a d'abord été chanoinesse. Ce n'est pas pour revenir près d'elle que Condorcet s'est exposé à être pris, c'était pour s'en éloigner, au contraire ; il était caché rue Servandoni, et, une fois par semaine, tremblante et le cœur brisé, elle allait le voir.

Il s'effraya des dangers que courait sa femme. Il s'était fait donner par Cabanis un poison sûr. Comme moi, il avait fixé un terme à son supplice. Il devait terminer son livre du *Progrès de l'esprit humain*. Le 6 avril, il écrivit la dernière ligne dans la nuit, et, au point du jour, il partit.

Il n'alla pas loin, comme on voit. A Clamart, il fut reconnu ; à Bourg-la-Reine, il s'empoisonna.

Il était réservé à cette pauvre femme *triste jusqu'à la mort*, comme dit l'Evangile, de me donner un moment de joie.

Celle de la Dubarry, pauvre créature criant sur l'échafaud : « Un instant encore, monsieur le bourreau, un instant encore », a fondé la religion de la pitié.

Mais l'exécution de notre pauvre Lucile a fait plus que tout cela. Il n'y a pas eu une créature humaine, de quelque opinion qu'elle soit, qui n'ait eu le cœur arraché de cette mort.

Qu'avait-elle fait? Elle avait voulu sauver son amant ; elle avait erré autour de la prison ; elle avait prié, pleuré ; elle avait écrit à Robespierre : Vous m'avez aimée, vous avez voulu m'épouser.

Là peut-être était le crime, surtout si mademoiselle Cornélie Duplay avait lu la lettre.

A Lucile, tout le monde a dit : Oh ! ceci c'est trop !

Et voici la preuve de ce que je te disais, mon bien-aimé Jacques. Comme je l'ai dit plus haut, madame de Condorcet tient un petit magasin de lingerie et a son atelier de peinture à quelques maisons de celle qu'habite Robespierre ; un grand rassemblement et beaucoup de bruit l'ont attirée à sa fenêtre.

Ce bruit se faisait devant la maison du menuisier Duplay.

Voilà ce qui est arrivé : une jeune fille royaliste, fille d'un papetier de la Cité, s'est présentée trois fois pour voir Robespierre.

A la troisième fois son insistance a inspiré des soupçons à mademoiselle Cornélie, qui a appelé les ouvriers et a arrêté la jeune fille.

Elle avait deux petits couteaux dans un panier.

Interrogée sur la cause de son insistance, elle n'a répondu autre chose, sinon qu'elle avait voulu voir ce que c'était qu'un tyran.

Elle a été conduite à la Force, et fera partie d'une grande fournée que l'on prépare, sous le titre des assassins de Robespierre.

Le soir, aux Jacobins, Legendre et Rousselin ont demandé, en pleurant de crainte, que l'on donnât une garde à Robespierre.

Ainsi, quand un homme est condamné, et celui-là l'est, amis et ennemis se réunissent pour le perdre.

La pauvre petite Renaud, son ennemie, l'appelle tyran en voulant le tuer.

Rousselin et Legendre, ses amis, l'ont proclamé tyran en demandant une garde pour lui.

J'ai passé toute la nuit à rêver, mon bien-aimé, et à me demander, puisque j'étais décidée à mourir, si mieux ne valait pas utiliser ma mort.

Ainsi il doit faire, à ce que l'on raconte, une grande solennité, une fête à l'Etre suprême, dans laquelle il se symbolisera lui-même comme le rédempteur du monde.

Ce n'est pas assez pour cet homme d'être maître, il veut être Dieu.

Je me demandais si ce ne serait pas un grand exemple à donner que de le frapper au milieu de son triomphe.

Mais si c'est un grand exemple à donner, pourquoi Dieu ne le donne-t-il pas?

Du moment où un pareil homme existe, c'est que Dieu permet son existence. Du moment où Dieu permet son existence, c'est qu'il le sert dans ses vues.

Vit-il comme instrument de punition divine?

Non, car il ne frapperait que les mauvais; non, car il épargnerait les femmes et les enfants.

Vit-il par oubli ou par indulgence?

Est-ce à l'homme en ce cas de corriger les défaillances de Dieu?

Non, mon bien-aimé, je n'ai l'âme ni d'une Jahel, ni d'une Judith, ni d'une Charlotte Corday. J'aime mieux me présenter à l'être inconnu qui me recevra de l'autre côté de la vie les mains pures de sang.

J'aurai assez à rendre compte du mien.

Sa fameuse fête a eu lieu. Jamais tant de fleurs n'ont jonché le chemin que le jour de sa fête, Dieu lui-même parcourait autrefois. On dit que le règne du sang est fini, que celui de la clémence lui succède. Robespierre a officié comme pontife de l'Etre suprême.

La guillotine a disparu de la place de la Révolution?

Oui, mais comme disparaît le soleil pour reparaître le lendemain, comme le soleil elle s'est couchée à l'occident et s'est relevée à l'orient.

Les exécutions se feront désormais au faubourg Saint-Antoine. voilà ce que Paris aura gagné à la fête de l'Etre suprême.

Les charrettes n'auront plus à traverser le Pont-Neuf, la rue du Roule et la rue Saint-Honoré.

Robespierre veut bien condamner, mais il ne veut pas que les condamnés crient en passant, comme Danton, devant la maison du menuisier Duplay:

— Je t'entraîne, Robespierre! Robespierre, tu me suis!

C'est pourtant une belle fête que celle qu'on lui prépare.

Cinquante-quatre personnes pour un jour, dont sept ou huit femmes jolies et deux ou trois toutes jeunes.

Si le procès pouvait tarder un peu, j'aurais l'espoir d'en être.

On raconte tous les jours des choses horribles et qui font monter la colère publique comme la lave d'un volcan.

Voilà ce qui s'est passé hier au Plessis:

Un condamné nommé Osselin, nom d'une triste célébrité, au moment où on l'appela pour le faire monter sur la charrette, à défaut d'autre arme, s'enfonça un clou dans le cœur

On le prit et on le traîna. Lui poussait toujours le clou, mais ne parvenait pas à se tuer. Les geôliers en avaient pitié et le tiraient en arrière, disant:

— Il est mort.

Les aides du bourreau le tiraient en avant, en disant:

— Il vit!

Ils furent les plus forts. On mit la charrette au trot, et l'ont put le guillotiner vivant encore.

Ne trouves-tu pas, mon bien-aimé, que de pareilles choses souillent la lumière de Dieu, et qu'on est honteux de vivre encore quand on les a vues?

J'ai envie de jeter les deux ou trois louis qui me restent dans la Seine afin d'en finir plus vite.

Habituons-nous à la mort en parlant un peu cimetière.

Te rappelles-tu, mon bien-aimé, cette magnifique scène d'*Hamlet* où, les fossoyeurs plaisantant entre eux, l'un demande à l'autre quel est le monument qui dure le plus longtemps, et qui, voyant son interlocuteur s'égarer de plus en plus, lui dit:

— Imbécile! c'est une fosse, puisque le jugement dernier doit seul en voir la fin.

Eh bien! mon ami, dans notre époque où rien n'est solide, la fosse a atteint la fragilité de toutes les choses humaines.

Cette grande pitié inspirée par la mort des femmes, et qui après la mort de Lucile s'est écriée: *C'est trop!*

Eh bien! elle s'est éteinte.

Comment n'en serait-il pas ainsi? Les charrettes, jusqu'à Danton et Lucile, étaient de vingt ou vingt-cinq condamnés; aujourd'hui elles sont de soixante.

C'est une maladie aiguë qui est devenue chronique.

La guillotine a l'habitude de prendre son repas de deux à six heures du soir; on vient la voir manger comme les animaux féroces du Jardin des Plantes. A une heure, les charrettes se mettent en route pour lui apporter sa viande.

Au lieu de quinze à vingt bouchées qu'elle faisait, elle en fait cinquante ou soixante, voilà tout: l'appétit lui est venu en mangeant.

Aujourd'hui c'est une sorte de routine, une mécanique arrangée.

Fouquier-Tinville tourne la roue et se grise en la tournant. Il y a deux jours, il a proposé de mettre la guillotine dans le théâtre même.

Mais tout cela fait des morts, et aux morts il faut des cimetières.

La pléthore cadavérique a commencé par la Madeleine. Il est vrai que le roi, la reine et les girondins sont là.

Les voisins ont dit: Assez! et l'on a fermé le cimetière pour ouvrir celui de Monceaux.

Danton, Desmoulins, Lucile, Fabre d'Eglantine, Hérault de Séchelles, etc., etc., l'ont inauguré.

Puis, comme il n'a que vingt-neuf toises de long sur dix-neuf de large, il a été bientôt plein. La guillotine changea de place.

On lui donna le cimetière Sainte-Marguerite. Il était déjà comble à soixante cadavres par jour. Il ne tarda point à déborder.

Il y eût eu un remède c'eût été de jeter un pied de chaux sur chaque mort; mais les suppliciés étaient pêle-mêle avec les autres morts. Il fallait tout brûler, morts des faubourgs et morts de la ville.

Par une piété qui se comprend, le faubourg ne voulut pas laisser brûler ses morts.

On transporta les suppliciés à l'abbaye Saint-Antoine, mais voilà qu'à sept ou huit pieds de profondeur on trouve l'eau, et que tous les puits du quartier risquent d'être empoisonnés.

Les hommes se taisent mais la terre parle, elle dit qu'on la surmène; elle se plaint qu'on lui donne plus de morts qu'elle n'en peut décomposer.

Je t'avoue, mon bien-aimé, que plus j'approche du terme que je me suis fixé à moi-même, plus je pense à mon pauvre corps. Que va dire mon âme, qui en a toujours eu un si grand soin, quand elle va planer au-dessus de lui et le voir, repoussé par l'argile, se fondre et bouillonner au soleil? J'ai envie d'écrire à la Commune, qui me paraît très embarrassée, et de proposer de brûler les corps comme à Rome.

Seulement il ne faut pas que je perde de temps; nous sommes au 9 juin, et dans quelques jours...

## XIII

A la bonne heure, on a rétabli la guillotine sur la place de la Révolution. Cela m'a rendu toute ma tranquillité.

J'étais horriblement contrariée de ne pas mourir sur la place des gens comme il faut.

Que veux-tu, mon bien-aimé Jacques, le sang ne ment pas, et quoiqu'il ne me reste de mes terres, de mes châteaux, de mes maisons, de mes fermes, de mes cent mille francs de rentes enfin, que huit francs dans mon tiroir, je n'en suis pas moins mademoiselle de Chazelay!

Il y a du moins un point sur lequel je suis tranquillisée, c'est l'immortalité de l'âme. Du moment où Robespierre l'a reconnue au nom du peuple français, c'est qu'elle existe. Un peuple tout entier et aussi intelligent que le nôtre n'aurait pas unanimement reconnu une chose qui ne lui serait pas matériellement prouvée.

La fête des chemises rouges approche. On dit que ce sera pour le 17 de ce mois.

C'est probablement le dernier spectacle de ce genre que je verrai.

Les deux principaux personnages de ce terrible drame sont la mère et la fille.

Madame et mademoiselle de Saint-Amarante.

La mère est veuve, dit-elle, d'un garde du corps tué au 6 octobre.

La fille est mariée au fils de M. de Sartines.

Ces deux dames, royalistes d'opinion, recevaient beaucoup ; elles habitaient la maison qui fait l'angle de la rue Vivienne.

Elles avaient dans leur salon, où l'on jouait, beaucoup de portraits du roi et de la reine.

Robespierre jeune était un des habitués de la maison.

Je t'ai dit l'espèce de réaction qui commence à s'organiser contre Robespierre aîné.

On arrêta les deux femmes et tous les habitués de leur maison.

On espérait que Robespierre jeune sauvegarderait ses deux amies. Alors Robespierre aîné revenait à la clémence. Mais il y revenait par des femmes royalistes et par des créatures tarées.

La calomnie avait un beau champ à exploiter.

Mais Robespierre n'avait pas la fibre fraternelle tellement tendre qu'il ne tombât dans le piège. Il ordonna encore qu'on leur adjoignît la fille Renaud, qui s'était présentée chez lui pour voir ce que c'était qu'un tyran, et cet homme qui, venu pour l'assassiner, s'était endormi dans les tribunes.

Puis, comme à plus juste raison il était le père de la patrie, il fut convenu que la fournée de ses assassins marcherait à l'échafaud en chemises rouges.

Ce sera une grande fête, d'autant mieux que le 17 juin coïncidera justement avec la fin de mes ressources.

Mon bien-aimé, j'ai eu hier dix-sept ans ; pendant dix ans, je n'ai été ni heureuse ni malheureuse, n'ayant ni le sentiment de la joie ni celui de la tristesse ; pendant quatre ans, j'ai été aussi parfaitement heureuse qu'une femme peut l'être : j'ai aimé, j'ai été aimée.

Depuis deux ans ma vie se passe en alternatives d'espérances et d'angoisses ; comme je n'ai jamais fait de mal à personne, je ne suppose pas que Dieu veuille m'éprouver et à plus forte raison me punir. Peut-être vaudrait-il mieux pour moi à cette heure, au lieu de l'éducation philosophique que j'ai reçue de toi, avoir reçu d'un prêtre l'éducation catholique qui dispose le chrétien à recevoir le bien comme le mal en bénissant Dieu ; mais ma raison se refuse à un autre raisonnement que celui-ci :

Ou Dieu est bon ou Dieu est mauvais.

Si Dieu est bon, il ne peut envoyer le mal à qui n'a point fait le mal.

Si Dieu est mauvais, je le renie ; ce n'est pas mon Dieu.

Rien ne pourra me faire croire qu'une chose injuste sorte d'une essence céleste.

J'aime mieux en revenir, mon bien-aimé, à cette grande et intelligente philosophie qui n'admet pas un Dieu personnel, s'occupant des individus quand il a à régler l'ordre universel de la nature.

« Il faut l'ordre de Dieu pour qu'un passereau tombe, » dit Hamlet.

Mais Dieu a dit une fois pour toutes : les passereaux tomberont ; — et les passereaux tombent.

Quand, où, comment, Dieu ne s'en inquiète.

Il en est de nous, mon bien-aimé, comme des passereaux. Dieu a peuplé notre globe de toutes les races vivantes, depuis le monstrueux éléphant jusqu'à l'invisible infusoire ; éléphant ou infusoire ne lui ayant pas plus coûté à créer l'un que l'autre, il n'aime pas plus l'un que l'autre. Il a pris ses mesures pour la conservation des races.

Pourquoi la race humaine croit-elle particulièrement avoir un Dieu pour elle? Est-ce parce qu'elle est la plus insoumise, la plus vindicative, la plus féroce, la plus orgueilleuse des races? Aussi vois le Dieu qu'elle s'est fait, le Dieu des armées, le Dieu des vengeances, le Dieu des tentations ; n'a-t-elle pas introduit ce blasphème dans sa plus sainte prière : *ne nos inducas in tentationem?* Vois-tu, mon bien-aimé, Dieu s'ennuyant dans sa grandeur éternelle, dans sa majesté inouïe, et s'amusant à quoi?

A nous induire en tentation.

Et l'on nous ordonne de prier Dieu le soir et le matin, de lui demander de nous pardonner nos offenses.

Demandons-lui d'abord de nous pardonner nos prières quand elles sont une offense.

Et puis cet orgueil, à nous autres pygmées, de croire que nous pouvons offenser Dieu !

En quoi ? Comment? — En le méconnaissant?

Nous ne le méconnaissons pas, nous le cherchons.

S'il eût voulu être connu, il se fût révélé.

Comprends-tu Dieu se faisant énigme et se donnant à deviner à l'homme pendant l'éternité?

De sorte que chaque peuple s'est fait un Dieu à sa guise, qui n'est bon que pour lui seul et qui ne peut pas servir aux autres.

Les Hindous se sont fait un Dieu à quatre têtes et à quatre mains, tenant dans ses quatre mains la chaîne qui soutient les mondes, le livre de la loi, le poinçon à écrire et le feu du sacrifice.

Les Egyptiens se sont fait un Dieu mortel, et dont l'âme, à sa mort, passe dans le corps d'un bœuf.

Les Grecs se sont fait un Dieu parricide ; tantôt cygne, tantôt taureau, jetant d'un coup de pied du ciel sur la terre le seul fils légitime qu'il ait eu.

Les Juifs se sont fait un Dieu jaloux et vindicatif, qui noie la terre pour rendre les hommes meilleurs, et qui s'aperçoit qu'ils sont plus mauvais après qu'auparavant.

Seuls les Mexicains se sont fait un Dieu visible, le soleil.

Nous, les privilégiés de la création, nous avons eu l'Homme-Dieu à la morale sainte ; il nous a donné une religion faite d'amour et de dévouement.

Mais allez la chercher, perdue qu'elle est dans les dogmes de l'Eglise, avec le prêtre — roi de Rome — qui, au lieu, comme le divin fondateur, de rendre à César ce qui appartient à César, fait commerce de trônes, lui dont le royaume n'est pas de ce monde !

Seigneur ! Seigneur ! au moment où je vais paraître devant vous, je ferais peut-être mieux de prier, de m'humilier, de croire, de soumettre mon intelligence à la foi, c'est-à-dire de ne pas croire à ce que je vois et de croire à ce que je ne vois pas. Mais si vous m'avez donné cette intelligence, c'est pour que je m'en serve. Vous l'avez dit : La lumière n'est pas faite pour être mise sous le boisseau. Le soleil est fait pour éclairer la terre.

Non, Seigneur, non, âme du monde, non, créateur de l'infini, non, maître de l'éternité, non je ne croirai jamais que ta suprême jouissance soit d'être adoré par ce troupeau vulgaire qui te reçoit tout fait des mains de ses prêtres et qui t'enferme dans le dogme étroit de la croyance irraisonnée, quand l'univers tout entier n'est pas assez large pour te contenir !

C'est aujourd'hui que se célèbre la messe rouge au grand autel de la Révolution.

Hier, madame de Condorcet est venue pour me voir ; elle avait quelque chose à m'apprendre

J'étais allée dire adieu à mes tombes du cimetière Monceaux.

J'irai aujourd'hui vers deux heures chez madame de Condorcet ; elle demeure rue Saint-Honoré, 352. Je serai à merveille pour voir passer le cortège.

Maintenant, mon ami, je ne sais pas moi-même ce qui va se passer, je ne sais pas si ce manuscrit te sera jamais remis, car j'ignore ce que tu es devenu, j'ignore si tu vis, j'ignore si tu es mort.

Madame de Condorcet est la seule personne que je connaisse au monde : si tu n'es qu'exilé et que tu rentres en France, elle est plus à même que personne de savoir ton retour : c'est donc entre ses mains que je dépose mon manuscrit.

Pourrai-je le continuer en prison? pourrai-je jusqu'au moment où je monterai sur la fatale charrette te dire : je t'aime? Non ; t'écrire je t'aime ; te le dire, je le pourrai toujours, et ce sera le dernier mot que je jetterai au vent sur l'échafaud, et la hache le coupera en deux dans ma gorge.

Au reste, je l'emporte avec moi ; peut-être ce qu'elle avait à me dire a-t-il quelque importance, et peut-être chez elle aurai-je encore le temps d'ajouter quelque chose.

J'avais bien fait de l'emporter, tu sauras du moins que je ne suis morte, mon bien-aimé, qu'après avoir perdu ma dernière espérance.

On a lu hier à la Convention cette lettre de l'agent de Robespierre à Bordeaux.

Bordeaux, 13 juin, au soir.

« Vive la République une et indivisible.

« Les deux girondins que l'on savait cachés à Bordeaux ont été dénoncés et arrêtés. Un d'eux s'est poignardé et est mort sur le coup.

« Les deux autres sont dans les grottes de Saint-Emilion, où on les chasse avec des chiens.

« Huit heures du soir.

« J'apprends à l'instant qu'on vient de les prendre. Malheureusement l'un des deux a été étranglé dans la lutte.

« Les deux survivants ont refusé de dire leurs noms ; ils sont inconnus à Bordeaux.

« Demain soir la guillotine en aura fait justice.

« Vive la République ! »

Il y a quatre jours que la lettre est écrite, par conséquent ils sont morts !

Si tu étais une de ces quatre victimes, comment ton âme n'est-elle pas venue me dire adieu ?

Une fois mort, tu as su où j'étais, les morts savent tout.

Ou tu n'étais point parmi eux, ou il n'y a pas d'âme.

Oh ! moi, si tu vis, j'irai te dire adieu partout où tu seras, à moins que...

Voici le cortège des assassins de Robespierre.

C'est vraiment très beau : cinquante-quatre chemises rouges, pense donc ! Dix charrettes, elles ont mis deux heures pour venir de la Conciergerie ici.

Et la maison du menuisier Duplay qui est fermée comme le jour de l'exécution de Danton et de Camille Desmoulins !

Je comprends les fenêtres fermées ce jour-là, c'étaient des amis.

Mais aujourd'hui, Robespierre, ce sont tes assassins ; est-ce que tu n'en serais pas bien sûr, est-ce que tu n'y croirais pas ?

En ce cas, tends une chaîne en travers de la rue, et que le cortège d'innocents n'aille pas plus loin que ta porte.

Ne peux-tu pas faire une fois grâce, toi qui tues tous les jours ?

Voilà une belle occasion de jouer le dieu.

Allons, souverain pontife, étends la main, et prononce le fameux *quos ego !* de Neptune.

Ah ! cette fois l'offrande est digne de la divinité.

On t'a glané cette gerbe humaine sur tous les degrés de l'échelle sociale. Voilà madame Sainte-Amarante et sa fille ; voici quatre municipaux : Marino, Soulès, Froidiez et Daugé ; voici mademoiselle de Grandmaison, une artiste des Italiens ; voici Louise Giraud, qui a voulu voir ce que c'était qu'un tyran.

Elle l'a vu.

Et cette pauvre petite fille de seize ans, cette malheureuse Nicole, qui n'a rien fait que porter à manger à sa maîtresse.

Oh ! que cela va être beau à voir ; l'exécution durera au moins une heure.

Puis des canons, des soldats. On n'a rien vu de pareil depuis l'exécution de Louis XVI.

Adieu, mon ami, adieu, mon bien-aimé, adieu, ma vie, adieu, mon âme, adieu, tout ce que j'ai aimé, tout ce que j'aime, tout ce que j'aimerai jamais... Adieu !

Je vais voir tout cela et jeter ma malédiction à cet homme.

## XIV

(SUITE DU MANUSCRIT D'ÉVA SUR DES FEUILLES VOLANTES)

La Force, 17 juin 1794, au soir.

Je suis à la Force, dans la chambre longtemps occupée par Vergniaud.

Voilà ce qui est arrivé.

Voulant assister à l'exécution, je suis descendue de chez madame de Condorcet, et je me suis mise non pas à suivre, mais à précéder la charrette.

Un homme en grand uniforme de général, couvert de plumes et de panaches, faisant le moulinet avec un grand sabre, frayait le chemin à la charrette.

C'était le général de la commune, Henriot. On eut soin de me dire qu'il ne se faisait le maréchal des logis de la guillotine que dans les occasions solennelles.

Celui qui me donna ces explications, était une espèce de bourgeois de quarante-cinq ans, large d'épaules, et fort connu, à ce qu'il paraît, du peuple de Paris, car sans qu'il eût besoin de se servir de sa force, la foule s'ouvrait devant lui en saluant.

— Monsieur, lui dis-je, j'ai le plus grand intérêt à voir ce qui va se passer ; voulez-vous me permettre de marcher près de vous, afin que je profite de votre force et même de votre popularité ?

— Faites mieux que cela, ma petite citoyenne, me dit le gros homme, prenez mon bras, mais ne m'appelez pas *monsieur ;* c'est une anse qui, ajoutée au nom, sent un peu trop l'aristocrate pour un faubourien comme moi ; prenez mon bras, et, si vous voulez bien voir, vous serez servie à souhait.

Je pris son bras. Ce que je voulais, c'était voir, mais surtout être vue.

Il n'avait pas promis plus qu'il ne pouvait tenir. Quoique très épaisse, la foule continuait à s'ouvrir devant lui avec force coups de chapeau, et, au bout de dix minutes, nous nous trouvâmes placés au même endroit où j'étais avec Danton le jour de l'exécution de Charlotte Corday, c'est-à-dire sur le côté droit de la guillotine.

Derrière moi était la fameuse statue de la Liberté, sculptée par David pour la fête du 10 août.

Seulement, qu'étaient devenues les deux colombes réfugiées dans les plis de sa robe ?

Les charrettes s'arrêtèrent dans l'ordre où elles étaient sorties de la cour de la Conciergerie, au milieu des cris des insulteurs.

On n'avait point rangé les condamnés par plus ou moins coupables, afin de commencer par ceux-ci et de finir par ceux-là ; non, l'on savait bien que cette fois tous les coupables étaient innocents.

Tu ne pourras jamais te faire une idée, mon bien-aimé Jacques, de l'aspect que présentait cette effroyable boucherie.

Une heure, une heure durant, pendant une longue heure, l'horrible machine fonctionna, retombant cinquante-quatre fois, et chaque fois tranchant une vie avec toutes ses illusions, toutes ses espérances.

C'étaient les bourreaux qui étaient las ; c'étaient les patients qui les pressaient.

Je sentais l'homme au bras duquel j'étais appuyée qui, chaque fois que le couteau tombait, serrait d'un mouvement convulsif et en frissonnant mon bras sur sa poitrine, et qui murmurait tout bas :

— Oh ! c'est trop, c'est trop ! Des hommes, passe encore ! Mais des femmes ! oh ! des femmes !

Enfin il ne resta plus que la pauvre petite fille, la petite ouvrière, qui n'avait fait que porter à manger à mademoiselle de Grandmaison. Le mouchard qui l'avait arrêtée racontait que, lorsqu'il arrivait au septième étage, où elle logeait, sous le toit, sans autre meuble qu'une paillasse, les larmes lui étaient venues aux yeux et qu'il avait dit au comité qu'il était impossible de faire mourir cette enfant. Mais ses observations n'avaient point été écoutées, elle avait été jugée, condamnée, mise sur la charrette avec les autres. Elle avait vu, la pauvre créature, guillotiner ses cinquante-trois compagnons, elle était morte cinquante-trois fois en eux avant de mourir.

Enfin son tour était venu.

— Oh ! murmurait mon protecteur, et celle-là aussi, et celle-là aussi ! Est-ce que vous ne trouvez pas que c'est infâme ? et devant tant d'hommes qui ne disent rien ! Oh ! voilà qu'ils la prennent, voilà qu'ils la font monter sur l'échafaud ! n'ont-ils pas de honte ! Tenez ! tenez ! elle s'arrange d'elle-même sur la planche...

On entendit alors une voix douce qui dit :

— Monsieur le bourreau, suis-je bien comme cela ?

Puis la planche bascula, on entendit un coup sourd.

L'homme auquel je m'appuyais tomba comme foudroyé ; moi, au milieu de ce lugubre silence, je criai :

— Ah ! maudit soit Robespierre et le jour où il a donné ce spectacle à la terre et au ciel !... Maudit ! maudit ! maudit !

Il se fit un grand mouvement : je me sentis emportée, et, tandis qu'on m'emportait, j'entendis ces mots :

— Le citoyen Santerre qui s'est trouvé mal ! c'est pourtant un homme, celui-là.

Quand j'eus assez repris mes sens pour me rendre compte de ce qui se passait, je me vis dans un fiacre avec deux agents de police qui me conduisaient en prison.

Seulement, ne connaissant pas du tout le quartier de Paris où j'étais, n'y étant jamais venue, je demandai où l'on me conduisait :

Un des agents répondit :

— A la Force.

Au moment d'arriver, je lus à l'angle du carrefour, *rue Pavée,* puis une porte massive s'ouvrit. Je me trouvai dans une cour ; on me fit descendre et entrer dans une geôle.

Là on me demanda mon nom.

— Eva, répondis-je.

— Votre nom de famille ?

— Je n'ai pas de famille.

— Qu'a-t-elle fait ? demanda le geôlier.

— Elle a poussé des cris séditieux.

Mon écrou fut promptement fait.

— C'est bien, dit le geôlier ; maintenant vous pouvez vous retirer.

Les deux hommes sortirent.

Le concierge me fit monter au deuxième. Arrivé au corridor, il siffla un énorme chien.

— N'ayez pas peur, me dit-il, il n'a jamais fait de mal à personne.

Il me fit flairer par lui.

— Là ! dit-il ; maintenant, voici votre véritable gardien. Si jamais vous essayez de fuir, ce dont je doute que vous ayez envie, c'est lui qui sera chargé de vous en empêcher. Mais il ne vous fera aucun mal. Tranquillisez-vous. N'est-ce pas, Pluton ? L'autre jour, un prisonnier a tenté de s'évader ; Pluton l'a pris par le poignet et me l'a amené sans que sa main eût la moindre égratignure.

Arrivée à ma chambre :

— Est-ce que vous croyez que j'en ai pour bien longtemps? lui demandai-je.

— Pour trois ou quatre jours, peut-être.

— C'est bien long, murmurai-je.

Le geôlier me regarda avec étonnement.

— Seriez-vous pressée, par hasard?

— Enormément.

— En effet, dit-il philosophiquement, lorsqu'il faut en finir...

— Autant en finir tout de suite, répondis-je.

— Si vous êtes bien résolue, nous recauserons de cela.

— Comment ferez-vous?

— Je vous donnerai un tour de faveur, comme on dit au théâtre. C'est ici la prison des comédiens : nous avons eu ce qu'il y avait de mieux à l'Opéra ; nous avons dans ce moment-ci une partie de la Comédie-Française. En attendant, comment vivrez-vous?

— Comme on vit ici ; c'est la première fois que j'y viens, ajoutai-je en souriant, et je ne connais pas les habitudes de la maison.

— Je veux dire, avez-vous de l'argent pour que l'on vous fasse la cuisine seule, ou mangerez-vous à la gamelle?

— Je n'ai pas un denier, lui répondis-je, mais voici une bague; vous me nourrirez sur cette bague : elle répondra bien de deux ou trois jours de nourriture.

Le geôlier examina la bague en homme qui se connaissait en bijoux. En effet, depuis dix ans qu'il était à la Force, il lui en était passé quelques-uns entre les mains.

— Oh! dit-il, je vous nourrirais deux mois sur cette bague que je ne ferais pas encore une mauvaise affaire.

Puis, appelant sa femme :

— Madame Ferney, dit-il.

Madame Ferney arriva.

— Voici la citoyenne Eva que je vous recommande, dit-il. Ecrouée sous inculpation de cris séditieux. Donnez-lui une bonne chambre et tout ce qu'elle vous demandera.

— Même du papier, de l'encre, et des plumes? demandai-je.

— Même du papier, de l'encre, et des plumes. C'est ce que nous demandent toutes nos prisonnières en arrivant.

— Allons, dis-je, je vois que je n'aurai pas le temps de m'ennuyer ici.

— J'en ai peur, fit le geôlier ; j'aimerais cependant bien à vous garder le plus longtemps possible.

— Même plus longtemps que ne durerait la bague? lui demandai-je en riant.

— Aussi longtemps que Dieu voudrait.

Cette douceur du geôlier, cette politesse de sa femme, ce mot *Dieu* vibrant sous la voûte d'une prison, tout cela ne laissait pas que de m'étonner un peu.

Il y était passé tant d'aristocrates dans ces prisons que la rudesse des geôliers avait fini par s'user à leur frottement.

Au reste, chose que je ne savais pas et que j'ai apprise, c'est que les Ferney avaient une réputation de bonté déjà faite parmi les prisonniers.

La bonne madame Ferney, tout en balayant ma chambre, tout en me mettant des draps blancs à mon lit, tout en me promettant de l'encre, des plumes et du papier pour le même soir, me demanda ce que j'avais fait pour avoir été mise en prison.

— Mais, lui dis-je, vous le savez par mon écrou. J'ai proféré des paroles séditieuses contre le roi Robespierre.

— Chut! mon enfant, me dit-elle, taisez-vous. Nous avons ici une foule de gens qui font l'horrible métier d'espion. Ils viendront à vous, ils vous avoueront des crimes supposés pour tirer de vous des crimes véritables. Il y en a pour les femmes comme pour les hommes. Defiez-vous ; nous sommes obligés de recevoir cette vermine-là, mais autant que nous pouvons nous prévenons les prisonniers comme d'honnêtes gens que nous sommes.

— Oh! moi, je n'ai rien à craindre.

— Ah! ma pauvre enfant, les innocents eux-mêmes doivent trembler.

— Mais moi je suis coupable, moi j'ai crié à bas Robespierre! à bas le monstre! Je l'ai maudit.

— Pourquoi avez-vous fait cela?

— Pour mourir.

— Pour mourir? répéta la bonne femme étonnée.

Et, prenant la lumière, elle revint me regarder en face, ce qu'elle n'avait pas encore fait :

— Mourir? vous! Quel âge avez-vous donc?

— Je viens d'avoir dix-sept ans.

— Vous êtes jolie.

Je haussai les épaules.

— Votre mise annonce que vous êtes riche.

— Je l'ai été.

— Et vous voulez mourir?

— Oui.

— Allons donc, patience! fit-elle en baissant la voix ; ça ne peut pas durer longtemps, voyez-vous.

— Peu m'importe que cela dure longtemps ou que cela cesse bientôt.

— Je vois la chose, fit la mère Ferney en reposant sa lumière sur la table et en continuant son nettoyage. Pauvre jeunesse, ils lui ont guillotiné son amant, et elle veut mourir!

Je ne répondis rien, la geôlière continua sa besogne.

Puis, la besogne achevée, elle me demanda ce que je voulais pour souper.

Je lui demandai une tasse de lait.

Un instant après, elle remonta avec une tasse de lait, du papier, de l'encre et une plume.

— Vous ne savez pas qui l'on vient d'amener? dit-elle.

— Non.

— Santerre, mon enfant, le fameux Santerre, le roi du faubourg Saint-Antoine. Ah! celui-là, par exemple, on ne le guillotinera pas sans que l'on crie. Voulez-vous le voir

— Je le connais.

— Bah!

— Non seulement j'étais à son bras quand on m'a arrêtée, mais je suis probablement cause de son arrestation. Je voudrais qu'il me pardonnât, voilà tout. Puis-je lui parler?

— Je vais le dire à Ferney, il ne demandera pas mieux. Ah! ici du moins, les prisonniers peuvent se voir et se consoler, ils ne sont pas au secret.

Elle sortit. Je restai pensive en me faisant cette éternelle question éternellement sans réponse :

Qu'est-ce donc que la destinée?

Voilà un patriote bien connu plutôt par son exagération que par son indifférence. Il a pris part à tout ce qui s'est passé depuis la prise de la Bastille jusque aujourd'hui. Il a tenu son faubourg comme un lion à la chaîne; il a rendu d'énormes services à la Révolution. Il a la curiosité comme moi de voir cette dernière exécution. Je le rencontre ; la crainte d'être écrasée me fait m'appuyer à son bras. La vue du même spectacle nous produit un effet opposé. Il l'anéantit et m'exaspère. Du haut de son corps j'envoie une malédiction au bourreau, et nous voilà tous les deux dans la même prison, destinés probablement à la même charrette et au même échafaud. Si je ne l'avais pas rencontré, la même chose arrivait de moi, puisque c'était un parti pris. Mais la même chose arrivait-elle de lui?

En ce moment ma porte s'ouvrit, et j'entendis la grosse voix du brasseur qui disait :

— Où est-elle donc la jolie petite citoyenne qui veut que je lui pardonne? Je n'ai rien à lui pardonner.

— Si fait, lui dis-je, c'est moi probablement qui suis cause de votre arrestation.

— Qu'est-ce que vous dites là? C'est moi qui me suis évanoui comme une femme. C'est un crime que de s'évanouir? Mais qui va penser qu'un éléphant comme moi s'évanouira? Double, double brute que je suis! Cependant avouez que cette petite Nicole, qui de sa voix si douce dit au bourreau : « Monsieur le bourreau, suis-je bien comme cela? » avouez que cela vous arrache l'âme. Vous n'avez pas pu avaler votre malédiction, vous la lui avez jetée à la face et vous avez bien fait; qu'elle déchire les entrailles de ceux qui n'ont point osé la lui cracher au visage. Oh! ces morts de femmes, voyez-vous, ces morts de femmes, c'est ce qui le tuera!

— Alors vous me pardonnez?

— Ah! je crois bien! Mais je vous loue! mais je vous admire! J'ai une fille de votre âge, pas si belle que vous; eh bien, je voudrais qu'elle eût fait ce que vous avez fait, dût-elle mourir comme vous mourrez, et dussé-je la conduire à l'échafaud et y monter avec elle!

— Vous me faites du bien, monsieur Santerre. Sachant que vous aviez été arrêté à cause de moi, je ne serais pas morte tranquille.

— Morte! vous ne l'êtes pas encore. Ah! quand on va savoir dans le faubourg que je suis arrêté, cela va faire une rude bacchanale. Je voudrais être là pour voir mes ouvriers.

— Oui, mais arrêtons d'avance une chose, monsieur Santerre, c'est que, quelque chose qu'il arrive, vous ne ferez rien pour me sauver, attendu que je veux mourir.

— Mourir, vous?

— Oui, et, si je vous en prie, vous m'y aiderez même, n'est-ce pas?

Santerre secoua la tête.

— Dites encore une fois que vous me pardonnez et rentrez chez vous; la citoyenne Ferney me fait signe qu'il est temps de nous séparer.

— Je vous pardonne de grand cœur, dit-il, quand notre connaissance devrait me conduire sur l'échafaud. — A demain!

— Comme vous dites cela : A demain!

Je me tournai vers madame Ferney :

— Pourrons-nous nous voir demain?

— Aux heures des promenades, oui.

— Alors je dirai comme vous, citoyen Santerre, à demain.

Il sortit. Je pris ma tasse de lait et je me mis à t'écrire.

J'entends deux heures qui sonnent à l'Hôtel de Ville. Tu n'as pas l'idée de la tranquillité que me donne la certitude de mourir demain ou après-demain.

A la Force, 18 juin 1794.

Mon ami, je crois que je viens d'avoir de la mort l'idée la plus complète que l'on puisse avoir. J'ai dormi six heures d'un sommeil profond, sans rêve, avec toute absence du sentiment de la vie.

Et cependant quelque comparaison qu'on lui cherche, rien ne peut ressembler à la mort que la mort.

Si la mort n'était qu'un sommeil comme celui dont je sors, personne ne craindrait la mort plus qu'on ne craint le sommeil.

Lavoisier a dit que l'homme était un *gaz solidifié*, on ne peut pas réduire l'homme à une plus simple expression.

Le couperet vous tombe sur le cou et le gaz est fondu.

Mais le gaz qui a constitué l'homme, à quoi sert-il, que devient-il mêlé de nouveau au grand tout, c'est-à-dire retourné à sa source?

Ce qu'il était avant de naître?

Non, car avant de naître il n'avait pas été.

La mort est nécesaire, aussi nécessaire que la vie. Sans la mort, c'est-à-dire sans la succession des êtres, il n'y aurait pas de progrès, il n'y aurait pas de civilisation. C'est en montant les unes sur les autres que les générations élargissent leurs lointains.

Sans la mort le monde resterait stationnaire.

Mais que fait la mort des morts?

L'engrais des idées, le fumier des sciences.

Il n'est vraiment pas gai de penser que ce soit la seule chose à laquelle nos corps soient bons une fois devenus cadavres.

Fumier cette sublime Charlotte Corday! fumier cette bonne Lucile! fumier cette pauvre petite Nicole!

Oh! que le poète anglais est bien autrement consolateur quand il met dans la bouche du prêtre bénissant Ophélie sur sa couche funèbre, les quatre vers suivants!

O toi qui de tes jours n'as pu porter le faix,
Dans cet humble tombeau, vierge, repose en paix,
Pour que le Seigneur fasse, en ses métamorphoses,
Avec ton âme un ange, avec ton corps des roses.

Hélas! la science moderne admet encore que le corps fasse des roses, mais elle n'admet plus que l'âme fasse un ange.

Cet ange une fois fait, où le loger?

Tant que l'ignorance astronomique a cru à l'existence d'un ciel, on le loge au ciel; mais la science moderne a fait tout ensemble disparaître l'empyrée des Grecs, le firmament des Hébreux, le ciel des chrétiens.

Quand la terre était le centre du monde; quand, selon Thalès, elle était portée sur les eaux comme un grand navire; quand, selon Pindare, elle était soutenue par des colonnes de diamant; quand, selon Moïse, c'était le soleil qui tournait autour d'elle; quand, selon Aristote, nous avions huit cieux au-dessus de nous, le ciel de la Lune, celui de Mercure, celui de Vénus, celui du Soleil, celui de Mars, celui de Jupiter, celui de Saturne, et enfin le firmament, voûte solide où étaient enchâssées les étoiles, on pouvait, quoique ce fût le ciel païen, placer là Dieu, les anges, les séraphins, les dominations, les saints, les saintes, comme on place un conquérant dans le royaume qu'il a conquis. Maintenant que la terre est après la lune la plus petite planète, que c'est la terre qui marche et le soleil qui est fixe, que les huit ciels ou les huit cieux, comme on voudra, ont disparu pour faire place à l'infini, dans quelle portion de l'infini placerons-nous vos anges, Seigneur?

O mon ami, pourquoi m'as-tu appris toutes ces choses, arbre de la vie, arbre de la science, arbre du doute?

Ferney et sa femme m'ont dit que, à moins que les agents n'aient été me dénoncer directement au tribunal révolutionnaire, il était possible que l'on m'oubliât ici sans me faire mon procès.

Ce serait jouer de malheur, tu en conviendras.

Je suis tellement lasse de la vie, plus déserte, plus silencieuse, plus muette pour moi que la mort, que tous les moyens me seront bons pour en sortir.

Voilà ce que j'ai trouvé.

Puisqu'il paraît que l'on ne veut pas me faire mon procès, je m'en passerai.

Il y a ici deux récréations par jour;

A toutes deux il est permis aux prisonniers de prendre part:

La promenade dans le préau; voir partir les condamnés pour la place de la Révolution.

A la première fournée, nous descendrons, Santerre et moi, pour voir partir les condamnés. J'aurai les mains liées derrière le dos, les cheveux noués sur le haut de la tête.

Je me glisserai parmi les condamnés, et je monterai dans la charrette. Et alors, ma foi! j'aurai bien du malheur si la guillotine ne veut pas de moi.

Seulement il faut décider Santerre; je crois que ce sera là la difficulté.

C'est vraiment un bien brave homme que ce digne brasseur. Lorsque je lui ai dit que c'était toi que j'aimais, quand je lui ai dit que l'on venait de chasser à courre les deux derniers girondins dans les grottes de Saint-Émilion; quand je lui ai dit que l'un des deux martyrs était probablement toi, et qu'il se fut rappelé qu'on le lui avait dit aussi; quand enfin je lui ai dit qu'à lui seul je pouvais me fier, qu'à lui seul je pouvais demander ce service, il y a consenti en pleurant; mais enfin il y a consenti.

Demain il doit y avoir exécution. On a annoncé trois charrettes, ce qui indique au moins dix-huit personnes.

Une de plus, une de moins, nul n'y fera attention, pas même la mort!

Je t'ai dit tout ce que j'avais à te dire, mon bien-aimé: je vais employer ma nuit à tâcher de bien dormir.

Comme le chevalier de Canolles:

Je m'essaye.

Quelle bonne nuit j'ai passée, mon bien-aimé! Puisse la première être aussi douce! J'ai rêvé de notre maison d'Argenton, j'ai rêvé du jardin, de la tonnelle, de l'arbre de vie, de la source; j'ai revu enfin tout notre passé en rêve.

Est-ce un avant-goût de votre éternité, Seigneur? Si vous me faites ainsi, grâces vous soient rendues!

L'heure de l'arrivée des charrettes va sonner, je ne veux pas faire attendre.

Adieu, mon bien-aimé, adieu. Cette fois, c'est bien la dernière. Je vais donc cette fois voir le spectacle du théâtre au lieu de le voir du parterre.

Jamais, mon bien-aimé, je n'ai eu le cœur si calme et si joyeux. Encore une fois, je te redis:

Si tu es mort, je vais te rejoindre; si tu es vivant, je vais t'attendre. Oh! mais... le néant! le néant!

Les charrettes entrent dans la cour, adieu.

Santerre vient me chercher.

J'y vais.

Je t'aime.

Ton Eva

Dans la vie et dans la mort.

## XV

L'échafaud ne veut pas de moi. En vérité, je suis maudite!

J'espérais si bien, à l'heure où j'écris ces lignes, me reposer des lassitudes de ce monde dans les bras du Seigneur, ou tout au moins sur le sein de la terre!

Serais-je donc obligée de me tuer pour mourir?

Je t'écris à tout hasard. Ma conviction est que tu es mort, mon bien-aimé Jacques. J'ai encore cherché à savoir le nom des quatre girondins morts sur l'échafaud à Bordeaux ou déchirés par les chiens dans les grottes de Saint-Émilion.

Impossible de savoir leurs noms; les journaux constatent leur mort, voilà tout.

Enfin il se peut que tu vives, et ce n'est peut-être que pour cela que Dieu n'a pas voulu me laisser mourir.

Tout s'est passé comme je l'espérais, excepté le dénoûment.

Je m'étais vêtue de blanc; n'allais-je pas te rejoindre, mon cher fiancé?

Arrivée dans la cour, je trouvai des charrettes chargeant les condamnés et Santerre m'attendant.

Une fois encore il me supplia de renoncer à mon projet; j'insistai en souriant.

Je ne puis te dire quelle profonde sérénité s'était infiltrée en moi; on eût dit que l'azur du ciel coulait dans mes veines.

La journée était magnifique, c'était une de ces belles journées de juin à la fin desquelles, ma main dans ta main, nous écoutions, sous la tonnelle de notre paradis perdu, chanter le rossignol dans ses massifs de syringas.

Sur mon ordre exprès, il me lia les mains. Un rosier montait contre la muraille tout chargé de fleurs. Je te demande un peu, mon bien-aimé, où vont fleurir les rosiers?

Il est vrai que les fleurs de celui-ci étaient rouges comme du sang.

— Cassez ce bouton, dis-je à Santerre, et donnez-le-moi.

Il cassa le bouton et me le passa entre les dents. Je penchai mon front vers lui, il y posa doucement les lèvres. Comprends-tu, mon bien-aimé, la dernière héritière des Chazelay recevant pour son dernier adieu sur la terre le baiser du brasseur du faubourg Saint-Antoine!

Je montai dans la dernière charrette. On ne me fit aucune difficulté. Il est si rare de voir les hommes courtiser la compagnons; mais les charrettes se mirent en route; j'envoyai un dernier regard de remerciement à Santerre et nous partîmes.

La population qui nous suivait ou que nous refoulions, entassée sur notre route, paraissait aussi étonnée que les gendarmes de me voir au milieu de ces étranges compagnons; d'autant plus que, placée en septième dans la charrette qui n'avait que six places, tous les condamnés étaient assis, moi seule me tenais debout.

En général ma présence excitait des murmures, mais des murmures de pitié. Le peuple lui-même commençait à se lasser de voir transporter sur les places publiques ces abat-

Santerre.

mort que nul ne se douta que je n'étais point condamnée.

Nous étions trente sur cinq charrettes; je faisais la trente et unième. Je cherchai inutilement, parmi mes malheureux compagnons, quelque figure sympathique, mais je n'en trouvai point. La guillotine devenait de plus en plus avide, et les aristocrates de plus en plus rares.

L'avant-dernière journée, celle de madame Sainte-Amarante, avait fourni avec bien de la peine vingt-cinq nobles sur cinquante-quatre guillotinés. La dernière fournée, qui était de trente-quatre, n'avait pour toute illustration qu'un fils naturel de M. de Sillery, et le pauvre représentant Osselin, condamné pour avoir caché une femme qu'il aimait. Encore celui-ci était-il un patriote et non un aristocrate.

Mes compagnons à moi étaient trente galériens, de ces voleurs serruriers devant lesquels aucune porte ne tient, qui avaient mérité le bagne seulement, et que, faute de mieux, on élevait à la hauteur de l'échafaud. Pauvre guillotine, elle avait mangé son pain blanc le premier.

Je crus un instant que les gendarmes allaient me faire descendre, tant le contraste était grand entre moi et mes toirs humains. J'entendais des voix dans la foule qui disaient:

— Voyez donc comme elle est belle!

Et d'autres.

— Je parie qu'elle n'a pas seize ans.

Un homme cria en se détournant:

— Je croyais que depuis la Sainte-Amarante, on en avait fini avec les femmes.

Et les murmures recommençaient, se mêlant aux insultes dont on accompagnait les autres condamnés.

Au coin de la rue de la Ferronnerie la foule devint plus épaisse et les marques de sympathie plus grandes.

C'est étrange comme l'approche de la mort donne une suprême acuité aux sens. J'entendais tout ce qu'on disait, je voyais tout ce qu'on faisait.

Une femme cria:

— C'est une sainte qu'on égorge avec des brigands pour les racheter.

— Vois donc, disait une jeune fille, elle tient une fleur à sa bouche.

— C'est une rose que lui aura donnée son amant en se séparant d'elle, répondait sa compagne, et elle veut mourir avec cette rose.

— Si ce n'est pas un meurtre de tuer des enfants de cet âge! qu'est-ce que ça peut avoir fait, je vous le demande?

Ce concert de miséricorde qui s'élevait en ma faveur me faisait un singulier effet; il me soulevait pour ainsi dire matériellement au-dessus de mes compagnons, et, me précédant au ciel, semblait m'en ouvrir les portes.

Un beau jeune homme de vingt ans fendit les flots du peuple, arriva au premier rang, et, posant la main sur l'arrière de la charrette:

— Promettez-moi de m'aimer, dit-il, et je risquerai ma vie pour vous sauver.

Je secouai doucement la tête et levai en souriant mes yeux au ciel.

— Allez dans votre gloire! dit-il.

Les gendarmes qui l'avaient vu me parler, voulurent l'arrêter, mais il se défendit, et, aidé par la foule, il disparut au milieu d'elle.

J'étais dans un état de bien-être que je n'avais jamais éprouvé qu'appuyée contre ton cœur. Il me semblait qu'au fur et à mesure que je m'avançais vers la place de la Révolution, je me rapprochais de toi. A force de regarder le ciel, il s'était formé par éblouissement une espèce d'auréole à travers laquelle je voyais Dieu dans sa redoutable et sublime majesté.

Il me semblait qu'outre les bruits et les mouvements de la terre je commençais de voir et d'entendre des choses que seule je voyais et entendais; j'entendais les sons d'une harmonie lointaine et céleste; je voyais des êtres lumineux et transparents tout à la fois glisser sur le firmament.

Au coin de la rue Saint-Martin et de la rue des Lombards, je fus tirée de mon extase par un encombrement de voitures. Un tombereau venant soit de la Roquette, soit de Saint-Lazare, soit de Bicêtre, conduisait de l'autre côté de la Seine une douzaine de prisonniers entassés entre ses planches.

Cette fois le comité du salut public avait eu la main heureuse: c'étaient bien des aristocrates.

Quatre gendarmes escortaient les prisonniers; notre charrette accrocha le tombereau; le choc attira mes yeux vers la terre.

Parmi les prisonniers était une jeune femme, de mon âge à peu près, brune, avec des yeux noirs, splendide de beauté.

Nos regards se fixèrent les uns sur les autres, nos âmes échangèrent je ne sais quelle effluve sympathique; elle me tendit les bras; les miens étaient liés derrière mon dos... Je roulai mon bouton de rose entre mes lèvres et je le lui lançai de toute la force de mon souffle. Il tomba sur ses genoux. Elle le prit et le porta à sa bouche.

Puis le tombereau et la charrette se décrochèrent; le tombereau continua sa route vers le pont Notre-Dame et la charrette son chemin vers la place de la Révolution.

Cet épisode du voyage avait forcé mon esprit à redescendre des hauteurs sublimes où la contemplation l'avait transporté sur les choses communes de la terre.

Je jetai les yeux sur mes malheureux compagnons.

J'avais autour de moi l'amour de la vie et la terreur de la mort sous tous ses aspects.

Ces misérables, en effet, sans vertus, sans conscience, sans remords, n'ayant pas même la foi politique qui soutenait les condamnés de cette époque, ces misérables n'avaient d'appui ni sur la terre ni au ciel.

Ils n'osaient relever la tête, ils n'osaient regarder autour d'eux; d'une voix sourde, de temps en temps, l'un ou l'autre demandait, pour savoir combien de minutes lui restaient à vivre:

— Où sommes-nous?

Je leur répondis d'abord, espérant les consoler:

— Sur la route du ciel, mes frères!

Mais l'un d'eux, brutalement:

— Nous ne demandons pas cela, nous demandons s'il y a encore loin.

— Nous entrons dans la rue Saint-Honoré, répondis-je.

Puis plus tard, et deux fois encore à la même question:

— Barrière des Sergents, — palais Egalité.

Et eux répondaient par des grincements de dents et par des blasphèmes où le nom de Dieu se trouvait machinalement mêlé.

La charrette arriva devant le magasin de lingerie de madame de Condorcet. J'essayai de la voir une dernière fois, mais tout était fermé chez elle, au rez-de-chaussée comme au premier.

— Adieu, sœur de mon deuil, lui dis-je en passant; je vais porter de tes nouvelles à l'homme de génie qui t'a aimée à la fois comme un père et comme un époux.

Un de mes compagnons m'entendit, celui qui était le plus rapproché de moi; il se laissa glisser sur ses genoux et tomba à mes pieds.

— Tu crois donc à une autre vie? demanda-t-il.

— Si je n'y crois pas, du moins, j'y espère.

— Et moi je ne crois ni n'espère, dit-il.

Et il se frappa convulsivement la tête contre le banc sur lequel un instant auparavant il était assis.

— Que fais-tu, malheureux? lui demandai-je.

Il rit convulsivement:

— Je me prouve par la douleur que je vis encore, et toi?

— La mort me prouvera tout à l'heure par le repos que j'ai cessé de vivre.

Un autre releva la tête et me regarda d'un air égaré et d'un œil sanglant:

— Tu sais donc ce que c'est que la mort? me demanda-t-il?

— Non, mais dans un instant je vais le savoir.

— Quel crime as-tu commis pour qu'on te fasse mourir avec nous?

— Aucun.

— Et tu meurs, cependant!

Puis, comme si ce blasphème pouvait atteindre le créateur de toutes chose:

— Il n'y a pas de Dieu! il n'y a pas de Dieu! il n'y a pas de Dieu! cria-t-il.

Pauvre misérable humanité qui croit un Dieu individuel, et qui, dans son orgueil, pense que ce Dieu n'a autre chose à faire que de la suivre de sa naissance à sa mort! et qui, à chaque instant, pour satisfaire un caprice ou pour lui épargner une souffrance, le prie... de déranger par un miracle l'ordre immuable de la nature.

— Mais, dit un des condamnés, à défaut de la justice divine il devrait y avoir une justice humaine. J'ai volé, j'ai brisé des fenêtres, enfoncé des portes, forcé des caisses, escaladé des murailles; j'ai mérité le bagne, mais non l'échafaud. Qu'on m'envoie à Rochefort, à Brest, à Toulon, on en a le droit; mais on n'a pas celui de me tuer!

— Tiens, lui dis-je, crie cela à Robespierre, nous passons devant la porte de son menuisier, il t'entendra peut-être.

Le forçat poussa un gémissement sourd, et se dressant sur ses pieds!

— Tigre d'Arras! dit-il, que fais-tu donc de toutes les têtes que l'on coupe pour toi et de tout le sang qu'on verse en ton nom?

Un concert de malédictions se leva de toutes les voitures et se mêla aux cris de la foule, où le nom de Robespierre commençait à se dépopulariser.

— Je te remercie, roi de la terreur, tu me réunis à ce que j'aime.

Puis, cette explosion passée, les condamnés retombèrent dans leur torpeur, et le silence plana de nouveau sur les charrettes. Au reste, un tiers à peine de ces misérables avait eu la force de se relever et de crier.

Celui qui s'était frappé le front contre le banc et qui était resté à genoux, me dit:

— Sais-tu des prières?

— Non, lui répondis-je, mais je sais prier.

— Alors, prie pour nous.

— Que voulez-vous que je demande à Dieu?

— Ce que tu voudras; tu sais mieux que nous ce qu'il nous faut.

Je me rappelai ces vierges du cirque qui consolaient les mourants dont elles étaient entourées, avant que ces mourants eussent le bonheur d'être des martyrs.

Je levai les yeux au ciel.

— A genoux, vous autres, dit le forçat; elle va prier.

Les six forçats s'inclinèrent; ceux des autres charrettes, qui ne pouvaient entendre, roulaient comme des animaux qu'on conduit au marché.

— Mon Dieu! dis-je, si vous existez autrement que comme immensité impalpable, que comme toute-puissance invisible, que comme éternelle manifestation de l'œuvre sublime de la nature; si, comme les dogmes de notre Eglise le disent, vous vous êtes incarné dans une apparence humaine, si vous avez des yeux pour voir nos douleurs, si vous avez des oreilles pour entendre nos prières; si enfin vous vous êtes, dans un monde supérieur, réservé la récompense des vertus et le châtiment des crimes de ce monde-ci, daignez vous rappeler, en voyant ces hommes devant vous, que la justice humaine a empiété sur vos droits, que, déjà punis et au delà de leurs crimes sur la terre, ils ne peuvent encore être punis dans ce royaume inconnu que la science cherche vainement et que les livres saints appellent le ciel! Qu'ils reposent donc là pour l'éternité, dans le mérite de leur expiation et dans la gloire de votre miséricordieuse justice!

— Amen! murmurèrent deux ou trois voix.

— Mais si, au contraire, continuai-je, la porte sous laquelle nous allons passer tous est celle du néant, si nous tombons du même coup dans la nuit, dans l'insensibilité et dans la mort, si rien n'est après la vie comme rien n'était avant elle, alors, mes amis, remercions encore Dieu, car l'absence du sentiment amène l'absence de la douleur, et nous dormirons alors pendant l'éternité de ce sommeil sans rêve dont la fatigue d'une journée pénible nous a parfois donné un avant-goût en ce monde.

— Oh ! non, s'écrièrent les forçats, que Dieu nous punisse plutôt par d'éternelles souffrances que par le néant éternel !

— Seigneur ! Seigneur ! m'écriai-je, ils ont clamé à vous du fond de l'abîme ; écoutez-les, Seigneur !

## XVI

Nous fîmes quelques pas en silence. Puis tout à coup un grand frisson courut parmi cette foule et gagna les condamnés eux-mêmes, car, comme les charrettes tournaient la porte Saint-Honoré, quoiqu'ils fussent assis à reculons et qu'ils ne pussent par conséquent voir l'instrument de leur supplice, ils devinèrent qu'ils étaient arrivés en face de lui.

Moi, au contraire, j'éprouvai un sentiment de joie ; je me dressai sur la pointe des pieds et je vis la guillotine élevant au-dessus de toutes les têtes ses deux grands bras rouges vers le ciel, où tendent toutes choses. J'en étais arrivée à préférer même le néant, qui effrayait tant ces malheureux, au doute dans lequel je vivais depuis plus de deux ans.

— Nous y sommes, n'est-ce pas ? demanda un forçat d'une voix sombre.

— Nous allons y être dans cinq minutes.

— On nous guillotinera les derniers, puisque nous sommes dans la dernière charrette, dit un autre de ces malheureux se parlant à lui-même. Nous sommes trente, un par minute, c'est encore une demi-heure que nous avons à vivre.

La foule continuait à hurler contre eux et à me plaindre ; elle était devenue si épaisse que les gendarmes qui précédaient les charrettes ne purent leur ouvrir un chemin. Il fallut que de la place de la Révolution, où il veillait près de l'échafaud, le général Henriot en personne se détachât, le sabre à la main, et, suivi de cinq ou six gendarmes, ouvrît la voie avec des jurements terribles.

Son cheval était lancé si brutalement que, de l'élan que lui avait donné son cavalier, renversant femmes et enfants, il pénétra jusqu'à la dernière charrette.

Il me vit debout au milieu de tous ces hommes agenouillés.

— Pourquoi n'es-tu pas à genoux comme les autres, me demanda-t-il.

Le forçat qui m'avait dit de prier pour eux entendit la question et se redressa :

— Parce que nous sommes coupables et qu'elle est innocente, parce que nous sommes faibles et qu'elle est forte, parce que nous pleurons et qu'elle nous console.

— Bon ! cria Henriot, encore quelque héroïne comme Charlotte Corday ou madame Roland ; je croyais pourtant bien que nous étions débarrassés de toutes ces viragos.

Puis aux charretiers :

— Allons, dit-il, le chemin est libre, marchez !

Et les charrettes se remirent en marche.

Cinq minutes après, la première charrette s'arrêtait au pied de l'échafaud.

Les autres s'arrêtèrent d'un mouvement successif qui s'étendit de la première à la cinquième.

Un homme en carmagnole et en bonnet rouge était au pied de l'échafaud, entre l'escalier de la guillotine et les charrettes qui, l'une après l'autre, apportaient leur chargement.

Il appela à voix haute le numéro et le nom du condamné.

Le condamné descendait seul, ou soutenu par les aides, montait sur la plate-forme, s'y agitait un instant, puis disparaissait. On entendait un coup mat, puis tout était fini.

L'homme à la carmagnole appelait le numéro suivant.

Le forçat qui avait calculé qu'il y en avait encore pour une demi-heure, comptait ces coups sourds, et à chacun de ces coups tressaillait et gémissait.

Au bout de six coups il y eut une interruption.

Il poussa un soupir et secoua la tête pour en faire tomber la sueur qu'il ne pouvait essuyer.

— C'est fini avec la première charrette, murmura-t-il.

En effet, la seconde charrette prit la place de la première, puis la troisième celle de la seconde ; le mouvement parvint ainsi jusqu'à nous, et nous approchâmes de l'échafaud de toute la longueur de la première charrette vide.

Puis les coups continuèrent à retentir, et le malheureux continua de compter en pâlissant et en frissonnant de plus en plus.

Au sixième coup, même interruption, même mouvement.

Les coups recommencèrent, plus perceptibles seulement à mesure que nous nous rapprochions.

Le forçat continuait de compter ; mais, au numéro 18, la parole s'éteignit sur ses lèvres, il s'affaissa sur lui-même, et l'on n'entendit plus qu'une espèce de râle.

Les coups continuaient à retentir avec une effrayante régularité. La charrette que l'on vidait séparait seule la nôtre de l'échafaud.

Le forçat qui m'avait dit de prier releva la tête.

— Notre tour vient, dit-il, sainte enfant, bénis-moi !

— Le puis-je, avec mes mains liées ? lui demandai-je.

— Tourne-moi le dos, dit-il.

Je fis le mouvement qu'il désirait, et avec les dents je sentis qu'il dénouait la corde qui me liait les mains.

Une fois déliées, je les élevai au-dessus de sa tête.

— Que Dieu vous soit miséricordieux, lui dis-je, et autant qu'il est permis de bénir à une pauvre créature qui aurait besoin de bénédiction pour elle-même, je vous bénis !

— Et moi ! et moi ! dirent deux ou trois voix.

Et les autres forçats se soulevaient avec effort.

— Et vous aussi, leur dis-je. Du courage, mourez en hommes et en chrétiens !

Les hommes se redressèrent sous ma parole, et comme la dernière charrette était vide, la nôtre fit un tour sur elle-même et alla prendre sa place.

Alors le funèbre appel commença.

Mes compagnons, nommés tour à tour, descendirent les uns après les autres. Celui qui avait compté les coups était le vingt-neuvième : il fallut l'emporter, il était sans connaissance.

Le trentième se leva de lui-même avant qu'on l'eût appelé.

On l'appela.

— Priez pour moi, dit-il ; et il descendit, calme et ferme. Sous ma parole, il était revenu du désespoir à la sérénité. Avant de se coucher sur la fatale bascule, il me jeta un dernier regard.

Je lui montrai le ciel.

Sa tête tomba, je descendis à mon tour.

L'homme à la carmagnole me barra le chemin.

— Où vas-tu ? me demanda-t-il étonné.

— Je vais mourir, lui répondis-je.

— Comment te nommes-tu ?

— Eva de Chazelay.

— Tu n'es pas sur ma liste, dit-il.

J'insistai pour passer.

— Citoyen exécuteur, cria l'homme à la carmagnole, voilà une jeune fille qui n'est pas sur ma liste et qui n'a pas de numéro ; que faut-il faire ?

Le bourreau se rapprocha de la balustrade, et, me regardant :

— La reconduire en prison, dit-il, ce sera pour un autre jour.

— Pourquoi remettre la chose à un autre jour puisqu'elle est là ? cria Henriot. Allons, finissons-en tout de suite, je suis attendu à dîner.

— Pardon, citoyen Henriot, dit l'exécuteur avec une certaine déférence, mais d'une voix ferme ; l'autre jour, pour la pauvre petite Nicole, j'ai été injurié et menacé, et cependant elle avait son numéro et elle était sur la liste ; avant-hier, pour Osselin, qui était à moitié mort et qu'on aurait bien pu laisser mourir tout à fait et tranquillement, on m'a jeté des pierres, et cependant il avait son numéro et était sur la liste. Aujourd'hui, pour cette jeune femme, qui n'a pas de numéro, qui n'est pas sur la liste, on me mettrait en morceaux ! Merci ! c'était bon dans les commencements, mais aujourd'hui on se lasse. Tenez, entendez-vous comme la foule commence à gronder !

Et, en effet, il se faisait dans le peuple ce mouvement de houle qui se fait sur les flots au moment de la tempête.

— Mais puisque je consens à mourir ! criai-je à l'exécuteur, qu'importe que je sois sur la liste ou que je n'y sois pas !

— Il m'importe, à moi, la belle enfant ! dit le bourreau ; je ne fais pas mon métier par enthousiasme.

— Diable ! et à moi aussi, dit l'homme à la carmagnole. Je dois mes comptes au tribunal révolutionnaire ; ma demande est de trente têtes, et non de trente et une. Les bons comptes font les bons amis.

— Misérable ! cria Henriot en brandissant son sabre et en s'adressant à l'exécuteur, je t'ordonne d'en finir avec cette aristocrate ! Et, si tu ne m'obéis pas, tu auras affaire à moi.

— Citoyens, cria l'exécuteur s'adressant au peuple, j'en appelle à vous ! On m'ordonne d'exécuter une enfant qui n'est pas sur ma liste. Dois-je le faire ?

— Non ! non ! non ! crièrent des milliers de voix.

— A bas Henriot ! à bas les guillotineurs ! crièrent quelques spectateurs.

Henriot, à demi ivre comme toujours, poussa son cheval dans la foule, du côté d'où venaient les menaces.

Alors les pierres commencèrent à pleuvoir et les bâtons à se lever.

— Prends mon bras, citoyenne, dit l'homme à la carmagnole.

Le tumulte augmentait. Le peuple se jetait sur l'échafaud pour le démolir; les gendarmes accouraient au secours de leur chef. Je voulais bien mourir, mais je ne voulais pas être mise en pièces ni écrasée sous les pieds des chevaux.

Je me laissai entraîner.

Le peuple, qui me reconnaissait et qui croyait qu'on voulait me sauver, s'ouvrit de lui-même devant moi en criant:

— Passez! passez!

Au coin du quai des Tuileries, nous trouvâmes une voiture.

L'homme à la carmagnole en ouvrit la porte, m'y poussa et monta après moi.

— Aux Carmes! cria-t-il au cocher.

La voiture partit au grand trot, longea le quai des Tuileries, gagna le pont aussi vite qu'elle put et s'enfonça dans la rue du Bac. Au bout d'une course d'un quart d'heure, elle s'arrêta devant le couvent des Carmes, changé en prison depuis deux ans.

Mon compagnon descendit de fiacre et frappa à une petite porte devant laquelle se promenait une sentinelle.

La sentinelle s'arrêta, regarda curieusement dans l'intérieur du fiacre, vit une femme seule, ne jugea point qu'il y eût rien là d'inquiétant, et continua sa promenade.

La porte s'ouvrit, le concierge parut accompagné de deux chiens.

Ces chiens me rappelèrent ceux de la Force, auxquels le brave Ferny m'avait fait reconnaître le jour de mon arrivée dans la prison.

— Ah! c'est toi, citoyen commissaire! dit le concierge; qu'y a-t-il de nouveau?

— Une pensionnaire que je t'amène, dit l'homme à la carmagnole.

— Tu sais que nous regorgeons, citoyen commissaire, répondit le concierge.

— Bon! c'est une ci-devant, tu peux la mettre dans le même cachot que les deux aristocrates que je t'ai envoyées aujourd'hui.

— Qu'elle vienne, dit le concierge en haussant les épaules; une de plus, une de moins...

— Viens! me cria l'homme à la carmagnole.

Je descendis du fiacre et j'entrai. La porte se referma derrière moi.

— Passe à la geôle, me dit le concierge.

— Prenez un faux nom, me dit tout bas l'homme à la carmagnole.

J'étais toute étourdie de tout ce qui venait de se passer autour de moi. J'obéis sans me rendre compte de ce que je faisais... Ce fut ton nom, mon bien-aimé, qui se présenta à ma bouche.

— Comment te nommes-tu? me demanda le concierge.

— Hélène Mérey, répondis-je.

— Sous quelle accusation es-tu conduite ici?

— Elle ne le sait pas elle-même, se hâta de dire le commissaire; mais tout s'éclaircira sous deux ou trois jours. Je vais m'occuper d'elle, et je reviendrai.

Puis tout bas:

— Vous, dit-il, ne songez qu'à une chose, c'est à vous faire oublier.

Et il sortit en me faisant un signe d'espoir. Il croyait sans doute que je tenais à la vie.

Je restai seule avec le concierge.

— As-tu de l'argent, citoyenne? demanda-t-il.

— Non, lui répondis-je.

— Alors, tu vivras au régime de la prison.

— Au régime que vous voudrez.

— Viens.

— Je vous suis.

Nous traversâmes la cour, puis par un corridor humide il me conduisit à un cachot étroit et sombre dans lequel on descendait par deux marches et qui ouvrait par une lucarne grillée sur le jardin de l'ancien monastère. Il y avait déjà dans ce cachot, comme j'en avais été prévenue à l'avance, deux femmes: l'une des deux femmes était cette belle personne que j'avais rencontrée dans le tombereau des prisonniers au coin de la rue Saint-Martin; elle tenait encore à la bouche le bouton de rose que je lui avais envoyé.

Elle me reconnut, poussa un cri de joie et vint à moi les bras ouverts.

Je répondis par un cri pareil et la pressai contre mon cœur.

— C'est elle! comprends-tu, chère Joséphine? c'est elle! Quel bonheur de la revoir quand je la croyais guillotinée.

Cette belle créature à qui j'avais jeté mon bouton de rose était Terezia Cabarrus.

L'autre était Joséphine Tascher de la Pagerie, veuve du général Beauharnais.

## XVII

Quelqu'un m'aimait encore dans ce monde; j'étais rattachée à la vie.

Cette amitié naissante s'étendit par des fils imperceptibles à mon amour pour toi. Je ne sais comment il me revint au cœur un peu de cet espoir complètement perdu.

De temps en temps, au fond de ma poitrine, une voix sourde murmure:

— S'il n'était pas mort cependant!

Mes deux nouvelles compagnes me demandèrent d'abord le récit de mes aventures. Mon retour avait été non seulement quelque chose d'étonnant, mais de fabuleux. Comme Eurydice, je revenais du pays de la mort.

Après m'avoir vue sur la charrette des condamnés, après avoir reçu mon dernier héritage, ce bouton de rose cueilli au mur d'une prison, Terezia me revoyait vivante.

J'avais passé sous la guillotine au lieu de passer dessus. Je leur racontai tout.

Elles étaient jeunes toutes deux, toutes deux aimaient, toutes deux se consumaient de souvenirs, d'impatience, de soif de vivre. Chaque fois qu'on frappait à la porte, elles se regardaient tremblantes, sentant passer jusqu'à leur cœur les affres de la mort.

Elles m'écoutèrent avec un étonnement qui touchait à l'incrédulité. J'avais seize ans, j'étais belle, et cependant, fatiguée de la vie, j'avais aspiré à la mort.

A cette seule idée de voir les condamnés diminuer un à un, d'entendre trente fois de suite le bruit du couperet mordant dans la chair, elles étaient prêtes à tomber en convulsions.

A leur tour elles me dirent leur vie.

Je ne sais pourquoi il me semble que ces deux femmes sont trop belles et trop distinguées pour ne pas être appelées un jour à jouer un grand rôle dans le monde. Voilà pourquoi je vais m'occuper d'elles un peu longuement.

Puis, si c'était moi qui mourusse et toi qui revinsses, il est bon que tu saches les deux femmes à qui tu peux demander les derniers secrets de mon cœur. Puis que ferais-je si je ne t'écrivais pas? T'écrire c'est essayer de me persuader encore que tu es vivant. Je me dis qu'il n'est pas probable, mais qu'il est possible qu'un jour tu lises ce manuscrit; à chaque page tu verras que je pense à toi, et que pas un instant seul je n'ai cessé de t'aimer.

Terezia Cabarrus est la fille d'un banquier espagnol; elle a été mariée à quatorze ans à M. le marquis de Fontenay.

C'était un véritable ci-devant, comme on appelle maintenant un marquis, entiché de son blason et de ses girouettes, croyant à l'imprescriptibilité de ses droits féodaux, vieux, joueur et libertin.

Dès les premiers jours de son mariage, Terezia se sentit mal mariée

Les sentiments du marquis de Fontenay se rattachaient corps et âme à l'ancien régime, et, lorsque la loi des suspects parut, il se rendit justice à lui-même et se trouva tellement suspect qu'il résolut d'émigrer en Espagne.

Il partit emmenant avec lui Terezia.

A Bordeaux, les fugitifs s'arrêtèrent chez un oncle de Terezia, portant comme son père le nom de Cabarrus.

Pourquoi s'arrêtèrent-ils à Bordeaux au lieu de continuer leur route?

Pourquoi? Que de fois j'ai vu se dresser cette interrogation sur le chemin de la vie humaine.

Parce que c'était leur destinée d'être arrêtés à Bordeaux, et que toute leur existence peut-être devait découler de cette arrestation.

Pendant qu'elle est chez son oncle, Terezia apprend qu'un capitaine de vaisseau anglais, qui devait mettre à la voile emportant trois cents émigrés, refuse de lever l'ancre parce que la somme qui devait lui être comptée n'est point complète. Il manque trois mille francs à cette somme, et, ni par eux, ni par leurs amis, les fugitifs ne peuvent la faire.

Depuis trois jours ils attendent dans l'espoir et dans l'angoisse.

Terezia, qui ne dispose pas de sa fortune, demande trois mille francs à son mari, qui lui dit que, fugitif lui-même, il ne peut se dessaisir d'une si forte somme.

Trois mille francs en or, à cette époque, c'était une fortune.

Elle s'adresse à son oncle, qui fait une partie de la somme; elle vend des bijoux pour le reste et va porter les trois mille francs au capitaine anglais, qui attendait dans une auberge de la ville.

Le capitaine demande à l'aubergiste quelle est cette jolie

femme qui sort de chez lui et qui n'a pas voulu dire son nom.

L'aubergiste la regarde s'éloigner; il ne la connaît pas; elle n'est pas de Bordeaux.

Le capitaine raconte à son hôte qu'elle vient de lui apporter les trois mille francs qu'il attendait et qu'il va partir.

Et, en effet, il règle son compte et part.

L'aubergiste était robespierriste; il court au comité et dénonce la citoyenne***. Il voudrait bien dire son nom, mais il ne le sait pas. Il sait seulement qu'elle est très jeune et très jolie.

En revenant du comité, il traverse la place du Théâtre et voit la marquise de Fontenay se promener au bras de son oncle Cabarrus. Il reconnaît la femme mystérieuse, il confie le secret à trois ou quatre amis terroristes comme lui, et tous se mettent à suivre Terezia en criant:

— La voilà! la voilà celle qui donne de l'argent aux Anglais pour sauver les aristocrates!

Les terroristes se jettent sur elle et l'arrachent au bras de son oncle.

Peut-être allait-on la mettre en morceaux sur place, sans forme de procès, lorsqu'un jeune homme de vingt-quatre à vingt-cinq ans, beau, portant admirablement le costume des députés en mission, voit du balcon de son appartement ce qui se passe sur la place, se précipite dehors, fend la foule, arrive à Terezia, lui prend le bras et dit:

— Je suis le représentant Tallien. Je connais cette femme. Si elle est coupable, elle appartient à la justice; si elle ne l'est pas, frapper une femme, et une femme innocente, serait un double crime; sans compter, ajoute-t-il, ce qu'il y a de lâche à maltraiter une femme!

Et Tallien, remettant la marquise de Fontenay au bras de son oncle Cabarrus, qu'il reconnaît, lui dit tout bas:

— Fuyez! vous n'avez pas de temps à perdre.

Mais Tallien avait compté sans le président du tribunal révolutionnaire, Lacombe. Lacombe, qui avait appris ce qui venait de se passer, avait ordonné d'arrêter la marquise de Fontenay.

On l'arrêta comme elle faisait mettre les chevaux à la voiture pour partir.

Le lendemain de son arrestation, Tallien se présenta au greffe.

Tallien n'avait-il pas réellement reconnu madame de Fontenay ou avait-il fait semblant de ne pas la reconnaître?

L'amour-propre de la belle Terezia voulait qu'il eût fait semblant.

Je n'avais jamais vu Tallien à cette époque; je reçus donc sur lui les impressions que voulut me faire partager la belle prisonnière.

Ses relations jusque-là avec Tallien avaient été tout un roman; seulement ce roman était-il fait par un caprice du hasard ou par un calcul de la Providence?

Le dénouement donnera raison à l'un ou à l'autre.

Voilà ce que m'a raconté Terezia, voilà ce que j'écris sous sa dictée:

Madame Lebrun était alors le peintre à la mode pour les femmes; elle voyait la nature sous son côté le plus beau et le plus gracieux. Il en résultait que la plus jolie femme était encore embellie et gracieusée par elle.

Le marquis de Fontenay voulut avoir, plus pour montrer à ses amis que pour le voir lui-même, un portrait de sa femme. Il la conduisit chez madame Lebrun, qui, en extase devant la beauté du modèle, s'engagea à faire le portrait, mais à la condition qu'on lui donnerait autant de séances qu'elle en demanderait.

Quand madame Lebrun, en effet, avait une femme d'une beauté médiocre à peindre, une fois qu'elle l'avait embellie, tout était dit; le modèle n'en pouvait demander davantage.

Mais quand le modèle était lui-même une beauté parfaite, c'était madame Lebrun qui recevait sa leçon de la nature au lieu de la lui donner, et alors elle ne négligeait rien pour atteindre à la reproduction parfaite de l'original qu'elle avait sous les yeux.

Madame Lebrun dans ce cas, et lors des dernières séances, prenait avis de tout le monde, si bien que M. de Fontenay, désireux de tenir enfin le portrait qu'on lui faisait tant attendre, avait un jour invité quelques-uns de ses amis à assister à la dernière ou tout au moins à l'avant-dernière séance du portrait que madame Lebrun était en train de faire de sa femme.

Rivarol était un de ses amis.

Comme presque tous les hommes dont l'esprit touche au génie, mais n'y atteint pas, Rivarol, étincelant dans la conversation, perdait énormément la plume à la main, et surchargeait de ratures une écriture déjà indéchiffrable par elle-même.

Il avait fait pour le libraire Panckoucke le prospectus d'un nouveau journal que celui-ci venait de publier.

Les compositeurs et le prote s'étaient exténués sur le prospectus de Rivarol, et n'étaient point arrivés à le lire.

Tallien, qui était correcteur chez l'illustre libraire, proposa de porter le prospectus à M. Rivarol, de le lire avec lui, et, après cette espèce de traduction, de revenir le faire composer.

En conséquence, il s'était présenté chez Rivarol, avait insisté pour le voir, et avait obtenu de sa servante cette confidence qu'il était chez madame Lebrun, c'est-à-dire dans la maison à côté.

Tallien se présenta, trouva la porte de l'appartement ouverte, chercha vainement quelqu'un pour l'annoncer, entendit parler dans l'atelier, et usant du privilège qui commençait à mettre toutes les classes sur le même pied, il ouvrit la porte et entra.

Tallien, en homme d'esprit qu'il était, eut trois mouvements parfaitement distincts et parfaitement appréciables: le premier, pour madame Lebrun, mouvement de respect; le second pour madame de Fontenay, mouvement d'admiration; le troisième, pour Rivarol, mouvement de condescendance envers l'homme d'esprit et de réputation.

Puis se tournant vers madame Lebrun avec beaucoup d'aisance et de grâce:

— Madame, lui dit-il, j'ai un avis fort pressé à demander sur un de ses ouvrages à M. de Rivarol... M. de Rivarol est fort difficile à trouver chez lui. On m'a renvoyé chez vous, et je me suis hasardé, autant par le désir de connaître un peintre célèbre que par le besoin de trouver M. Rivarol, je me suis hasardé à commettre cette indiscrétion.

Tallien avait vingt ans à peine à cette époque; lui aussi, comme Terezia, était dans toute la fleur de la jeunesse et de la beauté; de longs cheveux noirs, bouclés naturellement et se séparant sur le front, encadraient un visage éclairé par des yeux magnifiques, où brillait le germe de toutes les ambitions.

Madame Lebrun, admiratrice du beau, comme nous l'avons dit, salua Tallien, et, étendant la main vers Rivarol:

— Faites comme chez vous, dit-elle, voici celui que vous cherchez.

Rivarol, un peu blessé du procès fait à son écriture, voulut traiter Tallien en petit prote d'imprimerie. Mais Tallien, très fort sur le latin et sur le grec, releva avec beaucoup d'esprit deux fautes faites par M. de Rivarol, l'une dans la langue de Cicéron, l'autre dans celle de Démosthènes. Rivarol, qui avait cru faire rire aux dépens de Tallien, comprit que Tallien venait de faire rire aux siens et se tut.

Tallien allait se retirer lorsque madame Lebrun l'arrêta.

— Monsieur, lui dit-elle, vous venez de signaler si heureusement deux erreurs de langue à M. de Rivarol, que je ne doute pas que vous n'ayez étudié Apelle et Phidias comme vous avez étudié Cicéron et Démosthènes. Vous n'êtes pas flatteur, monsieur, et c'est ce qu'il me faut, car tous ceux qui m'entourent ne sont occupés, quelque chose que je puisse leur dire, qu'à me cacher les défauts de mes œuvres.

Tallien se rapprocha sans embarras, et comme acceptant cette fonction de juge qui lui était dévolue.

Puis il regarda le portrait longuement et longuement l'original.

— Madame, dit-il enfin, il vous arrive à vous ce qui arrive aux peintres du plus grand talent, aux van Dyck, aux Velasquez, aux Raphaël même. Toutes les fois que l'art peut atteindre la nature, l'art triomphe; mais quand la nature dépasse la portée de l'art, c'est l'art qui est vaincu. Je ne crois pas qu'il reste rien à faire à la figure, vous n'atteindrez jamais à la perfection de l'original; mais vous pourriez placer la tête sur une teinte plus foncée, ce qui lui donnerait toute sa valeur. Cette légère correction faite, je crois, madame, que vous pourrez rendre le portrait à la personne qu'il représente. Toutes les fois qu'il sera loin d'elle, il sera parfait; seulement, quelque chose que vous fassiez, quelque artifice artistique que vous employiez, le rapprochement lui nuira toujours.

Deux ans s'étaient passés. Tallien avait grandi, il était devenu le secrétaire particulier d'Alexandre de Lameth.

Un soir que la marquise de Fontenay avait dîné chez son amie, madame de Lameth, Tallien, sans doute dans le but de revoir une seconde fois celle dont l'image était restée profondément empreinte dans sa poitrine, prit des lettres et vint demander si M. Alexandre de Lameth n'était point là.

Les deux dames prenaient le frais sur une terrasse toute garnie de massifs de fleurs.

— Alexandre n'est point là, dit la comtesse, mais j'allais sonner pour que l'on coupât pour madame de Fontenay cette branche de rosier toute chargée de roses blanches; vous n'êtes pas un serviteur, M. Tallien, aussi c'est à titre de service que je vous prie de couper cette branche.

Tallien la brisa entre ses doigts et la présenta à la comtesse.

— Ce n'était pas pour moi que je vous demandais ces fleurs, dit madame de Lameth, mais puisque vous avez eu la peine de briser la branche, ayez au moins le plaisir de l'offrir à celle à qui elle est destinée.

Tallien s'approcha de madame de Fontenay, et, tout en

lui offrant la branche, brisa du bout du doigt une des roses, qui tomba sur les genoux de la marquise.

La marquise comprit tout ce qu'il y avait de désirs dans les yeux du jeune homme; elle prit la rose et la lui donna.

Tallien s'inclina, rouge de bonheur, et sortit.

Madame de Fontenay avait donc tout droit de croire, lorsqu'on lui annonça dans sa prison de Bordeaux, que le proconsul Tallien désirait lui parler, que le proconsul l'avait reconnue, tout en faisant semblant de ne pas la reconnaître.

## XVIII

Je me suis interrompue pour t'écrire ce charmant roman de Tallien et de Terezia Cabarrus. Le lendemain Tallien se présenta au greffe.

Ne trouves-tu pas, mon bien-aimé, que, de tous les systèmes philosophiques et sociaux, le système des atomes crochus de Descartes soit encore le plus spécieux?

Tallien fit appeler madame de Fontenay.

Madame de Fontenay fit répondre qu'il lui était impossible de marcher et qu'elle priait le citoyen Tallien de descendre dans son cachot.

Le proconsul se fit conduire.

Le geôlier marchait devant lui, honteux de n'avoir pas donné une meilleure chambre à une prisonnière que le citoyen Tallien *estimait* au point de la venir voir dans sa prison.

Ce n'était pas une chambre que le geôlier avait donnée à Terezia; il l'avait jetée dans une véritable fosse.

Il y a des gens qui naissent tellement ennemis de l'élégance et de la beauté, qu'il suffit d'être riche et belle pour avoir droit à toute leur haine.

Le geôlier était un de ces hommes-là.

Tallien trouva Terezia accroupie sur une table au milieu de son cachot, et, comme il lui demandait ce qu'elle faisait sur cette table:

— Je fuis les rats, dit-elle, qui m'ont mordu les pieds toute la nuit.

Le proconsul se retourna vers le geôlier; son œil lança un rayon qui brilla dans la nuit comme un éclair.

Le geôlier eut peur.

— On peut mettre la citoyenne dans une meilleure chambre, dit-il.

— Non, fit Tallien, ce n'est point la peine; laissez ici votre lanterne et envoyez chercher mon aide de camp.

Le geôlier tenta de s'excuser de nouveau; mais Tallien le congédia d'un geste qui paralysait l'idée de toute résistance.

Le misérable sortit.

— Voilà donc, citoyen Tallien, comment nous devions nous voir pour la troisième fois, dit amèrement Terezia. Sur ma parole, nos deux premières entrevues me donnaient une meilleure idée de la troisième.

— Je n'ai su votre arrestation que ce matin, dit Tallien, et, l'eussé-je sue hier soir, je n'eusse osé venir. Je ne puis au milieu des espions qui m'entourent, faire quelque chose pour vous qu'à la condition que l'on ignorera que nous nous connaissons.

— Eh bien! soit, nous ne nous connaissons pas; mais vous allez me faire sortir d'ici.

— De ce cachot, oui, à l'instant même.

— Non pas de ce cachot, de cette prison.

— De cette prison, cela m'est impossible. Vous êtes dénoncée, vous êtes arrêtée, il faut que vous passiez devant le tribunal révolutionnaire.

— Comparaître devant votre tribunal, non; je serais condamnée d'avance. Une pauvre créature comme moi, fille d'un comte, femme d'un marquis, qui manque mourir de peur pour avoir couché une nuit avec une douzaine de rats! mais je suis par le temps qui court un vrai gibier de guillotine.

Tallien se frappa le front.

— Mais aussi de quoi vous mêlez-vous, je vous le demande, de venir à Bordeaux pour payer à un capitaine anglais le passage des ennemis de la nation!

— Je ne suis pas venue pour cela. Trois cents malheureux se sont trouvés sur mon chemin que j'ai pu racheter de l'échafaud pour trois poignées d'or. Supposez qu'au lieu d'avoir ce chapeau à panache et cette ceinture tricolore, vous fussiez simple citoyen, vous en feriez autant que moi.

— Mais ce n'est pas le tout que de favoriser l'émigration des autres, vous émigrez vous-même.

— Moi, oh! par exemple! je vais voir en Espagne mon père, que je n'ai pas vu depuis quatre ans. Vous appelez ça émigrer! Voyons, faites-nous rendre bien vite la liberté, à mon mari et à moi, et que nous partions.

— A votre mari? Je croyais que vous étiez divorcée.

— Peut-être le suis-je en effet, mais ce n'est pas au moment où il est en prison, où sa tête est menacée, que je m'en souviendrai.

— Ecoutez, dit Tallien, je ne suis pas maître absolu, je ne puis lâcher que l'un de vous deux, l'autre restera en otage. Voulez-vous partir? je garde votre mari; voulez-vous que votre mari parte? je vous garde.

— Et la vie est-elle garantie à celui qui reste? dit madame de Fontenay.

— Oui, autant que ma propre tête tiendra sur mes épaules.

— En ce cas, faites partir mon mari, je reste, dit madame de Fontenay avec un charmant abandon.

— Votre main en signe de pacte.

— Oh! non, vous n'êtes pas digne de baiser ma main, après l'abandon où vous m'avez laissée; mon pied tout au plus, ou plutôt ce que les rats en ont laissé.

Et elle déchaussa son pied charmant, son pied d'Espagnole, grand comme la main, sur lequel était visible la trace des dents des rongeurs nocturnes, et le lui donna à baiser.

Tallien le prit tout entier dans ses deux mains, l'appuya contre ses lèvres.

— Je joue ma tête, dit-il; mais que m'importe! je suis payé d'avance.

En ce moment la porte se rouvrit et l'aide de camp reparut, suivi du geôlier.

— Amaury, dit Tallien, attends ici l'ordre de sortie de la citoyenne Fontenay. Je vais chercher cet ordre au tribunal, et, lorsque tu l'auras reçu, elle-même te dira où il faut la conduire.

Un quart d'heure après l'ordre arrivait; madame de Fontenay se faisait conduire chez Tallien, et le geôlier écrivait à Robespierre:

« La République est trahie de tous les côtés; le citoyen Tallien vient de faire grâce, de son autorité privée, à la ci-devant marquise de Fontenay, arrêtée par ordre du comité du salut public, avant même qu'elle ait été interrogée. »

Terezia avait tenu sa parole; son mari parti, elle était restée en otage, non seulement à Tallien, mais chez Tallien.

A partir de ce moment, Bordeaux respire. Il est bien rare qu'une femme jeune et dans la fleur de sa beauté soit cruelle; Terezia, à la fois la grâce, la douceur et la persuasion, avait captivé Tallien, elle captiva Isabeau, elle captiva Lacombe.

C'était une de ces natures comme les Cléopâtre et les Théodora, sous la main desquelles la nature se plaît à courber la tête des tyrans.

Bordeaux bientôt comprit tout ce qu'elle devait à la belle Terezia. Aux théâtres, aux revues, aux sociétés populaires, le peuple l'applaudissait; il croyait voir en elle l'Egérie de la Montagne, le génie de la république.

Terezia avait compris qu'elle n'avait qu'une excuse à son amour, c'était d'adoucir le représentant farouche, l'homme implacable; c'était d'arracher les dents et de couper les griffes du lion. Le repos de la guillotine était sa gloire, si elle fréquentait les clubs, si elle y prenait la parole, c'était pour faire tourner sa popularité au profit de la miséricorde.

Elle se souvenait, pour une nuit passée dans un cachot de la prison de Bordeaux, d'y avoir vu ses jolis pieds mordus par les rats: elle se faisait donner par Tallien les listes des prisonniers. « Qu'a fait celui-ci? Qu'a fait celle-là? demandait-elle. Suspects, et moi aussi j'étais suspecte. Voyons, la république en serait-elle plus forte quand vous m'auriez guillotinée? »

Une larme tombait sur un nom et l'effaçait.

Cette larme levait l'écrou.

Mais la dénonciation du geôlier porta ses fruits. Un matin arriva à Bordeaux l'homme de Robespierre. Tallien était remplacé par le nouveau venu. Il partit pour Paris avec Terezia.

Robespierre fut trompé dans son attente; le vent, un vent inconnu, soufflait la clémence. Tallien, que Robespierre croit dépopularisé par son indulgence, est nommé président de la Convention.

A partir de ce moment ce sera entre ces deux hommes une haine inextinguible.

L'homme de Robespierre lui avait écrit de Bordeaux:

— Prends garde à toi, Tallien aspire à jouer un grand rôle.

Robespierre, n'osant attaquer Tallien en face, donna ordre au comité de salut public de faire arrêter Terezia.

L'arrestation eut lieu à Fontenay-aux-Roses.

Terezia fut conduite à la Force.

C'était quinze jours à peu près avant que j'y fusse conduite moi-même.

Elle fut jetée dans un cachot noir et humide qui lui rappela les rats de Bordeaux. Elle y dormit accroupie sur une table, le dos appuyé au mur.

Deux ou trois jours après on leva le secret et on la mit dans une grande chambre, avec huit femmes.

Devine, mon bien-aimé, à quoi s'amusaient ces femmes pour abréger les longues nuits sans sommeil?

Elles jouaient au tribunal révolutionnaire.

L'accusée était toujours condamnée, on lui liait les mains, on lui faisait passer la tête entre les barreaux d'une chaise, on lui donnait une chiquenaude sur le cou, et tout était dit.

Cinq des huit femmes qui avaient habité cette chambre partirent successivement pour jouer en réalité sur la place de la Révolution le rôle qu'elles avaient répété dans la chambre de la Force.

Pendant ce temps Tallien, enveloppé d'un manteau, errant autour de la prison où était enfermée Terezia, cherchait à voir sa silhouette chérie à travers les barreaux d'une fenêtre.

Il finit par louer une mansarde de laquelle il plongeait dans la cour où les prisonniers avaient permission de se promener.

Un soir, au moment où elle allait rentrer, et où, par grâce spéciale, le brave Ferney l'avait laissée un instant seule après les autres, une pierre tomba à ses pieds.

Tout est événement pour les prisonniers; il lui sembla que cette pierre avait une signification quelconque; elle la ramassa et trouva un petit billet lié à la pierre.

Elle cacha soigneusement la pierre, ou plutôt le billet qui y était attaché. Elle ne pouvait le lire puisqu'il faisait nuit et que la lumière n'était pas permise; elle dormit tenant le billet dans sa main, et le lendemain au point du jour elle s'approcha de la fenêtre et lut aux premiers rayons du matin:

« Je veille sur vous; tous les soirs, allez dans la cour; vous ne me verrez pas, mais je serai près de vous. »

L'écriture était déguisée, il n'y avait pas de signature; mais quel autre que Tallien eût pu écrire ce billet?

Elle attendit avec impatience le moment où montait le père Ferney; elle fit tout ce qu'elle put pour le faire parler, mais sa seule réponse fut de mettre le doigt sur ses lèvres.

Huit jours de suite, Terezia, par le même moyen, eut des nouvelles de son protecteur.

Mais sans doute Robespierre fut averti par sa police que Tallien avait loué une chambre près de la Force. Ordre fut donné de conduire Terezia aux Carmes avec huit ou dix autres prisonniers.

Elle partait de la grande Force en même temps que je partais de la petite Force.

Seulement la charrette des condamnés était sortie par la porte de la rue du Roi-de-Sicile, tandis que le tombereau des prisonniers était sorti par la porte de la rue des Rosiers.

Ils s'étaient rejoints à la rue des Lombards, forcé qu'était le tombereau de traverser la rue Saint-Honoré pour gagner le pont Notre-Dame.

C'est là où j'avais vu Terezia: c'est là où je lui avais envoyé mon bouton de rose.

En arrivant aux Carmes, on l'avait mise dans la chambre de madame de Beauharnais, dont on venait d'enlever madame d'Aiguillon.

Madame de Beauharnais était une femme de vingt-neuf à trente ans, née à la Martinique, où son père était gouverneur de port. Elle était venue en France à l'âge de quinze ans, et avait épousé le vicomte Alexandre de Beauharnais.

Le général de Beauharnais (car son mari a servi d'abord la révolution, qui l'a dépassé comme tant d'autres) venait de mourir sur l'échafaud.

Quoique assez malheureuse avec son mari comme madame de Fontenay, elle avait fait ce qu'elle avait pu pour le sauver, mais ses démarches n'avaient abouti qu'à la compromettre elle-même. Elle avait été arrêtée, conduite aux Carmes, et s'attendait d'un jour à l'autre à être traduite au tribunal révolutionnaire.

Elle avait eu deux enfants du général Beauharnais, l'un nommé Eugène, l'autre Hortense; mais sa misère était si grande qu'Eugène était entré comme apprenti chez un menuisier et Hortense pour sa nourriture chez une lingère.

La veille de l'arrivée de Terezia, on était venu enlever le lit de sangle de madame d'Aiguillon.

— Mais que faites-vous donc là? avait dit Joséphine au geôlier.

— Vous le voyez bien, j'enlève le lit de votre amie.

— Mais où couchera-t-elle demain?

Le geôlier s'était mis à rire.

— Demain, dit-il, elle n'aura plus besoin de lit.

En effet, on était venu chercher madame d'Aiguillon, qui n'avait point reparu.

Il était resté un matelas jeté à terre.

Il devait nous servir à toutes trois, à moins que deux ne préférassent coucher sur des chaises.

Il faut dire que l'aspect de notre chambre n'est pas gai, mon bien-aimé; elle a été, au 2 septembre, le théâtre de l'assassinat de plusieurs prêtres, et le sang, en plusieurs endroits, avait taché les murailles.

En outre, plusieurs inscriptions lugubres couvraient les murs, — dernier cri d'espérance ou de désespoir.

Le soir vint, et avec la nuit les idées plus sombres. Nous nous assîmes toutes trois sur le matelas, et comme j'étais la seule qui ne frissonnait pas:

— Tu n'as donc pas peur? me dit Terezia.

— Ne t'ai-je pas raconté, lui répondis-je, que j'avais voulu mourir?

— Voulu mourir à ton âge, à seize ans?

— Hélas! j'ai plus vécu que telle femme morte à quatre-vingts ans.

— Oh! moi, dit Terezia, j'avoue que je tremble à chaque bruit. Mon Dieu! tu as vu guillotiner trente personnes avant toi; tu as senti le vent du couteau qui passait comme un éclair devant tes yeux, et tes cheveux n'ont pas blanchi!

— Comme Juliette voyait Roméo couché sous son balcon, il me semblait voir mon bien-aimé couché dans la tombe. Je ne mourais pas, j'allais à lui, voilà tout. Vous avez tout dans la vie vous autres, fiancés, enfants, voilà pourquoi vous voulez vivre. J'ai tout dans la mort, moi, voilà pourquoi je veux mourir.

— Mais maintenant, me dit-elle d'un ton caressant, maintenant que tu as trouvé deux amies, veux-tu mourir toujours?

— Oui, si vous mourez.

— Mais si nous ne mourons pas?

Je haussai les épaules.

— Je ne demande pas mieux que de vivre, répondis-je.

— Et par exemple, dit Terezia en me serrant contre son cœur et en m'embrassant sur les yeux, si tu pouvais nous sauver la vie!

— Oh! m'écriai-je, je le ferais avec bonheur mais comment?

— Comment?

— Oui. Je suis prisonnière comme vous.

— Seulement, d'après ce que tu m'as raconté, tu pourrais sortir si tu voulais.

— Moi! de quelle façon?

— N'es-tu pas protégée par un commissaire?

— Suis-je protégée?

— Certainement. Ne t'a-t-il pas fait écrouer sous un faux nom?

— Oui.

— Ne t'a-t-il pas dit que tu le reverrais?

— Quand? voilà la question.

— Je ne sais; mais il faut que ce soit le plus tôt possible.

— Les jours vont vite.

— Si seulement tu savais son nom?

— Je ne le sais pas.

— On pourrait le savoir par le concierge.

— Ne vaudrait-il pas mieux le laisser revenir? puisqu'il a dit qu'il reviendrait.

— Oui, mais si d'ici là...?

— Je puis sauver l'une de vous, dis-je, en répondant pour elle et en montant sur la charrette à sa place.

— Mais laquelle? demanda vivement Terezia.

— Il serait juste que ce fût celle qui a des enfants, madame de Beauharnais.

— Vous êtes un ange, me dit celle-ci en m'embrassant; mais je n'accepterai jamais un pareil sacrifice.

— Écoutez, mes bonnes amies, leur dis-je, combien y a-t-il de temps que vous êtes arrêtées?

— Moi, dit Terezia, voilà vingt-deux jours.

— Et moi, dit madame de Beauharnais, en voilà dix-sept.

— Eh bien! il est probable que ce n'est ni demain ni après-demain que l'on pensera à vous. Nous avons donc trois ou quatre jours pour faire revenir notre commissaire, s'il ne revient pas de lui-même; dormons en attendant, la nuit porte conseil.

Et nous nous couchâmes sur notre seul matelas, dans les bras l'une de l'autre.

Mais je crois bien que moi seule dormis.

## XIX

Les jours se passaient et n'apportaient aucun changement à notre situation. Nous n'apprenions aucune nouvelle du dehors. Nous ne savions à quel degré d'irritation ou de lutte en étaient arrivés les partis.

Mes deux malheureuses compagnes tremblaient et pâlissaient au moindre bruit qui se faisait dans les corridors.

Un matin, la porte s'ouvrit, et le concierge me dit que l'on me demandait à la geôle.

Mes deux compagnes me regardèrent avec terreur.

— Ne craignez rien pour moi, leur dis-je; je ne suis pas jugée, pas condamnée, et ne puis par conséquent être exécutée.

Elles ne m'embrassèrent pas moins comme si elles ne devaient pas me revoir.

Mais je leur jurai que je ne quitterais pas les Carmes sans leur dire adieu.

Je descendis. Comme je m'en doutais, j'étais attendue par mon commissaire.

— J'ai à interroger cette jeune fille, dit-il; laissez-moi seul au parloir avec elle.

Il avait le même costume que la première fois; la carmagnole et le bonnet rouge lui donnaient, au premier abord, un aspect féroce; mais sous ce masque on retrouvait des yeux bons et francs, et des lignes douces aboutissant à une bouche bienveillante.

— Tu vois, citoyenne, me dit-il, que je ne t'ai pas oubliée?

Je m'inclinai en signe de remerciment.

— Maintenant traite-moi en homme qui te veut du bien, et dis-moi ton secret.

— Je n'en ai pas.

— Comment te trouvais-tu sur la charrette des condamnés quand il n'y avait contre toi ni arrêt ni condamnation?

— Je voulais mourir.

— Ce que l'on m'a dit à la Force était donc vrai, que tu t'étais fait lier les mains, et que tu étais montée sur la charrette par surprise?

— Qui t'a dit cela?

— Le citoyen Santerre lui-même.

— Il ne lui arrivera pas malheur pour le service qu'il m'a rendu?

— Non?

— Eh bien! il t'a dit la vérité. A mon tour à parler.

— J'écoute.

— Quel intérêt prends-tu à moi?

— Je te l'ai dit, je suis commissaire de section. C'est moi qui ai été chargé de l'arrestation de la pauvre petite Nicole; les larmes me sont venues aux yeux en l'arrêtant. Son exécution m'a donné les premiers remords que j'aie eus de ma vie. Alors je me suis juré que si l'occasion se présentait de pouvoir sauver une pauvre innocente comme elle, je ne la laisserais pas échapper. La Providence vous a conduite sur mon chemin et je viens vous dire: Voulez-vous la vie?

Je tressaillis; la vie m'était indifférente pour moi-même, mais je réfléchis combien comptaient sur elle les deux pauvres créatures que j'allais laisser derrière moi en prison.

— Comment vous y prendrez-vous, lui demandai-je, pour me tirer d'ici?

— C'est bien simple. Il n'y a aucune charge contre vous; je me suis renseignée à la Force; vous êtes écrouée ici sous un faux nom. Je viens vous chercher pour vous transporter dans une autre prison. Je vous laisse en passant sur le pont Neuf ou le pont des Tuileries, et vous allez où vous voudrez.

— J'ai promis de dire adieu à mes deux compagnes de chambre.

— Comment les appelez-vous?

— Je puis vous dire leurs noms sans danger pour elles?

— Ne voyez-vous point que vous m'offensez?

— Madame Beauharnais, madame Terezia Cabarrus.

— La maîtresse de Tallien?

— Elle-même.

— Toute la question est aujourd'hui entre son amant et Robespierre. Si Tallien triomphe, vous me recommanderez à elle?

— Soyez tranquille.

— Remontez à votre chambre et descendez vite. Nous sommes dans un temps où l'on peut faire attendre la mort, mais pas la vie.

Je remontai toute joyeuse.

— Oh! dirent mes deux amies en m'apercevant, bonne nouvelle, n'est-ce pas?

— Oui, dis-je, j'ai revu mon commissaire, il offre de me faire sortir.

— Accepte, s'écria Terezia en me sautant au cou, et sauve-nous!

— Comment?

Elle tira de sa poitrine un poignard espagnol fin comme une aiguille, mortel comme une vipère; puis, avec de petits ciseaux que madame d'Aiguillon avait laissés à madame de Beauharnais, elle coupa une boucle de ses cheveux et en enveloppa le poignard.

— Tiens, dit-elle, tu iras trouver Tallien; tu lui diras que tu me quittes, que tu m'as demandé mes commissions pour lui, que je t'ai remis ces cheveux et ce poignard, en te disant: « Donne ce poignard à Tallien, et dis-lui de ma part que je suis appelée après-demain devant le tribunal révolutionnaire, que si dans vingt-quatre heures Robespierre n'est pas mort, c'est un lâche!

Je comprenais cette furia espagnole.

— C'est bien, répliquai-je, je le lui dirai. Et vous, madame, continuai-je en me retournant vers madame de Beauharnais, n'avez-vous pas de votre côté quelque recommandation à me faire?

— Moi! dit-elle de sa douce voix créole, je n'ai que Dieu pour me défendre et pour veiller sur moi. Mais si vous passez dans la rue Saint-Honoré, entrez au magasin de lingerie du n° 362, et embrassez sur le front ma chère Hortense, qui rendra ce baiser à son frère. Dites-lui que je me porte aussi bien qu'on peut le faire en prison et avec un cœur rongé d'inquiétudes. Ajoutez que je mourrai en disant son nom et en la recommandant à Dieu.

Nous nous embrassâmes. Terezia me tira à elle.

— Tu n'as pas d'argent, me dit-elle, et peut-être pour notre salut t'en faudra-t-il. Partageons.

Elle mit dans ma main vingt louis.

Je voulus faire quelques observations.

— Pardon, pardon, dit-elle, mais je ne me soucie pas que dans une affaire de cette importance, où il est question de nos trois têtes, tu sois arrêtée par un louis ou deux.

Elle avait raison; je pris les vingt louis de Terezia, je les mis dans ma poche. Je cachai son poignard dans ma poitrine et j'allai rejoindre mon protecteur au parloir.

Pendant mon absence, il avait tout arrangé avec le concierge.

Il me donna le bras; nous sortîmes. Un fiacre nous attendait.

Pendant la course, mon commissaire de police, qui ne me paraissait pas bien sûr de l'inamovibilité de Robespierre, me mit au courant des événements.

Robespierre, qui, depuis l'exécution des chemises rouges, s'était retiré sous sa tente, laissant en apparence la France aller au hasard, mais maintenant toujours la main sur le comité de salut public auquel il faisait signer des listes par Herman, Robespierre était revenu le 5 thermidor.

Il attendait Saint-Just pour éclater. Saint-Just revenait les mains pleines de dénonciations. Quand le triumvirat Saint-Just, Couthon et Robespierre serait réuni, on demanderait les dernières têtes qu'il était indispensable de sacrifier à la Terreur.

C'étaient celles de Fouché, de Collot-d'Herbois, de Cambon, de Billaud-Varennes, de Tallien, de Barrère, de Léonard Bourdon, de Lecointre, de Merlin de Thionville, de Fréron, de Panis, de Dubois-Crancé, de Bentabole, de Barras...

Quinze ou vingt têtes, voilà tout.

Après quoi on en viendrait à la clémence.

Restait à savoir si ceux dont on allait demander les têtes les laisseraient prendre. En effet, de leur côté ils avaient préparé une accusation contre celui qu'ils appelaient le *dictateur*.

Seulement le dictateur leur donnerait-il le temps d'accuser?

Pendant le mois où il était resté absent, Robespierre avait rédigé son apologie.

Homme de la légalité, il croyait n'avoir à répondre qu'à la légalité.

On était au 8 thermidor, tout se dénouerait certainement avant trois ou quatre jours.

Je demandai à mon commissaire où je pourrais trouver Tallien.

Il m'indiqua son domicile, rue de la Perle, n° 460, au Marais.

Je me fis descendre à la porte Saint-Honoré.

Là, mon protecteur prit congé de moi. Je lui demandai son nom

— Inutile, me dit-il; si vous réussissez, vous me reverrez, et je viendrai demander moi-même ma récompense. Si vous échouez, vous ne pourrez rien pour moi, je ne pourrai rien pour vous. Nous ne nous connaissons pas.

Il partit avec son fiacre du côté des boulevards.

J'entrai dans la rue Saint-Honoré et gagnai le n° 352.

J'entrai dans le magasin de lingerie. On se rappelle que c'était celui de madame de Condorcet.

Je demandai mademoiselle Hortense.

On me montra une charmante petite fille d'une dizaine d'années, avec des cheveux et des yeux magnifiques.

*Elle travaillait pour sa nourriture.*

Je demandai la permission de lui parler en particulier: la permission me fut accordée. Je l'entraînai dans une arrière-boutique, et je lui dis que je venais de la part de sa mère.

La pauvre enfant éclata en sanglots, tout en se jetant à mon cou et en m'embrassant.

Je lui donnai deux louis pour sa petite toilette. Elle en avait grand besoin.

Je demandai à voir madame Condorcet.

Elle était à son atelier de l'entresol.

J'y montai.

Elle jeta un cri en m'apercevant et se précipita dans mes bras.

— Oh ! me dit-elle, je vous croyais bien morte ; on m'avait dit vous avoir vue passer sur la charrette.

En deux mots je lui racontai tout.

— Qu'allez-vous faire ? me demanda-t-elle.

— Cela est d'autant plus facile, me dit-elle, que je couche à ma maison d'Auteuil et que vous serez maîtresse ici.

Et elle me remit la clef à l'instant même.

La séance de la Convention avait été orageuse. L'apologie de Robespierre n'avait pas eu le succès qu'il en attendait. Son début avait été de la plus grande maladresse. La

Lequel de vous tous est le citoyen Tallien ?

— Je n'en sais rien, répondis-je en souriant. Peut-être suis-je la montagne renfermant la souris dans mon sein ; peut-être suis-je le grain de sable où versera brisé le char de la Terreur

— En tout cas, vous restez ici, dit-elle.

— Après ce que je vous ai dit, n'avez-vous pas peur de moi ? lui demandai-je.

Elle sourit et me tendit la main.

Je la prévins que j'aurais une course à faire la nuit même, et lui demandai si je pouvais avoir une clef de son appartement pour y rentrer et en sortir quand je voudrais.

séance s'était ouverte par Barrère annonçant la reprise d'Anvers, c'est-à-dire la reprise de la Belgique tout entière.

Or, c'était contre Carnot, qui venait de reprendre Anvers, que Robespierre, qui ne se doutait pas de cette reprise, avait dirigé son attaque.

Par malheur, Robespierre n'était point assez habile improvisateur pour se tirer d'un pareil embarras, et, ne changeant rien à son discours, il avait débuté par ces mots :

« L'Angleterre, tant maltraitée par nos discours, est ménagée par nos armes. »

Le discours dura deux heures.

Lecointre, l'ennemi de Robespierre, voyant le peu d'effet que le discours de Robespierre avait fait, demanda à grands cris l'impression.

Un robespierriste n'eût pas osé la demander.

Cependant l'assemblée vota par habitude l'impression.

Alors un homme s'était élancé à la tribune C'était Cambon, l'homme intègre par excellence. Robespierre l'avait appelé fripon, comme il avait appelé Carnot traître.

— Un instant, dit-il, ne nous hâtons pas. Avant d'être déshonoré, je parlerai.

Et il exposa clairement et en peu de mots son système de finances. Terminant par ces mots :

— C'est l'heure de dire la vérité. Un homme paralyse à lui seul toute la Convention. Cet homme, c'est Robespierre. Jugez-nous.

Alors Billaud s'était écrié:

— Oui, tu as raison, Cambon, il faut arracher les masques. S'il est vrai que nous n'ayons plus la liberté d'opinion, j'aime mieux que mon cadavre serve de trône à un ambitieux que de devenir par mon silence le complice de son crime.

— Moi, dit Panis, je lui demande seulement si mon nom est sur la liste de proscription. Qu'ai-je gagné à la révolution ? pas de quoi acheter un sabre à mon fils et une jupe à ma fille.

Les cris : *Rétracte-toi ! rétracte-toi !* éclatèrent alors dans la salle.

Mais Robespierre avec calme :

— Je ne rétracte rien, dit-il. J'ai jeté mon bouclier ; je me suis présenté à découvert à mes ennemis ; je n'ai flatté personne, je n'ai calomnié personne, je ne crains personne ! Je persiste et ne prends aucune part à ce que décidera la Convention pour l'impression ou la non-impression de mon discours.

De toutes les parties de la salle des voix crièrent :

— Révoquons l'impression !

L'impression fut révoquée.

L'échec était terrible.

Du moment où la Convention n'acceptait pas les accusations de friponnerie, de trahison, de conspiration, portées par Robespierre contre les comités et les représentants du peuple en mission, la Chambre accusait Robespierre de calomnies contre les représentants du peuple et les comités.

C'était aux jacobins que Robespierre comptait prendre sa revanche. Cette société, qui lui devait sa fondation, sa force et son éclat, était son pilier d'airain.

Je résolus d'assister à la séance. J'étais prévenue que je ne trouverais Tallien chez lui qu'à minuit.

Je m'enveloppai d'une mante de femme du peuple que me prêta madame Condorcet.

On étouffait dans l'espèce de cave où les jacobins tenaient leurs séances.

La Commune était déjà prévenue de l'échec qu'avait éprouvé son héros ; on voyait passer Henriot ivre, chancelant sur son cheval, comme cela lui arrivait dans les grandes occasions. Il donnait des ordres pour que la garde nationale prît les armes le lendemain.

Vers neuf heures, Robespierre entre au milieu des acclamations générales. Sa tête pâle se roidit sur ses épaules, ses yeux verts s'illuminèrent. Il monta à la tribune tenant, pour la lire aux jacobins, son apologie qu'il avait déjà lue à la Convention.

Mais Robespierre n'était jamais las de lire ses discours. Il fut écouté avec la religion d'apôtres pour leur dieu, applaudi avec enthousiasme.

Puis, lorsqu'il eut fini, lorsque la triple salve d'applaudissements se fut éteinte.

— Citoyens, dit-il, c'est mon testament de mort que je vous apporte. Je vous laisse ma mémoire, vous la défendrez. S'il me faut boire la ciguë, vous me verrez calme.

— Je la boirai avec toi ! cria David.

— Tous, — nous la boirons tous ! — crièrent les assistants, en se jetant dans les bras l'un de l'autre.

Et ce ne furent plus que larmes et sanglots.

L'enthousiasme atteignait la frénésie.

Couthon monta à la tribune et demanda qu'on rayât de la Convention les membres qui avaient voté contre l'impression du discours de Robespierre.

Les jacobins votèrent d'une seule voix.

Ils ne s'apercevaient pas que ce refus d'impression ayant été voté à la majorité, ils venaient de voter la destitution de la majorité de la chambre.

Les Robespierristes ardents entourèrent alors leur apôtre. Ils demandaient un mot de lui pour faire un second 31 mai.

Robespierre, pressé, entouré, laissa tomber ces paroles :

— Eh bien ! essayez encore, délivrez la Convention, séparez les bons des méchants.

En ce moment une grande rumeur se fit entendre dans la partie la plus sombre de la salle. Les jacobins venaient de reconnaître parmi eux Collot-d'Herbois et Billaud, ces deux grands ennemis de Robespierre qui venaient d'entendre tout ce qui avait été dit contre la Convention, ainsi que l'autorisation donnée par Robespierre à ses séides de séparer les méchants des bons.

Des cris de mort se firent entendre contre eux, les couteaux se levèrent.

Quelques jacobins, qui ne voulaient pas que leur salle fût tachée de sang, les entourèrent, les protégèrent, les aidèrent à fuir.

Le président annonça que la séance était levée.

Les deux partis n'avaient pas trop de la nuit pour se préparer au combat du lendemain.

Je sortis avec la foule. Il était plus de onze heures du soir. C'était donc le moment de trouver Tallien chez lui.

Je me trouvais derrière Robespierre.

Il sortait appuyé sur Coffinhal. Le menuisier Duplay passait près de lui.

On parlait de la séance du lendemain. Le triomphe des jacobins ne rassurait pas complètement les amis de Robespierre.

— Je n'attends plus rien de la Montagne, disait-il ; mais la majorité est jeune, la masse de la Convention m'entendra.

La femme Duplay et ses deux filles attendaient Robespierre à la porte de la rue.

Elles coururent à lui en l'apercevant. Il les rassura. Tous rentrèrent dans l'allée qui conduisait à la maison du menuisier. La porte se referma sur eux.

Je revins sur mes pas ; la curiosité m'avait entraînée à la suite de cet homme, et je repris la rue Saint-Honoré, marchant cette fois du côté du palais Egalité.

Quoiqu'il fût tard, les rues n'étaient point désertes. Une fièvre ardente courait dans les veines de la capitale. Des gens sortaient mystérieusement de chez eux ; d'autres y entraient non moins mystérieusement ; on échangeait des paroles d'un côté à l'autre de la rue, des signaux d'une fenêtre à l'autre ; arrivée au bout de la rue de la Ferronnerie, je pris la rue du Temple et j'atteignis la rue de la Perle.

La rue était mal éclairée ; j'avais peine à lire les numéros. Je croyais cependant me trouver devant le numéro 460.

Mais j'hésitais à frapper à la porte d'une allée étroite qui me paraissait la seule entrée de cette maison sombre, sur la façade de laquelle aucune lumière ne transparaissait.

Tout à coup la porte de l'allée s'ouvrit et un homme vêtu d'une carmagnole et armé d'un gros bâton, parut.

J'eus peur, et je fis un pas en arrière.

— Que veux-tu, citoyenne ? demanda cet homme en frappant le pavé de son bâton.

— Je veux parler au citoyen Tallien.

— D'où viens-tu ?

— De la prison des Carmes.

— De la part de qui viens-tu ?

— De la part de la citoyenne Terezia Cabarrus.

L'homme tressaillit.

— Dis-tu vrai ? demanda-t-il.

— Conduis-moi près de lui et tu verras.

— Viens.

L'homme entr'ouvrit la porte. Je me glissai dans l'allée. Il prit les devants, monta un escalier faiblement éclairé.

Dès les premières marches j'avais entendu le bruit d'un grand nombre de voix qui paraissaient discuter.

La discussion était violente, et à mesure que je montais les marches le bruit me parvenait plus distinct.

J'entendais les noms de Robespierre, de Couthon, de Saint-Just, d'Henriot.

Ces voix venaient du second étage.

L'homme au bâton s'arrêta devant une porte et l'ouvrit.

Un flot de lumière envahit l'escalier, mais à sa vue la discussion cessa ; toutes les voix se turent.

— Qu'y a-t-il ? demanda Tallien.

— Une femme qui vient des Carmes, dit mon guide, et qui apporte, dit-elle, des nouvelles de la citoyenne Terezia Cabarrus.

— Qu'elle entre ! dit vivement Tallien.

L'homme au bâton s'effaça. Je laissai tomber ma mante sur la rampe de l'escalier, et je m'avançai dans cette chambre où chacun avait gardé la pose dans laquelle je l'avais surpris.

— Lequel de vous tous est le citoyen Tallien ? demandai-je.

— Moi, répondit le plus jeune de tous ces hommes.

Je m'avançai vers lui.

— Je quitte la citoyenne Terezia Cabarrus. « Porte cette boucle de cheveux et ce poignard à Tallien, et dis-lui que je suis appelée au tribunal révolutionnaire après-demain, et que, si dans vingt-quatre heures Robespierre n'est pas mort, c'est un lâche ! »

Tallien sauta sur la boucle de cheveux et sur le poignard. Il baisa la boucle de cheveux, et, levant ce poignard :

— Vous avez entendu, citoyens, dit-il ; libre à vous de ne pas décréter demain Robespierre d'accusation ; mais si vous ne le décrétez pas d'accusation, je le poignarde, et à moi seul sera la gloire d'avoir délivré la France de son tyran.

D'un seul geste, tous ceux qui étaient présents étendirent la main au-dessus du poignard de Terezia Cabarrus.

— Nous jurons, dirent-ils, que demain nous serons morts ou que la France sera libre !

Alors Tallien se tournant de mon côté :

— Si tu veux voir quelque chose de grand comme la chute d'Appius ou la mort de César, viens à la séance de demain, jeune fille, et tu pourras aller dire à Terezia ce que tu auras vu !...

— Oui ; mais si vous voulez réussir, dit une voix, ne vous lancez pas dans les discussions, ne lui donnez pas la parole. *La mort sans phrases !*

— Bravo, Sieyès ! crièrent toutes les voix ; tu es homme de bon conseil et ton conseil sera suivi.

## XX

Tallien voulut absolument me faire reconduire par l'homme au bâton, qui n'était autre que son garde du corps.

Je revins chez madame Condorcet par le même chemin que j'avais pris pour aller chez le citoyen Tallien. J'éprouvais une singulière sensation. Je venais peut-être d'être l'intermédiaire entre le bras qui doit frapper et la poitrine qui doit être frappée.

J'avais pris, en me laissant entraîner, une part active à ce qui se passerait le lendemain ; que le poignard servît à frapper Robespierre, que le poignard servît à frapper Tallien lui-même, dans l'un et l'autre cas c'était moi qui avais remis le poignard.

Tant qu'il avait été entre mes mains, tant que j'avais été poussée par le désir de sauver mes deux amies, je n'y avais pas songé ; mais du moment où il était dans la main de Tallien, je devenais sa complice. La fièvre qui m'avait soutenue tant que ma mission n'était pas accomplie, m'avait abandonnée du moment où j'étais redescendue dans la rue. Le bruit s'était calmé : mais cependant, dans cette grande artère Saint-Honoré, si passagère, on rencontrait encore un grand nombre de personnes, seulement pas de groupes. Ces personnes passaient seule à seule. J'eus la curiosité d'aller jusqu'à la porte du menuisier Duplay. Tout était fermé, pas un rayon ne filtrait au dehors. Dormait-on dans le calme des consciences pures ? Veillait-on silencieusement dans le trouble des imaginations agitées ?

Je remerciai l'homme au bâton ; je lui donnai une monnaie d'argent. Il la prit en disant :

— C'est par curiosité que je la prends, ma petite citoyenne ; il y a si longtemps que je n'en ai vu.

Je remontai dans mon entresol ; je fermai mes jalousies, mais je regardai au travers, laissant mes fenêtres ouvertes ; je ne pouvais pas dormir. J'étais dans une grande inquiétude pour mes deux amies.

Le lendemain soir, tout serait décidé. Moi qui n'avais pas craint pour moi, qui avais vu sans pâlir le couteau de la guillotine, moi qui avais regardé sans cligner des yeux le rayon de soleil qui se réfléchissait sur ce couteau, rouge du sang de trente personnes, je tremblais pour ces deux femmes que je connaissais depuis quelques jours à peine, qui m'étaient étrangères, mais qui m'avaient ouvert les bras quand tous les bras étaient fermés.

D'après ce que j'avais vu le soir à la séance des cordeliers, j'avais pu juger de l'ascendant que Robespierre avait sur la multitude.

— Je boirai la ciguë, avait-il dit, calme comme Socrate. Et tout un chœur de fanatiques avait répondu :

— Nous la boirons avec toi !

Nos amis, ou plutôt nos alliés, auraient, je n'en doutais pas, le courage d'entamer le combat, mais auraient-ils celui de le poursuivre ? Auraient-ils, surtout, la force de se bien imprégner de ce conseil de Sieyès:

— La mort sans phrases.

Combien peu de mots il faut au génie pour exprimer sa pensée ! pour la faire comprendre au présent et à l'avenir ; pour la mouler en bronze, enfin.

Evidemment, Sieyès était l'homme de génie de cette réunion ; mais il ne pouvait être l'homme d'exécution, étant prêtre.

Vers trois heures, je refermai ma fenêtre et je me couchai.

Mais je ne pus dormir que de ce sommeil fiévreux qu'habitent les rêves insensés.

La seule chose qui continuât à battre dans mon cerveau comme le balancier d'une pendule c'était la phrase de Sieyès. C'était dans cette phrase qu'était la véritable condamnation de Robespierre.

Le jour vint comme je commençais de m'endormir. Vers huit ou neuf heures je m'éveillai. J'entendis du bruit dans la rue ; je me levai promptement, j'entre-bâillai ma fenêtre.

Il y avait déjà un groupe de jacobins (et par jacobins j'entends des habitués du club) à la porte du menuisier Duplay. Beaucoup de gens entraient et sortaient ; ils allaient évidemment prendre le mot d'ordre de Robespierre.

Au milieu de toute cette foule un homme s'arrêta, deux yeux se fixèrent sur moi, un regard passa par l'entre-bâillement de ma jalousie. Je la refermai rapidement : mais il était trop tard, j'avais été reconnue.

Deux minutes après on frappait à ma porte, et j'allais ouvrir sans trop d'inquiétude.

De mon côté, j'avais reconnu mon commissaire de police ; je l'invitai à entrer et à se reposer.

— Ce n'est pas de refus, dit-il. Je suis brisé, j'ai été toute la nuit sur pied. Les partis sont décidément en présence et le combat aura lieu aujourd'hui.

— Oh ! dis-je, je vous avoue que je voudrais assister à cette bataille. Où croyez-vous qu'elle aura lieu ? aux jacobins ou à la Convention ?

— A la Convention, évidemment. C'est là qu'est la légalité, et Robespierre est l'homme de la légalité.

— Comment faire pour assister à la séance ? On se battra aux portes de la Convention, et je suis seule.

— Prenez cette carte, me dit-il. La séance s'ouvrira à onze heures ; mangez vite quelque chose qui vous permette de rester jusqu'à la fin de la discussion. En sortant, vous me trouverez, si vous avez besoin de moi ; vous savez bien que je suis à vos ordres.

— Si vous aviez une heure devant vous, vous devriez bien me rendre un service très grand. Ce serait d'aller jusqu'aux Carmes, et par un moyen quelconque, de faire dire à Terezia Cabarrus que sa commission est faite.

— Je vais faire mieux que cela, me dit-il, je vais, pour dérouter nos limiers, la faire changer de prison ; si Tallien échoue, le premier ordre donné par Robespierre sera, pour se venger, de faire mettre la main sur sa maîtresse Eh bien, pendant qu'on la cherchera aux Carmes, pendant qu'on sera en quête de l'endroit où elle aura été transportée, il s'écoulera deux ou trois jours. Et, dans les circonstances où nous sommes, c'est quelque chose d'avoir plusieurs jours devant soi.

— Oh ! si nous réussissons, lui dis-je, que pourrais-je donc faire pour vous ?

— Quand nous en serons là, répliqua-t-il, comme tout passera entre les mains de Tallien, de Barras et de ses amis, la chose ne sera pas difficile.

— Eh bien, c'est convenu, lui dis-je, partez, ne perdez pas un instant, songez qu'elles doivent être dans les angoisses de l'agonie.

— Vous n'avez personne pour vous servir ? me demanda-t-il.

— Personne.

— Eh bien, en descendant, je vais vous envoyer quelque chose du café : deux œufs frais et un bouillon.

— Vous me rendrez service... Faites.

— N'oubliez pas, aussitôt votre déjeuner fini, d'aller à la Convention, si vous voulez ne rien perdre de ce qui s'y passera aujourd'hui.

Une demi-heure après j'étais installée dans la tribune la plus proche du président. A onze heures, la salle s'ouvrit ; les tribunes s'encombrèrent, comme je l'avais prévu ; mais, chose qui indiquait l'inquiétude profonde des membres de l'assemblée, c'est qu'ils n'arrivaient pas, ou pour mieux dire qu'ils n'arrivaient qu'en petit nombre.

Et d'abord, sur les sept cents députés qui avaient proclamé la République le 21 septembre 1792, plus de deux cents manquaient, tombés sur l'échafaud.

Sur tous les bancs, chose terrible à voir, il y avait des vides qui n'étaient autre chose que des tombes.

Au centre, d'abord, vaste comme une fosse commune, la place des girondins.

Sur la Montagne, le banc de Danton, le banc de Hérault de Séchelles et de Fabre d'Eglantine.

Puis, çà et là, des caprices de la mort, où, depuis qu'elles étaient libres, personne n'osait plus s'asseoir.

Tous ces vides accusateurs qui les avait faits ?

Un seul homme.

Qui avait frappé les vingt-deux girondins, par la voix de Danton ?

Qui avait frappé les vingt-cinq cordeliers par la voix de Saint-Just ?

Qui avait frappé Chaumette ?

Qui avait frappé Hébert ?

Le même homme toujours.

Que l'on interroge tous ces vides, toutes ces fosses, soit simultanément, soit l'une après l'autre, toutes ne rejetteront qu'un seul nom :

Robespierre !

C'étaient de terribles complices pour les conjurés que ces tombes béantes. J'ai toujours vu, au jour sanglant des représailles, que la main invisible des morts faisait plus que la main des vivants.

Et la veille, aux Jacobins, il avait eu la faiblesse de promettre, ou la force d'ordonner une épuration.

Combien en proscrivait-il par cette épuration?

Il l'ignorait lui-même. Comme Sylla, il pouvait répondre: *Je ne sais pas*.

Et cependant, peu à peu, les députés se rendaient à leur poste. Ils étaient fatigués, plus inquiets encore que fatigués.

On voyait que peu de ces hommes avaient passé la nuit dans leur lit. Les uns, parce qu'ils faisaient partie de quelque projet de conspiration, les autres, parce qu'ils avaient eu peur d'être arrêtés.

Leurs yeux cherchaient... Quoi?... Ce que cherchent les yeux, quand un grand événement s'approche, quand une tempête s'amasse au ciel, quand un tremblement de terre s'apprête à secouer le sol:

L'inconnu!

J'avais vu en revenant le peuple ondoyer dans la rue avec le désœuvrement menaçant de l'attente.

Midi venait de sonner et Robespierre n'était pas encore arrivé. Blessé de son échec de la veille, disait-on, il ne rentrerait dans la Convention qu'à la tête de la Commune armée et ce qui venait à l'appui de ce dire, c'est qu'Henriot, ivre comme toujours, venait de mettre ses canons en batterie sur la place du Carrousel.

Tallien non plus n'avait point paru dans la chambre des séances. Mais on savait qu'il était dans la salle de la Liberté avec tous ses amis, et que, comme il fallait passer par cette salle pour entrer dans celle de la Convention, il arrêtait tous les députés au passage, en gardait quelques-uns avec lui, et envoyait les autres à leurs places avec leur leçon faite.

Attendait-il Robespierre comme Brutus, Cassius et Casca attendaient César? Allait-il le poignarder là, *sans phrases*, comme avait dit Sieyès?

Enfin un murmure annonça l'entrée de celui qu'on attendait avec tant d'impatience, et quelques-uns peut-être avec plus de crainte que d'impatience encore.

Le chimiste qui eût pu décomposer ce murmure y eût trouvé un peu de tout, depuis un commencement de menace jusqu'à un reste de lutterie.

Jamais, même le fameux jour de la fête de l'Etre Suprême, Robespierre n'avait mis un pareil soin à sa toilette. Il portait l'habit bleu barbeau; la culotte claire, le gilet de piqué blanc avec des effilés; il avait la démarche lente et assurée. Lebas, Robespierre jeune, Couthon, ses fidèles, marchaient du même pas que lui. Ils s'assirent autour de lui, ne regardant personne, ne saluant personne. Et cependant ils voyaient de leur place, avec un certain dédain qu'ils n'étaient pas maîtres de cacher, les chefs de la Plaine et de la Montagne, irréconciliables jusqu'à ce jour, et qui ce jour-là, entraient, chose menaçante, au bras l'un de l'autre, se soutenant l'un à l'autre.

Il y eut un instant de silence.

Saint-Just entra à son tour, tenant à la main le discours qu'il allait lire, discours qui devait amener la chute des comités et leur renouvellement par des hommes dévoués à Robespierre.

La veille, le parti jacobin, craignant l'emportement de ce jeune homme, avait exigé qu'il lût ce discours à une commission avant de le prononcer. Mais il n'avait pas eu le temps. Il venait d'en écrire la dernière ligne à peine. Sa pâleur de cendre, ses yeux cerclés de noir, disaient le mal qu'il y avait eu.

Il alla droit à la tribune; un flot de représentants, à la tête desquels étaient Tallien, entra derrière lui. Collot-d'Herbois, l'ennemi personnel de Robespierre, tenait le fauteuil du président. Il avait été choisi tout exprès, et à ses côtés se tenait pour prendre sa place, si le courage lui manquait, un homme auquel on était sûr que le courage ne manquerait pas, un dogue du parti de Danton, Thuriot, qui avait voté, tu te le rappelles, la mort du roi avec tant d'acharnement que depuis ce temps on ne l'appelle plus Thuriot, mais Tue-roi.

Soit négligence, soit mépris, Saint-Just, oubliant de demander la parole, monta droit à la tribune et commença son discours.

Mais à peine avait-il prononcé les premières phrases, que Tallien, tenant sa main dans sa poitrine, et probablement dans sa main le poignard de Terezia, fit un pas en avant et dit:

— Président, je demande la parole, qu'a oublié de demander Saint-Just.

Un frisson courut parmi les assistants. Ces paroles, on le sentait, étaient une déclaration de guerre.

Qu'allait dire Collot-d'Herbois? Allait-il laisser la tribune à Saint-Just? Allait-il la donner à Tallien?

— La parole est à Tallien, dit Collot-d'Herbois.

Il se fit un silence profond. Tallien monta à la tribune, sortit sa main encore crispée de sa poitrine.

— Citoyens, dit Tallien, dans le peu que vient de nous dire Saint-Just, j'ai entendu qu'il se vantait de n'être d'aucun parti. J'ai la même prétention, et c'est pour cela que je vais faire entendre la vérité. On s'en étonnera, sans doute. La vérité tonnera, je n'en doute point, car partout autour de nous depuis quelques jours on ne sème que troubles et mensonges. Hier, un membre du gouvernement s'est isolé et a prononcé un discours en son nom particulier. Aujourd'hui, un autre fait de même. Tous ces individualismes viennent encore aggraver les maux de la patrie, la déchirer et la précipiter dans l'abîme; je demande que le rideau soit entièrement déchiré.

— Oui, cria de sa place Billaud-Varennes, plus pâle et plus sombre encore que d'habitude; oui, hier la société des Jacobins a voté l'épuration de la Convention. On a voté quoi? c'est à ne pas croire, on a voté d'égorger la majorité qui a refusé de voter l'impression du discours du citoyen Robespierre. Or, cette épuration, cette majorité, c'est tout simplement 250 d'entre nous.

— Impossible! impossible! cria-t-on de toutes parts.

— Collot-d'Herbois et moi étions là, citoyens, et nous n'avons que par miracle échappé aux couteaux des assassins. Et là! là! dit-il en allongeant le poing avec un geste menaçant; là, sur la Montagne, je vois un des hommes qui ont levé le couteau sur moi.

A ces mots toute la Convention se lève, et les cris:

— Arrêtez-le! arrêtez l'assassin! retentissent.

Billaud le nomme; c'est un nom inconnu des auditeurs, mais connu des huissiers, qui se jettent sur lui et l'arrêtent.

Mais, après son arrestation, il reste dans l'air un de ces frémissements qui planent sur les assemblées tumultueuses et dans lesquelles il va se passer de grands événements.

— L'Assemblée, continue Billaud, ne doit pas se dissimuler qu'elle est entre deux égorgements. Une heure de faiblesse, et elle est perdue!

— Non! non! s'écrièrent tous les membres en montant sur leur banc et en agitant leur chapeau; non! c'est elle, au contraire, qui écrasera ses ennemis! Parle, Billaud, parle! Vive la Convention! vive le Comité de salut public!

— Eh bien! puisque nous en sommes à l'heure des éclaircissements, continua Billaud, je demande que tous les membres de cette assemblée que l'assemblée interrogera s'expliquent. Vous frémirez d'horreur quand vous saurez la situation où vous êtes, quand vous saurez que la force armée et confiée à des mains parricides, qu'Henriot est le complice des conspirateurs; vous frémirez quand vous saurez qu'il y a ici un homme, — et il lança un regard sanglant à Robespierre, — qui, lorsqu'il fut question d'envoyer des représentants du peuple dans les départements, compulsa comme un dictateur la liste des conventionnels, et, sur plus de sept cents membres que nous étions, n'en trouva pas vingt qui fussent dignes de cette mission.

Un murmure d'orgueil blessé, le plus menaçant de tous les murmures, s'éleva de tous les bancs.

— Et c'est Robespierre, continue Billaud, qui vient nous dire hier à nous, qui ose nous dire qu'il s'est éloigné du comité parce qu'il y était opprimé. N'en croyez rien, il s'est éloigné, parce qu'après avoir dominé seul pendant six mois le comité, le comité s'est révolté de cette domination et a organisé la résistance contre lui. Heureusement pour nous, car c'est au moment où il voulait faire adopter le décret du 22 prairial, ce décret de mort qui a fait que le plus pur de nous a instinctivement porte sa main à sa tête.

Des éclats de voix interrompent Billaud de tous côtés; non pas pour l'arrêter dans ses accusations, mais pour l'y affermir.

Un instant le silence se fait; mais un de ces silences qui contiennent autant de menaces que le silence qui précède la tempête qui va éclater.

## XXI

Et ce silence est tellement celui qui précède la tempête, que les regards fulgurants de tous ces hommes se croisent comme des éclairs.

— Oui, citoyens, poursuit Billaud-Varennes, sachez que le président du tribunal révolutionnaire, lui à qui toute initiative devrait être défendue, a proposé hier aux Jacobins, à cette assemblée non seulement ennemie, mais illégale, de chasser de la Convention et de proscrire les membres qui ont osé résister à Robespierre.

Mais le peuple est là, continue Billaud en se tournant vers les tribunes. N'est-ce pas, peuple, que tu veilles sur les représentants?

— Oui, oui, le peuple est là, crient les tribunes d'une seule voix.

— Nous avons vu depuis quelque temps un étrange spectacle, en vérité ; c'est que ce sont ces mêmes hommes qui sans cesse parlent de vertu et de justice, qui sans cesse foulent aux pieds la justice et la vertu. Quoi ! des hommes qui sont isolés, qui ne connaissent personne, qui ne se mêlent d'aucune intrigue, qui sauvent la France en organisant la victoire, ces hommes sont des conspirateurs ; et c'est le jour même où, sur les conseils et grâce à un plan donné par eux, qu'Anvers est repris par la France aux Anglais, que des conspirateurs viennent les accuser de trahir la France !

Mais l'abîme est sous nos pas, mais les véritables traîtres sont devant nous : il faut que l'abîme soit comblé par leurs cadavres ou par les nôtres.

Le coup a été frapper Robespierre en pleine poitrine ; il n'y a plus à reculer ; pâle et convulsif, il s'élance à la tribune :

— A bas le traître ! A bas le tyran ! A bas le dictateur ! crie-t-on de tous côtés.

Mais Robespierre a compris que l'heure suprême était venue ; qu'il fallait, comme le sanglier, faire face à toute cette meute hurlant contre lui. Il saisit la rampe de la tribune, il s'y cramponne ; il monte malgré tout le monde ; il touche à la plate-forme. L'eau coule sur son front ; il est pâle jusqu'à la lividité ; un dernier pas et il a remplacé Billaud. Il ouvre la bouche pour parler au milieu d'un effroyable tumulte, mais peut-être qu'aussitôt que sa voix aigre se fera entendre, le tumulte cessera.

Tallien voit que la tribune va être conquise ; il comprend le danger, il s'élance, écarte brutalement Robespierre du coude.

C'est un nouvel ennemi, c'est un nouvel accusateur. Le silence se fait à l'instant même.

Robespierre regarde avec étonnement autour de lui ; il ne reconnaît plus cette assemblée qu'il est habitué depuis trois ans à pétrir sous sa main.

Il commence seulement à comprendre le danger qu'il court et dans quelle lutte mortelle il s'est engagé.

Tallien profite du silence et s'écrie :

— Je demandais tout à l'heure que l'on déchirât le rideau, c'est chose faite ; les conspirateurs sont démasqués, la liberté triomphera ?

— Oui, crie toute la salle en se levant. Elle triomphe déjà. Achève, Tallien, achève !

— Tout présage, continue Tallien, que l'ennemi de la représentation nationale va tomber sous nos coups : jusqu'ici je m'étais imposé le silence ; je le laissais tranquillement dresser dans l'ombre sa liste de proscription, je ne pouvais pas dire : *J'ai vu, j'ai entendu !* Mais moi aussi j'étais hier aux Jacobins, et *j'ai vu et entendu* et frémi pour la patrie.

Un nouveau Cromwell recrutait son armée, et ce matin j'ai pris ce poignard, qui dormait derrière le buste de Brutus, pour lui percer le cœur, si la Convention n'a pas le courage de le décréter d'accusation.

Et Tallien mit le poignard de Terezia sur la poitrine de Robespierre. Un rayon de soleil en fit briller la lame.

Robespierre ne fit pas un mouvement pour éviter le coup ; mais à l'éclat de l'acier ses yeux clignotèrent comme ceux des oiseaux de nuit à l'éclat du jour.

— Mais non, dit Tallien en écartant son poignard de la poitrine qu'il menaçait ; nous sommes des représentants du peuple et non des assassins ; et ce tyran pâle et chétif n'a ni la puissance ni le génie de César. La France a remis entre nos mains le glaive de sa justice et non le poignard de ses vengeances. Accusons le traître, jugeons-le, ne l'assassinons pas ! Plus de 31 mai, plus de proscriptions, même contre celui qui a fait le 31 mai et les proscriptions !

A la justice nationale Robespierre !

Jamais pareil tonnerre d'applaudissements n'avait ébranlé les voûtes de la Convention nationale.

— Et maintenant, ajouta Tallien, je demande l'arrestation du misérable Henriot, qui à cette heure et pour la troisième fois traîne ses canons contre nous. Désarmons le dictateur avant tout, enlevons-lui sa garde prétorienne d'abord, et nous le jugerons après.

Une espèce de rugissement se fit entendre dans toute l'assemblée ; c'étaient deux ans de haine et de terreur qui se faisaient jour et qui grondaient par cette soupape que venait d'ouvrir Tallien.

— Je demande, continua-t-il, que nous décrétions la permanence de notre séance jusqu'à ce que le glaive de la loi ait assuré l'existence de la République en frappant ceux qui conspirent contre elle.

Toutes les propositions de Tallien sont mises aux voix et votées d'enthousiasme.

Robespierre veut parler, il n'a pas abandonné la tribune, il y est resté cramponné, les lèvres palpitantes, les muscles des joues contractés.

Le rictus de sa bouche est à peine visible tant ses dents sont serrées.

Mais de tous côtés les cris s'élevèrent : A bas le tyran ! ! !

Le mot d'ordre donné par Sieyès a été tenu. Robespierre ne parlera pas. Donc il ne fera *pas de phrases*.

Tallien reprend :

— Il n'est pas un de nous qui ne puisse citer de cet homme un acte d'inquisition ou de tyrannie ; mais c'est sur sa conduite d'hier aux Jacobins que j'appelle toute votre horreur. C'est là que le tyran s'est découvert ! c'est par là que je veux le terrasser. Ah ! si je voulais rappeler tous les actes d'oppression qui ont eu lieu, je prouverais que c'est depuis que Robespierre a été chargé de la police générale qu'ils ont été commis tous.

Robespierre fait un effort, arrive presque face à face avec Tallien, et s'écrie en étendant la main :

— C'est faux ! je...

Mais le tumulte recommence, plus terrible qu'auparavant.

Robespierre alors voit que jamais il ne pourra s'emparer de la tribune, qu'une conspiration la lui enlève ; il cherche un endroit d'où sa voix puisse dominer l'assemblée. Il voit la Montagne ; descend rapidement les escaliers de la tribune, s'élance parmi ses anciens amis, et d'une place vide veut parler.

— Tais-toi ! lui crie une voix ; tu es à la place de Danton ?

Robespierre redescend au centre :

— Ah ! vous ne voulez pas me laisser parler, montagnards, dit-il, eh bien, c'est à vous, hommes purs, que je viens demander asile et non à ces brigands.

— Arrière ! crie une voix du centre, tu es à la place de Vergniaud.

Robespierre bondit hors des rangs de la Gironde, comme s'il était en effet poursuivi par les ombres de ceux qu'il a fait décapiter.

A moitié foudroyé, il s'élance de nouveau à la tribune, et, montrant le poing au président :

— Président d'une assemblée d'assassins, lui crie-t-il, pour la dernière fois veux-tu me donner la parole ?

— A ton tour tu l'auras, répond Thuriot qui a remplacé au fauteuil Collot-d'Herbois brisé.

— Non ! non ! crient les conjurés ; il se défendra, comme les autres, devant le tribunal révolutionnaire.

Mais lui s'obstine ; on entend au-dessus de tous ces bruits, de tout ce tumulte, de tous ces cris, les glapissements de la voix de Robespierre qui tout à coup s'éteignent dans un enrouement subit.

— C'est le sang de Danton qui l'étouffe ! crie une voix à ses côtés.

Sous ce dernier coup de poignard, Robespierre tressaille et se tort comme sous la pile voltaïque.

— L'accusation ! crie une voix de la Montagne.

— L'arrestation ! crie une voix du Centre.

L'assemblée tout entière appuie.

Robespierre anéanti, à bout de force, à bout d'espérance, tombe sur un banc.

— Puisqu'on accuse et qu'on juge Robespierre, s'écrient ensemble deux voix, je demande à être accusé et jugé avec lui !

L'une de ces deux voix est celle de Lebas ; l'autre est celle de Robespierre jeune.

— Mon frère ! s'écrie Robespierre en se relevant, qui se dévoue pour moi.

Si on l'eût laissé parler, peut-être sortait-il de l'accusation par cette porte ouverte sur la pitié ; mais non, ces deux mots : *l'accusation ! l'arrestation !* retombent sur lui comme le rocher de Sisyphe.

— Ah ! qu'un tyran est dur à abattre ! hurle Fréron, qui demande vengeance pour le sang de Camille Desmoulins et celui de Lucile.

L'arrestation est mise aux voix par le président Thuriot, et décrétée à l'unanimité.

— Maintenant ce n'est pas le tout de la voter, dit une voix : qu'on l'exécute.

Thuriot, pour la seconde fois, donne l'ordre d'exécuter le décret, qui comprend Robespierre, Lebas et Robespierre jeune. Couthon et Saint-Just vont se ranger près de lui. Ils sont au premier banc de la Plaine, et un grand vide s'établit autour d'eux.

Les huissiers hésitent à faire leur devoir ; comment oseront-ils porter la main sur ces rois de l'assemblée dont ils ont si longtemps reçu les ordres ?

Enfin ils se décident à s'approcher d'eux et leur signifient le décret de la Convention.

Les cinq accusés se lèvent et sortent lentement pour être conduits devant les comités.

Toute l'assemblée respire. Cette lutte de quatre cents députés contre un seul homme indique à quel point cet homme était puissant. Tant qu'il était là, chacun se demandait : Est-ce fini ? Moi aussi je respire, moi aussi je m'élance.

Déjà le bruit de l'arrestation de Robespierre s'est répandu dans la cour du Carrousel, et de la cour du Carrousel a plané sur tout Paris.

Je ne sais si c'est une illusion, mais il me semble que tous les cœurs sont joyeux, que toutes les bouches sourient; des gens qui ne se connaissent pas courent les uns aux autres en criant :

— Eh bien ! vous savez?

— Non... quoi ?

— Robespierre est arrêté !

— Impossible !

— Je l'ai vu conduire aux comités.

Et celui qui vient de recevoir la nouvelle court la répandre.

Mais à travers les portes de chêne, à travers les barreaux de fer des prisons, les nouvelles sont lentes à passer. Je cherche des yeux mon commissaire, qui m'a promis de se tenir dans la cour du Carrousel.

Mes yeux se fixent sur un homme qui semble attendre que je le regarde. Je jette un cri : c'est lui

Seulement il a devancé l'opinion publique; il ne porte plus son bonnet rouge, il a mis bas sa carmagnole, il est habillé comme tout le monde. C'est qu'il a assisté de la tribune à la chute de Robespierre.

Il s'approche de moi sans affectation :

— Avez-vous besoin de mes services? me dit-il.

— Je voudrais bien annoncer le triomphe de Tallien à mes pauvres amies, répondis-je.

— Faites-y attention, me dit-il, et ne vous lancez pas trop avant dans le domaine de l'espérance; les comités devant lesquels il est amené peuvent déclarer qu'il n'y a pas motif à l'accusation et rendre une ordonnance de non-lieu. Le tribunal révolutionnaire devant lequel il va être conduit et qui lui appartient entièrement, peut déclarer qu'il n'est pas coupable et lui faire un triomphe comme celui de Marat. En somme, ce n'est qu'une première manche.

— N'importe ! répondis-je, elle est gagnée, n'est-ce pas? Maintenant, à la seconde.

— Marchez doucement, me dit-il, traversez le pont, entrez dans la rue du Bac, à la hauteur de la rue de Lille, je vous rejoindrai avec une voiture.

Je m'acheminai sans répondre vers la rue du Bac. Au moment où j'atteignais la rue de Lille, j'entendis un fiacre qui s'arrêtait derrière moi. J'y montai. Le commissaire m'y attendait.

Il ordonna au cocher de suivre la rue de Lille, de prendre les quais jusqu'à la Grève et de nous conduire à la Force.

Il avait ramené les prisonnières d'où elles étaient parties.

Je retrouvai mon brave concierge Ferney; je retrouvai Santerre qui jeta les hauts cris, il me croyait guillotinée. Je leur appris l'arrestation de Robespierre.

Chose bizarre ! celui qui me parut le plus content fut le geôlier.

Aussi ne fit-il aucune difficulté lorsque mon conducteur, se faisant reconnaître, lui ordonna de me conduire à la chambre des deux nouvelles prisonnières.

En m'apercevant elles jetèrent un cri. Mon sourire leur disait que j'apportais de bonnes nouvelles.

— Triomphe ! leur criai-je, triomphe ! Robespierre est accusé et arrêté.

— Et Tallien, demanda Terezia, comment a-t-il été?

— Magnifique de courage et surtout d'amour.

— Le fait est que s'il ne s'était agi que de lui il se serait laissé couper le cou ; il est si paresseux !

— Allons, allons, tu vas porter un beau nom, citoyenne Tallien, dit madame de Beauharnais.

— J'en ambitionne un plus beau encore, dit Terezia avec sa fierté tout espagnole.

— Lequel ?

— Celui de Notre-Dame-de-Thermidor !

Mais, comme l'avait dit très judicieusement mon commissaire, nous n'en étions qu'à la première manche, et Robespierre pouvait sortir de là plus puissant que jamais.

Nous convînmes avec mes deux amies que le lendemain je suivrais dans tous leurs détails les événements, non moins importants à coup sûr que ceux qui venaient de s'accomplir.

Terezia pensa alors combien il serait difficile de suivre les événements, qui peut-être allaient se passer au milieu de foules immenses, avec un costume de femme.

Elle m'offrit d'aller prendre dans sa maison des Champs-Elysées un de ses costumes d'homme, qu'elle avait l'habitude de prendre pour suivre son premier mari dans ses courses à cheval et à la chasse; elle me donna une lettre pour sa vieille nourrice qui la gardait. Je devais en même temps donner à la bonne femme de ses nouvelles et la rassurer sur son compte. Je lui racontai tout ce que je devais au brave homme qui m'avait pris sous sa protection, tout en prévenant d'avance que si nous étions victorieux c'était un protégé à ne point oublier. Elle promit tout ce que je voulus.

L'heure s'avançait, il fallait quitter la prison. Je ne promis pas de revenir le lendemain, attendu que si nous étions vainqueurs je comptais aller droit à Tallien, et, pour lui épargner toute recherche inutile, lui dire où il trouverait son amie. Mais je promis de lui écrire, mot par mot, heure par heure, tout ce que j'aurais vu. Grâce à l'intermédiaire de mon brave commissaire, j'étais sûre que ma lettre lui serait remise.

Nous nous embrassâmes étroitement, madame Beauharnais, Terezia et moi, et je descendis, légère et pleine d'espérance, cet escalier que la dernière fois j'avais descendu croyant aller à l'échafaud.

## XXII

Nous rencontrâmes la voiture et nous allâmes droit à la maison de Terezia, située allée des Veuves. Là je trouvai la vieille Espagnole qui l'avait élevée. Je commençai par lui donner de bonnes nouvelles de sa maîtresse, puis la lettre par laquelle elle lui ordonnait de me laisser choisir parmi ses habits d'homme celui qui irait le mieux à mon goût et à ma taille. Je choisis une redingote marron à collet rabattu; un chapeau à larges bords qui abritait complètement mon visage, avec une boucle d'acier et un large ruban noir, sans plume; deux chemises à jabot, deux gilets, un blanc, l'autre chamois; une culotte de couleur claire et des bottes venant au-dessus du genou.

Nous remontâmes en voiture, et mon commissaire me reconduisit chez moi. Nous eûmes grand'peine à traverser la rue. Il y avait un rassemblement énorme devant la maison des Duplay. On venait d'y apprendre l'arrestation de Robespierre, et les cris de M. Duplay et de la vieille mère avaient attiré les voisins d'abord, puis ceux qui passaient, puis enfin ceux que la curiosité clouait à cette place, comptant que ce serait là qu'on aurait les plus fraîches et les meilleures nouvelles.

J'étais aussi curieuse qu'aucune des personnes réunies aux lamentations de ces braves gens; car, il faut le dire, dans tout le quartier, la famille passait pour la plus honnête qu'il y eût au monde. Comme mon entresol n'était qu'à quelques pas de leur magasin, je remontai rapidement et je jugeai que c'était le moment d'utiliser le costume de Terezia. J'étais peu accoutumée aux costumes masculins, mais cependant au bout de dix minutes j'étais assurée, grâce au manteau qui m'enveloppait tout entière, de pouvoir traverser les groupes sans être reconnue pour une femme. Je descendis et j'allai me mêler aux curieux. Madame Duplay, fanatique de son locataire, en appelait à l'inattaquable réputation de Robespierre comme honnête homme, comme citoyen incorruptible; à ceux qui doutaient ou qui avaient l'air de douter, elle disait :

— Ah ! vous pouvez entrer, citoyens, vous pouvez visiter l'appartement qu'il habite, et, si vous y trouvez une pièce d'argent, un bijou ou un assignat de cinquante francs, je reconnais mes torts et j'avouerai que Robespierre était un homme vénal.

Et en effet on entrait comme à un pèlerinage, et dès l'entrée on sentait que c'était bien la maison de l'incorruptible. Dès le seuil, la cour avec son hangar, ses établis chargés de scies, de varlopes, de rabots, tout disait : Vous êtes ici chez l'ouvrier honnête et travailleur. Puis, si l'on montait à la mansarde habitée par Robespierre, c'était là où se déroulait véritablement la preuve de cette vie de labeur, pauvre et occupée. Les papiers, rangés sur les planches de sapin, entassés les uns sur les autres, disaient ces travaux infatigables. Et cependant on sentait qu'on avait mis là, comme dans le tabernacle d'un dieu, les meilleurs meubles de la maison, un beau lit bleu et blanc comme un lit de jeune fille, avec quelques bonnes chaises ; un bureau, en sapin, c'est vrai, mais fait par le maître de la maison, sur un plan donné certainement et avec toutes les exigences de son locataire, était tourné de façon à ce que celui-ci pût, en travaillant, plonger son regard dans la cour et se distraire à la vue des quatre jeunes filles, du fils et du neveu, qui formaient la famille du brave menuisier.

Dans une petite bibliothèque de sapin, bibliothèque non fermée, il y avait un Rousseau et un Racine, et, sur tous les murs, la main fanatique de madame Duplay et la main passionnée de sa fille Cornélie avaient suspendu tous les portraits que l'on avait pu se procurer de l'idole; de sorte que, de quelque côté que Robespierre se tournât, il avait toujours devant lui un portrait de Robespierre. Un de ces portraits le représentait avec une rose à la main; et, tour à tour, la vieille mère Duplay, la femme du menuisier et ses filles, faisant passer les curieux, disaient :

— Est-ce là la demeure du méchant homme qu'on veut

faire croire un tyran et qui visait, disent ses misérables ennemis, à la dictature ou à la royauté?

Une des quatre filles de madame Duplay ne disait rien, ne se mêlait à rien, sanglotant dans un coin, assise sur une chaise; c'était la femme de Lebas, dont le mari venait de se sacrifier pour Robespierre et avait été arrêté avec lui. Au moment où je sortais, deux soldats gardaient la porte et deux autres entraient: ils venaient arrêter toute la famille du menuisier.

J'avoue que la vue de cet intérieur presque pauvre, l'inspection de cette chambre modeste, me produisit une profonde impression.

Est-ce que je m'étais trompée? Est-ce que ces gens qui avaient accusé Robespierre ne m'avaient pas dit la vérité? Je me rappelais ce que tant de fois, mon bien-aimé Jacques, tu m'avais répété de cet homme, de la voie dans laquelle il marchait. Inflexible, mais incorruptible, me disais-tu; son inflexibilité l'a conduit trop loin, elle en a fait l'homme sanglant, haï de tous, et, à l'heure qu'il est, il faut qu'il meure ou que des milliers de têtes tremblent.

On emmena madame Lebas comme les autres. Elle ne se défendit point, elle ne se lamenta point de son arrestation; elle continua de pleurer celle de son mari, voilà tout.

Je rentrai chez moi; j'avais le cœur profondément serré; j'avais sans cesse devant les yeux cette chambre si modeste où les Duplay désiraient qu'on trouvât une pièce d'argent, un bijou ou un assignat de cinquante francs. Cet homme qui avait si peu de besoins, de quoi pouvait-il donc être ambitieux? D'or? On voyait partout, écrit en toutes lettres, son mépris de l'argent. De puissance peut-être. D'orgueil à coup sûr. Tous ces portraits dans sa chambre, ce cortège de Robespierres entourant Robespierre criait tout haut que c'était au besoin de bruit, à l'avidité de renommée, que cette apparence si modeste avait tout sacrifié. C'était cet orgueil si longtemps froissé, c'était cette bile extravasée au fond du cœur qui lui avait fait abattre toute tête dépassant la sienne.

Il répétait sans cesse, disait la mère Duplay, que l'homme, quel qu'il fût, n'avait pas besoin de plus de trois mille francs par an pour vivre. Que de souffrances avait dû éprouver ce cœur envieux chaque fois qu'il avait regardé au-dessus de lui!

Toute la nuit il se fit grand bruit dans la rue; il n'était resté dans la maison que la plus jeune des filles de Duplay et une vieille servante; elles ne fermèrent pas la porte; c'était inutile; il leur aurait fallu l'ouvrir trop souvent. L'enfant et la vieille femme s'endormirent brisées de fatigue, laissant la maison vide à la merci de ceux qui voulaient y entrer.

Il s'était passé une chose terrible que je ne sus que le lendemain. Au moment où le bruit de l'arrestation de Robespierre se répandit par la ville, le cri qui sortit de toutes les bouches, cri unanime, cri joyeux, fut:

— Robespierre est mort, plus d'échafaud!

Tant, dans ce terrible mois de messidor qui venait de s'écouler, il avait identifié son nom avec celui de la guillotine!

Et cependant, comme si Robespierre n'eût pas été arrêté, le tribunal révolutionnaire continuait de juger. Une accusée, en s'asseyant sur son banc, fut prise d'un accès d'épilepsie; la violence de l'accès fut telle que les juges eux-mêmes lui demandèrent si elle était affectée habituellement de ce mal.

— Non, répondit-elle, mais vous m'avez fait asseoir juste à la même place où vous avez fait asseoir hier mon fils, et le malheureux enfant vous l'avez condamné!

Comme la séance de la Convention avait été terminée à trois heures, comme à trois heures et demie tout le monde savait dans Paris la chute de Robespierre, le peuple espérait (car, nous l'avons dit, c'était le peuple surtout qui était las de ces boucheries), le peuple espérait qu'il n'y aurait plus d'exécution. Le bourreau lui-même répondait à ceux qui l'interrogeaient en secouant la tête, et lorsque, selon son habitude, le tribunal révolutionnaire eut préparé sa fournée quotidienne, lorsque les lourdes et pesantes charrettes vinrent à l'heure accoutumée rouler dans la cour du palais de justice, l'exécuteur demanda à Fouquier-Tinville:

— Citoyen accusateur public, n'avez-vous pas d'ordre à me donner?

Fouquier ne se donna même pas la peine de réfléchir, et répondit sèchement:

— Exécute la loi.

C'est-à-dire: Continue de tuer!

Ce jour-là, il y avait quarante-cinq condamnés, et ce qui rendait la mort plus cruelle encore, c'est qu'ils avaient tout entendu dire, tout raconter, qu'ils savaient Robespierre arrêté et qu'ils avaient eu l'espérance que cette arrestation était leur salut.

Mais non, on vit sortir de la noire arcade cinq charrettes chargées de condamnés qu'on conduisait à la barrière du Trône pour y être exécutés.

Ces malheureux criaient grâce, levaient au ciel leurs mains liées, demandant comment, puisqu'on allait faire le procès de leur ennemi, leurs procès à eux pouvaient être bons, condamnés qu'ils étaient par celui qu'on était en train de condamner.

La foule commença de gronder; elle trouva que ces pauvres gens avaient bien raison, et, comme eux, elle criait grâce. Quelques-uns sautèrent à la bride des chevaux, arrêtèrent les charrettes, voulurent les faire rétrograder; mais Henriot, sur lequel on n'avait pu exécuter l'ordre d'arrestation donné par l'assemblée, arriva au galop avec ses gendarmes, sabra tout, condamnés et libérateurs, et la foule se dispersa en jetant au ciel une dernière malédiction et en disant:

— Ce n'était donc pas vrai, cette bonne nouvelle qu'on nous avait annoncée, que Robespierre était arrêté et que nous étions délivrés de l'échafaud?

Vers sept heures du soir j'entendis battre le rappel de tous côtés; mon déguisement m'encourageant, j'allais sortir au risque de ce qui pouvait m'arriver, lorsque, dans l'escalier, je rencontrai mon brave commissaire. Il était très pâle.

— Vous n'allez pas sortir, me dit-il; ce que j'avais prévu est arrivé. La Commune se met en insurrection contre l'assemblée. Henriot, arrêté au Palais-Royal, à son retour de l'exécution de la barrière du Trône, a été presque immédiatement délivré; le geôlier de la prison du Luxembourg, où l'on conduisait Robespierre et ses amis, a refusé d'ouvrir la porte de la prison, disant qu'il agissait d'après un ordre de la Commune. Robespierre, au contraire, insistait pour être écroué: le tribunal révolutionnaire c'était pour lui le connu, tous les membres en avaient été nommés par lui et étaient à sa dévotion; au contraire, l'insurrection de la Commune, la lutte qui en serait la suite, le combat qu'il faudrait soutenir contre la Convention, c'était l'inconnu.

C'était plus que l'inconnu pour lui, c'était l'illégalité. Avocat comme Vergniaud, il était prêt à sacrifier sa vie, et, comme Vergniaud, il voulait mourir dans la légalité.

Voyant que le Luxembourg ne voulait pas ouvrir ses portes pour lui, Robespierre ordonna à ses gardiens de le conduire à l'administration de la police municipale; ils obéirent. Il leur eût ordonné de le laisser libre qu'ils eussent obéi de même. Tout prisonnier qu'il était, son immense pouvoir contre-balançait le pouvoir exécutif de la Convention.

Voilà où l'on en était; il y aurait certainement un conflit pendant la nuit. Mon commissaire me supplia de me tenir renfermée au moins jusqu'au lendemain matin, où il viendrait me délivrer et m'annoncer ce qui serait arrivé pendant la nuit. J'étais une chose si précieuse pour lui, qu'il m'eût volontiers mise sous clef. Et, en effet, Robespierre triomphant, on ignorait tout ce qu'il avait fait pour moi, il se retrouvait sur ses pieds. Robespierre abattu, les services qu'il nous avait rendus étaient pour lui une source de fortune.

J'étais très fatiguée; sa position lui permettait d'être mieux renseigné que moi: je lui promis de ne pas sortir, mais à la condition que le lendemain, dès le matin, je connaîtrais par lui tous les renseignements de la nuit.

Il m'offrit de me faire monter à souper; j'acceptai: je n'avais rien pris depuis le matin, et il était près de minuit.

Je dormis mal, au milieu de soubresauts continuels: moi qui avais voulu mourir, moi qui avais été poser ma tête sous la hache, moi qui croyais n'avoir plus un seul motif d'intérêt dans ce monde, moi dont la guillotine enfin n'avait pas voulu, je tressaillais au moindre bruit, mon cœur battait au galop des chevaux qui passaient.

Étrange chose que cet amour de la vie! la mienne, à défaut de l'homme que j'aimais, s'était rattachée à deux femmes inconnues; j'eusse donné ma vie pour les sauver certainement encore, mais je ne l'eusse pas donnée sans regrets.

Quelques minutes après le départ du commissaire, on m'apporta mon souper. Depuis quelque temps déjà le tocsin de la Commune sonnait, et comme mes fenêtres étaient ouvertes et mes jalousies seules fermées, j'entendais ses vibrations qui m'annonçaient que quelque chose de grave venait de se passer.

Je demandai au garçon de café ce que signifiait ce tocsin. Il me dit que le bruit courait que Robespierre était délivré.

— Mais, lui dis-je, délivré!... Je croyais que Robespierre ne voulait pas l'être.

— Bon, dit le garçon, on ne lui a pas demandé son avis. La Commune a tout simplement envoyé un Auvergnat nommé Coffinhal, qui lèverait les tours de Notre-Dame, avec ordre de lui apporter Robespierre.

Coffinhal n'a fait ni une, ni deux, il a été à la mairie, et, quand il a vu que Robespierre ne voulait pas venir avec lui, il a pris Robespierre et l'a emporté.

Ses amis le suivirent tout joyeux. Ils n'avaient pas le regard perçant de Robespierre; mais lui savait bien qu'on l'arrachait à la prison pour le porter à la mort, et il criait à cette foule :

— Vous me perdez, mes amis, vous perdez la République !

Si bien qu'à l'heure qu'il est, continua le garçon de café, le citoyen Robespierre est maître de Paris s'il n'en est pas le roi !

Je me couchai sur cette nouvelle, qui ne laissa pas de m'inquiéter pendant le reste de la nuit.

Le matin, mon commissaire fut fidèle au rendez-vous. Dès huit heures, il frappait à ma porte. Depuis deux heures j'étais levée et habillée, regardant à travers mes jalousies.

La nuit s'était passée dans une singulière situation. La Convention était restée calme et digne, s'arrangeant pour mourir avec dignité, et Collot-d'Herbois, au fauteuil de président, disait :

— Citoyens, sachons mourir à notre poste !

La Commune attendait comme la Convention ; son secours principal lui devait venir de la société des jacobins, et aucune députation sérieuse n'arrivait de la société : Robespierre et Saint-Just se regardaient comme abandonnés. Couthon, cul-de-jatte, qui, dans les grands événements, se considérait plutôt comme un embarras que comme un aide, s'était retiré chez lui avec sa femme et ses enfants. Comme c'était l'homme éminent des jacobins, Robespierre et Saint-Just lui écrivirent de l'Hôtel-de-Ville :

« Couthon,

« Les patriotes sont proscrits ; le peuple entier s'est levé : ce serait le trahir que de ne pas te rendre à la Commune, où nous sommes. »

Couthon vint, et, Robespierre lui tendant la main, tandis que Collot-d'Herbois disait à la Convention : « Sachons mourir à notre poste », Robespierre disait à Couthon : « Sachons supporter notre sort. »

Trois mois auparavant, un pareil événement eût bouleversé Paris. Les partis se fussent armés, se fussent rués les uns sur les autres et eussent combattu. Mais les partis étaient épuisés. Tous avaient perdu le meilleur de leur sang, la vie publique était anéantie.

Ce que tout le monde ressentait, c'était une lassitude immense, un ennui universel. Paris avait semblé revivre un instant dans ces repas publics qui paraissaient le repas libre de la pauvre ville agonisante. La Commune les avait défendus.

La nuit tout entière s'était donc passée à des mesures sans efficacité. Un député inconnu, nommé Beaupré, avait fait voter la création d'une commission de défense, laquelle se contentait de chauffer les comités. Les comités se rappelèrent un certain Barras, qui avait été collègue de Fréron lors de la reprise de Toulon sur les Anglais ; ils le nommèrent général. Mais, général sans armée, Barras ne put que faire quelques reconnaissances autour des Tuileries.

Comme mon narrateur en était là de son récit, nous entendîmes un grand bruit de cavalerie, de caissons et de canons roulants. Nous nous mîmes à la fenêtre : c'était la section de l'*Homme-Armé* qui, convoquée pendant la nuit à son de caisse, avait décidé que ses canons seraient envoyés à l'assemblée.

Tallien était cause de ce mouvement. Comme il demeurait rue de la Perle, au Marais, il avait couru à cette section et avait annoncé que la Convention était en danger, que la municipalité se mettait au-dessus de la Convention nationale en donnant asile aux députés décrétés par elle d'arrestation. La section de l'*Homme-Armé* envoyait ses canons aux Tuileries et se chargeait de courir de quartier en quartier afin d'entraîner les quarante-sept autres sections de Paris.

Les choses commençaient à se dessiner en faveur de la Convention. J'obtins de mon guide qu'il me conduirait jusqu'à la Commune afin que je pusse juger par mes yeux de quel côté pencherait la fortune de la journée.

## XXIII

La Convention était parvenue à grand'peine à réunir à peu près dix-huit cents hommes dans la cour du Carrousel. Elle les avait mis sous les ordres de Barras, son général. Nous les vîmes en passant aux Tuileries. Barras était occupé à les aligner sur les quais.

C'était un jeune gendarme de dix-neuf ans qui, la veille, avait arrêté Henriot. Il avait manqué d'être assassiné quand Henriot avait été délivré, et il avait couru au comité de salut public pour annoncer la délivrance d'Henriot.

Il y trouva Barrère et lui apprit que le général de la Commune était en liberté.

— Comment, lui dit Barrère, tu le tenais et tu ne lui as pas brûlé la cervelle ! Je devrais te faire fusiller.

Le jeune homme se le tint pour dit. Son ambition était de faire dans la journée quelque grand coup qui le distinguât de ses camarades et lui ouvrît la carrière militaire. Armé de son sabre et de deux pistolets chargés de plusieurs balles, il prit le chemin de l'Hôtel-de-Ville, où étaient Robespierre, Saint-Just, Couthon, Lebas et Robespierre jeune.

En arrivant quai Le Peletier, nous vîmes un immense rassemblement qui arrêtait toute circulation. Nous demandons ce que c'est, et l'on nous répond d'une voix effarée :

— Ce sont eux !

— Qui eux ?

— Les députés hors la loi, Robespierre, Couthon.

A ces mots nous redoublons d'efforts pour pénétrer jusqu'au centre occupé par la compagnie de la section des Gravilliers. Là, à terre, sur le pavé, étaient deux hommes couchés, perdant leur sang par d'horribles blessures. L'un de ces hommes était tellement défiguré par un coup de pistolet qui lui avait brisé la mâchoire, que nous ne le reconnûmes point. Il fallut que l'on nous dît que c'était Robespierre.

Nous n'en voulions rien croire, jusqu'à ce que mon compagnon, lui ayant levé la tête, se tourna de mon côté et me dit épouvanté :

— C'est bien lui !

Comment une telle catastrophe avait-elle pu s'opérer ? comment trouvions-nous dans un ruisseau, entourés d'hommes féroces qui criaient : « Jetons ces charognes à la Seine ! » deux hommes dont le regard, trois jours auparavant, faisait trembler tout Paris.

— Écoutez, me dit mon compagnon, il ne s'agit point ici de faire les aristocrates. Vous êtes en homme, nous allons entrer dans le cabaret le plus proche, vous vous assoirez à une table. Je commanderai le déjeuner, et, tandis que vous m'attendrez, vous, je me glisserai parmi tous ces hommes et je reviendrai avec la clef de cette énigme qui nous paraît impossible. Comme ils sont là tous les deux, Couthon et Robespierre, c'est-à-dire les deux gros bonnets du parti, on ne fera rien sans eux. Si on les emmène, suivez-les ; je saurai toujours bien où on les aura conduits, et je vous rejoindrai.

Comme ce qu'il me proposait était ce qu'il y avait de mieux à faire, j'acceptai. Nous trouvâmes un petit cabaret. Je montai à l'entresol ; une table était dans l'embrasure de la fenêtre, et, assise près de cette table, je pourrais voir tout ce qui se passerait dans la rue.

— Allez et revenez vite, dis-je à mon compagnon.

Il partit. J'appelai le tavernier sous prétexte de lui donner la carte de notre déjeuner, mais en réalité pour lui demander l'explication de toute cette terrible tragédie. Il n'en savait pas beaucoup plus que nous. Robespierre, au moment d'être arrêté, disait-il, s'était tiré un coup de pistolet dans l'intention de se brûler la cervelle, mais il s'était manqué ou plutôt il avait atteint le bas de sa figure au lieu d'en atteindre le haut.

D'autres disaient que c'était un gendarme qui avait voulu l'arrêter, et que, comme Robespierre se défendait, il avait tiré sur lui le coup de pistolet qui l'avait mis hors de combat.

Au bout d'un quart d'heure, mon compagnon revint. Il avait été à la source, c'est-à-dire à l'Hôtel-de-Ville, et il apportait des renseignements exacts.

Le jeune gendarme qui, la veille, avait arrêté Henriot et que Barrère avait menacé de faire fusiller pour l'avoir laissé échapper, avait résolu, comme nous l'avons dit, de faire un coup d'État, et nous l'avons vu partir avec son sabre et ses pistolets chargés pour se rendre à l'Hôtel-de-Ville.

Son intention était d'arrêter Robespierre.

En arrivant sous l'Hôtel-de-Ville, il trouva la place de Grève à peu près vide. La moitié des canons d'Henriot était tournée contre la Commune, les autres ouvraient leurs gueules dans toutes les directions ; mais rien n'indiquait l'intelligence de la défense ou de l'attaque dans ceux qui les avaient abandonnés ainsi.

Il y avait deux sentinelles à la porte de la Commune, et, sur les escaliers, les jacobins les plus fanatiques et les plus obstinés.

On veut empêcher de passer le jeune gendarme.

— Ordonnance secrète, répond-il.

Devant ce mot, tout s'écarte. Il franchit le perron, monte l'escalier, passe la salle du conseil, entre dans un corridor, où tant de gens se pressent qu'il ne sait plus comment faire pour passer.

Mais là il avise un homme qu'il reconnaît pour appartenir à Tallien. C'est Dulac, l'homme à la canne, le même qui m'a reconduite la surveille. Le gendarme et lui échangent deux mots.

Ils arrivent ensemble à la porte du secrétariat. Dulac frappe plusieurs fois; la porte s'entr'ouvre; il pousse le gendarme par l'entre-bâillement, tire la porte à lui et regarde par les carreaux ce qui va se passer.

C'était dans cette salle qu'étaient Robespierre et ses amis.

Le jeune gendarme cherche un instant des yeux, voit Couthon assis à terre à la manière turque, Saint-Just debout tambourinant contre un carreau. Lebas et Robespierre jeune causant ensemble de la façon la plus animée, Robespierre aîné au fond, assis dans un fauteuil, les coudes sur les genoux et la tête appuyée sur sa main.

A peine l'a-t-il reconnu qu'il tire son sabre, court à lui, lui en met la pointe sur le cœur et lui crie :

— Rends-toi, traître !

Robespierre, qui ne s'attendait pas à cette agression, fait un soubresaut, regarde le gendarme en face, et lui dit tranquillement :

— C'est toi qui es un traître, et je vais te faire fusiller !

A peine ces mots sont-ils prononcés qu'on entend un coup de pistolet, que le groupe sur lequel tous les yeux étaient tournés se perd dans la fumée, et que Robespierre roule sur le parquet.

La balle l'avait pris au menton et lui avait brisé la mâchoire gauche inférieure. Un grand tumulte se fait alors, que dominent les cris de Vive la République ! Les gendarmes et les grenadiers qui accompagnaient l'assassin entrent violemment dans la salle. La terreur se répand parmi les conjurés qui se dispersent; tous fuient, excepté Saint-Just, qui se précipite sur Robespierre gisant à terre, le relève et le rassied dans le fauteuil duquel le coup de pistolet l'a fait tomber.

A ce moment on vient dire au jeune homme qui a causé tout ce tumulte qu'Henriot se sauve par un escalier dérobé.

Il lui restait encore un pistolet armé et chargé; il court à cet escalier, atteint un fuyard, croit que c'est Henriot, tire sur le groupe d'hommes qui emportait Couthon; ces hommes s'enfuient, abandonnant celui qu'ils essayaient de sauver. Les grenadiers et les gendarmes traînent Couthon par les pieds jusque dans la salle du conseil général; on fouille Robespierre, on lui prend son portefeuille et sa montre; et comme on croit Couthon et Robespierre morts, que Robespierre est trop blessé et Couthon trop fier pour se plaindre, on les traîne hors de l'Hôtel de Ville, jusqu'au quai Le Peletier. Là on va les jeter à l'eau, lorsque Couthon, de sa voix calme que n'avaient pu altérer toutes les douleurs qu'il venait de souffrir :

— Un instant, citoyens, dit-il, je ne suis pas encore mort.

Alors la colère des assassins s'était tournée en curiosité; ils avaient appelé les passants, criant :

Robespierre fut déposé sur une table dans la salle du Comité de Salut public.

— Venez voir Couthon; venez voir Robespierre.

Des grenadiers de la section des Gravilliers avaient alors entouré les deux agonisants, le quai s'était encombré de curieux. C'est dans ce moment que nous étions arrivés.

Il était inutile de chercher d'autres détails que ceux que m'apportait mon compagnon ; ils devaient être vrais, et nous fûmes confirmés en cette certitude lorsque nous vîmes apporter un cadavre et des blessés.

Le cadavre était celui de Lebas. Au moment où les gendarmes firent invasion dans la salle, au moment où il vit tomber Robespierre frappé d'une balle, il tira un pistolet de sa poche, l'appuya contre sa tempe et se fit sauter la cervelle.

Robespierre jeune essaya de fuir; il croyait son frère mort et ne pouvait plus donner l'exemple d'amour fraternel qui lui avait fait demander de mourir avec lui. Il avait ôté ses souliers, il avait passé par la fenêtre et marché pendant quelques secondes, tenant ses souliers à la main, sur le fronton de pierre qui règne autour du monument. Puis alors, voyant la place de l'Hôtel-de-Ville complètement abandonnée, et que, gagnât-il la fenêtre voisine, et que cette fenêtre le conduisît-elle à un escalier, il n'avait aucune chance de fuite et de salut, il se laissa tomber du deuxième étage et se brisa sur le pavé, mais sans se tuer du coup.

C'étaient ces pauvres débris, cadavres ou agonisants, que l'on avait ramassés et que, par le quai Le Peletier, on conduisait à la Convention, qui rallièrent en passant Robespierre blessé et Couthon mourant.

Saint-Just seul, la tête haute et sans blessure, suivait ses amis, attaché à l'extrémité d'une corde. Robespierre était porté sur une planche; le mort et les autres blessés étaient traînés dans une voiture de commissionnaire à bras.

Nous suivîmes ce triste cortège.

Robespierre fut déposé sur une table dans la salle du comité du salut public. On lui mit par pitié, sous la tête, une boîte de sapin qui avait renfermé des pains de munition.

Tout le monde disait qu'il était mort.

Si horrible que fût ce spectacle, comme je voulais porter des nouvelles sûres à nos prisonnières, je parvins à pénétrer avec mon compagnon dans la salle d'audience, juste au moment où il commençait à ouvrir les yeux. Il était sans chapeau; sans doute avait-il ôté lui-même sa cravate, qui devait l'étouffer. Sa mâchoire gauche pendait jusque sur sa poitrine, dégouttante de sang et montrant ses dents brisées. Un chirurgien, que l'on appela, le pansa, remit la mâchoire à peu près à sa place, banda sa blessure, et fit placer à côté de lui une cuvette remplie d'eau.

J'assistai à ce pansement, qui dut lui causer des douleurs atroces; il ne jeta pas un cri, ne poussa pas une plainte; seulement son teint avait déjà pris la lividité de la mort.

Tout était fini de ce côté, il n'y avait plus rien à craindre.

Je pensai que le plus pressé était de rassurer mes deux belles amies. Mon protecteur n'avait plus de raison, dans l'état où était Robespierre, de cacher la protection qu'il m'accordait. Il ne fit donc aucune difficulté pour monter en fiacre avec moi et venir à la Force, où j'étais attendue, comme on le comprend, avec toute l'impatience de deux cœurs qui ne demandent qu'à vivre et à aimer et qui ont peur de mourir.

Nous arrivâmes à la prison vers onze heures du matin. Les prisonniers, sans savoir précisément ce qui était arrivé, en avaient quelque idée et étaient en pleine révolte. Il eût été difficile de les conduire à l'échafaud comme on avait encore fait la veille. Chacun s'était fait une arme de ce qu'il avait pu trouver; presque tous avaient brisé leurs lits, et des pieds s'étaient fait des espèces de massue. On n'entendait que cris et hurlements, et l'on se serait cru non pas dans une prison politique, mais dans une maison de fous.

Je trouvai mes deux compagnes enfermées dans leur chambre, tremblantes de tout ce vacarme dont elles ignoraient la véritable cause, se tenant embrassées et serrées l'une contre l'autre.

A ma vue, à la joie qui éclatait sur mon visage, elles jugèrent qu'elles n'avaient plus rien à craindre, jetèrent un cri d'espoir et se précipitèrent dans mes bras.

Mais à peine eus-je prononcé le mot sauvées! que madame de Beauharnais tomba à genoux, criant:

— Mes enfants!

Et que Terezia s'évanouit.

J'appelai du secours, la porte s'ouvrit, mon commissaire accourut; il avait un flacon de vinaigre qu'il fit respirer à Terezia qui revint bientôt à elle. Je profitai de ce moment pour leur présenter mon compagnon et leur dire tous les services qu'il nous avait rendus.

— Ah! monsieur, vous pouvez être tranquille, dit Terezia, qui avait renoncé bien vite à l'appellation de *citoyen*; si nous sommes quelque chose, et si nous pouvons quelque chose dans le gouvernement qui va s'établir, nous n'oublierons pas vos services. Eva va me dire votre nom et me donner votre adresse, et c'est Tallien que je chargerai d'acquitter ma dette envers vous.

Je ne pus m'empêcher de rire.

— Le nom et l'adresse de monsieur? lui dis-je. Il était trop prudent pour me les donner avant de savoir comment les choses tourneraient; mais maintenant je crois qu'il n'a plus aucun motif pour nous les cacher.

Notre homme sourit à son tour, alla à une table sur laquelle il y avait de l'encre, du papier et des plumes et écrivit:

« Jean Munier, commissaire de police de la section du Palais-Egalité. »

— Maintenant, mes bonnes amies, leur dis-je, il est probable que le citoyen Tallien va courir aux Carmes pour vous délivrer. Aux Carmes on ne saura pas lui dire où vous êtes, mais seulement qu'on est venu vous enlever hier dans la matinée; je crois que l'important serait de le rejoindre et de vous l'amener le plus vite possible. Il doit avoir une foule de choses à dire à Terezia, qui, de son côté, ne sera pas fâchée, je le présume, qu'il lui rapporte son poignard.

Terezia se jeta à mon cou.

— Je vais donc me mettre à sa recherche, continuai-je, et vous ne me reverrez qu'avec lui, ou, si au milieu de cet effroyable bouleversement il lui était impossible de venir, qu'avec votre ordre de mise en liberté.

J'allais sortir; madame de Beauharnais s'était accrochée à mon bras et me regardait suppliante.

— Que puis-je faire pour vous, chère Joséphine? demandai-je.

— Oh! dit-elle, bonne Eva, j'ai deux enfants; est-ce que je ne pourrais pas voir mes enfants avant de sortir d'ici? Ou tout au moins est-ce que vous ne pourriez pas leur donner de mes nouvelles?

— Oh! grand Dieu! m'écriai-je avec bonheur. Dites-moi où ils sont, et je courrai à eux.

— Mon fils Eugène est chez un menuisier de la rue de l'Arbre-Sec, la troisième ou quatrième maison à gauche en entrant par la rue Saint-Honoré. Ma fille est presque en face, chez une grande lingère à la barrière des Sergents. Et comme on pourrait refuser de vous les confier parce qu'on ne vous connaît pas, je vais vous donner un mot qui tout au moins les rassure, si vous ne pouvez me les amener.

Et Joséphine, en effet, me donna quelques lignes qui devaient me faire reconnaître comme une amie du menuisier et de la lingère où ses deux enfants étaient en apprentissage.

Comme il était probable que le citoyen Jean Munier trouverait le citoyen Tallien plus tôt que moi, il fut convenu qu'il allait se mettre en quête de lui et que je les attendrais tous les deux rue Saint-Honoré, à l'entresol de madame Condorcet.

Je pris congé avec de nouveaux embrassements de mes deux amies, et nous traversâmes les corridors et descendîmes les escaliers en criant:

— Plus de Robespierre! plus d'échafaud!

Santerre, que je rencontrai sur les degrés du perron, me retint quelques secondes, mais en dix paroles je le mis au fait.

Nous sautâmes dans notre voiture.

La rue Saint-Honoré était pleine de monde, tout ce monde avait un air de fête et de joie que la population parisienne n'avait pas présenté depuis longtemps. A peine si l'on pouvait se faire jour, tant chacun se pressait de demander des nouvelles et de savoir où en étaient les événements.

Mon commissaire, que je pouvais désormais appeler par son nom, ce qui me donnait une grande facilité pour dialoguer avec lui, me remit à ma porte et me promit de m'amener Tallien.

Quant à faire entrer à la Force les deux enfants de madame de Beauharnais, il s'en chargeait comme d'une chose facile à lui.

Je remontai à mon entresol, n'ayant plus aucune raison de me cacher; j'ouvris en conséquence mes persiennes toutes grandes et je me mis à la fenêtre.

La porte de la maison des Duplay avait été fermée, soit qu'on eût enlevé les deux personnes qui y restaient encore, soit que, lasses d'insultes et de grossières injures, elles s'y fussent enfermées.

Je ne m'attendais à l'exécution que pour le lendemain; je fus donc bien étonnée lorsque, vers quatre heures, j'entendis de grands cris du côté du palais Egalité, je vis la foule se heurter, se ruer, se culbuter. La tête et le buste des gendarmes apparaissaient au-dessus de la foule, et dans les mains de ces archers de la mort leurs sabres flamboyaient comme l'épée de l'ange exterminateur.

C'était la hideuse exhibition dont Fouquier-Tinville et ses juges gratifiaient une fois encore le public.

Les cris: « Les voilà! les voilà! » se firent entendre.

Et, en effet, c'étaient les guillotineurs qui allaient à leur tour, hués et maudits, subir la terrible loi du talion.

## XXIV

Ne remarques-tu pas, mon bien-aimé Jacques, combien il semble que le caprice de mon génie, bon ou mauvais, me fait voir tout ce qui se passe, soit que moi-même j'aille au-devant des événements, soit que les événements viennent au-devant de moi.

Aussi je ne saurais moi-même me rendre compte de l'ébranlement étrange qui secoue mon cerveau. Je ne sais pas comment cela se fait, mais il me semble que je ne suis plus complètement maîtresse de moi-même, et qu'il y a en moi une fatalité plus forte que ma volonté qui, à un moment donné, me poussera malgré moi sur la pente de quelque grand malheur.

J'ai parfois des espèces d'hallucinations pendant lesquelles il me semble que, le jour où j'ai pris place dans la charrette, j'ai été véritablement guillotinée. Je crois parfois en rêve que je sens la douleur de la hache passant entre les vertèbres de mon cou; je me dis que depuis ce jour je suis morte et que c'est mon ombre qui croit vivre et s'agite encore sur la terre.

Dans ces moments de visions sépulcrales, je te cherche partout. Il me semble que nous ne sommes séparés que par des brouillards épais, dans lesquels nous errons tous les deux, et dans lesquels, en punition de quelque faute que je cherche à me rappeler en vain, nous sommes condamnés à errer continuellement sans nous retrouver jamais.

Dans ces moments-là, je crois que mon pouls ne bat plus que quinze ou vingt fois à la minute, que mon sang se refroidit, que mon cœur s'endort; dans ces moments-là, je serais aussi incapable de me défendre d'un homme qui en voudrait à ma vie, que d'un homme qui en voudrait à mon honneur. Je suis comme ces malheureux tombés en catalepsie, que l'on croit morts, devant lesquels on discute la question de leurs funérailles, dans quel cercueil on les mettra, de plomb ou de chêne, qui entendent tout, dont le cœur bondit de terreur, mais qui cependant ne peuvent s'opposer à rien.

Eh bien! j'étais en voyant apparaître les fatales charrettes, dans un de ces moments-là: je croyais faire un rêve; tout ce que j'avais accompli depuis huit jours n'était point des actions de la vie, mais des actes de la mort.

Allons donc! si j'étais pour quelque chose dans les blessures, dans l'agonie, dans le supplice de tous ces gens-là, est-ce que je me le pardonnerais jamais?

Voilà une chose hideuse. Voilà des morts, des mourants; voilà des êtres humains, des frères, oui, des frères, — car nul ne peut renier la fraternité humaine, — que l'on conduit à la guillotine. Ils sont cassés, brisés, disloqués; l'un d'eux est déjà entré dans la mort, les autres y ont un pied. Et je suis pour quelque chose dans cette horreur?... Impossible!

Moi, ton Eva, Jacques, comprends-tu? moi que tu appelais ta fleur, ton fruit, ton oiseau chanteur, ton ruisseau, ta goutte de rosée, ton souffle d'air!

Si fait! Je me rappelle. Mon destin m'a jetée dans une prison. Dans cette prison j'ai connu deux femmes, belles comme des anges de lumière. Elles aimaient. L'une était mère et avait des enfants; l'autre, d'un amour moins pur, aimait un homme qui n'était pas son mari. Toutes deux avaient peur de mourir; moi, qui n'avais pas peur pour moi, j'eus peur pour elles. Je me jetai dans ce terrible labyrinthe politique où je n'avais jamais mis le pied. — Et moi aussi, alors, la soif du sang m'a prise; j'ai dit: Je voudrais que ces hommes-là mourussent pour que ces femmes-là ne mourussent point; et je vais aider à faire mourir les uns pour faire vivre les autres.

Et dès lors j'ai oublié que j'étais une jeune fille, une femme timide; j'ai couru les rues de Paris la nuit; j'ai porté un poignard qui parlait; il disait: je demande à tuer! et un rhéteur lui répondait: Tue sans phrases!

Ce poignard, le lendemain je l'ai vu briller dans la main d'un homme sur la poitrine d'un autre homme. Il n'a pas tué, c'est vrai, mais il a dit: Prenez garde, si vous ne tuez pas avec la voix, je tuerai avec le fer.

Et l'on a tué avec la voix. Voilà pourquoi le poignard que j'avais porté n'a pas tué avec le fer.

Mais au reste celui que je poussais à tuer était un homme maudit, un homme exécré, un homme dont la mort sera comme une source de vie pour des milliers de personnes qui, s'il vivait, peut-être allaient mourir.

Mais c'est lui qui va mourir, et le voilà qui vient à moi. Horrible! horrible! horrible! comme dit Shakspeare. Il a la tête enveloppée d'un linge sale taché d'un sang noir. Le voilà qui vient, écrasé, pliant le front sous sa douleur et sous les malédictions qui courbent sa tête! tu sens donc le remords!

Mais non; sa roide attitude est la même; son œil sec est fixé sur moi. Grand Dieu! l'approche de la mort le rendelle voyant? Devine-t-il, sous ce déguisement où je me cache, que c'est moi qui ai crié: « Sus au tyran! » que c'est moi qui ai porté le poignard? Mais détourne donc les yeux de moi, démon! ne me regarde donc plus, fantôme!!!

Ah! par bonheur, voilà quelque chose qui détourne ses yeux de moi. Il regarde la maison de Duplay: cette maison qu'il a habitée et où sa vue, qui partout ailleurs répandait la crainte, répandait la joie; — là on attendait son retour avec des palpitations d'orgueil, on l'écoutait avec délices, on l'applaudissait avec enthousiasme. Cette maison a vu les seules heures heureuses de sa vie. La regardera-t-il en passant et ne se rappellera-t-il pas que Dante, ce peintre des grandes douleurs, a dit:

« Le plus grand supplice qu'il y ait au monde est de se rappeler les jours heureux pendant les jours d'infortune! »

Non seulement il la regarde, mais les charrettes font halte. Ah! l'on va faire pour Robespierre ce que l'on a fait pour Philippe-Egalité, on va lui montrer une dernière fois son palais.

Ce fut alors seulement que je m'aperçus de l'effroyable affluence du monde qui s'était aggloméré sur ce point. Sans doute on avait lancé d'avance le programme de la funèbre comédie qui devait être jouée à cette place, et les spectateurs y étaient accourus en foule. Pas une fenêtre qui ne fût occupée, beaucoup avaient été louées des prix insensés. Des parents des victimes attendaient là Robespierre pour jouer autour de sa charrette et jusqu'au pied de l'échafaud le rôle du chœur de la vengeance antique.

Il me passa comme un éblouissement: non seulement j'étais pour quelque chose dans le supplice de ces malheureux, j'étais le grain de sable, c'est vrai, qui avait fait pencher la balance, mais encore j'étais pour quelque chose dans l'évocation de tout ce monde qui sortait on ne sait d'où, de ces hommes à cheveux poudrés, à habits et à culottes de soie, qui jusque-là s'étaient contentés d'errer la nuit, comme des phalènes, dans les rues de Paris, et qui, pour la première fois, osaient s'y montrer le jour; de ces femmes barbouillées de rouge, coiffées de fleurs, à quatre heures de l'après-midi, demi-nues, accoudées aux fenêtres comme au jour de la Fête-Dieu, sur des tapis de velours et sur des châles de pourpre; si mon mauvais génie ne m'eût point conduite à la prison des Carmes, si je n'eusse point porté ce poignard rue de la Perle à Tallien, tout ce monde ne serait point là, ce seraient ceux qui vont à l'échafaud en ce moment qui y en enverraient d'autres.

Mais enfin ne pourrait-on pas les y conduire, à cet échafaud dont ils ont frayé le chemin, sans cette augmentation de supplice? La peine de mort est la privation de la vie. voilà tout, mais non une vengeance.

On s'était arrêté pour faire exhibition des patients; ces mêmes gendarmes, ces sbires d'Henriot qui sabraient la veille ceux qui voulaient sauver les condamnés, piquaient aujourd'hui les condamnateurs d'hier de la pointe de leurs sabres et disaient à Couthon, affaissé sur ses jambes paralysées: « Lève-toi donc, Couthon! » et à Robespierre, brisé par une horrible blessure: « Tiens-toi donc droit, Robespierre! » Et, en effet, la fatigue avait fait retomber celui-ci sur son banc. Mais, au premier appel à son orgueil, il s'était redressé, avait promené sur la foule ce regard terrible, dont j'eus ma part: il m'avait revue.

Mais aussi pourquoi n'avais-je pas quitté ma fenêtre? Qui me tenait clouée à cette fenêtre?

Un pouvoir plus fort que ma volonté.

Je devais voir ce qui allait se passer: c'était ma punition à moi.

Cette sanglante féerie devait avoir son ballet: c'était pour cela que l'on s'était arrêté devant la maison Duplay. Une ronde se forma. Des femmes, si cela peut s'appeler des femmes, se mirent à danser en rond en criant:

« A la guillotine, Robespierre! A la guillotine, Couthon! A la guillotine, Saint-Just! »

Je n'oublierai jamais de quel calme et fier regard le beau jeune homme, le seul qui n'eût point essayé d'échapper à la mort ou qui n'eût point attenté à sa vie, regarda cette ronde de furies et écouta ces cris de malédictions. C'était à tout remettre en doute; on voyait la conscience transparaître dans ces grands yeux méprisants et pleins de dédain de la vie.

Mais ce n'était pas le tout, et la fête devait avoir son dénoûment immonde comme le reste. Un de ces horribles gamins qui sortent des égouts, un de ces bâtards du ruisseau, que l'on ne voit, comme certains reptiles, que les jours de pluie, était là avec un seau plein de sang pris à l'abattoir. Il trempa un balai dans le sang, et se mit à peindre en rouge l'innocente maison de Duplay.

Oh! cette dernière injure, il ne put la supporter; il plia la tête, et, qui sait! de cet œil fixe et sec peut-être une larme tomba-t-elle!

Mais lorsque les charrettes se remirent en mouvement au cri de: A la guillotine! à la guillotine! cette tête livide dont on ne voyait plus que les yeux se redressa, et ses yeux se fixèrent sur moi.

Alors, tu te rappelles, mon Jacques bien-aimé, cette ballade allemande que nous lûmes ensemble, où un fiancé mort enleva sa fiancée vivante, dont le crime a été de blasphémer en apprenant sa mort, partout où ils passent, à un cri que jette le sombre cavalier, tous les morts soulèvent la pierre de leur tombeau et le suivent, contraints par une force magique. Eh bien! ce fut ainsi que son regard me déracina pour ainsi dire de l'endroit où j'étais, et m'entraîna par une force contre laquelle ma volonté ne pouvait rien, à la suite de ce spectre vivant.

Je quittai ma fenêtre, je descendis dans la rue, je suivis le cortège. J'avais les yeux sur la charrette, je ne pouvais pas les en détourner; il y avait une foule à faire trembler, elle m'emportait avec elle sans que je sentisse son étouffante pression. Je marchais et cependant il me semblait que mes pieds ne touchaient pas la terre.

Arrivée à la place de la Révolution, je me trouvai, je ne sais comment cela se fit, une des *mieux placées*.

Je vis porter Couthon, je vis monter Saint-Just. Celui-ci mourut le sourire aux lèvres. Lorsque le bourreau montra sa tête au peuple, le sourire n'était pas encore effacé.

Le tour de Robespierre vint. Certes, cet homme ne pouvait plus aspirer qu'à une chose : à mourir ! La tombe, c'était le port où devait jeter l'ancre ce vaisseau brisé. Il monta calme et ferme. Il me sembla que son œil me cherchait et jetait une étincelle de haine en me rencontrant. Mon Dieu ! mon Dieu ! mon Dieu ! permettrez-vous que ce regard d'un mourant me porte malheur ?

Mais alors, au moment où je m'en doutais le moins, il se passa sur l'échafaud une chose odieuse, infâme, inouïe.

Un des aides du bourreau, une bête féroce, — il y a des hommes indignes du nom d'homme, — voyant cette rage, entendant ces malédictions, voulut jouer son rôle dans la symphonie infernale : il saisit par un de ses angles cette serviette qui soutenait sa mâchoire et l'arracha.

C'était plus de douleur que la machine humaine n'en pouvait supporter. La mâchoire brisée retomba comme celle d'un squelette.

Robespierre poussa un rugissement.

Je ne vis plus rien.

J'entendis un coup sourd qui frappait dans l'ombre.

J'étais évanouie.

## XXV

Lorsque je revins à moi, j'étais seule dans ma chambre et couchée sur mon lit.

Je me levai sur mon séant, je laissai glisser mes jambes hors de mon lit et me trouvai assise.

— Oh ! murmurai-je, quel abominable rêve !

En effet, tout ce que j'avais vu en réalité se représentait à moi sous la forme d'un rêve.

J'étais au milieu de l'obscurité la plus complète, mais je voyais se dessiner sur la muraille tout l'effrayant spectacle auquel j'avais assisté.

Les charrettes fatales défilaient devant moi avec ces misérables, mutilés, disloqués, brisés. Au milieu d'eux, seul, Saint-Just sain et sauf, la tête haute et le sourire dédaigneux, puis cette halte à la porte du menuisier, ce misérable gamin barbouillant la porte de sang, enfin, sur la place de la Révolution, ce valet de bourreau arrachant à Robespierre cet appareil qui conservait seul à son visage une forme humaine. J'entendais ce cri, ce rugissement sous lequel j'étais tombée écrasée, me demandant par quelle fatalité, à la même place, mon cœur avait défailli devant la victime et devant le bourreau.

Je fus tirée de cette hallucination par le bruit de ma porte qui s'ouvrait. J'ignorais complètement où j'étais ; je me crus dans un cachot et qu'on venait me chercher pour me conduire à mon tour à la mort.

Je jetai un cri et demandai :

— Qui va là ?

— Moi, me répondit la voix bien connue de Jean Munier.

— De la lumière ! de la lumière ! demandai-je.

Il alluma une bougie. Je m'assis sur mon lit, la main sur mes yeux d'abord, puis je regardai où j'étais, et je reconnus mon entresol.

Alors tout me revint en mémoire.

— Ah ! dis-je, eh bien ! le citoyen Tallien ?

— Je l'ai vu, je l'ai rassuré sur sa belle Terezia, mais je lui ai dit que par vous seule il pouvait savoir où elle était, ne voulant pas vous priver du bonheur de le réunir à votre amie. Par malheur il est président de la Convention. La Convention s'est déclarée en permanence ; jusqu'à minuit il est au fauteuil ; si à minuit il est parvenu à faire remplacer ou à modifier dans son sens le comité de salut public, il aura l'ordre de liberté.

— Mais là-bas ! m'écriai-je, nos deux malheureuses amies ?

— Elles savent qu'elles ne seront pas guillotinées, c'est le principal. Je retourne à la Convention, Tallien m'a fait promettre d'y revenir ; je l'attends, et, à quelque heure que ce soit, je viens vous prendre ici avec lui. Pendant ce temps, rhabillez-vous en femme et allez chercher votre garçon menuisier et votre apprentie lingère ; avec votre habit d'homme, peut-être ne vous les confierait-on point.

Il me sembla que mon brave commissaire pouvait bien avoir raison ; aussitôt son départ, je me hâtai de me transformer, et je descendis pour prendre un fiacre et aller chercher les deux enfants.

Mais il n'était plus question de fiacre ; la rue Saint-Honoré était en fête et les voitures n'y circulaient pas. Il y avait des feux de joie de vingt en vingt pas, et devant ces feux, autour de ces feux de joie, des danseurs de toutes les classes de la société.

D'où sortaient tous ces jeunes gens en habit de velours, en culotte de nankin, en bas de soie chinés ? D'où sortaient toutes ces femmes barbouillées de rouge comme des roues de carrosse, décolletées jusqu'à la ceinture ! Qui avait dicté les paroles, qui avait fait la musique de ces carmagnoles royalistes plus déhanchées que la carmagnole républicaine ? Jamais je n'eusse imaginé pareille folie.

Je traversai toute cette saturnale repoussant vingt bras qui voulaient m'entraîner dans ces rondes insensées. Sur la place du Palais-Egalité on ne savait où mettre le pied ; les fusées vous inondaient, les pétards vous éclataient dans les jambes, la population était, aux flambeaux et aux torches, visible comme s'il eût été grand jour.

Sans cette circonstance j'eusse bien certainement trouvé les portes de mes deux magasins fermées ; mais elles étaient toutes grandes ouvertes, et maîtres, maîtresses et commensaux de la maison prenaient part à la fête. De vieilles servantes qui ne pouvaient trouver de cavaliers dansaient avec leurs balais.

J'entrai au magasin des Deux-Sergents ; on me prit pour une pratique qui, malgré l'heure avancée, venait acheter quelque objet de lingerie, et l'on me remit au lendemain. On avait bien le temps de vendre, la terreur était finie. le commerce allait refleurir.

Je me fis reconnaître ; je dis le motif de ma visite. J'appris, chose qu'on ne savait pas, que madame de Beauharnais n'avait point été exécutée pendant les derniers jours, qu'elle vivait encore et qu'elle attendait ses enfants.

La joie de ces braves gens fut grande. Ils adoraient la petite Hortense. On l'appela à grands cris : elle s'était retirée dans sa chambre et pleurait pendant que les autres se réjouissaient ; mais à peine eut-elle su que sa petite mère vivait toujours et qu'il ne lui était rien arrivé, qu'elle se mit à sauter et à rire. C'était une charmante enfant de dix à onze ans, avec une peau satinée, de beaux cheveux blonds, de grands yeux bleus transparents comme l'éther.

On ne fit sur le billet aucune objection, et l'on s'apprêta à me remettre l'enfant ; mais pour une pareille solennité la maîtresse de la maison voulut absolument qu'on la fît belle. On vêtit Hortense de sa plus jolie robe et on lui mit un bouquet à la main, et pendant ce temps j'allai chercher son frère.

Le menuisier, sa femme et tous les apprentis dansaient et chantaient autour d'un grand feu qui brûlait dans la rue de l'Arbre-Sec ; je m'informai du jeune Beauharnais et on me le montra accoudé à une borne et regardant tristement toute cette joie à laquelle il ne prenait aucune part.

Mais lorsque j'eus été à lui, quand je me fus fait reconnaître, que je lui eus dit de quelle part je venais, lui, au lieu d'éclater en rires joyeux, il se mit à pleurer, ne prononçant que ces deux mots : Ma mère ! ma mère !

Lequel des deux enfants aimait le mieux sa mère ; autant l'un que l'autre, mais tous deux l'aimaient avec un caractère différent.

En un instant Eugène eut fait sa toilette. C'était un grand jeune homme de seize ans, avec de beaux yeux noirs, de beaux cheveux noirs tombant sur ses épaules. Il m'offrit son bras, je le pris, et nous nous hâtâmes de traverser la rue pour aller prendre sa sœur.

Elle nous attendait tout habillée, son bouquet à la main : elle avait une robe de mousseline blanche, une ceinture blanche et un chapeau de paille rond avec un ruban bleu ; de son chapeau de paille s'échappaient des flots de cheveux blonds. Elle était charmante.

Nous reprîmes en courant la rue Saint-Honoré.

Onze heures sonnaient à l'horloge du Palais-Egalité ; les feux commençaient de s'éteindre et l'on circulait un peu plus librement. Tout le long de la route, je n'étais occupée, à droite et à gauche, qu'à répondre aux questions des deux enfants sur leur mère.

Nous arrivâmes à mon entresol, à la porte duquel j'avais laissé la clef, mais mon commissaire n'était pas encore de retour. J'expliquai aux deux enfants que j'étais obligée d'attendre le citoyen Tallien, qui pouvait seul ouvrir les portes de la prison de leur mère. Ils le connaissaient de nom, mais ni l'un ni l'autre n'était fort au courant de l'histoire de la révolution, qui ne leur était venue que tamisée par le milieu commercial dans lequel ils vivaient.

Il y avait deux fenêtres à ma chambre, les enfants se mirent à l'une, moi à l'autre ; nous attendîmes.

Il faisait un temps magnifique, un de ces temps qui font croire, lorsqu'il arrive de grands événements, que pour leur accomplissement le ciel donne la main à la terre. J'entendais le jeune homme, qui avait quelques notions d'astronomie, dire à sa sœur le nom des étoiles.

Puis tout à coup, un peu après minuit sonné, le roulement

d'un fiacre se fit entendre, venant par la petite rue qui longe la grille de l'Ascension, et il s'arrêta à notre porte.

La portière s'ouvrit, deux hommes sautèrent sur le pavé.

C'étaient Tallien et le commissaire.

Celui-ci leva le nez, m'aperçut à la fenêtre, arrêta Tallien qui allait se lancer dans l'allée, et m'appela.

Puis, se retournant vers Tallien :

— Inutile de perdre son temps à monter, dit-il, elle descend.

En effet, je descendais avec les deux enfants.

— Ah ! mademoiselle, me dit Tallien, je sais tout ce que

Nous arrivâmes à la Force. Il y avait à la porte les restes d'un rassemblement qui s'y était tenu toute la journée ; c'étaient des parents et des amis dont les amis et les parents étaient enfermés dans la prison. On avait craint que, comme la veille, les charrettes ne continuassent de fonctionner, et chacun était venu avec une arme quelconque pour s'opposer en ce cas au départ des prisonniers. L'heure passée, le rassemblement avait continué d'avoir lieu la nuit sans que l'on sût pourquoi et par la seule raison qu'il avait eu lieu le jour.

On regarda curieusement les personnes qui descendaient du

Il y avait, de vingt en vingt pas, des danseurs de toutes les classes de la société.

je vous dois. Croyez que Terezia et moi ne l'oublierons jamais.

— Vous vous aimez, vous allez vous revoir, vous allez être heureux, lui dis-je, ce sera pour moi une bien douce récompense.

Il serra mes mains dans les siennes et me montra la portière du fiacre ouverte ; j'y montai, pris Hortense sur mes genoux, mais notre complaisant commissaire déclara que, pour ne pas nous gêner, il montait sur le siège avec le cocher.

Peut-être n'était-il pas fâché de me laisser le temps de causer avec Tallien au moment où le feu de la reconnaissance n'avait pas encore eu le temps de s'attiédir.

Si c'était là son intention, il devina juste. A peine la portière refermée, le cocher eut-il pris au galop le chemin de la Force, que j'entamai le chapitre des faits et gestes de messire Jean Munier. — Un mot que je dirais tout bas à Terezia, lui ferait ajouter ses recommandations aux miennes.

Les chevaux ne cessaient d'aller au galop, et cependant Tallien, passant sa tête à la portière, criait à chaque instant :

— Plus vite ! plus vite !

fiacre, et j'entendis tout bas murmurer le nom de Tallien par une personne qui avait reconnu l'ex-proconsul de Bordeaux.

Mais comme Tallien avait frappé en maître à la porte de la Force, la porte s'était ouverte rapidement, et rapidement s'était refermée.

Le commissaire nous servait de guide. J'eusse pu en faire autant, car je commençais à être familière avec la prison, et le père Ferney m'appelait en riant sa *petite pensionnaire*.

Tallien laissa au guichet le commissaire avec les papiers nécessaires à l'élargissement des prisonniers, et s'élança par les escaliers, ne voulant pas être retardé par ces formalités.

Le père Ferney nous donna un guichetier ; mais, comme je connaissais le chemin aussi bien que lui et que j'étais plus légère, j'étais avant lui à la porte.

— C'est nous ! criai-je en frappant trois coups.

Deux cris me répondirent, et des pas légers s'élancèrent vers la porte accourant au devant de moi.

— Et Tallien ? dit la voix de Terezia.

— Il est là, répondis-je.

— Et mes enfants ? demanda la voix de Joséphine.

— Eux aussi, ils y sont !

Une double exclamation monta au ciel.

Je démasquai la porte.

La clef grinça dans la serrure, la porte roula sur ses gonds, le flot se précipita dans la chambre, l'amant vers l'amante, les enfants vers la mère.

Je n'étais ni amante ni mère. J'allai m'asseoir sur le lit, je m'aperçus que seule j'étais seule ! et je pleurai.

— Où étais-tu ? mon Jacques bien-aimé !

Pendant quelques secondes on n'entendit que des baisers, des cris de joie, des mots entrecoupés : Ma mère ! Mes enfants ! Ma Terezia ! Mon Tallien !

Puis, égoïstes à force d'amour, ne voyant plus qu'eux au monde, les prisonniers sortirent en deux groupes, sans s'inquiéter de celle qui restait derrière eux.

La chambre demeura vide. Oh ! elle avait vu sans doute de grandes tristesses cette chambre, elle avait entendu sans doute de bien douloureux sanglots ; elle avait vu des enfants s'arracher aux bras de leur mère, des femmes à ceux de leur époux, des pères à ceux de leurs filles. Eh bien ! elle n'avait rien entendu de pareil, j'en suis sûre, au soupir que je poussai en me renversant sur ce lit.

Je fermai les yeux ; j'aurais voulu me croire morte. Sous cette terre insensible j'avais plus de parents et plus d'amis que dans ce monde d'oublieux et d'ingrats.

C'était la seconde fois que je regrettais que la guillotine n'eût pas voulu de moi.

Je tombai dans un état de torpeur impossible à décrire.

Une voix connue me tira de mon abattement.

Elle disait :

— Eh bien ! vous ne venez donc pas, vous ?

Je rouvris les yeux ; c'était mon commissaire qui venait me chercher.

Il ne m'avait pas oubliée, lui !

Il avait encore besoin de moi.

## XXVI

Je le suivis la mort dans l'âme !

A la porte nous cherchâmes vainement une voiture, celle qui nous avait amenés avait disparu. Tallien, qui, je l'ai dit, avait été reconnu en entrant, avait trouvé en sortant une foule immense. On savait la part qu'il avait eue à la chute de Robespierre ; on lui avait préparé une ovation. La voiture qui contenait les cinq prisonniers et leur libérateur fut escortée aux flambeaux ; elle traversa Paris au cri de : Mort au dictateur ; vive Tallien ! vive la république ! Ce fut le commencement de ses triomphes !

Rien ne laisse après soi plus d'obscurité que la lumière ; rien ne laisse plus de silence que le bruit.

Nous avions l'air, Jean Munier et moi, de deux ombres errant dans une ville morte.

De temps en temps nous entendions au loin devant nous les hourras poussés par la foule.

Comme elle devait être heureuse cette amante qui revenait à la vie au milieu des cris du triomphe de son amant ! Qu'elle devait être heureuse cette mère qui ressuscitait dans les bras de ses enfants, qu'elle avait cru ne revoir jamais.

Nous traversâmes Paris dans la moitié de sa longueur, de la Force à l'Ascension. Là je pris congé de mon compagnon, et je remontai chez moi, seule et désespérée.

Je me jetai tout habillée sur mon lit. Je ne m'y couchais point pour dormir, mais pour pleurer.

Le sommeil ou plutôt l'évanouissement de mes facultés vint au milieu des larmes et sans que je m'en aperçusse. Je continuais de pleurer en dormant.

Le lendemain, il me sembla entendre quelque bruit dans ma chambre, et, au milieu d'un rayon de soleil, je vis, me regardant, une créature si belle, que je la pris pour un ange du ciel.

C'était Terezia.

Elle s'était souvenue de moi ; elle accourait me chercher, m'enlever de bonne volonté ou de force, me dire que je ne la quitterais plus.

Je crois que d'abord je me détournai de ses baisers ; je secouai la tête.

— Seule je suis, lui dis-je, seule je dois rester.

Mais alors cette créature toute de flamme se jeta sur moi, me pressa contre son cœur, rit, pleura, pria, ordonna, mit au service de son cœur toutes les ressources de son esprit, et finit enfin par me soulever de mon lit et me porter devant ma glace.

— Regarde-toi, mais regarde-toi donc, me dit-elle ; est-ce que l'on est seule, est-ce que l'on a le droit de rester seule quand on est belle comme toi ? Oh ! comme les larmes te vont bien, comme tes yeux sont beaux dans ce cercle de bistre ! Moi aussi j'ai eu des yeux comme cela, moi aussi j'ai été seule et bien seule ! Regarde-moi, est-ce qu'il y a trace de douleur sur mon visage ? Non, une nuit de bonheur a tout effacé, et toi aussi tu auras une nuit de bonheur qui effacera tout.

— Ah ! moi, m'écriai-je, tu le sais bien, Terezia, celui-là seul qui pouvait me donner le bonheur est mort. A quoi bon attendre un voyageur qui ne peut revenir ? Mieux vaut l'aller rejoindre où il est, dans la tombe.

— Oh ! les vilains mots ! dit Terezia, est-ce que de pareils mots peuvent sortir d'une bouche jeune et fraîche comme la tienne. La tombe, dans soixante ans nous y penserons. Ah ! vivons, ma belle Eva, tu vas voir dans quel paradis nous allons vivre. D'abord, tu vas quitter cette chambre, où tu ne peux respirer.

— Cette chambre n'est pas à moi, dis-je.

— A qui est-elle donc ?

— A madame de Condorcet.

— Mais toi, où vivais-tu avant d'être ici ?

— Je te l'ai dit : à bout de toutes ressources, j'avais pour mourir moi-même crié : Mort à Robespierre !

— Eh bien ! raison de plus, tu vas venir avec moi. Ta chambre ou plutôt ton appartement est préparé à la Chaumière. Tu m'as dit que tu étais riche avant la révolution ?

— Très riche, je le crois du moins, ne m'étant jamais occupée d'argent.

— Eh bien ! nous te ferons rendre tes rentes, tes terres, tes maisons ; tu redeviendras riche, nous allons rentrer dans une période de la société où les femmes seront reines ; toi, belle comme tu es, tu seras impératrice ; d'abord tu vas me laisser t'habiller, te parer, t'embellir ce matin ; nous déjeunerons chez moi avec Barras, Fréron et Chénier, quel malheur que son frère André ait été guillotiné il y a quatre jours, quels beaux vers il t'aurait faits. Il t'aurait appelée Néère, il t'aurait comparée à Galatée, il t'aurait dit :

> Néère, ne va te confier aux flots,
> De peur d'être déesse et que les matelots
> N'invoquent au milieu de la tourmente amère
> La blanche Galatée et la blanche Néère.

Et au milieu de ce flot de paroles, de promesses, de louanges, elle m'embrassait, me caressait, me serrait sur son cœur ; elle voulait me faire croire que je n'étais pas seule et que la reconnaissance ferait pour moi d'elle une sœur.

Hélas ! puisque je vivais encore, je ne demandais pas mieux que de me laisser persuader et de prendre la vie en patience.

Je souris.

Terezia surprit ce sourire ; elle avait vaincu.

— Voyons, dit-elle, qu'allons-nous mettre qui puisse t'embellir encore ? Je veux que tu éblouisses mes convives.

— Mais que voulez-vous que je mette. Je n'ai rien à moi. Tout ce qui est ici est à madame de Condorcet, et, en vérité, je ne puis sortir avec la robe que j'ai sur moi, souillée et fripée comme elle est.

— Et les robes d'une femme philosophe de quarante ans ne peuvent point t'aller. Non, il te faut les robes d'une folle comme moi. M. Munier ? dit-elle.

Je me retournai.

Mon brave commissaire était debout sur le seuil de ma porte.

— M. Munier, dit-elle, descendez, prenez ma voiture ; allez à ma petite maison qui fait le coin de l'allée des Veuves et du Cours-la-Reine, et dites à ma vieille Marceline de vous donner une de mes robes du matin, qu'elle choisira parmi les plus élégantes.

— Vous êtes folle, Terezia, lui dis-je ; pourquoi me donner les apparences d'une fortune que je n'ai pas. Faites de moi votre humble dame de compagnie, mais n'en faites pas une rivale en richesse et en beauté.

— Faites ce que je vous dis, Munier.

Le commissaire avait déjà disparu pour obéir à la belle dictatrice.

— Oh ! mais, dit Terezia, allons-nous les faire enrager, toutes ces femmes, car nous sommes plus jeunes et plus belles qu'elles !

— Joséphine est bien jolie, et vous êtes injuste pour elle, Terezia !

— Oui, mais elle a vingt-neuf ans, et elle est créole. Tu en as seize, toi ; et moi, moi... J'en ai à peine dix-huit. Tu verras madame Récamier, elle est très belle certainement, mais, pauvre femme, dit-elle avec un rire singulier, à quoi cela lui servira-t-il d'être belle ; tu verras madame Krüdner, elle est belle aussi, peut-être à la rigueur même plus belle que madame Récamier, mais une beauté allemande. Oh ! et puis, c'est une prophétesse qui prêche une religion nouvelle, le néo-christianisme ou quelque chose comme cela. Je ne suis pas forte sur les questions religieuses. Toi qui sais tout, tu verras bientôt à travers tout cela. Tu verras madame de Staël ; elle n'est point belle, mais c'est l'arbre de la science.

Je mis mes mains sur mes yeux et cessai d'écouter ce qu'elle disait. Oh ! mon bel arbre de la science ! le roi de mon paradis d'Argenton, des racines duquel coulait le ruisseau qui avivait tous les jardins, où buvaient la tige de mes iris et les racines de mes roses.

Oh ! depuis longtemps je n'écoutais plus ce qu'elle disait, lorsque le bruit de la voiture traversa ma rêverie et que le citoyen Munier rentra avec les robes de Terezia.

— Attendez-nous en bas, Munier, dit Terezia ; vous viendrez avec nous, et je vous présenterai au citoyen Barras, qui sera probablement quelque chose dans le gouvernement qui succédera à celui-ci, et qui, aidé de Tallien, pourra faire pour vous ce que vous désirez.

Elle salua de la tête, et Munier, déjà dressé à obéir, s'inclina jusqu'à terre et disparut.

Terezia fut quelque temps à choisir dans ses deux robes celle qui me conviendrait le mieux ; les femmes vraiment belles ne craignent pas les belles femmes et sont d'avis au contraire que la beauté fait valoir la beauté.

Je suis forcée de dire que, lorsque je sortis des mains de Terezia, j'étais aussi belle que je pouvais être.

Nous montâmes en voiture, nous traversâmes la place de la Révolution. Robespierre n'y était plus, mais la guillotine y était toujours.

Je cachai ma tête dans la poitrine de Terezia.

— Qu'as-tu ? me demanda-t-elle.

— Ah ! si vous aviez vu, lui dis-je, ce que j'ai vu hier.

— Ah ! c'est vrai, tu les as vu guillotiner !

— Et je les verrai toujours. Pourquoi cette affreuse machine est-elle encore là ?

— C'est nous autres femmes que cela regarde ; ce matin à déjeuner, nous allons commencer à la démolir, ce sont nos mains à nous qui renversent les choses auxquelles les hommes n'osent toucher.

Nous arrivâmes à une petite maison cachée dans un massif de lilas au-dessus duquel se balançaient quelques peupliers.

On l'appelait la Chaumière ; elle était en effet couverte de chaume, mais peinte à l'huile, ornée de bois grume, et toute enguirlandée de roses, comme une chaumière à l'Opéra-Comique.

C'était la demeure de Terezia.

Il était un peu plus de dix heures du matin quand nous arrivâmes ; le déjeuner était pour onze heures.

Pour une maison abandonnée par sa maîtresse depuis six semaines, elle était parfaitement tenue par la vieille Marceline. Seulement le cuisinier et le cocher avaient été congédiés. Les voitures étaient sous la remise, prêtes à être attelées ; les chevaux à l'écurie, prêts à être mis aux voitures ; la cuisine éteinte, prête à être rallumée.

Le déjeuner devait être apporté tout servi de chez un des traiteurs en renom.

Terezia me conduisit d'abord à *mon appartement* : il se composait d'un petit boudoir, d'une chambre et d'un cabinet de toilette.

Tout cela ravissant de goût et d'élégance.

Je voulus refuser, je demandai à quel titre j'irais, en m'installant chez elle, me mêler à son existence et prendre une partie de sa maison.

Elle me répondit tout simplement :

— Ma chère Eva, tu m'as sauvé la vie ; si je ne t'avais pas rencontrée sur ma route, c'était moi que l'on guillotinait hier, selon toute probabilité, à la place de Robespierre. Je suis ton obligée, j'ai donc droit absolu sur toi. Puis, j'ose te répondre que ce ne sera pas long, que dans quinze jours toute ta fortune te sera rendue, et que ce sera toi qui pourras m'offrir un appartement chez toi.

Alors elle me conduisit dans sa chambre ; tandis qu'elle mettait la dernière main à sa toilette, Tallien entra doucement sur la pointe du pied. Tournée vers la porte, je le vis entrer.

Elle le vit, elle, dans la glace de la psyché où elle se regardait.

Elle se retourna vivement et lui ouvrit les bras.

— Lui aussi m'a sauvé la vie, dit-elle, mais après toi, Eva.

— Je veux bien accepter la place secondaire que tu me donnes, chère Terezia, enchanté que je serai toujours de céder le pas à une jolie femme, répliqua Tallien, mais elle vous dira que, lorsqu'elle est entrée chez moi venant de votre part, la mort de Robespierre était jurée.

— Oui, mais avouez que mon poignard et l'avis que je vous ai donné ont été pour quelque chose dans la résolution que vous avez prise ?

— Pour tout, Terezia, pour tout ! L'idée que si je tardais d'un jour, d'une heure, d'un moment, vous pouviez être la victime de ce monstre, m'a décidé non pas à renverser Robespierre, mais à hâter sa chute. C'est à toi que la France doit de respirer trois ou quatre jours plus tôt.

— Nous l'aimerons bien, n'est-ce pas ? dit en me montrant Terezia à Tallien. Puis, le plus tôt possible, il faut lui faire rendre ses biens. C'est une Chazelay. La maison était noble et riche. Noble, ils n'ont pas pu lui ôter cela. Mais ils pouvaient la ruiner, et ils l'ont fait.

— Eh bien ! rien de plus facile ; elle n'est pas émigrée, elle a été victime de la terreur, puisqu'elle a failli mourir sur l'échafaud. J'en parlerai à Barras et nous arrangerons cela ensemble. Seulement, ajouta-t-il en riant, comme c'est une chose juste, ce sera un peu plus long et plus difficile que si c'était une chose arbitraire.

La vieille Marceline annonça que le citoyen Barras venait d'arriver.

— Va le recevoir, dit Terezia, nous descendons.

Tallien descendit après avoir échangé avec elle un coup d'œil d'intelligence dans lequel il était incontestablement question de moi.

Quelques minutes après lui, nous descendîmes à notre tour.

Le salon était plein de fleurs, et l'on y arrivait par des corridors fleuris comme le reste de la maison. Tallien avait en quelques heures changé le voile de tristesse jeté sur la maison pendant l'absence de Terezia en une robe de fête.

On sentait que la joie et l'amour venaient d'en ouvrir les fenêtres au splendide soleil de juillet.

Comme je l'ai dit, Barras était au salon et nous attendait.

Il était vraiment beau, plutôt élégant que beau, avec son costume de général de la révolution, à grands revers bleus brodés d'or, avec son gilet de piqué blanc, sa ceinture tricolore, son pantalon collant et ses bottes à retroussis. En apercevant Terezia, il lui tendit les bras.

Terezia lui sauta au cou comme à un ami intime et s'effaça pour me faire place.

Barras demanda la permission de baiser la belle main qui savait si bien tirer les verrous des prisons. Tallien lui avait en deux mots raconté tout ce que j'avais fait.

Il me parla de la reconnaissance de son ami, qu'il avait pris à tâche d'acquitter envers moi, et le remercia d'avoir bien voulu le charger de ce rôle. Puis il me dit de lui faire une note de ce qu'était ma fortune avant la révolution.

— Hélas ! citoyen, lui dis-je, vous me demandez là tout simplement une chose impossible. Je n'ai point été élevée chez mes parents ; je sais seulement que mon père était riche. Mais il me serait impossible de donner sur cette fortune aucun détail.

— Il n'est pas nécessaire que l'on tienne ces détails de vous, citoyenne ; mieux vaut même qu'ils nous arrivent envoyés par une main tierce ; vous avez bien un homme de confiance que vous puissiez envoyer à Argenton et qui puisse s'entendre avec le notaire de votre famille.

J'allais répondre non, lorsque je pensai à mon brave commissaire, Jean Munier. C'était de tout point l'homme intelligent qu'il me fallait, et ce serait en même temps le moyen de lui offrir le payement des services rendus.

— Je chercherai, citoyen, répondis-je avec une révérence de remerciement, et j'aurai l'honneur de vous envoyer l'homme, afin qu'il puisse, grâce à un sauf-conduit de vous, accomplir tranquillement sa mission, dans laquelle il pourrait être troublé s'il n'y était soutenu par vous.

Barras, en homme du monde, comprit que ma révérence signifiait que la conversation avait duré assez longtemps. Il me salua et alla au-devant de Joséphine et de ses enfants, qui venaient d'arriver.

Hélas ! ils étaient vêtus tous trois de noir.

Madame de Beauharnais avait appris en sortant de sa prison seulement, et le lendemain même de sa sortie que, huit jours auparavant, son mari avait été exécuté ; elle venait faire à Terezia sa visite de veuvage, mais se dégager de l'invitation qui lui avait été faite la veille.

Barras et Tallien savaient la nouvelle, mais n'avaient pas jugé à propos de la lui apprendre.

Elle reçut les compliments de condoléances de Barras et de Terezia, puis elle vint à moi.

— Oh ! ma chère Eva, dit-elle, que de pardons pour l'abandon où nous vous avons laissée hier. Je croyais vous voir toujours avec nous, tant vous m'aviez jeté du bonheur plein les yeux. Le bonheur aveugle. Quand je me suis aperçue que vous n'étiez plus avec nous, nous étions trop loin. Et puis, chère Eva, que pouvais-je vous offrir, moi, l'hospitalité de l'auberge ? Nous avons été coucher, mes enfants et moi, rue de la Loi, à l'hôtel de l'Egalité.

— Ainsi, lui dis-je, vous voilà dans la même situation que moi. J'ai perdu mon père, fusillé comme émigré, vous avez perdu votre mari, décapité comme aristocrate.

— Complètement. Les biens de M. le vicomte de Beauharnais sont sous le séquestre ; toute ma fortune personnelle est aux Antilles ; je vais vivre d'emprunts jusqu'à ce que le citoyen Barras arrive à me faire rendre les propriétés de mon mari. Croyez-vous que s'il n'y eût pas eu nécessité absolue, j'aurais mis mes chers enfants, l'un chez un menuisier, l'autre chez une lingère. Oh non ! mais les voilà, ils ne me quitteront plus.

Joséphine fit signe à Hortense et à Eugène, qui accoururent à elle et se groupèrent de manière à faire d'elle la Cornélie antique.

Ils restèrent ainsi un instant embrassant et embrassés au milieu des larmes ; puis, s'excusant encore une fois sur la tristesse que mettait parmi nous leur présence, ils se retirèrent, croisant Fréron, qui, lui aussi, connaissait la mort du général et s'inclina devant cette triple douleur.

## XXVII

On devine ce que dut être comme élégance un déjeuner servi par Beauvillers à trois sybarites comme Barras, Tallien et Fréron.

Dans ces sortes de réunions, où les femmes ne comptent pas, tout est fait pour elles cependant, jusqu'à l'esprit qui pétille de tous côtés. L'esprit est au moral ce que le parfum des fleurs est au physique. Quoique je n'aie aucune idée de ce que c'est que la gourmandise, je compris dès les premiers mots la différence de saveur qu'il y a entre un déjeuner vulgaire et un déjeuner entre trois femmes jeunes et belles et trois hommes qui passaient alors comme les plus spirituels de Paris.

On disait le beau Barras, le beau Tallien, l'élégant Fréron.

Fréron, on se le rappelle, allait donner son nom à toute une jeunesse qui allait s'appeler la jeunesse dorée de Fréron.

J'entrais dans un côté de la vie que j'ignorais complètement, dans la vie sensuelle.

Le déjeuner était servi avec toute la finesse qui devait succéder à la brutale époque dont nous sortions. Les vins étaient versés dans des verres de mousseline qui laissaient presque les lèvres se toucher en buvant. Le café était versé dans des tasses du Japon frêles comme des coquilles d'œufs, et ornées de figures et de plantes des couleurs les plus capricieuses et les plus brillantes.

Il y a dans les excès du luxe une espèce d'ivresse. Je n'eusse bu que de l'eau dans ces verres et dans ces tasses, au milieu de cet air parfumé, que je n'en eusse pas moins eu l'esprit un peu troublé.

J'étais placée entre Barras et Tallien.

Tallien fut tout à Terezia; mais Barras n'eût à s'occuper que de moi.

Comme il y avait entre les deux femmes un complot pour me rendre Barras favorable, c'était à qui me ferait valoir aux yeux du futur dictateur.

Les parfums ont une immense influence sur moi. Lorsqu'on se leva après le déjeuner, j'étais pâle, et malgré ma pâleur mes yeux étincelaient.

Je passai devant une glace; je me regardai et m'arrêtai étonnée de l'étrange expression de mon visage. Ma narine se dilatait pour sentir, mes yeux s'ouvraient pour voir, comme si ces parfums étaient une chose saisissable. J'étendis les bras et les rapprochai de moi comme pour presser sur mon cœur l'arome de toutes ces plantes, de tous ces vins, de toutes ces liqueurs, de tous ces mets auxquels j'avais à peine touché.

J'allai sans y songer m'asseoir devant un piano. Terezia en souleva le couvercle et je me trouvai le doigt sur les touches; alors je ne sais pas comment il se fit que je me reportai à ce jour où, excitée par l'orage, je répétai de moi-même les premières mélodies que tu m'avais fait entendre; mes doigts coururent sur l'ivoire, je ne dirai pas avec une science, mais je dirais tout à la fois avec une vigueur, une légèreté et une morbidezza qui m'étonnèrent moi-même. Je me sentais frissonner et frémir à ces mélodies inconnues qui s'éveillaient sous mes doigts; ce n'étaient plus des notes, c'étaient des pleurs, des soupirs, des sanglots, des retours à la joie, à la vie, au bonheur, un hymne de reconnaissance à Dieu; je ne vivais plus de ma vie ordinaire, mais d'une vie convulsive et fiévreuse où se résumait comme sensation tout ce que j'avais éprouvé, ressenti, souffert depuis un mois. J'improvisai en quelque sorte avec les doigts le récit terrible des événements qui venaient de s'écouler.

J'étais à moi seule le chœur et les personnages d'une tragédie antique.

Enfin je fermai les yeux, je jetai un cri et m'évanouis entre les bras de Terezia.

Je revins à moi par un éclat de rire nerveux; on avait fait sortir les hommes pour me donner les soins que nécessitait mon évanouissement. J'étais à moitié déshabillée; je tenais Terezia pressée contre mon cœur et ne voulais pas la lâcher. Il me semblait qu'en la lâchant je tomberais dans un précipice.

Je haletai longtemps avant de reprendre complètement et ma connaissance d'abord et mon pouvoir sur moi-même ensuite; puis enfin, au lieu d'une indisposition, me sentant noyée dans un bien-être étrange, je demandai moi-même où étaient nos convives.

En un instant je fus rajustée et on les fit rentrer.

Ils avaient parfaitement vu qu'il n'y avait rien de joué dans mon évanouissement; que j'avais succombé sous le poids d'une excitation nerveuse plus forte que moi.

Barras vint à moi et me tendit les deux mains en me demandant si j'allais mieux; elles étaient froides et tremblantes. On voyait que lui-même avait été fortement ému; la même émotion, mais à des degrés différents, se peignait sur les visages de Tallien et de Fréron.

— Mais, bon Dieu! qu'avez-vous donc eu, mademoiselle? me demanda Barras.

— Je ne sais moi-même. Ces dames viennent de me dire que je m'étais trouvée mal après avoir joué je ne sais quelle fantaisie sur le piano.

— Vous appelez ça une fantaisie, mademoiselle? Mais c'est une symphonie comme jamais dans ses plus beaux jours Beethoven n'en a composé une. Ah! s'il y avait eu là un sténographe musical, de quel chef-d'œuvre vous eussiez enrichi ce répertoire si restreint, qui, au lieu de parler à l'âme avec la voix seule, lui parle par le cœur à tous les sens!

— Je ne sais, lui dis-je en haussant légèrement les épaules. Je ne me souviens de rien.

— De sorte que si l'on vous priait de recommencer?... demanda Barras.

— Ce serait impossible, répondis-je. J'ai improvisé, je le présume du moins; et pas une des notes que vous avez entendues n'est restée dans mon souvenir.

— Oh! mademoiselle, dit Tallien, nos salons, avec la tranquillité qui est revenue, je l'espère, vont se reformer. Nous ne sommes point une société de tigres comme ont pu vous le faire croire les six ou huit derniers mois qui viennent de s'écouler. Nous sommes un peuple lettré, spirituel, accessible à toutes les sensations; il faut que vous ayez été élevée dans le meilleur monde. Quel est votre maître? qui vous a appris à composer de pareils chefs-d'œuvre?

Je souris tristement, car je pensais à vous, mon Jacques bien-aimé.

J'éclatai en sanglots.

— Ah! m'écriai-je, mon maître, mon bon maître chéri est mort.

Et je me jetai dans les bras de Terezia.

— Laissez-la tranquille, messieurs, dit-elle; ne voyez-vous pas que c'est encore une enfant, qu'elle n'a eu de maître encore en rien; qu'une nature exubérante et prodigue qui lui a donné avec la beauté le sentiment du beau. Donnez-lui un pinceau, elle peindra; hélas! c'est une de ces créatures réservées à toutes les délices de la vie ou à toutes ses douleurs.

— A toutes ses douleurs, oh! oui! m'écriai-je.

— Imaginez-vous, dit Terezia, qu'elle s'est trouvée, jeune et belle, tellement abandonnée de tout, qu'elle a voulu mourir, et que, ne voulant pas se tuer sans doute par respect pour ce chef-d'œuvre que la création avait fait en elle, elle a crié, à l'exécution de la Sainte-Amarante: A bas le tyran! Mort à Robespierre! Imaginez-vous que, ne trouvant pas la mort assez lente dans la prison où elle était enfermée, elle est montée sur la charrette de l'échafaud. C'est là qu'elle m'a rencontrée sur la charrette où on me conduisait moi-même aux Carmes; c'est là qu'elle m'a soufflé le bouton de rose qu'elle tenait à la bouche, et que j'ai reçu comme le dernier présent d'un ange qui va mourir. Descendue la dernière de la charrette fatale, il s'est trouvé qu'elle faussait le compte de têtes données au bourreau. Il l'a chassée de l'échafaud. Un brave homme que nous allons vous présenter tout à l'heure l'a conduite aux Carmes, où nous étions déjà réunies Joséphine et moi. Là, elle nous a raconté sa vie, un roman sublime comme celui de Paul et Virginie. Vous savez les services qu'elle nous a rendus; c'est elle qui a été mon messager près de vous, Tallien, et hier soir, pour la remercier, ingrates que nous étions, Joséphine et moi, nous l'oublions dans la prison de la Force. C'est moi qui, ce matin, ai été la chercher dans le petit entresol de madame Condorcet. Cette enfant, qui est née avec quarante ou cinquante mille livres de rentes, n'avait point une robe à elle, et vous la voyez avec une robe à moi.

— Oh! madame! murmurai-je.

— Laissez-moi dire tout cela, enfant. Il faut bien qu'ils le sachent, puisque c'est à eux de réparer les torts de la fortune. Son père a été fusillé comme émigré à Mayence; un Chazelay, une noblesse des croisades. De quoi était-elle accusée? D'avoir crié: A bas le tyran! à bas Robespierre! Tout cela, qui était un crime digne de mort il y a huit jours, est aujourd'hui un acte de vertu digne de récompense. Eh bien! Barras; eh bien! Tallien; eh bien! Fréron, il faut que vous fassiez rendre ses biens à celle qui m'a rendue à vous. Ses terres et son château sont situés dans le Berri, près de la petite ville d'Argenton. Vous ferez faire un rapport sur tout cela, n'est-ce pas, Barras? afin qu'elle sorte promptement de cette position de mon hôtesse que j'ai eu toutes les peines du monde à lui faire accepter et dont elle rougit.

— Oh! non, madame, je ne rougis pas, m'écriai-je, et je ne demande pas qu'on me rende toute cette grande fortune, mais seulement de quoi vivre dans cette petite ville d'Argenton où j'ai été élevée et dans ma petite maison, que j'achèterai, si elle est à vendre.

— Il faut, mademoiselle, dit Barras, il faut nous occuper de cela le plus tôt possible ; il va y avoir une foule de réclamations du genre de la vôtre, pas si sacrées, je le sais, mais il ne faut pas nous laisser prévenir. Vous avez quelque homme d'affaires, n'est-ce pas, à qui nous pourrions nous adresser pour aller faire là-bas le relevé de vos propriétés, pour savoir si elles sont toujours sous le séquestre ou si elles ont été vendues?

— J'ai, monsieur, répondis-je, le brave homme qui m'a recueilli sur la place de la Révolution au moment où le bourreau m'a repoussée. Il m'avait vu jeter à Terezia la fleur que je tenais dans ma bouche ; il avait cru que je la connaissais, tandis que ce n'était point à une femme, mais à la statue de la beauté, que je jetais cette fleur. Il était commissaire de police ; il m'a conduite aux Carmes sans m'y faire écrouer, pensant qu'une prison était l'asile le plus sûr pour moi. C'est lui qui, depuis ce temps, ne m'a pas quittée, qui m'a ramenée hier soir de la Force à l'entresol de madame Condorcet ; c'est lui qui m'a aidée à aller trouver M. Tallien avec la mission que j'avais de Terezia pour vous ; c'est lui qui était enfin ce matin chez moi quand Terezia est venue me chercher, et c'est à lui que j'ai pensé quand cette bonne amie m'a dit qu'il me faudrait un homme intelligent pour aller à Argenton relever la liste de mes biens.

— Et où est cet homme? demanda Barras.

— Il est ici, mon cher citoyen, répondit Terezia.

— Eh bien, dit Barras, si vous le permettez, nous allons le faire monter et causer avec lui de cette affaire.

On appela Jean Munier, qui monta aussitôt.

Barras, Tallien et Fréron l'examinèrent tour à tour et trouvèrent en lui un homme plein d'intelligence.

C'était tout à fait l'homme qu'il fallait pour une semblable commission.

— Maintenant, dit Barras, que pouvons-nous faire? nous n'avons aucune position constituée, nous ne pouvons donner des ordres.

— Oui, mais vous pouvez donner un certificat de civisme à un homme chargé par vous d'aller faire une enquête dans le département de la Creuse. Vos trois noms sont aujourd'hui le meilleur passeport que l'on puisse emporter avec soi.

Barras regarda ses deux amis, qui lui firent chacun un signe d'adhésion.

Il prit alors sur le petit secrétaire de Terezia une feuille de papier parfumée sur laquelle il écrivit :

« Nous, soussignés, recommandons aux bons patriotes, amis de l'ordre et ennemis du sang, le nommé Jean Munier, qui nous a prêté aide et assistance dans la dernière révolution qui vient de s'opérer, et qui a conduit à la fin Robespierre à l'échafaud.

« Il s'agit tout simplement de faire des recherches sur la fortune réelle de l'ex-marquis de Chazelay, et de savoir si cette fortune a été séquestrée simplement ou si les biens mobiliers et immobiliers ont été vendus.

« Nous prions les magistrats, en les assurant de notre reconnaissance, de vouloir bien aider le citoyen Jean Munier dans ses recherches.

« Paris, ce 11 thermidor an II. »

Et ils signèrent tous trois.

N'était-il pas étonnant que ce fût Fréron, l'homme de Lyon ; Tallien, l'homme de Bordeaux ; et Barras, l'homme de Toulon, qui fissent un appel aux bons patriotes ennemis du sang versé.

Jean Munier partit dès le lendemain.

A trois heures, un cocher en livrée bourgeoise amena deux magnifiques chevaux que l'on attela à une calèche. Fréron avait affaire, il nous quitta ; Terezia, Tallien, Barras et moi y montâmes seuls.

Il faisait un temps magnifique, les Champs-Elysées étaient pleins de monde, les femmes tenaient à la main des bouquets de fleurs, les hommes des branches de laurier, en souvenir de la victoire remportée quatre jours auparavant.

Il eût été difficile de dire d'où sortait la quantité innombrable de voitures que l'on rencontrait, quand huit jours auparavant on eût pu croire qu'il n'y avait plus dans Paris que la charrette du bourreau.

Paris avait un aspect si différent de celui que je lui avais vu quelques jours auparavant, que l'on ne pouvait s'empêcher de partager l'enivrement général.

Au milieu de tous les équipages, le nôtre était assez élégant pour être remarqué.

Bientôt il fut non seulement remarqué, mais ceux qui l'occupaient furent reconnus.

Alors les noms de Barras, de Tallien, de Terezia Cabarrus se répandirent dans la foule qui gronda aussitôt.

Il y a quelque chose du tigre dans la foule ; elle gronde d'amour comme de colère.

Cinq minutes après, la voiture était enveloppée et ne pouvait plus marcher qu'au pas.

Alors les cris de Vive Barras ! Vive Tallien ! Vive madame Cabarrus ! éclatèrent, et au milieu de tous ces cris une voix retentit, c'était une voix de femme, qui cria :

« Vive Notre-Dame de thermidor ! »

Le nom resta à la belle Terezia.

Nous fûmes reconduits jusqu'à la chaumière de l'allée des Veuves par ces cris frénétiques, car il nous fut impossible de continuer notre promenade.

Mais ce ne fut point tout ; la foule stationna devant la porte et continua ses cris jusqu'à ce que Barras, Tallien et madame Cabarrus se fussent montrés à elle.

Cela dura jusqu'à ce qu'on eût demandé un peu de repos pour Terezia, qui se trouvait, dit-on, un peu indisposée.

Quant à moi, j'étais ivre d'un sentiment singulier, qui tenait encore plus de l'étonnement que de l'enthousiasme.

Barras ne me quitta pas un instant de toute la soirée, sans qu'il me fût possible, lui parti, de me rappeler un seul mot de ce qu'il m'avait dit ou de ce que je lui avais répondu.

## XXVIII

Lorsque Barras fut parti, Terezia s'empara de moi.

La conversation tomba sur Barras. Comment l'avais-je trouvé? N'était-il pas gai, spirituel, charmant?

C'est vrai, il était tout cela.

Terezia me conduisit à ma chambre ; elle ne voulut pas me quitter qu'elle n'eût fait ma toilette de nuit, comme elle avait fait ma toilette de jour.

Aux lumières, ma chambre était encore plus coquette que dans la journée. Tout servait de réflecteur aux bougies : les cristaux des chandeliers, les potiches du Japon et de la Chine, les glaces de Venise et de Saxe semées le long de la muraille.

Mon lit, tout en étoffe de soie gris-perle avec des boutons de rose, faisait un si grand contraste avec la paille des Carmes et de la Force, le lit de madame Condorcet, celui de ma petite chambre que j'avais quittée faute de pouvoir la payer plus longtemps, que je le caressais de la main et des yeux comme les enfants font d'un joujou.

Puis, au milieu de toutes ces richesses, cette créature si belle, si élégante, si courageuse, que tout un peuple avait acclamée lorsqu'elle s'était montrée à lui ; et qui avait voulu dételer sa voiture ; qui disait vouloir faire de moi son amie, ne plus me quitter, vivre continuellement avec moi, me faire rendre ma fortune, joindre son luxe au mien pour mener une grande existence, tout cela, je l'avoue, était si opposé aux mauvais jours que je venais de traverser, à mon dégoût de la vie, aux tentatives que j'avais faites pour mourir, que lorsque je pensais à mon passé, je croyais sortir d'un rêve fiévreux et insensé, ou plutôt être entrée dans une nouvelle vie qui n'avait aucune raison d'être et qui allait s'évanouir comme les décorations de jardins enchantés et de palais splendides dans les contes de fées.

Je m'endormis sous les caresses de Terezia.

Des songes charmants les continuèrent.

En me réveillant, je vis des fleurs, des arbres, j'entendis chanter les oiseaux : étais-je encore à Argenton?

Hélas ! non ; j'étais à Paris, allée des Veuves, aux Champs-Elysées.

Une jeune femme de chambre, vraie soubrette d'opéra-comique, entra chez moi, riante, coquette, marchant sur la pointe du pied, pour me demander mes ordres.

On déjeunerait à onze heures, mais d'ici là que prendrais-je, café ou chocolat?

Je demandai du chocolat.

Combien cette vie de prison, si douloureuse pour moi, avait dû peser sur ces femmes habituées à ce luxe quotidien ! et je compris que Terezia me fût reconnaissante de l'avoir aidée à reconquérir tout cela.

Nous étions encore à table après le déjeuner, lorsque Barras, sous prétexte de parler des affaires publiques avec Tallien, se fit annoncer.

Il nous fit ses compliments ordinaires, et prétendit que j'étais plus belle en négligé du matin qu'en toilette du soir.

— Ah ! mon ami, je n'étais point habituée à ce langage, jamais vous ne m'aviez parlé ainsi, vous ; jamais vous n'aviez loué ni ma beauté ni mon esprit ; il vous suffisait de me dire :

— Je suis content de toi, Eva.

Puis de temps en temps vous me preniez la main, vous me regardiez et vous me disiez :

— Je vous aime.

Oh ! si je vous voyais, même en rêve, me regarder ainsi ; si je vous sentais me serrer la main ainsi ; si je vous entendais me dire ainsi : « Je vous aime ! » tout ce mirage qui m'enveloppe s'évanouirait, et je serais sauvée.

En sortant de chez Tallien, Barras entra.

— Je me suis déjà occupé de vous, me dit-il, et je crois vous avoir trouvé, dans un des quartiers élégants de Paris, une petite maison telle qu'elle vous conviendra sous tous les rapports.

— Mais, citoyen Barras, lui dis-je, il me semble que vous allez bien vite.

— Quelque chose qu'il arrive, reprit Barras, vous resterez toujours à Paris, et il faudra bien que vous y logiez.

— D'abord, répondis-je, je ne sais pas si je resterai à Paris, et, dans tous les cas, pour que j'y achète une maison et pour que j'y demeure, il me faut une fortune indépendante ; je n'en ai pas encore.

— Oui, mais vous aurez bientôt la vôtre, dit Barras. Je viens de voir Sieyès et de le consulter ; c'est, comme vous le savez, un jurisconsulte habile ; il m'a dit que rien ne s'opposerait à la restitution de vos biens, et je vais tout tenir prêt pour que, une fois vos biens rendus, vous n'ayez pas de temps à attendre. Non pas que Terezia ne tienne pas à vous garder chez elle le plus longtemps possible, mais je comprends votre gêne dans une maison qui n'est pas la vôtre.

Barras avait cinquante raisons pour une de venir trois ou quatre fois par jour chez Tallien ; et quand il n'en avait pas, il en inventait.

Les journées passaient rapidement, et je me liais de plus en plus avec Terezia, abandonnée par madame de Beauharnais que les premiers jours de son veuvage laissaient toute à sa douleur.

Son mariage avec le vicomte n'avait point été heureux, mais elle le perdait si douloureusement, au moment où il allait être sauvé comme les autres par la mort de Robespierre, que, ne connaissant pas les décrets de la Providence sur elle, et qu'il fallait pour qu'ils s'accomplissent que son mari la laissât veuve, elle éprouvait dans son amour pour ses enfants plutôt que dans son amour pour lui un grand regret du présent, un grand doute de l'avenir.

Quinze jours se passèrent ainsi sans qu'un seul jour Barras manquât de se faire voir deux ou trois fois.

Comme on l'avait présumé, les thermidoriens étaient près d'hériter de la puissance qu'ils avaient abattue. Il était évident que, au premier changement qui se ferait dans la forme du gouvernement, ils arriveraient au pouvoir.

Tallien et Barras restaient en ce cas chefs de parti.

Au bout de huit jours, j'avais des nouvelles de Jean Munier. Il écrivait que les biens avaient été mis sous séquestre, mais non vendus. Il relevait maintenant leur valeur et promettait d'arriver aussitôt que ce relevé serait fait par l'arpenteur et le notaire.

En effet, le quinzième jour, il arriva.

Les biens qui étaient en maisons, en châteaux, en plaines et en forêts, pourraient monter à la valeur d'un million et demi, dans ce temps de dépréciation. Dans tout autre, ils eussent valu deux millions, c'est-à-dire une soixantaine de mille livres de rente.

C'était là d'excellentes nouvelles, et j'avoue que j'en bondis de joie. Du degré d'espérance où j'étais arrivée, s'il m'avait fallu redescendre au niveau de cette douleur, de cet oubli de tout, de cet abandon de soi-même qui m'avaient fait chercher la mort, je ne sais si j'aurais eu le même courage.

Avec vous, mon bien-aimé Jacques, je me sentais la force de tout supporter, mais sans vous, mais en votre absence, mon pauvre cœur perdait toute sa force. Oh ! Jacques, Jacques, vous avez plus soigné chez moi le corps que l'âme ; vous avez eu le temps de faire ce corps d'une beauté qui, dit-on, éblouit les yeux ; mais l'âme ! l'âme ! vous l'avez laissée faible, et n'avez pas eu le temps d'y insuffler votre puissante haleine.

Barras, mes pièces de propriété à la main, le procès-verbal de la mort de mon père reçu de Mayence, commença les démarches nécessaires. Loin d'être antipathique au mouvement qui venait de s'opérer, j'avais tout perdu et j'avais failli perdre la vie sous le gouvernement des jacobins.

La faveur, comme c'est l'habitude, commençait à revenir aux victimes de la révolution, et ceux-là même qui avaient été les plus furieux entre les démagogues commençaient, comme Fréron, à se laisser entraîner aux excès les plus opposés.

Quant à moi, je sortais tous les jours avec Terezia et Tallien. En vertu de la loi du divorce, elle avait pu se remarier, son premier mari vivant encore, et, chose étrange qui caractérise parfaitement l'Espagnole, elle avait voulu se remarier devant un prêtre, et un prêtre non assermenté. Barras n'avait fait qu'augmenter d'attentions pour moi. Il était facile de voir qu'il obéissait à une irrésistible passion. De mon côté, soit dans l'espérance des services que j'attendais de lui, soit que je cédasse peu à peu et malgré moi, à ce charme qui l'entourait, soit enfin, mon ami, que l'absence opérât son effet habituel sur une âme vulgaire, moi j'avais pris une telle coutume de le voir que, s'il venait une fois de moins que d'habitude, j'étais inquiète le soir et l'attendais avec impatience.

Deux mois s'écoulèrent. Un jour Barras vint me chercher dans un joli coupé attelé de deux chevaux. Il avait quelque chose à me faire voir, disait-il.

Au point d'amitié où j'en étais vis-à-vis de lui, je ne voyais aucune difficulté à sortir en tête-à-tête.

Il me conduisit dans une petite maison de la rue de la Victoire, située entre cour et jardin. Un valet de chambre attendait sur le perron.

Il me fit visiter la maison, du rez-de-chaussée au second étage. Il était impossible de voir un plus charmant bijou, tout était d'une élégance parfaite auquel le luxe avait part sans qu'il fût possible de le reconnaître tant il était déguisé sous le bon goût qui marche si rarement avec lui. Il y avait dans le salon deux charmants tableaux de Greuze. Dans une chambre à coucher, un Christ apparaissant à la Madeleine, de Prud'hon. La chambre à coucher avait l'air d'un boudoir taillé pour un colibri dans un bouton de rose.

Il ouvrit un secrétaire placé entre les deux fenêtres et me montra l'acte qui levait le séquestre de mes biens placé sur les titres de propriété, puis enfin, comme je voulais remonter en voiture pour partir avec lui.

— Restez, madame, dit-il, cette maison est à vous : elle est à moitié payée par les quatre années de revenus que votre père ni vous n'avez point touchés. Vous êtes riche d'un million et demi, et toutes vos dettes montent à quarante mille francs qui vous restent à payer sur cette maison ; seulement, je fais une réserve : Tallien, sa femme et moi venons aujourd'hui pendre la crémaillère avec vous. La voiture et les domestiques sont à vous, il va sans dire que, si nous sommes mécontents du cuisinier, après le dîner nous le changerons.

Et, avec la légèreté et l'élégance que savaient mettre en toutes choses ces hommes-là, Barras prit ma main, la baisa et sortit.

Sa voiture l'attendait à la porte.

La mienne restait attelée dans la cour.

Une jeune et jolie femme de chambre vint demander mes ordres, et m'ouvrit deux ou trois armoires pleines de robes les plus élégantes, qui avaient été commandées par Terezia et dont la mesure avait été prise sur elle.

Je restai confondue.

Mon premier mouvement fut de rouvrir l'armoire où étaient mes papiers d'affaires. Je trouvai le contrat de la maison passé en mon nom par Jean Munier, mon procurateur général. Elle avait été payée, dans ces jours de dépréciation mobilière, soixante-dix mille francs. Ce n'était pas la moitié de ce qu'elle valait.

Elle avait été payée sur les fonds arriérés restés entre les mains des fermiers, qui n'avaient su à qui rendre leurs comptes depuis quatre ans.

A la suite du contrat d'acquisition étaient les mémoires acquittés du tapissier qui avait fourni l'ameublement complet, lesquels montaient à quarante mille francs ; puis venaient les notes isolées des peintres, des marchands d'objets de fantaisie, de ces mille riens ravissants qui parent les cheminées et les consoles ; tout cela était parfaitement payé par moi, comme me l'avait dit Barras, avec l'argent de mes revenus, et la seule chose qu'il se fût permis de m'offrir était une montre enfermée dans un bracelet, marquant l'heure à laquelle j'étais entrée dans la maison.

Ce retour à ma fierté native satisfait, je n'eus plus d'hésitation à accepter une chose que j'avais payée de l'argent de ma famille et de l'héritage de mon père ; je trouvai de plus une réserve de mille louis enfermés dans un petit coffret sur lequel étaient écrits ces mots :

« Reste des revenus de mademoiselle Eva de Chazelay pendant les années 1791, 1792, 1793 et 1794. »

Quant aux robes, les factures acquittées se trouvaient à part. Elles me furent remises par la femme de chambre, qui me renouvela la question :

— Madame a-t-elle des ordres à donner ?

— Oui, lui dis-je, habillez-moi et dites au cocher de ne pas dételer.

Elle m'habilla, car j'avais pensé que, ayant quitté Terezia sans rien dire, la politesse la moins exigeante voulait que j'allasse lui renouveler l'invitation que lui avait sans doute faite Barras, de venir avec son mari pendre, comme il disait, la crémaillère chez moi.

Lorsque je fus habillée, je remontai en voiture et donnai

l'ordre au cocher de retourner allée des Veuves à la Chaumière, à la porte même où il m'avait prise.

Un concierge, qui n'avait pas la prétention d'être un suisse, mais qui n'avait qu'à changer d'habit pour le devenir les jours de cérémonie, ouvrit les deux battants de la porte et les chevaux s'élancèrent.

Dix minutes après j'étais dans les bras de Terezia.

— Eh bien ! ma chère, me dit-elle, es-tu contente ?

— Émerveillée, lui dis-je, mais surtout de la manière délicate dont tout cela a été fait.

— Oh ! cela, dit Terezia, je puis t'en répondre. Dans toutes choses j'ai été consultée, et dans toutes choses j'ai donné mon avis.

Tous les soirs il y avait grande réunion chez madame Récamier.

— Mais tu connais la maison ? lui demandai-je.

— Ingrate ! dit-elle, n'as-tu pas reconnu dans les moindres détails la main d'une femme et d'une amie, d'une amie un peu égoïste, car tu as vu que ton coupé ne contient que deux places. Je ne veux pas, quand nous irons au bois ensemble, qu'une troisième personne soit entre nous et nous empêche de nous faire nos plus intimes confidences.

— Eh bien, veux-tu que nous commencions ? ma voiture est en bas, tu es habillée et moi aussi, allons faire un tour au bois.

Nous montâmes en voiture toutes deux et nous partîmes.

Je dois avouer que cette première promenade, dans une charmante voiture à moi, avec la plus jolie femme de Paris, se fit sous l'empire d'un charme inexprimable. N'étais-je pas cette même enfant idiote jusqu'à l'âge de sept ans, à la création de laquelle vous travaillâtes heure par heure, jour par jour, pendant sept autres années ; qui vous fut arrachée un jour pour aller demeurer avec une tante quinteuse, dans une rue sombre de la vieille ville de Bourges ; qui, mandée par son père à l'étranger, n'arriva à Mayence que pour y lire son procès-verbal d'exécution ; qui ne sachant pas qu'au moment de la mort il avait autorisé mon mariage avec vous, alla s'enfermer avec sa tante, et jusqu'à la mort de sa tante, dans une triste maison de Vienne ; qui partit aussitôt, l'espoir dans le cœur, pour venir vous retrouver et se mettre sous votre protection en France ? Vous étiez parti, vous étiez à l'étranger, vous étiez mort peut-être.

Tuée à moitié par ces nouvelles, j'ai continué de vivre en me rapprochant chaque jour de la misère et de la tombe. Nulle âme vivante n'a mis le pied plus avant dans le sépulcre que moi. J'en fus tirée par un miracle, et voilà que ce même miracle m'a rendu la liberté, la fortune, la vie et tout ce qui en fait l'éclat.

N'y avait-il pas de quoi tourner la tête d'une pauvre enfant idiote, comme je l'ai dit déjà pendant sept années ?

Dieu avait été bien bon pour moi.

Pardonne-moi, Jacques, je me trompe, bien cruel.

## XXIX

Je ne sais pas, ô mon bien-aimé Jacques, lorsque tu liras ces lignes, si tu comprendras ce qui se passait dans mon âme au moment où je les écrivais. Un trouble étrange était dans mon esprit, pareil à celui qu'éprouverait un homme, qui, étant resté dans une chambre où l'on aurait manipulé des liqueurs fortes, se serait grisé à leurs vapeurs sans en avoir approché une goutte de ses lèvres.

J'avais quelque chose de vague dans l'esprit et dans les yeux qui me faisait faire des compliments auxquels je ne comprenais rien.

Le jour où nous avions fêté mon entrée à ma petite maison de la rue de la Victoire, on m'avait fait improviser sur le piano des choses qui m'avaient paru folles à moi-même, mais qui avaient ravi à l'admiration ceux qui m'écoutaient.

Il n'y a pas de poison plus subtil et qui s'infiltre plus profondément dans les veines que la louange. Nul ne savait distiller ce poison goutte à goutte comme Barras. La musique avait sur moi cette influence fatale qu'elle m'enlevait le reste de ma raison.

Quand je tombais dans cet état cataleptique qui était presque toujours la suite de mes improvisations, j'étais littéralement à la merci de ceux avec qui je me trouvais. Les occupations de la journée, au reste ne me prédisposaient que trop à cet état dangereux.

Tous les jours se passaient en fêtes. Paris tout entier semblait avoir échappé à l'échafaud et voulait faire de la vie une jouissance éternelle. Le matin, les amis se visitaient, se félicitant de se retrouver vivants. A deux heures, on allait promener au bois ; on y apercevait des gens dont on n'avait pas osé demander de nouvelles, on faisait arrêter les voitures l'une près de l'autre, on passait de l'une dans l'autre, on se serrait les mains, on s'embrassait, on se promettait de se revoir beaucoup, on s'invitait à des bals, à des soirées, pour oublier tout ce qu'on avait souffert.

Tous les soirs il y avait grande réunion ou chez madame Récamier, ou chez madame de Staël, ou chez madame Krudner, puis des bals où jamais femme du monde n'avait mis les pieds et qui étaient encombrés de femmes du monde.

On éprouvait non seulement la joie de vivre, mais le besoin absolu d'être heureux en vivant. Des femmes, sur la vie desquelles les plus mauvais esprits n'avaient jamais eu à s'égayer, sortaient en tête-à-tête avec des hommes qu'on leur donnait pour amants sans que personne s'en formalisât. Bien des liaisons se formèrent à cette époque, desquelles personne ne s'inquiéta, et qui, un an plus tôt ou un an plus tard, eussent scandalisé tout le monde. Puis l'on s'occupait de littérature, chose inconnue pendant cinq ans.

D'un amour humain puisé dans le sein de Dieu il y avait des héros nouveaux qui ne ressemblaient à aucun autre, qui s'appelaient *René*, *Chactas*, *Atala* ; il y avait des poèmes nouveaux qui, au lieu de s'appeler les *Abencérages*, les *Numa Pompilius*, s'appelaient le *Génie du christianisme* et les *Martyrs*.

L'or, ce métal peureux qui fuit ou qui se cache à l'approche des révolutions, semblait rentrer dans Paris par des chemins nouveaux et inconnus. A la vue de cet or, les marchands semblaient éblouis et pris de la fièvre de vendre ; tout en vous cédant les choses aux prix ordinaires, ils semblaient les donner pour rien. Alors les femmes se couvraient de bijoux, de dentelles, défroques inventées pour les époques de luxe. Il se passait quelque chose de pareil à ce que Juvénal raconte du temps de Messaline et de Néron.

On demandait tout haut à des jeunes filles et à des femmes mariées des nouvelles de leurs amants. C'était un mélange singulier de naïveté et d'impudeur.

Où prirent leur appui les créatures assez heureuses pour avoir échappé à l'influence de ces jours d'immoralité. Celles-là avaient sans doute des croyances ou des superstitions qui leur donnèrent la force de résister.

Toute ma force à moi était en vous. Vous n'étiez plus là. J'ignorais si je vous reverrais jamais. Je vous aimais toujours, mais d'un amour solitaire et sans espérance, qui m'irritait plutôt qu'il ne me défendait. Je me rappelle m'être éveillée bien souvent au milieu de la nuit, au bruit de ma voix qui vous appelait à mon secours. Vous n'étiez pas là, et je me rendormais brisée d'une lutte dont je ne me rendais pas compte.

Souvent je racontais cet état étrange de mon corps et de mon âme à Terezia ; elle souriait, m'embrassait, mais jamais elle ne leva le voile qui m'empêchait de lire en moi-même, jamais elle ne me donna un conseil que je puisse lui reprocher.

Tous les hommes élégants de l'époque semblaient s'être donné rendez-vous partout où j'allais ; partout où je me trouvais, c'était le même bourdonnement d'admiration à mon arrivée. Les femmes dont la réputation n'avait jamais subi la moindre tache se donnaient à cette époque des plaisirs d'actrices ou de danseuses. Terezia jouait admirablement la comédie. Madame Récamier dansait cette fameuse danse du châle qui a été transportée sur le théâtre et qui y a fait fureur. Moi, l'on me faisait chanter ou improviser sur le piano, mais mes inspirations musicales seulement pouvaient donner une idée de ce qui se passait en moi. Aucun chant, aucune parole, aucune poésie ne pouvaient rendre l'état tumultueux de mon cœur. A tout moment j'entendais dire autour de moi : Quel malheur qu'une personne si bien organisée pour le théâtre soit une femme du monde riche d'un million. Ah ! pourquoi vous a-t-on rendu votre fortune, vous eussiez été obligée d'avoir recours à votre talent, et alors, au lieu de n'avoir appartenu qu'à vous-même, vous nous eussiez appartenu à tous.

Moi-même je commençais à regretter de ne pas m'être jetée dans cette vie ardente et fougueuse de l'art. Au moins mon âme aurait eu quelque chose à dévorer, j'aurais combattu, j'aurais lutté, j'aurais souffert. Comprenez-vous cela, mon ami ? Moi qui avais tant souffert, j'avais des besoins de souffrir encore.

Par malheur Terezia vint en aide, sans le savoir, à cette aspiration d'amour et de souffrance. C'était la mode à cette époque de jouer la comédie et même la tragédie. Barras et Tallien étaient liés avec Talma, elle les pria de lui présenter le grand artiste, à qui, disait-elle, elle voulait demander des conseils pour jouer la tragédie.

L'invitation fut faite ; Talma ne se fit pas prier.

Il vint chez Terezia d'abord. Il était alors dans la toute-puissance de son talent, de sa jeunesse et de sa beauté. C'était un homme distingué sous tous les rapports ; je n'avais jamais vu de près un comédien, ce fut pour moi un objet d'une attention toute particulière.

Mon étonnement fut grand de trouver en lui toute la courtoisie, toute la politesse, toutes les aptitudes de l'homme du monde.

En voyant deux jeunes femmes comme Terezia et moi, il crut avoir affaire à deux petites filles capricieuses qui voulaient, en jouant la comédie, se donner un ridicule de plus.

Madame Tallien était à sa toilette lorsque Barras l'introduisit au salon, où je me trouvais seule. Il laissa Talma avec moi et monta pour hâter la toilette de Terezia, ce qui n'était pas une petite affaire.

J'étais très émue, non pas de l'idée de me trouver en tête-à-tête avec un comédien, mais à celle d'avoir à répondre à un homme de génie. Il s'avança vers moi, me salua gracieusement, et me demanda si c'était moi qui voulais prendre de lui des leçons.

— A un homme comme vous, monsieur Talma, lui répondis-je, on ne demande pas des leçons, mais des conseils

Il s'inclina.

— M'avez-vous vu jouer ? me demanda-t-il.

— Non, monsieur, lui répondis-je ; je vais même vous faire un aveu étrange pour une personne de mon âge, avide d'instruction et de plaisirs ; je n'ai jamais été au spectacle.

— Comment ! mademoiselle, dit Talma, vous n'avez jamais été au spectacle ? mais si nous ne sortions pas d'une révolution, je vous demanderais si vous sortez d'un couvent.

Je me mis à rire.

— Monsieur, lui dis-je, je n'ai jamais osé, ignorante comme je suis en question d'art, désirer vous voir. C'est Terezia qui est la coupable. Mon éducation diffère complètement de celle des autres femmes. Je n'ai jamais été au couvent, et je n'ai jamais été au spectacle. Vous dire que les chefs-d'œuvre de nos grands maîtres me soient étrangers, oh ! non, je les sais par cœur, quoiqu'ils ne me satisfassent point.

— Pardon, me dit Talma, mais vous me paraissez bien jeune encore, mademoiselle.

— J'ai dix-sept ans.

— Et vous avez déjà des idées *faites* ?

— Je ne sais pas, monsieur, ce que vous appelez des idées faites ; je juge avec mes sensations. Je crois que les grandes émotions viennent, au théâtre, des grandes passions. L'amour, à ce qu'il m'a semblé, était une des passions les plus tragiques. Eh bien, je trouve que la façon dont nos poètes dramatiques expriment l'amour contient plus de rhétorique amoureuse que de vérité du cœur.

— Excusez-moi, mademoiselle, reprit Talma, mais vous parlez d'art comme si vous professiez l'art vrai.

— Il y a donc un art vrai et un art faux, lui demandai-je.

— J'ose à peine l'avouer, moi qui suis tour à tour appelé à représenter Corneille, Racine et Voltaire : mais parlez-vous une autre langue que la nôtre, mademoiselle ?

— Je parle l'anglais et l'allemand.

— Mais comment parlez-vous anglais et allemand ? comme une pensionnaire.

Je rougis du doute du grand artiste sur ma philologie.

— Je parle anglais et allemand comme une Anglaise et comme une Allemande, répondis-je.

— Et vous connaissez les auteurs qui ont écrit dans ces deux langues ?

— Je connais Shakspeare, Schiller et Gœthe.

— Et vous trouvez que Shakspeare ne parle pas bien la langue de l'amour ?

— Oh ! au contraire, monsieur, je trouve tant de vérité dans cette langue chez lui, que cela me rend probablement injuste envers les auteurs qui l'ont parlée après lui.

Talma me regarda avec étonnement.

— Eh bien ? lui demandai-je.

— Eh bien, dit-il, je suis tout étonné de trouver cette justesse de raisonnement dans une jeune fille de votre âge ; si ce n'était point trop indiscret, je vous demanderais si vous avez beaucoup aimé ?

— Je vous répondrai, moi, j'ai beaucoup souffert.

— Savez-vous par cœur quelque chose de Shakspeare ?

— Je sais tous les morceaux remarquables d'*Hamlet*, d'*Othello*, de *Roméo et Juliette*.

— Pouvez-vous me dire en anglais quelque chose de *Roméo?*

— Et vous, entendez-vous l'anglais?

— J'ai joué la tragédie dans cette langue avant de la jouer en français.

— Eh bien, je vais vous dire alors le monologue de Juliette au moment où le moine lui remet le narcotique qui doit la faire passer pour morte.

— J'écoute, dit Talma.

Je commençai un peu émue d'abord, mais bientôt la puissance de la poésie reprit le dessus, et ce fut avec une certaine poésie que je dis ces vers :

Adieu! le Seigneur sait quand nous nous reverrons.
La terreur sur mon front agite son vertige
Et mon sang suspendu dans mes veines se fige.

(Elle se retourne du côté où sont sorties la nourrice et la signora Capulet).

Si je les rappelais pour calmer mon effroi?
Nourrice! Signora!... Pauvre folle, tais-toi!
Qu'ont à faire en ces lieux ta mère ou ta nourrice?
Il faut que sans témoins la chose s'accomplisse;
A moi breuvage sombre!

(Hésitant).

Et si tu faiblissais
Demain je serais donc au comte, non! je sais
Un moyen d'échapper au terrible anathème,
Poignard, dernier recours, espérance suprême,
Repose à mes côtés.

(Hésitant de nouveau).

Si c'était un poison
Que le moine en mes mains eût mis par trahison,
Tremblant qu'on découvrit mon premier mariage!
Mais non, chacun le tient pour un saint personnage;
Et d'ailleurs c'est l'ami de mon cher Roméo.
Qu'ai-je à craindre?

(Un instant épouvantée).

Mais si, déposée au tombeau,
J'allais sous mon linceul dans la sombre demeure,
Seule au milieu des morts m'éveiller avant l'heure
Où doit mon Roméo venir me délivrer!
Cet air, que nul vivant ne saurait respirer,
Assiégeant à la fois ma bouche et ma narine,
De miasmes mortels gonflerait ma poitrine,
Me suffoquant avant que vainqueur du trépas
Mon bien-aimé ne pût m'emporter dans ses bras
Ou même si je vis, pour mon œil quel spectacle!
Ce caveau n'est-il pas l'antique réceptacle
Où dorment les débris des aïeux trépassés
Depuis plus de mille ans, l'un sur l'autre entassés?
Où Thybald, le dernier étendu sur sa couche,
M'attend livide et froid la menace à la bouche.
Puis quand sonne minuit, mon Dieu! ne dit-on pas
Qu'éveillés par l'airain, les hôtes du trépas,
Pour s'enlacer hideux dans leurs rondes funèbres,
Se lèvent en heurtant leurs os dans les ténèbres
Et poussent dans la nuit de ces cris émouvants
Qui font fuir la raison du cerveau des vivants.
Oh! si je m'éveillais sous les arcades sombres,
Justement à cette heure où revivent les ombres;
Si se traînant vers moi dans le sépulcre obscur,
Ces spectres me souillaient de leur contact impur,
Et m'entraînant aux jeux que la lumière abhorre,
Me laissaient insensée au lever de l'aurore!
Je sens en y songeant ma raison s'échapper.
Oh! fuis! fuis! Roméo, je vois, pour te frapper,
Thybald qui lentement dans l'ombre se soulève.
A sa main décharnée étincelle son glaive.
Il veut, montrant du doigt son flanc ensanglanté,
Sur sa tombe te faire asseoir à son côté.
Arrête, meurtrier! au nom du ciel, arrête!

(Portant le flacon à ses lèvres).

Roméo, c'est à toi que boit ta Juliette!

Talma ne m'avait point interrompue tant que j'avais parlé. Il ne m'applaudit pas lorsque je me tus; mais, me tendant la main, il me dit :

— C'est tout simplement merveilleux, mademoiselle.

Terezia et Barras entrèrent comme Talma achevait de me faire ses compliments.

— Ah! citoyen Barras, dit-il, citoyenne Tallien, je regrette vivement que vous ne soyez pas entrés plus tôt.

— Est-ce que la leçon est déjà donnée? demanda en riant Terezia.

— Oui, est donnée, répondit Talma, mais à moi. Vous auriez entendu mademoiselle dire des vers comme j'ai eu rarement l'occasion d'en applaudir.

— Comment! ma pauvre Eva, dit Terezia en riant, est-ce que par hasard tu serais tragédienne sans t'en douter?

— Mademoiselle est tragédienne, comédienne, poète, tout ce que l'on peut être avec un cœur élevé et une âme aimante. Mais je doute qu'elle trouve jamais en français les intonations prodigieusement naturelles qu'elle a trouvées en anglais.

— Tu parles donc anglais? demanda Terezia.

— Admirablement, dit Talma. Citoyen Barras, vous m'avez prié de vous venir voir pour donner des conseils à ces dames; je n'ai rien à apprendre à mademoiselle, pas de conseils à lui donner; je lui dirai : Dites comme vous sentez et vous direz toujours juste. Quant à madame Tallien, je la prierai d'entendre d'abord son amie, puis ensuite, si elle veut toujours étudier, je me mettrai à sa disposition.

— Et où et quand entendrons-nous mademoiselle? demanda Terezia.

— Chez moi, quand monsieur Talma voudra.

— Demain soir, dit Talma, je ne joue pas. Vous savez la grande scène de Roméo et Juliette au balcon, n'est-ce pas?

— Oui.

— Eh bien, je la repasserai; je ne me sens pas assez fort pour la jouer avec vous sans une étude nouvelle; n'ayez que quelques amis, vous savez bien qu'on dit que je ne suis pas bon dans les amoureux.

— Alors, dit Barras, nous dînons tous ensemble demain chez mademoiselle?

— Oh! non, dit Talma, quand je joue le soir, je mange à trois heures de l'après-midi et je soupe.

— Eh bien, alors, dit Barras, nous souperons chez mademoiselle.

Et il donna mon adresse à Talma.

J'ai retardé autant que j'ai pu, mon bien-aimé Jacques, l'aveu terrible que j'ai à vous faire, mais il faut enfin que je l'aborde; à demain!

Quand il y avait par hasard de ces sortes de fêtes chez moi, c'était Barras qui en faisait tous les préparatifs. Nul ne s'entendait comme Barras à préparer ces fêtes immenses où l'on recevait cinq cents personnes dans ses palais et dans ses jardins, ou de ces petites fêtes bien plus difficiles, à mon avis, où l'on recevait seulement quinze ou vingt amis et où il fallait s'arranger de manière à renvoyer tout le monde content.

En enlevant une cloison, mon salon et ma chambre à coucher donnaient l'un dans l'autre; la fenêtre, placée dans un angle de la chambre, figurait à merveille la fenêtre au balcon; on avait fait entrer, par cette fenêtre qui simulait l'entrée de ma chambre, des lierres, des chèvrefeuilles et des jasmins.

Des réflecteurs invisibles, placés qu'ils étaient sur le ciel de mon lit, invisible lui-même derrière un massif d'orangers, éclairaient cette fenêtre aussi vivement qu'auraient pu le faire les rayons de la lune.

Un échafaudage dressé dans le jardin me permettait de me tenir debout à cette fenêtre et de m'appuyer à la barre toute garnie de plantes grimpantes comme j'aurais pu le faire à un balcon.

A sept heures, on m'apporta un ravissant costume de Juliette dont Isabey avait fait le dessin. C'était une attention de Terezia; elle savait mieux que moi quelles étaient la coupe et les couleurs qui m'avantageaient.

Le rendez-vous était donné pour huit heures.

Je ne connaissais personne à Paris, c'était donc Tallien et Barras qui avaient fait les invitations. Je me rappelle seulement qu'il y avait là Ducis, qui, vingt-trois ans auparavant, avait fait une traduction de Roméo et Juliette, si toutefois cette faible esquisse de magnifiques tableaux pouvait s'appeler une imitation.

A huit heures précises, on annonça le citoyen Talma.

En entrant au salon il jeta le manteau dont il était enveloppé et apparut dans son costume de Roméo, emprunté au petit livre vénitien dessiné par le cousin de Titien.

Quoique un peu petit et déjà un peu gros pour le personnage, ce costume lui allait très bien.

Barras et Tallien avaient eu soin qu'il trouvât là sa société habituelle : Chénier, le citoyen Arnault, Legouvé, Lemercier, madame de Staël, Benjamin Constant, Trénis, le beau danseur, toutes personnes enfin que je ne connaissais pas et qui se connaissaient entre elles.

J'avais chargé madame Tallien de faire les honneurs du salon. J'avais pour m'habiller l'habilleuse de mademoiselle Mars et de mademoiselle Raucourt. Toutes deux m'attendaient dans un boudoir donnant sur ma chambre à coucher.

La porte de communication entre le salon et la chambre à coucher, c'est-à-dire entre la salle de spectacle et le théâtre, était fermée par une simple draperie de velours rouge qui se tirait de chaque côté comme des rideaux de lit ou de fenêtre.

Lorsque je fus habillée, je descendis par le jardin et montai sur mon échafaudage.

Il faisait beau comme en été, je fus éblouie, en jetant les yeux sur l'intérieur de ma chambre, de la voir complètement changée en un parterre de fleurs.

Pardon de m'appuyer sur tous ces détails; mais, sur le point d'avouer une grande faute, il faut bien que je cherche dans la nature tout entière des excuses à ma faiblesse.

Une espèce de tente accolée à la maison figurait ma chambre, peinte à la manière du commencement du seizième siècle.

On avait substitué à la fenêtre, une fenêtre en ogive qui s'adaptait à merveille sur l'autre.

A mon arrivée au balcon, elle était fermée, mais destinée à s'ouvrir de mon côté, c'est-à-dire du côté opposé où elle s'ouvrait.

A travers les carreaux peints, je vis entrer Talma. Il s'arrêta un instant, ne sachant où poser le pied, tant le parquet était couvert de fleurs, puis il vint prendre sa place au pied de mon balcon.

Une main invisible frappa trois coups.

Les rideaux de la porte s'ouvrirent.

Tous les spectateurs du salon poussèrent un cri d'étonnement, personne ne s'attendait au charmant tableau de Miéris que faisait ma fenêtre, éclairée en dedans et toute sillonnée de branches de clématite, de jasmin et de chèvrefeuille.

Ce cri devint un applaudissement général qui ne cessa que lorsqu'on vit ma fenêtre s'éclairer et moi apparaître derrière le vitrail colorié.

D'ailleurs Talma allait parler, et tout le monde se taisait pour écouter Talma.

De même que le grand artiste avait mis une suprême coquetterie dans son costume, il avait appelé à son aide toute la magie de sa voix veloutée.

Il commença donc en anglais :

Quelle clarté soudaine à travers la fenêtre
S'allume? Est-ce l'Amour ou toi qui va paraître,
Belle Juliette, ange blond et vermeil
Qui fait pâlir Phébé? Lève-toi, doux soleil,
Bien autrement brillant que cette reine pâle
Qui porte sur son front la couronne d'opale.
Fuis sur ton char nacré, Phébé, c'est l'astre d'or.
Ma vierge, mon amour, mon ange, mon trésor,
Ta lèvre qui s'agite est-elle donc muette
Que mon oreille écoute en vain, ô Juliette?
Que tes yeux sans ta voix me parlent à leur tour,
Et je leur répondrai par un seul mot : Amour.
Tes yeux, qu'ai-je dit là, non, ce sont deux étoiles
Que la nuit veut en vain éteindre dans ses voiles,
Et qui, lançant leurs feux à l'horizon lointain,
Font chanter les oiseaux qui rêvent le matin.
Voyez comme sa joue avec grâce tombée,
Cherche un flexible appui sur sa main recourbée.
Que ne suis-je le gant qui couvre cette main,
Et de sa joue en fleur caresse le carmin.

J'ouvris la fenêtre au milieu des applaudissements donnés à Talma et qui redoublèrent à ma vue.

J'avais à répondre un seul mot :

Hélas !

ROMÉO

Elle a parlé! Tais-toi, brise inquiète,
Laisse venir à moi la voix de Juliette,
Messager lumineux, aux paroles de miel
Qui de la part de Dieu descend vers moi du ciel
Et passe plus brillant à travers le nuage
Que ne le fait l'éclair, ce glaive de l'orage!

JULIETTE

Oh! Roméo, pourquoi te nommer Roméo?
Oh! renonce à ce nom, si terrible et si beau!
Renonce à ta famille ou bien dis-moi je t'aime!...
Et c'est moi qui, dès lors, encourant l'anathème,
Reniant aussitôt le nom qui te déplaît,
C'est moi qui cesserai d'être une Capulet.

ROMÉO, à lui-même.

Dois-je à présent parler? ou dois-je encor me taire?

JULIETTE

C'est ton nom qui te fait un crime involontaire,
Et cependant, grand Dieu! que m'importe ton nom;
T'appelant Montaigu, m'aimerais-tu moins? — Non!
Aucun des éléments qui composent notre être
N'est dans le nom qu'un père à son fils doit transmettre.
Ton nom n'est ni ta main, ni tes yeux, ni ton cœur,
Ni cette douce voix qui te fait mon vainqueur.
Car enfin, Roméo, si nous nommions la rose,
Aux baisers du matin sous le buisson éclose,
D'un autre nom offrant un autre sens pour nous,
Le parfum de la rose en serait-il moins doux?
L'escarboucle qui luit dans la nuit la plus sombre
Par son nom ou ses feux éclaire-t-elle l'ombre?
Si Roméo voulait n'être plus Roméo
En serait-il moins brave, en serait-il moins beau?
Le fourreau changerait seulement, non la lame,
Et dans le même corps survivrait la même âme.

ROMÉO, se faisant voir de Juliette.

Au lieu de m'appeler de ce nom détesté,
Appelle-moi l'Amour ou la Fidélité.
Et me venant de toi, je tiendrai le baptême
Pour être aussi sacré que venant de Dieu même.

JULIETTE

Qui donc es-tu qui viens épiant mes ennuis
Si promptement répondre à mes plaintes?...

ROMÉO

Je suis
Un homme dont le nom est maudit, chère sainte,
Puisque ce nom chez toi n'éveille que la crainte,
Et qui renoncerait à ce nom criminel,
Fût-il prêt d'en signer son bonheur éternel.

JULIETTE

A peine ai-je une fois parmi des bruits frivoles,
Entendu cette voix prononcer vingt paroles
Que déjà de mon cœur son accent est connu,
N'es-tu pas Roméo, le fils de Montaigu?

ROMÉO

Non, non, je ne suis pas Roméo, je te jure.

JULIETTE

Ta présence en ces lieux, jeune homme, est une injure.
Que veux-tu? qui t'amène en ce jardin? pourquoi
Y venir à cette heure et dans la nuit, dis-moi?
Comment as-tu franchi la muraille, elle est haute.
S'il t'arrive un malheur, ce sera par ta faute,
Car si quelqu'un des miens te rencontrait ici,
De lui tu n'obtiendrais ni pitié, ni merci.

ROMÉO

L'amour de son flambeau m'a prêté la lumière;
Tu sais que pour son aile il n'est point de barrière;
Son aile m'a porté de ce côté des murs
Et son flambeau guidé par les chemins obscurs.
Quant à craindre des tiens la présence importune,
Je risque en ce moment une pire infortune.
Et bien plus que leur glaive à l'éclair furieux,
Je crains le doux éclair qui jaillit de tes yeux.

JULIETTE

Oh! pour le monde entier, si près de ma demeure,
Non, je ne voudrais pas qu'on te vît à cette heure.

ROMÉO

Oh ! ne crains rien, te dis-je, à l'œil qui me poursuit.
J'échappe enveloppé du manteau de la nuit !
Et d'ailleurs une mort regrettée et prochaine
Vaut mieux que de longs jours exposés à ta haine.

JULIETTE

Mais quelle intention sitôt avant le jour
T'a conduit en ces lieux ?

ROMÉO

Juliette, l'amour !
Qui règne sur nos cœurs comme le vent sur l'onde
Et qui pour te revoir à l'autre bout du monde
M'entraînerait bravant les flots et les éclairs
Au sein de la tempête et par delà les mers.

JULIETTE

Si le masque des nuits ne couvrait mon visage
Tu verrais, crois-le bien, de la pudeur sauvage
La rougeur virginale à cet aveu trop prompt
S'élancer de mon cœur et monter à mon front.
Mais pourtant, Roméo, si tu m'aimes, écoute.
Dis la main sur ton cœur : *oui, je t'aime !* Le doute
Est permis à qui veut aimer sincèrement
Et tout donner, cœur, âme et corps à son amant.
On dit que Jupiter, patron de l'imposture,
Sourit aux faux amants dont la foi se parjure :
Mais que nous fait à nous Jupiter, dieu païen.
Le Dieu qui nous écoute et se fait le gardien
Des serments échangés entre deux nobles âmes,
N'est point un Dieu jaloux du déshonneur des femmes.
C'est un Dieu bon, aimant, miséricordieux,
Que s'il a mis l'amour en mon âme et tes yeux,
L'a mis pour qu'en tes yeux mon âme le respire
Et qu'en mon âme alors tes yeux le puissent lire.
Et si je dis cela si vite, souviens-toi
Que c'est qu'en ce jardin, t'ignorant près de moi,
J'ai laissé de mon cœur comme une onde de l'urne,
Echapper le secret de ma fièvre nocturne.
Ce qui vient à l'instant par toi d'être entendu
Etait dit à la nuit seule, beau Montaigu.
Ne va donc pas à tort me croire trop pressée
Par l'éblouissement d'une amour insensée.

ROMÉO

Oh ! je te jure ici par la reine des cieux
Qui fuit à l'horizon, croissant silencieux...

JULIETTE, l'interrompant.

Oh ! non, ne jure pas par la lune infidèle
Qui chaque nuit présente une face nouvelle
Car ton amour serait peut-être aussi changeant
Qu'est changeante la reine à la face d'argent.

ROMÉO

Quelle divinité veux-tu donc que je prenne
A témoin de l'amour qui brûle dans ma veine ?

JULIETTE

Aucune ! il vaut bien mieux ne pas jurer, crois-moi.
Dis seulement : Je t'aime ! et confiante en toi,
Pour t'entendre redire une autre fois : Je t'aime !
Ami, je te dirai : Jure-moi par toi-même,
Et je n'ai plus besoin et de prêtre et d'anneau,
Car d'aujourd'hui mon cœur s'appelle Roméo.

ROMÉO

Ange d'amour, merci !

JULIETTE

Maintenant, ma chère âme,
Que mon cœur a jeté sa trop subite flamme,
Ne va pas comparer cette flamme à l'éclair
S'éteignant aussitôt qu'il a brillé dans l'air.
Non, le bourgeon d'amour que ce soir favorise,
S'il est tout un printemps caressé par la brise,
Peut par nous doucement, jusqu'à l'été conduit,
Après sa belle fleur nous donner son beau fruit !
Et maintenant, ami, que ta nuit soit plus douce
Que celle que l'oiseau dort dans son lit de mousse !

ROMÉO

Eh quoi ! partir déjà ?

JULIETTE

Qu'en dis-tu, mon amour ?

ROMÉO

Je dis pour te quitter qu'il est bien loin du jour :
J'aurais voulu de toi quelque faveur plus grande.

JULIETTE

Voyons, explique-toi, qu'exiges-tu, demande ?
Ne crains pas d'épuiser mon amour s'il t'est cher ;
Mon amour est profond et grand comme la mer.

LA NOURRICE, appelant de l'intérieur.

Juliette !

JULIETTE

On m'appelle !

ROMÉO

O chère âme !

JULIETTE, à sa nourrice.

Demeure.
Nourrice, me voici.

(A Roméo).

Je reviens tout à l'heure ;
Je reviens pour te dire encore un mot.

(Elle sort).

ROMÉO, seul.

O nuit !
Par quelque illusion ne m'as-tu pas séduit,
Et mon bonheur venant à l'heure du mensonge,
Ne va-t-il pas demain s'envoler comme un songe ?

JULIETTE, revenant.

Ce mot, cher Roméo, c'est je t'aime, aime-moi ;
Et maintenant que j'ai ton amour et ta foi,
Que cet amour ne veut qu'une issue honorable,
Demain je t'enverrai, mon cher inséparable,
Quelqu'un ; tu fixeras le jour, l'heure, le lieu
Où le prêtre unira nos deux mains devant Dieu.
Et dès lors, te donnant ma fortune et ma vie,
Je te suivrai partout confiante et ravie.
Enverrai-je demain ?

ROMÉO

Sera le bienvenu
Qui viendra de ta part ; fût-ce un mendiant nu,
A mes yeux il aura plus opulente mine
Qu'un sénateur couvert de brocart et d'hermine.

JULIETTE

Merci, mon Roméo. Vers quelle heure, dis-moi,
Du matin ou du soir, puis-je envoyer chez toi ?

ROMÉO

Neuf heures du matin ; l'heure est-elle propice ?

JULIETTE

Oui.

ROMÉO

Que ta volonté, ma reine, s'accomplisse !

JULIETTE

Adieu donc !

ROMÉO

Te quitter c'est mourir

JULIETTE

Je voudrais
Que tu fusses pareil à l'oiseau des forêts
Qui, ne sachant briser le fil qui le dirige,
Autour de sa maîtresse incessamment voltige,
Et ne pouvant jamais sortir du cercle étroit,
Retombe à chaque instant sur sa tête ou son doigt.

ROMÉO

Le sort d'un tel oiseau serait digne d'envie,
Oh ! près de toi chanter le bonheur et la vie,
Et par ta douce main se sentir caresser !

JULIETTE

Non, je t'étoufferais en voulant t'embrasser.
Bonne nuit, bonne nuit, et si je te rappelle,
Sois plus vaillant que moi contre l'heure cruelle.
Ne te retourne pas pour me parler d'amour,
Ou je te redirais bonne nuit jusqu'au jour !

(Elle rentre en lui envoyant des baisers).

ROMÉO

Que sur toi le sommeil plus doucement se pose
Que ne le fait le soir l'abeille sur la rose !

Les rideaux se refermèrent sur ces deux derniers vers, mais à peine furent-ils fermés, que les cris Juliette et Roméo ! retentirent au milieu des applaudissements. Nous étions rappelés comme dans les grands succès d'acteurs où l'on éprouve le besoin de revoir ceux qui viennent de profondément vous impressionner.

Je me laissai aller à l'enivrement ; je n'étais plus Eva, je n'étais plus mademoiselle de Chazelay, j'étais Juliette ; les vers de Shakspeare avaient versé en moi tout le vertige de l'amour et du triomphe.

Pas un homme qui ne voulût me baiser la main, pas une femme qui ne voulût m'embrasser.

Au milieu de ces démonstrations, la porte s'ouvrit à deux battants, et le maître d'hôtel cria :

— Madame est servie !

Je pris le bras de Talma, c'était le moins que je dusse au grand artiste à qui je devais le seul moment de bonheur parfait que j'eusse éprouvé depuis que je t'avais perdu, et nous passâmes dans la salle à manger.

Je fis asseoir Barras à ma droite et Talma à ma gauche. Barras, qui connaissait toutes les sympathies et toutes les antipathies, avait désigné les autres places de façon à ce que chacun fût content.

Aussi, ne vis-je jamais réunion plus spirituelle, fusion plus complète de sentiments, feu d'artifice plus brillant d'esprit français.

Puis, il faut le dire, à cette heure de la nuit où chacun a oublié les soucis du jour, le cœur est plus dilaté, l'imagination plus vive, le propos plus joyeux qu'à toute heure de la journée.

Je dois assurer que je n'étais guère à toute cette macédoine de mots, de doux sentiments et de gracieux propos. J'étais retombée en moi-même, où, comme un oiseau chanteur, le souvenir me disait la séduisante symphonie de la vanité satisfaite ; ce fut alors seulement que je m'aperçus que l'assiduité de Barras près de moi avait été remarquée.

Barras le vit aussi, et il craignit que je fusse blessée de ce commencement d'indiscrétion émanant d'elle-même, et sur un compliment plus positif du luxe avec lequel la table était servie :

— Messieurs, dit-il, il faut au moins que vous connaissiez votre hôtesse et que je vous raconte la vie extraordinaire de la personne qui vous a donné ce soir de si vives jouissances d'art, et qui veut bien, pour compléter notre soirée, nous donner un si bon souper.

J'ignorais moi-même qu'il sût tous ces détails de ma vie, qu'il tenait de madame Cabarrus, à qui j'avais tout raconté en prison.

Barras, éloquent à la tribune, était un charmant causeur de salon. Nul ne racontait avec plus de grâce et de délicatesse que lui. Légèrement blessée de l'intimité qu'on m'avait laissée entrevoir sur nos relations, je fus agréablement rafraîchie par cette douce pluie de justification louangeuse qui tombait de la bouche de Barras.

Vingt fois je cachai ma tête dans mes mains, sentant la rougeur ou les larmes qui l'envahissaient. On ignorait la part que j'avais prise au 9 thermidor. Barras fut terrible en racontant le désespoir qui m'avait poussée à monter sur la charrette sans que mon tour fût venu.

Il fut ravissant lorsqu'il raconta notre première entrevue aux Carmes entre Terezia, Joséphine et moi. Il fut dramatique quand il me suivit dans l'accomplissement de la mission que Terezia m'avait donnée de venir remettre son poignard aux mains de Tallien.

Et madame Tallien, de son côté, comme si elle eût juré de ne laisser dans mon esprit aucune lueur de raison, appuyait Barras, ajoutait aux détails donnés par lui de ces riens pleins de séduction qui portent les sympathies à leur comble.

Que l'on songe à cette réunion de poètes, d'artistes, de romanciers, d'historiens, devant lesquels ma vie dans ses accidents les plus intimes était ainsi mise au jour, et l'on se fera une idée de ce que j'éprouvais pendant ce récit, que Barras termina par l'énumération des biens de famille qu'il m'avait fait rendre et qui, explication de mon luxe, furent plutôt exagérés que diminués par lui.

Puis vint l'éloge des talents qu'on ne connaissait pas, de cette étrange aptitude à l'improvisation d'une musique qui semblait se former sous mes doigts, de notes ignorées et qu'on entendait pour la première fois.

J'étais toute tremblante ; il prit ma main, la baisa en me disant :

— Oh ! si vous vous évanouissez à chaque fois que vous entendrez faire votre éloge, ma jeune et belle amie, vous vous évanouirez souvent, car nul ne pourra vous voir et vous connaître sans vous adorer.

Toutes les forces que j'avais réunies pour me lever, sortir de table, échapper à ces louanges amollissantes, se fondirent dans un soupir et dans une larme ; je retombai sur la chaise et laissai ma main dans la sienne.

Oh ! ne laissez jamais votre main dans la main d'un homme qui vous aime, ne l'aimassiez-vous pas. Il y a dans cette puissance masculine une vigueur magnétique qui énerve votre résistance.

Au bout de dix minutes que ma main était dans celle de Barras, je n'y voyais plus.

Le souper était fini ; il me conduisit au salon, et, sans que je m'en doutasse, il me fit asseoir devant le piano, qu'il découvrit.

On sait, du moment que j'étais mise en contact avec cet instrument, dans quel état d'exaltation magnétique j'entrais. La première vibration des touches, si vague qu'elle fût, fit courir dans toutes mes veines un frisson fiévreux. La scène où Roméo descend du balcon après avoir passé sa première nuit d'amour avec Juliette se présenta à mon esprit, et c'est sur ce texte, qui s'enchaînait à la première scène du balcon, que j'entrepris de broder une symphonie d'émotions inconnues, puisque je n'avais jamais eu de nuit pareille à cette nuit des deux amants.

Je ne sais pas moi-même ce que je jouais ; il me serait impossible de remettre à sa place une des notes de cette improvisation. Or, comme dans la foudre antique, où Vulcain avait tordu en un seul faisceau le tonnerre, les éclairs et la pluie, j'avais tordu moi, le plaisir, le bonheur et les larmes.

On m'a reparlé tant de fois de cette improvisation qu'il fallait bien qu'elle eût quelque chose d'extraordinaire.

Comme toujours, elle me laissa mourante.

Mais madame Tallien et Barras, qui avaient déjà vu deux ou trois fois le même effet se reproduire sur moi, loin d'être inquiets, affirmèrent qu'il fallait me laisser à moi-même, que les soins de ma femme de chambre me suffiraient, et que le lendemain je m'éveillerais plus fraîche et plus belle.

Alors j'entendis le bruit que firent les dames en prenant leurs châles et leurs chapeaux. Quelques lèvres féminines se posèrent sur mon front. Les adieux s'échangèrent ; Barras à son tour me dit adieu en me serrant la main ; je crois que je la lui serrai à mon tour.

J'entendis les voitures qui quittaient l'hôtel, puis la voix de ma femme de chambre qui me demandait si je voulais me mettre au lit.

Je m'appuyai à son bras, haletante, la tête renversée, et je gagnai ma chambre.

Les fleurs en avaient disparu, mais le parfum en était resté. C'était un mélange d'odeurs énervantes ; la rose, le jasmin, le chèvrefeuille y avaient mêlé leurs aromes. Ma femme de chambre me dévêtit de mon costume de Juliette et me mit au lit.

Mon lit lui-même était imprégné d'odeurs enivrantes. Je continuai mes rêves quoiqu'à moitié éveillée, mes yeux se fixèrent sur la fenêtre par où Juliette attendait Roméo.

Tout à coup la fenêtre s'ouvrit, je reconnus Barras.

J'étendis la main vers la sonnette, je voulus pousser un cri, mais ma main fut arrêtée par une autre main, mon cri fut étouffé sous la pression de deux lèvres brûlantes.

Je retombai inerte et éperdue sur mon lit.

Et moi qui disais chaque matin : « O mon Dieu ! faites que je le revoie un jour ! » je m'écriais le lendemain, au milieu des larmes et des sanglots :

« O mon Dieu ! faites que je ne le revoie jamais ! »

## X

### LE RETOUR D'EVA

Nous avons vu dans quelle condition cette rentrée avait eu lieu, le soir, par un temps humide et froid. La vieille Marthe avait reconnu d'abord Eva à la voix, puis enfin, la porte ouverte, les deux femmes s'étaient jetées dans les bras l'une de l'autre.

Si c'eût été le jour, s'il eût fait beau temps, ce premier baiser donné à d'anciennes sympathies, Eva se fût élancée dans le jardin et eût voulu revoir en réalité tous les objets qu'elle ne voyait plus depuis trois ans qu'en souvenir.

L'arbre de la science du bien et du mal, le ruisseau qui filtrait à travers ses racines, la grotte des fées, la tonnelle, etc.

Mais, par cette nuit noire, par cette pluie fine et glacée, une pareille visite était impossible.

Elle monta droit à sa petite chambre, blanche et pure comme si elle l'eût quittée la veille et comme si elle y eût été attendue d'heure en heure. Là, il lui fallut répondre aux questions qui se pressaient sur les lèvres de Marthe. La vieille femme avait sa passion aussi ; elle aimait Jacques Mérey d'un autre amour qu'Eva, mais aussi profond et presque aussi passionné.

Cependant elle s'aperçut qu'Eva, mourante de fatigue et d'insomnie, avait besoin d'être seule.

Elle voulut la déshabiller et la mettre au lit comme autrefois.

Eva, qui ne demandait pas mieux que de reprendre ses anciennes habitudes, se laissa faire, mais exigea seulement qu'en sortant de sa chambre Marthe laissât une bougie allumée ; les yeux d'Eva avaient besoin de passer en revue tous les objets familiers à son enfance dont la chambre était semée et devant lesquels, en présence de Marthe, son cœur n'eût point osé se répandre comme dans la solitude et le silence.

Aussi à peine Marthe fut-elle sortie que ses yeux se rouvrirent et qu'elle revit avec ravissement son buis bénit apporté par Baptiste et son christ d'ivoire autour duquel son buis faisait une espèce de crèche.

Eva pensait dans quelle pureté d'âme elle avait été arrachée à cette chambre bénie, et à tout ce qu'elle avait vu, à tout ce qu'elle avait éprouvé, à tout ce qu'elle avait souffert depuis qu'elle en était sortie.

Pas un souvenir qu'elle eût à combattre ou à repousser dans toute cette chambre ; c'était le côté blanc et radieux de sa vie. Le seuil de cette chambre dépassé, la porte de la rue fermée sur elle, là avait commencé la vie de douleur, de tristesse et de remords.

Marthe sortie, elle se leva, prit sa bougie, visita tous ces objets qui à peine avaient un nom et qui étaient son univers à elle, les baisa, les salua comme à un retour, se mit à genoux devant son christ, quoiqu'elle ne sût pas prier les prières ordinaires, mais seulement verser devant l'homme du dévouement, devant le Dieu de la douleur, le trop-plein de son âme.

Elle voulut ouvrir la fenêtre et essayer de regarder dans le jardin, mais le vent s'y engouffra, éteignit la bougie, et la pluie qui tombait toujours épaisse et l'absence complète de lune l'empêchèrent de rien distinguer, comme si ce passé dans lequel elle essayait de rentrer était désormais fermé pour elle.

Elle repoussa et referma la fenêtre, gagna son lit à tâtons, y rentra toute mouillée et toute grelottante et jeta par-dessus sa tête son drap pareil à un linceul.

Là, dans cette tombe anticipée, les objets commencèrent à se fondre les uns dans les autres et à s'éteindre lentement dans son esprit. Elle ressentit cette sensation glaciale qu'elle avait éprouvée, quand roulée par les flots de la Seine elle avait cru qu'elle allait mourir, et, dans une condition pareille d'insensibilité croissante, il lui sembla glisser sur cette pente rapide de la vie à la mort.

Puis il vint un moment où elle n'éprouva plus rien que cette sensation douloureuse au cœur qui disparut peu à peu, et qui en disparaissant ne lui laissa même pas le sentiment de son existence.

Elle crut être morte : elle dormait.

Le lendemain, n'ayant pas eu le temps de fermer les volets de sa fenêtre, elle fut réveillée par un doux rayon de soleil qui venait se jouer sur son visage. Ce soleil, soleil de mars encore pâle et maladif, lui arrivait à travers les branches sans feuillage des arbres encore mal éveillés et à peine revenus à la vie. Il y avait entre ces arbres et elle une ressemblance : c'était, malgré les souvenirs du passé, une espèce d'hésitation à renaître.

Mais enfin ce soleil, tout pâle qu'il fût, était déjà un rayon d'espérance, une certitude d'exister encore. Eva ouvrit sa fenêtre : la pluie avait cessé, il faisait un de ces temps troubles du printemps où l'air est si chargé de vapeurs qu'il a peine à entrer dans les poumons, et que la poitrine, tout en respirant, reste oppressée par une atmosphère trop lourde.

Tout était là même chose dans le jardin, seulement tout semblait devenu inculte, et avoir poussé au hasard comme la tristesse dans le cœur ; l'herbe était haute et détrempée, le ruisseau grossi par la pluie était sorti de son lit, l'arbre de la science n'avait plus ni fruits ni feuilles, et courbait au vent sa tête échevelée ; la tonnelle, réduite aux rameaux tortueux de la vigne, semblait un berceau dévasté, aux treillages duquel se suspendaient des sarments languissants et morts, ou près de mourir.

Aucun oiseau ne chantait, son beau rossignol et ses douze fauvettes n'étaient point encore revenus, et peut-être ne reviendraient pas ou reviendraient comme elle tristes et silencieux.

De ses beaux jours écoulés dans cette petite maison bien-aimée, Eva ne se souvenait que des jours joyeux du printemps, des jours brûlants de l'été et des jours poétiques de l'automne ; elle avait oublié ces jours mélancoliques d'hiver, où son jardin ne lui donnait ni soleil ni ombre, et où elle ne l'animait plus elle-même par ses cris joyeux et sa jeunesse vagabonde.

Elle fut obligée de refermer sa fenêtre et de rentrer dans son lit ; bientôt elle entendit des pas : c'étaient ceux de la vieille Marthe, qui, dans son empressement de la revoir, venait s'informer si elle était éveillée. Elle lui cria d'entrer.

La vieille femme entra, alla l'embrasser dans son lit, et se prépara comme autrefois à lui faire son feu.

Hélas ! entre cet autrefois et aujourd'hui, rien n'avait passé pour elle, si ce n'est des jours tellement semblables les uns aux autres, qu'elle confondait les jours d'été, les jours d'hiver, ou plutôt qu'il n'y avait pour elle qu'une espèce de crépuscule étendu depuis l'époque où Jacques et Eva l'avaient quittée, jusqu'à ce jour où elle revoyait Eva avec la promesse de revoir Jacques.

Le feu allumé, elle se retourna, regarda dans son lit ; Eva répondit à ce regard par un triste sourire.

— Ma chère demoiselle, dit-elle en secouant la tête, vous n'êtes plus la même que lorsque vous étiez ici ; vous êtes malheureuse ; mais qui peut donc vous rendre malheureuse, puisque notre bon cher maître vit toujours, que vous l'aimez toujours et que probablement lui vous aime toujours aussi ?

— Ma pauvre Marthe, dit Eva, les jours sont bien changés.

— Oui, dit la vieille Marthe, nous avons su ici que vous aviez perdu votre père et que votre tante était morte ; que, à la suite de ces deux malheurs, toute votre fortune avait été confisquée, car vous étiez, qui est-ce qui aurait dit ça ? pauvre enfant si longtemps sans parole et sans pensée, une des plus riches héritières de notre pays. Mais on a dit aussi que par la protection d'un des nouveaux grands seigneurs qui ont poussé à la place des anciens, tous vos biens et toute votre fortune vous avaient été rendus.

— Oh ! ne me parle pas de cela, ne m'en parle jamais, chère Marthe. Je reviens ici plus pauvre, plus malheureuse, plus dénuée de tout que je ne l'ai jamais été.

— Et Scipion ? demanda Marthe. Je n'ose pas vous demander de ses nouvelles. La pauvre bête, elle a tout quitté pour vous suivre. Ah ! si notre pauvre maître avait pu, quoique ce fût un homme, il aurait bien fait comme elle, allez ; car c'était lui et elle, cette pauvre bête, qui vous aimaient le mieux, moi après.

— Scipion est mort, Marthe, et, j'ai honte de le dire, au milieu de tout le deuil qui a pesé sur moi, celui de mon pauvre Scipion a été un des plus lourds à porter.

— Mais enfin, dit Marthe aux yeux de laquelle la situation ne se débrouillait pas, notre maître, notre cher maître, vous aime toujours, lui ?

Eva éclata en sanglots.

— Oh ! ne me parle jamais de son amour, s'écria-t-elle. Me verrais-tu pleurer s'il m'aimait encore ? Y a-t-il autre chose dans le monde que son amour qui vaille la tristesse ou la joie, le sourire ou les larmes ? Oh ! s'il m'aimait toujours, si je croyais qu'un jour son cœur pût revenir à moi, est-ce que je ne serais pas sur la porte de la rue à l'attendre, puisqu'il doit revenir ?

Marthe baissa la tête ; on voyait que tout ce qu'il y avait d'intelligence dans la pauvre vieille se courbait sous cette incompréhensible parole :

— Il vit encore, et il ne l'aime plus !

Elle qui avait vu à travers le cœur de son maître comme à travers un cristal, elle ne comprenait pas comment ce cœur que l'amour seul faisait battre pouvait continuer de vivre sans amour ; mais depuis longtemps elle était pauvre et comme toutes les créatures soumises aux volontés des autres, résignée. C'était un nouveau malheur sans raison, comme tant d'autres qu'elle avait vus frapper la pauvre humanité. Elle courba la tête et dit en elle-même :

— Puisque cela est, c'est qu'il fallait que cela fût.

Et comme dans toutes les circonstances de la vie où le malheur l'avait frappée elle-même, elle courba encore une fois la tête et encore une fois se résigna.

Elle regarda Eva qui avait son mouchoir sur ses yeux et qui soulevait le drap des palpitations de son sein, puis pour ne pas peser de sa propre douleur sur cette douleur bien autrement grande, elle sortit sur la pointe du pied pour ne pas être entendue.

Mais aucun de ces sentiments, si délicats qu'ils fussent, n'avait échappé à Eva. Dans la douleur, tous les sens arrivent à la perfection de l'acuité, et la bonne Marthe eût dit ses pensées tout haut qu'elles n'eussent pas été plus claires pour Eva que cachées comme elle les avait gardées dans le fond de son cœur.

Eva resta immobile, et peu à peu le côté poignant de sa douleur se calma ; ce côté avait été éveillé par les questions de Marthe, mais les larmes sont comme le sang : une fois taries, il faut qu'on leur fasse une nouvelle ouverture pour qu'elles sortent. Eva entendit sonner neuf heures à l'horloge de l'église. A cette heure, autrefois, Marthe ne manquait jamais, le dernier coup sonnant, d'entrer dans sa chambre quand elle n'était pas encore descendue, et de lui dire :

— Ma chère demoiselle, votre déjeuner vous attend.

Le dernier coup sonnait encore qu'Eva entendit le pas de Marthe, que la porte de sa chambre s'ouvrit, et que la voix de la bonne femme lui dit, d'un ton plus triste peut-être, mais sans changer la formule ordinaire :

— Ma chère demoiselle, votre déjeuner vous attend.

— C'est bien. Marthe. J'y vais, répondit Eva.

Marthe referma la porte, Eva s'habilla rapidement et descendit.

Rien n'était changé à la salle à manger : la table et les chaises étaient à la même place, la petite table ronde à laquelle, pendant sept ans, s'était assise Eva en face de Jacques !

Cette fois il n'y avait qu'un couvert, mais cette fois encore c'était le déjeuner ordinaire : du beurre, du miel en rayon, des œufs et du lait.

Marthe ne s'était point informée si pendant sa longue absence Eva avait changé d'habitudes, elle avait servi son déjeuner d'autrefois ; pour elle, Eva, toujours jeune, toujours belle, était restée la même Eva.

Chacune des choses qu'elle voyait produisait une sensation nouvelle sur la jeune fille : la vieille femme entrant à la même heure, lui annonçant avec les mêmes paroles que le déjeuner était servi ; Eva descendant par le même escalier, entrant dans la même salle à manger, mais se trouvant seule à cette table sur laquelle le même déjeuner était servi ! c'était un mélange de sentiments doux et cruels à la fois. Quoique ces sentiments lui ôtassent cet appétit juvénile avec lequel elle faisait fête à ce repas frugal, elle ne voulut pas attrister Marthe, se mit à table comme elle avait coutume de le faire et s'efforça de manger.

Marthe la regardait avec bonheur. Chez les esprits vulgaires, l'appétit ou même l'apparence de l'appétit est dans les douleurs physiques comme dans les douleurs morales un symptôme de convalescence.

Lorsqu'Eva eut mangé un œuf, écorné son rayon de miel, goûté son beurre battu du matin même et bu la moitié de sa tasse de lait, Marthe, qui ne s'apercevait pas que c'était pour elle qu'elle avait fait cet effort, se disait joyeusement tout bas :

— Allons, allons, tout n'est pas perdu encore.

Quelque envie qu'eût Eva de visiter le jardin, il était encore inabordable ; mais le soleil, qui allait s'éclaircissant et s'échauffait de plus en plus, promettait de le sécher avant la fin de la journée.

Eva, d'ailleurs, avait dans la maison bien d'autres points à revoir et qui lui étaient aussi chers que ceux du jardin ; elle avait à revoir, mais elle n'y songeait pas sans une plus vive émotion encore, le laboratoire de Jacques Mérey...

Ce laboratoire, qui était sa demeure ordinaire, et dont elle avait cherché la lueur de la lampe à travers la haute et étroite fenêtre ! c'était à cette lampe que regardaient ceux qui venaient le soir ou la nuit pour réclamer les soins du docteur.

Tant que cette lampe brûlait, nul n'hésitait à frapper ; il est vrai qu'éteinte on frappait encore, mais avec hésitation, quoique le docteur mît la même rapidité à répondre.

C'est dans ce laboratoire qu'était le piano où Eva avait pris ses premières leçons de musique et où la première fois, à la suite d'un effroyable orage et de la révolution produite chez elle par le tonnerre tombé à trente pas d'elle, elle avait joué d'une façon continue et même remarquable un air que Jacques essayait depuis trois mois inutilement de lui faire répéter.

C'est à ce laboratoire que montait régulièrement Baptiste, dont elle reconnaissait la présence au son particulier que rendait sa jambe de bois en frappant sur les marches de l'escalier ! et, comme si rien de ses anciens souvenirs ne devait lui faire défaut, au moment où montée elle-même à ce laboratoire, dont elle n'avait ouvert la porte qu'avec une anxiété superstitieuse, tant il lui semblait qu'elle allait y retrouver Jacques poursuivant quelqu'une de ses expériences mystérieuses, Eva regardait tristement les touches muettes et poudreuses du piano qui n'avait pas été touché depuis trois ans, elle entendit frapper à la porte et, un instant après, le bruit sur l'escalier de la jambe de bois de Baptiste qui allait se rapprochant.

Enfin la porte s'ouvrit, et Baptiste parut sur le seuil, toujours le même, toujours joyeux, toujours reconnaissant.

— Ah ! chère demoiselle, dit-il en joignant les mains et en la regardant avec son admiration habituelle, il y a cinq minutes que j'ai appris que vous étiez revenue cette nuit, et j'accours vous demander de vos nouvelles et de celles de notre cher maître, le citoyen Jacques. Car s'il était revenu après ce qui s'est passé, ce n'eût point été une preuve que vous dussiez revenir. Mais du moment où c'est vous qui revenez, rien ne peut empêcher, s'il est vivant encore, qu'il revienne à son tour. Seulement vous avez les yeux rouges et vous avez bien pleuré. Est-ce qu'il serait mort ?

— Non, mon ami, Dieu merci ! répondit Eva.

— Ah ! c'est qu'on nous avait dit tant de choses dans cette maudite ville ! dit Baptiste. On nous avait dit qu'il avait été tué dans une émeute ; puis égorgé dans les grottes, je ne sais plus lesquelles ; puis enfin qu'il s'était réfugié en Amérique. Depuis plus de dix-huit mois nous n'avions entendu parler de lui. Mais vous voilà revenue et avec vous l'espoir de le revoir. Reviendra-t-il ? Dites-nous ça, voyons, que je fasse la joie de tout le pauvre monde qui l'aime toujours. Ah ! ce que les seigneurs appellent la canaille, ça a du cœur, ça se souvient ; c'est pas comme les aristocrates, qui ne se souviennent que pour faire de la peine. Je ne dis pas ça pour votre père, mademoiselle, quoique ça puisse s'appliquer à lui.

— Mon pauvre Baptiste ! dit Eva en lui tendant la main et tout en laissant dans la sienne un louis qui valait à cette époque, en assignats sept à huit mille francs.

Baptiste regarda le louis, regarda Eva, baisa le louis et d'une voix triste, il dit :

— Vous êtes donc toujours bonne, mademoiselle Eva ?

Eva porta son mouchoir à ses yeux.

— Et malheureuse, ajouta-t-il, c'est trop juste !

— Mon bon Baptiste, dit Eva, le docteur va revenir dans trois ou quatre jours ; j'espère que vous reprendrez l'habitude de revenir le voir tous les matins ?

— Oh oui ! mademoiselle, et Antoine aussi ; comment n'est-il pas encore ici ? je l'ai rencontré dans la rue, il m'a dit qu'il venait.

En effet la porte du laboratoire s'ouvrit et Antoine parut. Il frappa du pied selon son habitude et s'écria :

— Justice de Dieu ! centre de vérité ! Vous êtes toujours belle et jeune, mademoiselle Eva, tant mieux.

— Bonjour, mon cher Antoine, et vous comment vous portez-vous.

— Moi je suis toujours le prophète, dit Antoine, envoyé pour porter la parole du Seigneur.

— Et cette parole du Seigneur que vous m'apportez, quelle est-elle ? dit en soupirant Eva.

— Les honnêtes gens auront leur tour, répondit Antoine, les malheureux redeviendront heureux et les affligés seront consolés.

— Dieu vous entende ! dit Eva.

Elle lui mit dans la main un louis, comme elle avait fait à Baptiste.

Les deux vieillards étendirent la main vers elle comme pour l'envelopper de leur double bénédiction.

Puis, appuyés à l'épaule l'un de l'autre, ils descendirent et Eva put entendre la jambe de bois de Baptiste s'éloigner graduellement, comme elle l'avait entendue graduellement se rapprocher.

Alors elle tomba assise devant le piano, ses doigts coururent sur les touches, une douce symphonie courut sous ses doigts ; on eût dit que cette prédiction de l'insensé avait réveillé dans son cœur cette espérance si prête à s'éteindre, et que c'était cette espérance fugitive comme la raison de celui qui l'avait donnée qui jetait des touches de lumière sur la sombre mélodie qui venait faire tressaillir l'écho muet depuis trois ans dans ce laboratoire abandonné.

A la suite de ces excitations musicales, Eva tombait invariablement ou dans une extase douloureuse ou dans un accès de nerveuse gaîté. Cette fois, les sons s'éteignirent peu à peu sous ses doigts, sa tête s'inclina mélancoliquement sur sa poitrine et aucun des accidents ordinaires ne se manifesta.

Lorsqu'elle sortit de cette espèce de sommeil, le soleil semblait avoir repris toute la force des beaux jours, et les gouttes d'eau de la nuit qui n'étaient pas encore séchées étincelaient à l'extrémité des herbes et des feuilles, pareilles à des diamants.

## XI

### LE RETOUR DE JACQUES

Il n'y a pas de moments plus doux dans la vie morale comme dans la vie physique que celui où, après un désespoir complet, on recommence à espérer un peu, et que celui où, après l'orage et la foudre, le ciel commence à s'éclaircir et à reprendre une teinte d'azur.

Eh bien, Eva en était là, la prédiction du fou avait produit l'effet moral; le retour du soleil produisit l'effet physique. Elle descendit l'escalier, ouvrit la porte du jardin et hasarda son pied sur les terrains raffermis.

Comme nous avons dit, quelques gouttes de pluie restaient encore à la cime des herbes, mais on sentait cette douce odeur qui émane de tous les objets mouillés lorsque la nature et le soleil commencent à triompher du tonnerre et de la pluie.

Elle s'arrêta un instant sur le seuil; de là son regard embrassait toute la petite enceinte. Dans l'atmosphère éclaircie on voyait ce virginal je ne sais quoi qui annonce le retour du printemps. Mars, le mois précurseur, malgré ses bourrasques de pluie et de grêle, est parfois un des mois charmants de l'année.

La pluie et la grêle d'octobre annoncent l'hiver; la pluie et la grêle en mars annoncent le retour des douces brises et des jours dorés.

Eva se hasarda sur ces gazons qui deux heures auparavant étaient détrempés, et que deux heures de soleil avaient suffi pour raffermir.

Parmi ces gazons on apercevait, la tête penchée, quelques peureuses pâquerettes, quelques craintifs boutons d'or. Les bords du ruisseau, ravivés, se tapissaient d'une mousse printanière dans laquelle frémissaient les premiers atomes de la vie végétale.

Le bassin que formait l'eau était encore trouble, mais peu à peu l'eau se filtrait et commençait à transparaître; enfin l'arbre de la science du bien et du mal, le beau pommier qui faisait le point culminant du jardin, avant même ses premiers bourgeons, laissait distinguer ses premières fleurs.

Si l'on eût appuyé son oreille contre la terre, à coup sûr, dans le sein de cette mère commune, on eût entendu sourdre la vie et se préparer les fleurs du printemps et les fruits de l'été.

Eva prit son beau pommier entre ses bras et baisa ses branches rougissantes. Le pommier dont elle avait vu rougir les fruits, le ruisseau où elle s'était regardée pour la première fois en allant y boire comme *Scipio*, étaient ses deux plus vieux amis. Puis elle regarda dans la grotte des Fées ce bassin d'eau limpide où elle allait chercher la fraîcheur du bain pendant les jours brûlants de l'été, et où elle avait donné ses premiers signes de pudeur qui annonçaient non seulement qu'elle devenait intelligente, mais encore qu'elle devenait femme.

Elle descendit de là jusqu'à la tonnelle de vigne; là, aucune apparence de vie ne s'éveillait encore: la vigne, qui contient ce sang végétal qui a tant de ressemblance avec notre sang, est la dernière qui s'éveille parmi les arbrisseaux; des buissons de syringa où venait chanter le rossignol étaient encore dénudés de toutes leurs feuilles.

Mais à défaut du rossignol, virtuose du printemps, ils avaient déjà donné asile au rouge-gorge, rustique chanteur chargé de consoler la chaumière, par sa présence et son babil, de l'absence du soleil et du silence des autres oiseaux chanteurs.

Souvent Eva s'était amusée, pendant les jours anniversaires de ceux qui passaient sur sa tête, à regarder cet hôte familier et amical pour qui tout semble sujet de curiosité et qui, de son œil vif et spirituel comme celui de la fauvette et du rossignol, vient examiner l'homme, dans lequel il ne peut s'habituer à voir un ennemi.

Était-ce un nouvel habitant du jardin, ou le gentil oiseau l'avait-il déjà connue aux jours de son bonheur? il s'approcha si près d'elle qu'elle eût grande envie de croire qu'il la reconnaissait et qu'il voulait aussi fêter son retour.

Eva avait retrouvé son paradis, mais son paradis que sa faute avait fait triste et désert, et celui qu'elle y attendait en frissonnant encore plus de crainte que d'amour, ce n'était point Adam, le complice de sa faute, c'était l'ange à l'épée flamboyante qui venait de la part de Dieu pour lui pardonner ou la punir.

Ces rayons si doux du soleil, était-ce le sourire d'un Dieu intelligent ou la douce et tranquille chaleur d'un astre insensible accomplissant son œuvre?

Elle interrogeait tout sur ce grand mystère du pardon: le globe lumineux qui s'avançait en pâlissant vers l'occident; le nuage qui s'empourprait en passant de ses derniers feux; la fleur qui poussait avant la feuille; tout, jusqu'au petit oiseau qui s'approchait d'elle dans ce moment de repos et de silence et qui s'éloignait d'elle à son moindre mouvement et à son plus léger soupir.

Nulle part n'était l'affirmation du bien et du mal, partout le doute.

Le *que sais-je?* de Montaigne était jeté comme un voile sur toute la nature et s'étendait plus épais à chaque instant entre elle et l'avenir.

Une voix l'appela.

C'était celle de Marthe; la nuit était venue, quatre heures sonnaient, et Marthe, ponctuelle comme l'horloge elle-même, venait l'avertir que le dîner était servi.

C'était là que l'attendait une solitude plus grande. Souvent il arrivait que, plongé dans ses travaux, poursuivant un problème qu'il se croyait près de résoudre et qui lui échappait sans cesse, comme tout ce que l'homme croit tenir, Jacques faisait prier Eva de déjeuner seule et ne descendait point; mais, en ce cas, Jacques était toujours là, et Eva savait qu'un simple plancher la séparait de lui.

Mais à dîner Jacques était toujours présent, c'était sa véritable heure de jouissance, l'heure à laquelle il retrouvait Eva, séparée matériellement de lui par l'absence et intellectuellement par sa pensée qui s'arrêtait sur un travail nouveau et exigeant qui appelait toute son attention.

Alors il la revoyait des yeux, il la retrouvait du cœur, et, son visage, comme celui d'un enfant, un instant troublé par l'étude, reprenait toute la sérénité du bonheur.

Il n'était plus là; ce n'était plus un travail absolu, mais sa volonté, qui le retenait loin d'elle. Reviendrait-il? Quand reviendrait-il? Avec quel sentiment reviendrait-il?

C'était l'éternelle question qu'Eva cherchait à rouler hors de son cœur comme le rocher de Sisyphe, et qui comme le rocher de Sisyphe retombait éternellement sur son cœur.

Comme elle avait reconnu le déjeuner, Eva reconnaissait le dîner. Il était exactement le même que si Jacques eût dû le partager, le couvert manquant à sa place indiquait seul qu'il était absent.

Marthe ne s'en aperçut qu'en desservant.

— Oh! mon Dieu! dit-elle, comme vous avez peu mangé, ma chère demoiselle!

— Ce n'est pas que j'ai peu mangé, répondit Eva, c'est que j'ai mangé seule.

— Que ferai-je de tout ce qui reste? demanda Marthe.

— Vous appellerez demain une pauvre femme et vous le lui donnerez pour elle et pour ses enfants.

— Faudra-t-il continuer à vous servir le même dîner?

— Oui! dit Eva, les pauvres mangeront sa part, et, soyez tranquille, chère Marthe, il ne se plaindra pas de ce surcroît de dépense, qui, comme vous le voyez, ne sera point perdu.

— Vous avez raison, mademoiselle, il était si bon autrefois!

— Il est meilleur encore aujourd'hui, Marthe.

— Oh! cela n'est pas possible! s'écria la bonne femme.

— J'espère cependant que cela est, dit Eva en levant les yeux au ciel.

Après le dîner, elle monta au laboratoire et plaça une bougie de manière à ce qu'elle fût vue du dehors.

— Mais on va croire, dit Marthe, que M. le docteur est arrivé!

— Vous direz à ceux qui viendront, Marthe, qu'il n'est pas encore arrivé, mais qu'il va venir, et les pauvres sauront qu'ils vont avoir un protecteur contre tous les maux dont ils sont menacés et même contre le bien qu'ils n'apprécient pas, contre la mort.

— Pourquoi dites-vous des choses pareilles depuis que vous êtes revenue, mademoiselle? demanda Marthe je ne vous les avais jamais entendues dire avant votre départ.

— Marthe, je ne suis point partie, on m'a arrachée à lui. Marthe, j'ai été trois ans sans voir celui qui était tout pour moi, mon dieu, mon maître, mon roi, mon idole, le seul homme que j'aie aimé, que j'aimerai jamais!

Elle allait s'écrier : « et qui ne m'aime plus » ; mais la pudeur étouffa ce cri.

Elle plaça sa bougie où Jacques plaçait sa lampe, puis elle continua de rêver dans ce laboratoire à peine éclairé.

Et cependant l'étoile des pauvres avait déjà été vue par eux ; avant qu'Eva descendit, elle entendit sonner ou frapper deux ou trois fois à la porte de la rue.

C'étaient les pauvres qui accouraient à ce phare sauveur et qui s'en allaient déjà à moitié consolés en apprenant qu'il n'était point encore arrivé, mais qu'il allait bientôt venir.

Eva descendit, laissant brûler sa bougie et guidée seulement par les rayons de la lune, splendide ce soir-là, tout au contraire de ce qu'elle était la veille. Mais elle trouva Marthe, qui l'attendait dans sa chambre.

Marthe ne reconnaissait plus la joyeuse et régulière enfant dans la jeune fille triste et fantasque qui lui était revenue.

Deux ou trois fois elle avait failli laisser échapper son secret devant Marthe. Ce secret était à coup sûr celui de sa tristesse, et Marthe eût voulu le savoir, car elle était certaine qu'elle la consolerait.

Ce n'était point Eva qui n'aimait plus Jacques, son amour pour lui était passé au contraire à l'état de religion, mais ce n'était pas Jacques non plus qui pouvait ne plus aimer Eva. Comment ne pas aimer cette adorable enfant devenue plus ravissante que jamais?

Marthe s'en remit au temps de lui apprendre ce secret. Ce temps ne pouvait être long puisque Jacques devait arriver d'un moment à l'autre. Seulement Eva lui parut plus calme que la veille, et la bonne vieille attribua au retour de Jacques qui approchait ce changement dans le caractère de sa jeune amie.

Eva l'interrogea sur ses anciennes connaissances, et surtout sur les jeunes filles sans fortune et les vieilles femmes pauvres.

C'était donc toujours la charité comme autrefois qui était le mobile de ses actions. Elle s'informa du nombre d'enfants que l'on pourrait réunir dans une double école gratuite de jeunes filles et de jeunes garçons. Elle s'enquit du nombre de vieillards des deux sexes qui avaient recours à la charité publique.

Personne mieux que Marthe ne pouvait lui dire cela.

Eva la pria de rappeler tous ses souvenirs pendant la nuit, et de l'aider le lendemain à faire une liste des malheureux qui avaient besoin d'être secourus.

On le voit, Eva n'avait pas besoin du retour de Jacques pour commencer à entreprendre sa pieuse mission.

Marthe la quitta à une heure du matin ; son sommeil fut calme, et le lendemain, sur la même table où était servi son déjeuner, elle trouva du papier, une plume et de l'encre pour dresser ses listes.

La journée fut employée à ce travail, ce qui la fit rapidement passer.

Le soir, il fut reconnu qu'il y avait soixante vieillards, hommes et femmes, à mettre dans un hospice, à peu près cinquante à cinquante-cinq enfants à faire élever dans deux pensions, et trente à quarante braves gens à secourir chez eux.

Ce fut seulement après ce travail fait qu'Eva visita de nouveau son beau jardin. Il lui sembla que depuis la veille les herbes avaient séché, que les fleurs de son pommier s'étaient ouvertes, que les rives de son ruisseau avaient reverdi et que son rouge-gorge était devenu plus joyeux et plus familier.

Elle avait, comme la veille, reçu à l'heure habituelle la visite de Baptiste et d'Antoine, qui lui avaient annoncé qu'il y aurait fête dans la ville parmi les pauvres gens pour le retour de Jacques Mérey.

Eva se demanda à elle-même, mais sans pouvoir résoudre la question, pourquoi c'était toujours les pauvres gens qui aimaient les bonnes gens et comment il se faisait que les gens qu'on appelait *comme il faut* n'avaient aucun enthousiasme pour les véritables philanthropes.

Le soir, plus de cinquante personnes attendaient l'arrivée de Jacques. Cette fois encore l'attente fut trompée et la fête remise au lendemain.

Eva ne jugea point qu'il fût utile d'attendre l'arrivée de Jacques pour commencer son office de dame de charité. Jacques ne lui avait-il pas laissé une bourse de vingt-cinq louis, et avec la moitié de cette somme ne pouvait-elle pas déjà calmer bien des besoins?

Elle s'enveloppa d'une grande pelisse, et, suivie de Marthe, elle alla dans une douzaine de maisons où sa présence devenait bien nécessaire.

L'hiver de 96 à 97 avait été très froid, par conséquent la misère avait été plus grande.

Cette première visite d'Eva laissa sa trace de bien-être dans la pauvre population. Le boulanger reçut ordre de porter soixante pains à domicile et le marchand de vin soixante bouteilles. Elle prit note des enfants qui n'étaient pas suffisamment vêtus pour la faiblesse de leur âge et commanda quinze ou vingt habillements des draps les plus chauds qu'elle put trouver.

La journée passa ainsi avec une rapidité dont Eva n'avait aucune idée ; elle commença de s'apercevoir que l'état de bienfaitrice était pour le cœur une des plus grandes distractions qu'il pût se procurer. Elle se vit avec la direction de deux ou trois maisons d'asile et de charité, et trouva que ce qu'elle s'était imposé comme une expiation serait un suprême bonheur. Au milieu de tout cela, elle interrogeait, elle questionnait, elle apprenait ces rudes secrets de la misère qui font bondir de joie les cœurs qui peuvent et veulent les soulager.

Comme il ne s'agissait point de lui inspirer une pitié rebelle, on n'essayait pas de la tromper. On lui racontait les choses comme elles étaient, et les choses telles qu'elles étaient lui paraissaient presque toujours dignes de son intérêt, presque de ses larmes.

Elle était arrivée depuis la surveille au soir, et il n'y avait déjà plus dans tout Argenton une maison qui ignorât que la pupille du docteur était revenue et que le docteur à son tour allait revenir.

Ceux qui l'avaient vue disaient qu'elle était plus jolie que jamais, mais en même temps plus triste. En effet, aux yeux de ceux qui ignoraient dans quelles conditions elle était revenue, elle avait perdu son père et vu sa fortune séquestrée ; c'était ce séquestre surtout qui jetait dans une foule de conjectures ceux qui lui voyaient faire de nombreuses aumônes, et tout payer, même ses aumônes, avec de l'or.

Comme on avait toujours ignoré à Argenton la véritable fortune du docteur, et qu'on l'avait toujours vu vivre avec l'économie d'un homme qui aurait une centaine de louis de rentes, on commençait à faire sur lui les contes les plus bizarres.

On disait, ce qui était vrai, qu'il avait été en Amérique et qu'il y avait fait fortune. Il n'y avait pas fait fortune, il y avait seulement augmenté la sienne.

On disait qu'il avait trouvé un trésor dans les grottes de Saint-Émilion, où il avait été obligé de se réfugier lors de la proscription des girondins.

On disait qu'il était devenu l'ami d'un riche Yankee qui lui avait laissé sa fortune. Mais enfin l'avis de tous était qu'il revenait riche et qu'il revenait à Argenton pour partager cette fortune avec les pauvres.

Quant à mademoiselle de Chazelay, comme on avait vu Jean Munier à une certaine époque venir prendre des renseignements sur ses biens meubles et immeubles, et qu'on n'avait pas présumé que ce fût pour les rendre à leur légitime propriétaire, on la regardait comme complètement ruinée et ne vivant que des bienfaits de Jacques Mérey.

Mais du reste ce pouvait être de Jacques Mérey qu'elle prenait tous les renseignements nécessaires et comme on la connaissait bonne on ne doutait point de ses intentions.

Baptiste et Antoine, qui avaient été consultés par elle et qui l'avaient aidée à compléter ses listes, concouraient encore, à répandre par leurs indiscrétions le bruit des futurs projets philanthropiques du docteur et de sa pupille.

Enfin l'heure de l'arrivée de la diligence arriva.

Comme la veille, la surveille et le jour précédent, une partie de la population pauvre d'Argenton attendait au relais.

Cette fois l'attente ne fut pas trompée.

Lorsqu'on vit descendre le docteur de la voiture, les cris de Vive Jacques Mérey ! retentirent de tous côtés. Antoine d'une part, Baptiste de l'autre, portant chacun une torche à la main et suivis de toute une population portant des flambeaux, entourèrent le docteur et, toujours aux mêmes cris, le ramenèrent à travers les rues d'Argenton jusqu'à sa petite maison.

Depuis longtemps Eva et Marthe entendaient ces cris, mais Eva seule devinait ce qu'ils voulaient dire. Cependant lorsqu'ils approchèrent de la maison, Marthe appela la jeune fille pour qu'elle vînt voir de la porte ce qui se passait.

Mais Eva avait tout deviné ; tremblante comme le jour où elle l'avait revu, n'osant se présenter à lui, n'osant s'éloigner de peur des conjectures, elle attendait derrière la porte que cette porte s'ouvrît et que son juge se présentât à elle.

La vieille Marthe avait enfin compris que c'était son maître qu'on acclamait ; elle avait ouvert la porte, et, toute joyeuse au seuil de cette porte, levant les bras au ciel, elle s'écriait :

— Oh ! c'est notre maître ! notre cher maître le docteur ! Mais où êtes-vous donc, mademoiselle? mais venez donc, mademoiselle ! Que va-t-il dire en ne vous voyant pas là?

Mais, pour Eva, cette voix si pleine de tendresse et de joyeuse sympathie était la voix de l'archange jetant le cri terrible :

« Terre, rends tes morts ! »

Oh ! oui, à ce moment elle eût voulu être confondue parmi

ces milliers de morts qui apparaîtront à la face du Seigneur plus blancs que les suaires dont ils seront enveloppés.

Elle entendit Jacques faire d'une voix émue ses remerciments à tout ce brave peuple. Chaque son de cette voix adorée remuait une fibre de son âme. Puis la porte se referma. Jacques entra. Au fur et à mesure qu'il avançait, elle montait une à une et à reculons les marches de l'escalier.

— N'avez-vous donc pas vu Eva ? demanda-t-il enfin d'une voix qu'il voulait rendre calme et comme s'il eût fait la question la plus indifférente du monde.

— Si fait, mon cher maître, dit Marthe, elle était là tout à l'heure, c'est elle qui la première a deviné que toutes ces voix annonçaient votre retour, elle a failli s'évanouir et je l'ai vue s'appuyer au mur pour ne pas tomber. Sans doute, elle se sera trouvée mal quelque part, dans votre laboratoire, qu'elle n'a presque pas quitté depuis son retour.

Jacques arracha la bougie des mains de Marthe et monta
6 rapidement à son laboratoire.

Mais, appuyée extérieurement à la porte, il trouva Eva à genoux dans la posture de la Madeleine de Canova ; il s'arrêta, mit malgré lui la main sur son cœur pour la regarder.

— Seigneur ! seigneur ! dit-elle, je voudrais avoir tous les baumes de l'Arabie pour en parfumer vos pieds ; mais je n'ai que mes larmes. Acceptez mes larmes.

Et elle saisit à bras le corps les genoux de Mérey, qu'elle baisa dans un transport où il était impossible de dire s'il y avait plus d'humilité que d'amour ou d'amour plus que d'humilité.

Jacques Mérey inclina la tête et la regarda avec une profonde pitié ; mais courbé qu'elle tenait son front vers la terre, elle ne put pas voir cette expression de son visage ; puis, au bout d'un instant de silence, lui tendant la main :

— Relevez-vous, dit-il, et allez en paix.

Puis, l'embrassant au front, mais plutôt avec les lèvres d'un père qu'avec celles même de l'ami, il rentra dans son laboratoire et referma la porte, la laissant sur l'escalier.

Quoiqu'il y eût une grande douceur dans l'accent de sa voix, quoique ses mouvements fussent plutôt tendres qu'irrités, le cœur d'Eva se gonfla, et ce fut avec des ruisseaux de larmes qu'à son tour elle rentra chez elle.

Elle ne dormit point les deux ou trois premières heures de la nuit, et, tout le temps de cette insomnie, elle entendit marcher Jacques Mérey sur sa tête du pas mesuré d'un homme rêveur.

## XII

### LA CABANE DE JOSEPH LE BRACONNIER

Le lendemain la vieille Marthe invita Eva au nom de Jacques à monter à son laboratoire.

Au moment de le revoir, son serrement de cœur la reprit, et elle sentit de nouveau les larmes lui sauter aux yeux ; mais elle dompta ce premier mouvement, essuya ses yeux, les frotta avec son mouchoir et monta souriante auprès de Jacques.

En la voyant paraître, Jacques alla au-devant d'elle, l'embrassa au front de ce même baiser calme et froid qui l'avait glacée la veille, et lui montra un fauteuil.

Eva jeta les yeux sur le lit de Jacques ; elle vit qu'il n'était pas défait.

Jacques ne s'était pas couché.

Elle s'agenouilla devant son lit, murmura une courte prière, et revint s'asseoir près de lui à la place qu'il lui avait indiquée.

— Eva, dit Jacques, nous voici de retour à Argenton ; vous voici de nouveau dans cette petite maison qui, dites-vous, vous est plus chère que tous les pays du monde. J'y suis revenu sur votre promesse. La tiendrez-vous ?

— Je la tiendrai.

— Tout entière ?

— Tout entière.

— Vous m'avez autorisé à vendre la maison de la rue de Provence, 21.

— Oui.

— Je l'ai vendue.

— Vous avez bien fait, mon ami.

— Vous m'avez autorisé à vendre tout ce qu'il y avait dedans.

— Oui.

— J'ai tout vendu

Jacques garda un moment de silence.

— Vous ne me demandez pas combien j'ai vendu le tout.

— Peu m'importe ! dit Eva. Cet argent n'avait-il pas sa destination ?

— Oui, il était destiné à fonder un hôpital. Mais vous redeviez quarante mille francs sur cette maison.

— C'est vrai.

— Ces quarante mille francs payés, il reste quatre-vingt-dix mille francs net. Ce n'est point assez pour bâtir et fonder un hôpital de quarante lits.

— Prenez sur une autre portion de mes propriétés.

— J'ai pensé à une chose ; le château de Chazelay est debout, il ne vous rappelle que de sombres souvenirs ; un soir de bal, votre mère y a été brûlée vive.

Eva étendit la main comme pour prier Jacques de ne pas réveiller ce souvenir.

— Vous ne l'avez habité, m'avez-vous dit, du moins, que pour y pleurer notre séparation.

— Oh ! je vous le jure !

— Tous nos projets accomplis, il vous restera à peine de quoi vivre. Ce château n'est point celui d'une recluse, c'est celui non seulement d'une femme, mais d'une famille du monde. Qu'y feriez-vous seule ?

Eva frissonna.

— Je ne veux habiter rien seule, dit-elle ; je veux rester avec vous, près de vous.

— Eva !

— Je vous ai dit que je ne vous parlerais pas d'amour, je vous le répète. Faites du château de Chazelay ce que vous voudrez.

— Nous y reprendrons le portrait de votre mère, et, quelle que soit la chambre que vous habitiez, ce portrait sera dans votre chambre.

Eva saisit la main de Jacques et la baisa avant que celui-ci eût eu le temps de l'en empêcher.

— C'est de la reconnaissance, dit-elle, ce n'est pas de l'amour. N'est-il pas convenu que ce n'est point assez que je me repente, qu'il faut que je me rachète.

— Il faudra cependant nous quitter un jour, Eva ?

Eva le regarda avec terreur, mais son regard ne contenait aucun reproche.

— Je ne vous quitterai, Jacques, que si vous me chassez. Quand vous serez las de moi, vous me direz : Va-t'en ; et je m'en irai. Seulement, cherchez-moi ou faites-moi chercher, cela ne vous donnera pas grand'peine, mon cadavre ne sera pas loin. Mais pourquoi me chasseriez-vous ?

— Si jamais je me marie, dit Jacques.

— N'ai-je pas tout prévu, même ce cas-là ? dit Eva d'une voix étouffée. N'est-il pas convenu que si votre femme veut me garder, je serai sa dame de compagnie, sa lectrice, sa femme de chambre. Laissez cela à sa décision, je la prierai tant qu'elle me prendra.

— Revenons au château de votre père. Vous ne voyez donc pas d'inconvénient à ce que nous en fassions une maison de refuge ? Il est tout bâti, et, en vendant les meubles, nous aurons certainement assez pour fonder une rente. On m'a dit qu'il y avait des tableaux d'un grand prix, un Raphaël, un Léonard de Vinci, trois ou quatre Claude Lorrain ; le goût du luxe reprend, le goût des beaux-arts revient, nous ferons facilement trois ou quatre cent mille francs rien qu'avec la collection des tableaux.

— J'ai entendu dire à mon père qu'il y avait un Hobbema dont on lui avait offert quarante mille francs, deux ou trois Miéris charmants, et un Ruysdaël qui n'a pas son pareil dans les musées de Hollande.

— C'est bien, voilà qui est réglé pour le château. Si nous n'avons pas assez de la vente des tableaux, nous prendrons sur la vente des terres. Vous rappelez-vous que vous m'avez dit que vous ne recculeriez devant aucun danger, que vous soigneriez les femmes, les petits enfants, et que, dans un cas de fièvre contagieuse, vous feriez de la charité même au risque de votre vie.

— Je l'ai dit et j'ai même ajouté que j'espérais en remplissant ce pieux devoir contracter quelque fièvre contagieuse ; qu'alors vous me soigneriez à mon tour, que je mourrais dans vos bras, et qu'une fois bien sûr que je ne pourrais en revenir, vous m'embrasseriez et me pardonneriez.

— Encore ? dit Jacques.

— Vous me demandez si je me souviens, il faut bien que je vous prouve que oui.

— C'est bien ! dit Jacques. Il faut que je monte à cheval, ne m'attendez que pour dîner. Si je ne revenais pas aujourd'hui, ne soyez pas inquiète, c'est que je serais retenu.

— Merci, Jacques ! dit doucement Eva.

Elle se leva, se retira en regardant Jacques, et rentra dans sa chambre.

Un instant après, elle entendit le galop d'un cheval. Elle se précipita vers la fenêtre et vit Jacques Mérey qui tournait le coin de la petite ruelle par laquelle on allait au château de Chazelay.

Eva se trompait, ce n'était que secondairement que Jacques allait au château.

Il allait d'abord à la cabane de Joseph le bûcheron. Il

eut quelque peine à pénétrer à cheval jusqu'à cette cabane, tant le bois avait grandi, tant les taillis avaient poussé.

Il l'aperçut enfin. Joseph était assis à la porte et rajustait les batteries de son vieux fusil.

Jacques le reconnut, mais il était si loin de penser au docteur qu'il fallut qu'il se nommât pour que sa mémoire revînt au cerveau du braconnier.

— Ah ! c'est vous, monsieur le docteur ? s'écria le brave homme. Vous me retrouvez seul, ma pauvre vieille est morte.

— Mais vous, vous portez bien, vous, Joseph, et vous me paraissez ne pas avoir renoncé à votre ancien état ?

— Que voulez-vous ? Tant que M. le marquis de Chazelay a vécu, j'ai espéré être le garde général de toutes ses propriétés, mais le pauvre diable, il a été fusillé, et il n'a pas tenu à lui que je ne fusse fusillé avec lui, il voulait m'emmener faire la guerre ; mais faire la guerre contre mon pays, jamais ! Je ne suis qu'un pauvre paysan, mais j'ai de la France plein le cœur.

— Ainsi vous dites donc, mon ami, demanda Jacques, que l'objet de votre ambition était d'être garde général des biens de M. de Chazelay ?

— Oui, monsieur le docteur. Maintenant qu'on ne pend plus les braconniers, si les propriétaires sont intelligents, ils feront les braconniers gardes. Il n'y a pas à nous en conter à nous autres sur la passée des lièvres et des lapins, nous savons où les trappes se pratiquent et où les collets se tendent, et celui qui aurait confiance en moi aurait un gaillard qui ne se laisserait pas mettre dedans.

— A qui appartient ce petit bois dans lequel vous habitez ?

— Je croyais vous avoir dit autrefois qu'il appartenait à M. le marquis.

— Alors, demanda Jacques, il fait partie de sa succession ?

— Certainement.

— Mais peut-être ne voudriez-vous pas quitter ce bois et votre cabane, même pour une plus belle ?

— Oh ! dit le braconnier en secouant la tête d'un air mélancolique, depuis que la petite Hélène l'a quittée, depuis que Scipion n'y est plus, depuis que la mère y est morte, je la donnerais pour une épingle.

— Alors tout peut s'arranger, dit Jacques. C'est moi qui suis chargé par mademoiselle de Chazelay de vendre les biens de son père, et je ferai une condition à celui qui les achètera de vous nommer son garde. Comme appointements, quelle serait votre ambition ?

— Ah ! M. le docteur sait bien, n'est-ce pas, qu'on ne peut pas faire un état sans être payé ?

— Oui, je le sais, mon ami, c'est pourquoi je vous demande combien vous désirez ?

— M. le docteur, un bon garde ça n'a pas de prix. Mais nous allons coter au plus bas. Un bon garde, voyez-vous, ça vaut quatre-vingts francs par mois ; il doit tuer deux lapins tous les jours et un lièvre le dimanche.

— Je me charge de vous obtenir ça et de vous faire bâtir à l'endroit que vous préférerez une jolie petite maison en pierres à la place de cette cabane.

— Je vous l'ai dit, monsieur le docteur, peu m'importe l'endroit. Tous les endroits me sont indifférents, celui-ci seulement est plus triste pour moi que tous les autres, et si j'avais su où aller, je l'aurais déjà quitté. J'étais bien décidé à décamper d'ici et même du canton à la première chicane qu'on m'aurait faite, mais on me craint dans le pays, je ne sais pas pourquoi, je ne suis pourtant pas méchant. Il est vrai que j'ai dit dans un temps que je tuerais comme un chien celui qui essayerait de me faire sortir de cette cabane, mais dans un autre temps, quand la petite se roulait là avec mon pauvre Scipion et que la vieille mère nous faisait la soupe pour tous les trois.

— Combien ce petit bois peut-il avoir environ ? demanda Jacques.

— Trois ou quatre arpents, avec des sources magnifiques dont on pourrait faire une jolie petite rivière, allez !

— Mais il n'y aurait pas de route pour venir ici ?

— Il y a la route du château, monsieur le docteur, qui passe à un demi-quart de lieue d'ici. Il y aurait un chemin à caillouter, voilà tout : ce serait l'affaire de quelques centaines de francs.

— Mais, dit Jacques, je croyais vous retrouver riche ?

— Moi riche, et comment cela ?

— Il me semble bien que le marquis de Chazelay aurait pu vous donner une dizaine de mille francs pour lui avoir fait retrouver sa fille.

— Oh ! il n'aurait pas fallu beaucoup le presser ; mais vous me croirez si vous voulez, monsieur Jacques Mérey, quand j'ai vu revenir la pauvre enfant au château, si malheureuse et si désolée, au lieu de chercher à rencontrer M. le marquis, quand je le voyais d'un côté je m'en ensauvais de l'autre. Puis, je vous dis, j'ai refusé de partir avec lui, j'ai dit que j'étais pour le nouvel ordre de choses, ça a tout rompu entre nous et je crois bien avec ça qu'il a su que je m'étais chargé d'une lettre de sa fille pour vous : de ce moment-là tout a été fini.

— Oui, dit Jacques, je sais que vous lui avez rendu service à la pauvre petite, et, tenez, voilà une année de vos appointements, comme garde général, payée d'avance.

Et il lui donna un petit sac de peau dans lequel il avait, avant de partir d'Argenton, compté mille francs.

— S'il vient ici des gens avec des grands papiers, des cartons et des pinceaux ; que ces gens-là vous disent qu'ils sont architectes, vous les laisserez faire.

— Tout ce qu'ils voudront, monsieur le docteur.

— Puis, pas un mot, ajouta Jacques, sur ce qui vient de se passer entre nous, car il n'y aurait rien de fait.

— Mais, si je ne dis pas un mot, c'est arrêté comme cela, n'est-ce pas ?

— Oui, mon ami.

— Monsieur Jacques, quand on passe un marché et qu'on ne signe pas, on se touche dans la main ; entre honnêtes gens ça vaut mieux qu'une signature. Donnez-moi la main, monsieur le docteur.

— La voilà et de grand cœur, dit Jacques en la lui serrant cordialement. Maintenant la route la plus courte pour aller au château ?

Joseph marcha devant, et, par un sentier que n'avait jamais vu Jacques, il le conduisit jusqu'à la lisière du bois.

— Tenez, dit-il, vous voyez bien ces girouettes ?

— Oui.

— Eh bien ! ce sont celles du château de Chazelay. Pauvre marquis, y tenait-il à ses girouettes ! Quelle bêtise ! maintenant qu'il est à six pieds sous terre ! il ne les entend même plus crier, ses girouettes.

Et Joseph haussa les épaules avec un geste de profonde philosophie.

## XIII

### LE CHATEAU DE CHAZELAY

Le docteur suivit au petit pas de son cheval le sentier que lui avait indiqué Joseph. Il était en effet à peine à un quart de lieu du château, et à moitié chemin il rencontra la route ferrée qui y conduisait, et qui ne passait pas en effet à plus de trois ou quatre cents pas du petit bois.

Celui qui était gardien du château était ce même Jean Munier autrefois commissaire de police, et devenu intendant du domaine de Chazelay.

Au moment où ses biens avaient été rendus à Eva, elle avait demandé au brave homme s'il préférait une place tranquille avec six ou sept mille francs d'appointements à un poste à Paris qu'il pouvait perdre d'un moment à l'autre. Aussi n'était-il pas sans inquiétude sur cette place d'intendant, ayant entendu dire que le château et toutes ses dépendances allaient être vendus.

Il vit donc approcher avec une certaine crainte Jacques Mérey, qu'il prenait pour un acquéreur.

En effet, les premières questions de Jacques, qui demanda à voir le château dans tous ses détails, n'étaient point faites pour le rassurer, et de ce moment tâcha-t-il de se faire du nouvel arrivant un protecteur.

Il questionna à son tour :

— Je ne crois pas, lui dit Jacques, que ce château soit vendu, mais il aura sans doute une autre destination ; si mademoiselle de Chazelay vous a promis de se charger comme vous dites de votre avenir, je lui rappellerai sa promesse. Dites-moi votre nom et vous n'aurez pas à vous repentir de m'avoir rencontré sur votre chemin.

— Monsieur, je me nomme Jean Munier. C'était le nom du commissaire de police qui avait recueilli Eva au pied de l'échafaud.

Il le regarda fixement.

— Jean Munier, dit-il ; en effet, mademoiselle de Chazelay vous a de grandes obligations ; si vous ne lui avez pas sauvé précisément la vie, vous la lui avez conservée dans des circonstances terribles.

— Vous savez cela, monsieur ?

— Oui... et peut-être lui avez-vous entendu prononcer mon nom.

Jean Munier regarda l'inconnu avec une nouvelle curiosité.

— Je m'appelle Jacques Mérey, répondit le docteur en fixant son regard profond sur l'intendant.

Jean Munier bondit, joignit les mains ; puis, avec une expression de joie à la sincérité de laquelle il n'y avait point à se tromper :

— Ah ! monsieur, s'écria-t-il, elle vous a donc retrouvé ?

— Oui, répondit froidement Jacques.

— Ah ! qu'elle doit être heureuse, la chère demoiselle ! s'écria l'ancien commissaire de police. Si elle vous a nommé ? Ah ! je le crois bien ! à tout moment elle vous appelait avec des cris de douleur, avec des larmes. Savez-vous où je l'ai trouvée, monsieur, continua le brave homme en saisissant le bras du docteur, je l'ai trouvée au pied de l'échafaud, où elle voulait mourir parce qu'elle vous croyait mort. Et c'est un miracle qu'elle n'y ait pas passé comme les autres. Vingt têtes ont tombé sous ses yeux ! heureusement que le père Sanson savait son compte et n'a voulu entendre à rien, elle s'obstinait à mourir. Elle n'est pas morte, Dieu

ornement qu'un grand portrait de femme ressemblant à Eva.

C'était la chambre où sa mère avait été brûlée le soir du bal. Ce portrait, c'était celui dont elle parlait dans le manuscrit et devant lequel, aux jours de sa tristesse, elle s'agenouillait et faisait ses prières. Puis, après cette chambre, continuait la suite des appartements meublés et, comme nous l'avons dit, somptueusement meublés.

C'est là, c'est dans ces chambres, dans ces cabinets, dans ces boudoirs, que Jacques retrouva les tableaux dont on lui avait parlé, le Raphaël qui représentait une sainte Geneviève filant au fuseau, entre un mouton et le chien du

C'est plongé dans ces pensées, qu'il rentra à Argenton.

merci, elle vit, elle est riche, vous allez l'épouser, n'est-ce pas ?

Jacques devint pâle comme un mort.

— Montrez-moi le château, dit-il.

Jean Munier prit les clefs, et, le chapeau à la main, conduisit Jacques Méroy à l'escalier d'honneur.

Jacques n'avait jamais vu le château de Chazelay qu'à l'extérieur. Du vivant du marquis, il avait toujours refusé d'y entrer, quoique trois ou quatre fois on l'eût envoyé chercher, soit pour une indisposition des maîtres de la maison, soit pour des maladies des gens de M. le marquis.

C'était un château, nous croyons l'avoir déjà dit, du seizième siècle, avec des restes de tours, de remparts et de ponts-levis. Il avait la formidable assise des châteaux de ce temps de guerre, et l'on eût pu à la rigueur y soutenir un dernier siège.

Comme dans tous les châteaux de cette époque, on débutait par une salle des gardes, grande à elle seule à tenir toute une maison moderne ; puis de la salle des gardes on passait dans des salons, dans des chambres, dans des cabinets, dans des boudoirs s'étendant sur trois façades et éclairés par quatre-vingts fenêtres. De là une vue magnifique dominait tous les environs. Une seule de ces chambres, qui paraissait avoir été autrefois une chambre à coucher, était complètement démeublée et ne conservait pour tout

troupeau ; c'est là qu'il retrouva les Claude Lorrain, les Hobbema, les Ruysdaël, les Miéris, un Léonard de Vinci merveilleux ; enfin tout un trésor de peintures italiennes et flamandes.

Il nota tous ces tableaux sur un carnet, donna la liste à Jean Munier et lui ordonna de les faire mettre dans des caisses. Puis, à toutes les cheminées, des miniatures de Petitot, Latour, d'Isabey et de madame Lebrun, trois ou quatre Greuze, ravissantes toiles de boudoir, de ces bijoux de vieux Saxe dont sont chargées les cheminées des vieux châteaux des bords du Rhin. Il y avait une fortune rien que dans ces inutilités qui sont la première nécessité du luxe. Tout cela fut noté par Jacques avec ordre de les déposer dans des commodes et des secrétaires de Boule et de bois de rose dont regorgeaient les grands appartements du château.

Des girandoles, des glaces de Venise, des lustres avec des milliers de cristaux taillés à facettes, des chandeliers capricieux comme des rêves de la Pompadour ou de la Dubarry ; des dessus de porte de Boucher, des Watteau, des Vanloo, des Joseph Vernet, des collections d'émaux de Limoges, des trésors enfin auxquels Eva n'avait pu faire attention, soit qu'elle en ignorât la valeur, soit qu'elle fût trop triste pour s'occuper de pareilles bagatelles.

Au second étage, tout un assortiment de meubles Louis XVI,

qui à cette époque ne valaient que leur prix d'achat, mais qui aujourd'hui eussent ruiné un collectionneur.

Il eût fallu non pas un jour, mais un mois pour visiter toutes les chambres et tous les salons et pour en estimer les richesses; il y avait des tapisseries de Beauvais et d'Arras merveilleuses, des chambres entières tendues en étoffe de Chine, dont tous les meubles, dont tous les ornements, dont toutes les porcelaines étaient de Chine; il avait fallu trois générations de maîtres riches et de maîtresses coquettes pour réunir ce que contenait ce gigantesque écrin de granit.

Comme tous les émigrés, le marquis de Chazelay croyait faire une absence de quatre ou cinq mois; il avait donc laissé dans leurs étuis, dans leurs boîtes, les objets les plus précieux; le séquestre avait tout conservé intact. Il y avait de quoi meubler quatre maisons et deux châteaux comme on commençait à les faire à cette époque-là avec ce que Jacques Mérey allait recueillir dans le seul château de Chazelay.

Les terrains environnant le domaine étaient consacrés à des jardins fruitiers, à des jardins de promenade comme on commençait à les faire en France, d'après la mode anglaise; et enfin à un de ces grands parcs dont les allées sans fin semblaient conduire au bout de l'univers.

Rien qu'à abattre les bois inutiles il y en avait pour plus de cent mille francs.

Au bas du plateau sur lequel le château était situé s'étendait une petite rivière, qui, après avoir formé deux ou trois étangs pleins de poissons, allait se jeter dans la Creuse.

Rien de plus pittoresque que ces moulins qui ressemblaient à ces fabriques que l'architecte de la reine Marie-Antoinette avait élevées au petit Trianon et qui avaient donné naissance à la plupart des propos calomnieux peut-être qui avaient poursuivi la pauvre reine pendant sa vie et qui la poursuivaient encore après sa mort.

Chacune de ces bâtisses contenait un petit retrait pour un poète, pour un peintre, pour un compositeur. Par chacune des fenêtres ménagées avec beaucoup d'art, on apercevait un point de vue différent, toujours bien choisi, tantôt terrible, tantôt gracieux.

L'intendant que Jacques avait trouvé au château, où du reste il montait tous les jours pour s'assurer que tout était en bon ordre, habitait un de ces petits retraits avec sa femme encore jeune et deux petits enfants.

Jacques lui dit ce qu'il avait fait pour Joseph le bûcheron. Jean Munier connaissait l'homme, mais ne connaissait pas la part qu'il avait eue dans la vie d'Eva et de Jacques.

Sans lui en dire plus qu'il n'en savait sur ce point, sans lui laisser pressentir ce qu'il voulait faire du bois où était située la cabane du bûcheron, Jacques lui recommanda d'être bon pour lui et de le laisser chasser tant qu'il le voudrait.

A chaque pas de son retour, Jacques rencontrait un souvenir. Là il avait guéri un enfant qui était tombé d'un arbre en dénichant un nid; plus loin, c'était une mère qui avait attrapé le croup en soignant sa petite fille; ici, c'était un vieillard paralytique sur lequel il avait essayé pour la première fois la cure par les poisons, c'est-à-dire par la strychnine et la brucine. Un paysan dont le fusil avait crevé à l'affût s'était mutilé la main, et grâce aux soins méticuleux que le docteur avait pris de lui, il le vit travaillant de cette main qu'un autre eût coupée, et qu'il lui avait conservée, lui, pour l'aider à nourrir sa famille.

Tous ces gens le reconnaissaient, l'arrêtaient, lui parlaient de lui, sans qu'aucun le quittât sans lui parler aussi d'Eva, et sans renouveler pour lui cette douleur toujours croissante de prononcer son nom.

Du reste, ce nom n'était-il pas plus présent que jamais à sa pensée? Ne suivait-il pas cette même route par laquelle il était revenu le jour où il rapportait Eva dans un coin de son manteau? Il y avait bientôt dix ans de cela, et chaque détail de la route lui était encore aussi présent aujourd'hui que s'il eût fait cette route hier, accompagné de Scipion, courant devant lui, revenant à sa rencontre et sautant après le manteau replié dans lequel était roulée sa jeune maîtresse.

Tout entier à ses pensées, il laissait aller son cheval au pas ordinaire en reconnaissant que le refus de Dieu à l'homme de soupçonner l'avenir était un suprême bienfait lorsque, dans le but non seulement de faire une bonne action, mais de pousser d'un pas la science en avant, il emportait ce corps inerte et mal formé, n'espérant pas même le voir arriver à un développement aussi parfait que celui qu'il avait obtenu à force de soins. Il était loin de deviner l'influence que cet enfant sans parole, sans regard, sans intelligence, presque sans souffle, prendrait sur sa destinée.

L'homme avait-il sa page écrite d'avance dans le livre de l'univers, où l'homme allait-il se heurtant au hasard à tous les accidents de son chemin dont chacun en le poussant à droite ou à gauche changeait quelque chose à son avenir inconnu à Dieu comme à lui.

Qu'eût-il fait de cet être informe qui ralentissait sa marche en l'embarrassant? S'il eût su que de lui naîtrait cette source de douleurs à laquelle il s'abreuvait et à laquelle pendant six ans il avait cru boire toutes les délices de la vie, sans doute il l'eût abandonné à quelque tournant de route ou tout au moins reporté sur la paille fétide où il l'avait pris. Eh bien, non, tant le cœur a de sombres mystères! la curiosité lui eût rendu peut-être cette petite créature plus chère et plus intéressante lorsqu'il l'eût sue l'instrument dont le malheur se servirait pour sonder son inépuisable bonté. Non! il l'eût gardée vivante et, pour les instants de bonheur que lui avait donnés cette rencontre inattendue, il aurait risqué ces longues tortures, qu'il était obligé de s'avouer à lui-même n'être pas sans une amère douceur.

C'est plongé dans ces pensées qu'il rentra à Argenton. Il vit de loin la petite maison avec son belvédère où l'attendait Eva, et ce fut avec un sentiment douloureux, mais qu'il n'eût pas voulu ne point éprouver, qu'il se dit qu'il allait retrouver là cette belle fleur issue de la plante rachitique qu'il y avait apportée.

A vingt-cinq pas de la maison il rencontra Baptiste, qui vint à lui la figure joyeuse. Il était allé pour voir le docteur, ne l'avait point trouvé, mais avait trouvé Eva.

Il appuya familièrement la main sur le cou du cheval de Jacques, et l'accompagna tout en le remerciant pour la centième fois de lui avoir sauvé la vie.

— Tu es donc heureux, mon pauvre Baptiste? demanda Jacques.

— Ma foi! oui, monsieur le docteur, répondit celui-ci, et je crois vraiment qu'il y a une Providence pour les pauvres.

— Pourquoi pour les pauvres, Baptiste?

— Ah! parce que les riches, il faut trop de choses pour contenter leurs désirs, monsieur Jacques; tandis que les pauvres, il ne leur faut que trois ou quatre jours de pain d'avance pour qu'ils soient contents. La moindre chose qui leur tombe du ciel les satisfait. Il y a trois jours, je n'avais pas un sou, pas un chiffon de pain à la maison; j'apprends que mademoiselle Eva est arrivée, je suis heureux de la nouvelle et cela me donne à déjeuner; je viens la voir, elle me donne un louis, en voilà pour dix ou douze jours et dans dix ou douze jours j'atteindrai un des quartiers de la pension que vous m'avez fait avoir.

Mérey poussa un soupir. Eva commençait donc à exercer d'elle-même et sans y être poussée cette charité dont il comptait lui faire un devoir.

Il donna son cheval à reconduire à Baptiste, tira la clef de sa poche, ouvrit la porte et rentra.

C'était l'heure du dîner. Jacques Mérey se rendit directement à la salle à manger.

En passant devant la chambre d'Eva, il la vit ouverte et l'ombre de la jeune fille dans sa chambre.

La table était mise, mais il y avait un seul couvert sur la table.

Il appela Marthe et d'un ton plus brusque que de coutume:

— Où est donc Eva? lui demanda-t-il.

— Dans sa chambre, répondit Marthe, où sans doute elle attend que vous la fassiez demander.

— Qui a dit de ne mettre qu'un couvert sur cette table.

— Elle.

— Pourquoi cela?

— Parce qu'elle a dit qu'elle ne savait si vous lui permettriez de dîner avec vous.

Des larmes vinrent aux yeux du docteur.

— Eva! cria-t-il d'un mouvement irréfléchi.

— Me voilà, mon doux maître, dit Eva en poussant la porte.

— Mettez le couvert de mademoiselle, dit le docteur à Marthe en se détournant pour cacher l'altération de son visage.

## XIV

### M. FONTAINE, ARCHITECTE

Orgueil! fouet de vipère et bouquet de fleurs avec lequel le sort à son caprice plutôt qu'à l'ordre d'un maître souverain flagelle ou caresse l'homme. Mobile de toutes les grandes actions, source de tous les grands crimes, qui perdit Satan, qui glorifia Alexandre. Tour à tour obstacle, moyen, que l'on trouvera sur toutes les routes, à tous les instants, sous toutes les formes pour aider l'homme dans ses espérances et le contrarier dans ses projets.

Mais de tous les orgueils, à coup sûr le plus puissant est celui qui se cache au fond du cœur comme dans un tabernacle sous le nom sacré d'amour.

Etre aimé d'une jolie femme est une supériorité sur les autres hommes ; être oublié ou dédaigné par elle est une chute qui vous renverse au-dessous d'eux, et la haine qu'inspire la trahison de celle ou celui qu'on aimait est d'autant plus grande, d'autant plus durable, d'autant plus persévérante, que tout rapprochement entre les deux cœurs blessés est un souvenir forcé de la faute, disons mieux, de l'ingratitude que l'un des deux a commise.

Plus les deux corps se rapprochent, plus les deux âmes tendent à se confondre, plus les deux lèvres se cherchent, plus une voix intérieure vous crie :

— L'autre ! l'autre ! l'autre !

Et alors cet amour qui était prêt à rentrer dans votre être, à s'emparer de nouveau de votre personne, se change en un sentiment de haine, et, au lieu du dictame que vous teniez déjà pour appuyer sur votre plaie, vous met le poignard flamboyant et empoisonné des Malais à la main.

O Othello ! sombre miroir que le plus grand poète qui ait jamais existé a présenté aux regards de l'homme, sois notre éternelle admiration !

Rien ne désarme la jalousie. Une caresse ? Un autre a reçu la pareille. Une larme ? Elle a pleuré pour un autre. Je t'aime ! Elle l'a dit à un autre comme elle le dit à toi.

Elle est triste ? elle se souvient. Elle est gaie ? elle oublie. Deux fautes aussi grandes l'une que l'autre aux yeux du cœur ulcéré qui sous ses regards brûlants fait éclore l'un après l'autre tous les sentiments du cœur qui l'a trompé.

A cette touchante humilité d'Eva : « Voudra-t-il que je mange à la même table que lui ? » Jacques avait été près d'éclater, de lui ouvrir les bras et de l'emporter dans une nuit assez sombre pour ne pas même la voir. Mais tout en ne la voyant pas, il l'eût sentie contre lui appuyée à sa poitrine, et c'eût été encore trop, car elle avait été, ne fût-ce qu'une fois, appuyée ainsi à la poitrine d'un autre.

Non, il faut le temps, il faut que la blessure se referme, il faut que là où elle a été les chairs s'endurcissent par le travail de la guérison, et que cet endroit qui a été le plus douloureux de tout notre corps tant que les chairs saignantes ont été au contact de l'air, devienne le plus insensible sous le calus de la cicatrice.

Il faut le temps.

Le temps qu'ils passèrent à table l'un près de l'autre ne fut qu'une longue douleur, plus aiguë peut-être, mais plus supportable s'ils eussent été loin de l'autre

Jacques Mérey se leva le premier ; sans doute c'était celui qui souffrait le plus. Il sourit en disant bonsoir à Eva et sortit.

Il y avait tant de tristesse dans ce sourire, tant de larmes dans cet adieu, qu'à peine la porte fut-elle refermée qu'Eva éclata en sanglots.

— Qu'a donc notre maître ? s'écria Marthe en entrant toute effarée ; il monte chez lui en pleurant et je vous trouve pleurant ici ?

Eva saisit les mains de la bonne vieille femme.

— Pleurait-il ? demanda-t-elle. Es-tu sûre qu'il pleurait ?

— Je l'ai vu comme je vous vois, dit Marthe étonnée.

— Oh ! moi, je ne pleure pas, dit Eva.

Et elle essuya ses yeux qui en effet brillaient comme deux étoiles allumées par un éclair dans la nuit sombre.

Eva monta chez elle, heureuse du premier moment de bonheur qu'elle eût eu depuis qu'elle avait retrouvé Jacques. L'homme qu'elle adorait, pour lequel elle eût donné sa vie, souffrait autant qu'elle, puisqu'il pleurait comme elle.

Le lendemain, un homme inconnu, qui avait l'air d'un artiste et qui était arrivé la veille par la diligence, se fit annoncer par Marthe à Jacques, sous le nom de M. Fontaine, architecte.

Jacques s'enferma avec lui, se fit servir à déjeuner avec lui dans son laboratoire et passa toute la journée à travailler avec lui.

Eva déjeuna et dîna seule, ou plutôt ne mangea ni à déjeuner ni à dîner. Le moment de joie de la veille était effacé. Ses projets de séparation tenaient donc plus que jamais, puisque l'homme qui devait y contribuer était arrivé.

Le lendemain, tous deux sortirent, mais cette fois en voiture.

Ils allaient visiter le bois du braconnier Joseph et le château de Chazelay. Ils allèrent en voiture jusqu'à l'angle qui se rapprochait le plus du bois ; de là la voiture les attendit, et tous deux se rendirent à pied à la cabane de Joseph.

Ils y entrèrent et trouvèrent le braconnier tout joyeux encore de sa conversation avec l'intendant de mademoiselle de Chazelay, qui lui avait affirmé que, quelque chose qui arrivât, sa place ne pouvait que devenir meilleure.

Jacques indiqua à M. Fontaine le point précis où il avait trouvé Eva et qui devait devenir le point central d'une jolie maison, moitié cottage, moitié château, avec tous ses accidents de rentrants et de sortants que les Anglais et les Américains donnent à leurs habitations.

M. Fontaine, homme classique de l'école grecque, ne comprenait que la maison à terrasse avec un fronton comme celui de Jupiter Stator. Il élevait donc difficultés sur difficultés, lorsque Jacques prit un crayon et dans un quart d'heure bâtit sa pensée sur le papier ; puis, à côté de ce charmant dessin qui révélait un habile paysagiste, il fit le plan géométral intérieur de cette maison.

— Mais, monsieur Mérey, lui dit l'homme pratique, il fallait donc me dire que, vous aussi, vous étiez architecte.

— Oui, monsieur, architecte amateur, répondit en riant Jacques, mais simple faiseur de croquis, assez habile dans cet art que j'ai beaucoup exercé, ayant beaucoup couru le monde. Il y a longtemps que j'ai rêvé cette petite bâtisse comme étant la mieux appropriée aux besoins d'un ménage ayant quatre chevaux, deux voitures et six domestiques.

— Et que comptez-vous mettre à cette fantaisie, demanda l'architecte ?

— Ce que vous voudrez, monsieur, répondit Jacques.

L'architecte prit un crayon, aligna des chiffres.

— Cela vous coûtera, dit-il au bout de dix minutes, de cent vingt à cent trente mille francs.

— Soit ! répondit Jacques, maintenant il faut dessiner le parc.

— Eh bien ! monsieur, continuez de faire ce que vous avez commencé, dit l'architecte.

— Volontiers, dit Jacques.

Il tira de sa poche un plan du petit bois, au milieu duquel il plaça sa bâtisse, en la proportionnant à la grandeur du plan ; puis tout autour de la maison, les massifs d'arbres qu'il fallait ménager, ceux qu'il fallait abattre ; il se servit des accidents de terrain pour l'envelopper aux trois quarts de l'eau des sources qui traversaient le bois. Il ménagea les jours qui donnaient sur chaque point de vue pittoresque, tira parti du château, de la jolie petite ville d'Argenton, et de la vallée de la Creuse qui allait se perdre dans un horizon azuré.

— Il y a beaucoup de travaux de terrassements, monsieur, dit l'architecte.

— Mettons soixante-dix mille francs pour ces travaux, dit Jacques.

— Oh ! ce sera plus que suffisant, répondit M. Fontaine.

— Eh bien ! signons un devis de 200.000 francs, dit Jacques, que je n'aie plus à m'occuper de rien et qu'au mois de juin tout cela soit fait.

— C'est possible, dit M. Fontaine ; mais alors comme il faudra payer la rapidité, nous dépasserons peut-être de quelque dix mille francs le devis.

— Mettons dix mille francs pour les imprévus, dit Jacques.

— Ma foi ! monsieur, dit l'architecte, vous réglez largement les choses, et il y a plaisir à traiter avec vous.

Jacques prit une feuille de papier, et écrivit dessus :

« Je prie M. Ainguerlo de payer à M. Fontaine, architecte, soit en un seul payement, soit en plusieurs, et à sa volonté, la somme de deux cent dix mille francs à mon compte sur l'argent qu'il a à moi.

« JACQUES MÉREY. »

— Maintenant, dit Jacques, vous entendez bien, monsieur, je vais vous donner le détail des ornements intérieurs. Je ne veux m'occuper de tout cela que pour visiter les travaux une fois ou deux par mois. Vous aurez un homme à vous dont nous réglerons le traitement à part et qui surveillera les travailleurs.

Puis il écrivit sur une autre feuille de papier :

« Je m'engage à livrer à M. Jacques Mérey la petite maison du bois de Joseph, ainsi que le parc dessiné à l'anglaise selon le devis qui en a été fait par moi, dans le délai de quatre mois, moyennant la somme de deux cent dix mille francs, que je reconnais avoir reçue comptant. »

Il passa le papier à M. Fontaine ; celui-ci le signa, Jacques Mérey le plia et le remit dans son portefeuille.

— A présent, dit-il, nous n'avons plus rien à faire ici, n'est-ce pas ?

— Non, répondit l'architecte.

— Eh bien, alors, allons au château.

Tous deux rejoignirent la voiture qui les attendait à l'angle du chemin, et, cinq minutes après, ils étaient au château de Chazelay.

Ce fut à la vue de ce château surtout que la haine classique de M. Fontaine pour les bâtisses du moyen âge éclata dans toute sa force.

Il s'éleva contre les tours, contre les herses, contre les ponts-levis, contre les portes à plein cintre, contre les fenêtres ogivales, contre les murs de dix pieds d'épaisseur. Il démontra qu'avec ce qui était entré de matériaux inutiles dans ce château, il y avait de quoi en bâtir trois autres, et il déplora de la façon la plus éloquente du monde, en sortant des années 1793, 94, 95 et 96, ces années de barbarie où il fallait que les seigneurs élevassent de semblables forteresses contre leurs sujets et leurs voisins.

M. Fontaine, de même qu'il ne comprenait que la bâtisse grecque, ne comprenait que l'ameublement antique; il ne comprenait pas qu'on s'assît sur une chaise si elle n'avait pas la forme curule, sur un fauteuil s'il n'était pas taillé sur le modèle de celui de César ou de Pompée. Aussi tous ces charmants meubles Louis XV et Louis XVI le faisaient-ils entrer dans des transports de fureur contre le mauvais goût de l'époque.

— De ces meubles, ne vous en occupez pas, lui dit Jacques, j'en ai l'emploi, ils meubleront ma maison du bois Joseph et ma maison de Paris, car vous aurez, monsieur l'architecte, une maison aussi à me bâtir à Paris.

Cette promesse raccommoda un peu M. Fontaine avec le pitoyable spectacle qu'il avait sous les yeux

— Et de ceci, demanda-t-il, que comptez-vous faire?

— Qu'appelez-vous ceci d'abord?

— Mais de ce vieux bahut de château.

— De ce vieux bahut de château, monsieur Fontaine, nous ferons un hôpital.

— Ah! fit l'architecte; au fait, ce n'est guère bon qu'à cela.

— Croyez-vous que les malades seront bien ici?

— Ce n'est pas l'air qui leur manquera, fit l'architecte.

— L'air, dit Jacques, est un de mes moyens curatifs.

— Vous êtes donc médecin, monsieur?

— Médecin amateur, oui.

— Vous me donnerez, j'espère, vos dispositions intérieures pour la construction de cet hôpital, dit l'architecte; j'ai bâti plus de châteaux que d'hospices.

— C'est-à-dire, reprit en souriant Jacques, que vous avez bâti plus de choses inutiles que de choses nécessaires.

— Citoyen et philanthrope? demanda M. Fontaine.

— En amateur, oui, monsieur. Quant aux jardins, je ne crois pas qu'il y ait quelque chose à y changer, continua Jacques, ils ont de grandes allées de tilleuls où il fait de l'ombre par le soleil le plus ardent, et des endroits découverts où l'on peut se réchauffer au moindre rayon de soleil de décembre ou de janvier.

— Mais cette grande salle d'armes, dans laquelle on ferait entrer le Louvre avec tous ses portraits de famille et toutes ses cuirasses, qu'en comptez-vous faire?

— Un promenoir d'hiver, bien chauffé, pour mes malades. Trouvez-vous qu'ils seront mal ici?

— Mais il faudra mettre un poêle à chaque coin, fit observer l'architecte.

— Les poêles sont malsains, mais cette immense cheminée, demanda Jacques, croyez-vous qu'elle soit là comme simple ornement?

— Faudrait brûler des chênes tout entiers dans votre cheminée.

— On en brûlera, dit Jacques, le château de Chazelay a dix mille arpents de forêts, et par conséquent quelque chose comme dix milliers de chênes à brûler. Mais j'aime les choses, vous le savez, qui vont rondement, il me faut soixante-dix à quatre-vingts cellules pour mes malades. Trouvez-moi ça au rez-de-chaussée et trouvez-m'en autant pour mes pauvres au premier.

L'architecte se mit à l'œuvre, toisa, arpenta, mesura, et au bout de deux heures pendant lesquelles Jacques Mérey resta pensif et rêveur, les yeux tournés vers Argenton, il fit son devis.

— En nous servant de tous nos moyens, dit-il, et en faisant nos cloisons en simple bois blanc ou en plâtre, nous arriverons avec soixante ou soixante-dix mille francs.

— Je vous passe soixante-dix mille francs, cher monsieur Fontaine, dit Jacques.

Il écrivit :

« Je prie M. Ainguerlo de payer à M. Fontaine, soit en un payement, soit en plusieurs, à sa volonté, la somme de soixante-dix mille francs, à la condition que le château de Chazelay sera transformé en hospice à la fin de juin de la présente année. »

Et il signa.

De son côté, M. Fontaine remit à Jacques son engagement d'être prêt à l'époque fixe.

M. Fontaine tenait à partir le soir même pour Paris. Jacques Mérey le reconduisit droit à la diligence.

— Et votre maison de Paris, demanda M. Fontaine, nous n'en disons rien?

— Je vous en écrirai, dit Jacques. Je n'en ai besoin que pour cet hiver.

Et sur ces mots, M. Fontaine prit congé de Jacques, monta en voiture et partit.

## XV

### ECCE ANCILLA DOMINI

Le mois de mars et la moitié du mois d'avril s'écoulèrent sans rien changer à la position des deux jeunes gens vis-à-vis l'un de l'autre.

De la part de Jacques Mérey surtout, il y avait une fixité remarquable dans ses rapports avec Eva. Il était bienveillant en tout, dans ses paroles, dans le son de sa voix, dans ses regards; mais jamais ni tendre ni amoureux. Il avait adopté un diapason duquel il ne se départait jamais.

De la part d'Eva, c'était la gamme de l'humilité, de la soumission et de la tendresse qui servait de base à toutes ses paroles. Elle ne s'occupait plus ni de musique ni de dessin; aussitôt que Jacques sortait, et il sortait souvent sous le prétexte de ses visites aux pauvres, elle se mettait à son rouet et filait.

Marthe lui avait appris à filer.

Dévouée comme elle avait promis de l'être aux misères humaines, elle avait substitué les travaux utiles de la ménagère aux talents de la femme du monde, d'un monde où sa place était effacée.

Un jour Jacques Mérey rentra plus tôt que de coutume, et la vit comme Marguerite assise à son rouet. Il s'approcha d'elle, la regarda un instant avec une attention pleine de bienveillance, puis, avec un léger mouvement de tête :

— Bien, Eva! dit-il.

Et il se retira dans son laboratoire sans ajouter un mot.

Les deux mains d'Eva tombèrent à ses côtés, sa tête se renversa sur le dossier de son fauteuil, ses yeux se fermèrent et les larmes coulèrent de ses paupières.

Les premiers beaux jours du printemps, sans revenir encore, apparaissaient déjà à l'horizon. A certaines parties du jour, des teintes roses et azurées tamisaient les brouillards fugitifs de l'hiver. On sentait dans les derniers souffles d'avril passer les douces brises de mai et déjà, sur les arbres plus hâtifs que les autres, les bourgeons cotonneux éclataient et laissaient passer les pointes vertes de leurs premières feuilles.

Sous cette haleine tiède et amicale, le jardin de la petite maison reprenait tout son charme et toute sa juvénile virilité. Les fleurs poussaient, non plus éparses à travers les flaques d'eau ou les îles de neige, mais par massifs. L'arbre du bien et du mal, non seulement était couvert de toutes ses fleurs étoilées, mais encore son feuillage venait au secours de ses fleurs contre les gelées du printemps.

Le ruisseau avait repris son murmure et sa transparence, et quelques jours encore la tonnelle allait étendre ses feuilles sur le treillage encore transparent.

Les premiers chanteurs du printemps, les rouges-gorges, les mésanges, les pinsons cherchaient les endroits où bâtir leurs nids; de temps en temps on entendait deux ou trois notes mélodieuses échappées au gosier de la fauvette. Le rossignol essayait d'égrener ses notes comme des perles, mais tout à coup il s'arrêtait, un reste de froid étreignait son chant mélodieux et le forçait de s'arrêter.

Les hirondelles avaient reparu.

Pas un des symptômes de ce retour à la vie et à l'amour n'échappait à Eva; c'était bien plus un oiseau qu'une femme, un être sensitif qu'un être raisonneur. Le vent, le soleil, la pluie avaient leur reflet en elle; elle éprouvait une partie des modifications de la nature. Parfois elle surprenait de son côté Jacques Mérey l'œil fixé sur toutes ces transformations végétales et animales qui accompagnent le réveil de la nature. Sans doute y trouvait-il le même charme qu'elle, mais, comme s'il eût condamné sa bouche à ne plus sourire aux douces émotions, dès qu'il s'apercevait qu'il était épié, il poussait un soupir et rentrait chez lui.

Cependant de temps en temps il reprenait avec Eva les conversations longues et suivies. C'était alors qu'il lui racontait comment il avait fait du château de Chazelay un hospice modèle où les vieillards, les femmes et les enfants pauvres auraient bon air, bonne nourriture et beau soleil. Alors Eva demandait à voir et à suivre ces travaux philanthropiques; mais Jacques lui répondait toujours :

— Je vous y conduirai lorsqu'il sera temps, et vous aurez tout le loisir de vous livrer à cette sainte occupation.

Vers la fin du mois de mai, Eva vit revenir le même homme au carton qui était déjà venu une fois. C'était M. Fontaine, qui venait s'assurer par ses propres yeux que ses travaux s'exécutaient avec ponctualité et intelligence.

On mit les chevaux à la voiture et Jacques Mérey et lui repartirent comme ils avaient déjà fait.

La petite maison du bois Joseph était complètement achevée, et Jacques venait pour recevoir les bouquets qu'offrent les maçons aux propriétaires lorsqu'ils n'ont plus rien à faire à l'œuvre entreprise par eux.

Jacques n'avait cessé d'y donner ses soins, quoi qu'il eût dit à M. Fontaine, aussi n'y avait-il pas un détail dans la sculpture et l'architecture qui fît défaut.

Malgré son horreur pour les toits aigus, l'architecte avait compris que dans notre belle France, où il neige un tiers de l'année, où il pleut l'autre, les toits en terrasse ne sont bons qu'à faire des réservoirs au sommet des maisons.

Comme toutes les boiseries avaient été taillées et sculptées en même temps que la maison était bâtie, il n'y eut qu'à mettre des gonds aux ouvertures et à y appliquer les portes et fenêtres. Jacques Mérey choisit les couleurs des papiers. M. Fontaine se chargea de les envoyer de Paris avec des ouvriers habitués à coller les tentures, non point par rouleaux, mais par larges bandes et par larges placards.

Puis il s'en alla enchanté de la façon dont la besogne avait marché, promettant de revenir sous quinze jours pour voir la maison dans son ensemble d'achèvement.

Jacques Mérey lui avait fait en même temps le plan de la maison de Paris et l'avait chargé d'acheter un terrain du côté du faubourg Saint-Honoré ou de la rue de l'Arcade.

Quatre ou cinq jours après, ouvriers et tentures arrivaient, si bien qu'en dix jours, papier, rideaux et portières furent posés.

Jacques avait choisi des papiers foncés pour faire valoir les tableaux, et, lorsque M. Fontaine revint, il fut forcé d'avouer qu'il n'y avait au monde qu'un seul peintre, nommé Raphaël, mais que l'école flamande, que l'école vénitienne, l'école napolitaine, l'école florentine, l'école espagnole, l'école hollandaise et même l'école française ont bien aussi leur mérite.

Jacques Mérey n'avait pas utilisé pour sa maison du bois Joseph les deux tiers des tableaux que lui fournissait le château de Chazelay. Il lui en restait le double de ce qu'il avait employé et de ce qu'il emploierait dans sa maison de Paris, tous les tableaux de sainteté étant réservés pour la petite église de l'hôpital. Il y avait surtout une chambre dans la petite maison du bois Joseph qu'il avait traitée avec un soin tout particulier : c'était celle où il avait placé en face du lit le portrait de madame la marquise de Chazelay, la mère d'Eva, celle-là qui avait si malheureusement péri par le feu.

Tout ce qu'il y avait de plus jolis meubles en bois de rose et en ébène incrusté d'ivoire, tout ce qu'il y avait de plus finement travaillé en meubles de Boule étaient réunis dans cette chambre. Les vases de la cheminée et la pendule étaient du saxe le plus ingénieusement travaillé, les cadres des glaces étaient en saxe et la cheminée elle-même en porcelaine de Dresde.

Tout cela ressortait admirablement, le portrait de la marquise de Chazelay compris, sur une tenture de velours grenat.

Il va sans dire que les tapis des chambres étaient assortis à leurs tentures.

Cette chambre, qui se trouvait au centre même du bâtiment, juste au-dessus de l'endroit où Jacques, conduit par Scipion, avait trouvé la petite Hélène, avait sa vue sur le charmant paysage que nous avons décrit et qui lui donnait le château de Chazelay pour son horizon de gauche et la vallée de la Creuse pour son horizon de droite.

En face de ses deux fenêtres du milieu était une large ouverture à travers le bois qui permettait d'apercevoir Argenton et, avec une lunette d'approche, de distinguer la maison du docteur avec son laboratoire.

La chambre du docteur, au contraire, attenant à celle que nous venons de décrire, d'un côté par un cabinet de toilette et de l'autre par un corridor, était d'une sévérité tout antique. C'était celle de Cicéron, exécutée à Cumes sur le modèle des plus belles fabriques retrouvées à Pompéi. Elle donnait d'un côté dans une bibliothèque et de l'autre dans un salon moderne meublé tout entier dans le goût Louis XV, avec tous les objets de cette époque que lui avait fournis le château de Chazelay. Les peintures du cabinet, imitées de celles de Pompéi, étaient exécutées par des élèves de David.

Il y avait une salle à manger d'hiver, dans une serre toute plantée de fleurs exotiques, et une salle à manger d'été donnant sur un charmant parterre de nos fleurs d'Occident les plus vives et les plus parfumées.

Jacques avait fait enfermer le bois tout entier, de sorte que l'on passait sans s'en apercevoir du jardin dans la forêt.

L'hôpital était non moins avancé que la maison de campagne. Toutes les séparations étaient faites, tout était peint à la détrempe en gris perle avec des encadrements cerise. Dans chaque cellule, il y avait pour tout ornement un crucifix, que les fenêtres en s'ouvrant inondaient de lumière. Des jalousies qui se serraient et se desserraient à volonté, donnaient le degré de jour que le médecin jugeait nécessaire au malade.

Il y avait place déjà pour quarante ou cinquante lits, une vingtaine de cellules vides s'offraient dans le cas où ces quarante ou cinquante lits seraient insuffisants.

Le brave Jean Munier surveillait tout cela avec un soin à la fois égoïste et reconnaissant.

Les cellules vides renfermaient pour le moment la partie de l'ameublement et des tableaux qui n'avait pas encore été employée.

Nous avons dit que les tableaux de sainteté avaient été réservés pour l'église. C'est que, quoique toutes les églises eussent été fermées à Paris, il n'en était point ainsi en province. Certaines localités plus religieuses que les autres, et l'on connaît la sincérité des Berrichons à leur culte, avaient non seulement conservé leurs églises, mais leurs prêtres.

Ainsi le prêtre du château de Chazelay, brave homme, fils d'un paysan à qui M. de Chazelay avait fait donner une éducation religieuse dans un séminaire de Bourges, ne s'était point inquiété de la proscription des prêtres ni du serment qu'on avait exigé d'eux. Personne n'était venu lui demander le serment constitutionnel et il n'avait été l'offrir à personne ; il était resté avec les serviteurs du château, conservant son habit moitié ecclésiastique, moitié paysan, et personne n'avait fait attention à lui. Il n'était pas assez important en bien ou en mal pour qu'on songeât à le dénoncer, son peu d'importance le sauva.

Lorsqu'on lui dit que les biens du château de Chazelay étaient rendus après la mort du marquis à sa fille, il vint la féliciter et lui faire une visite, en demandant de rester attaché à la maison au même titre et aux mêmes conditions où il était auparavant.

Eva s'était parfaitement rappelé le digne homme, elle l'avait vu dans le court séjour qu'elle avait fait au château, il s'était approché d'elle et lui avait offert les secours de la religion, mais elle l'avait remercié, elle ignorait en quoi les secours de la religion pouvaient l'aider à supporter un malheur qu'elle regardait comme irréparable, puisqu'elle se croyait à tout jamais séparée de l'homme qu'elle aimait.

— D'abord, lui avait-elle dit lors de la visite qu'il lui avait faite à Argenton, le château était destiné à devenir un hospice, et dans un hospice plus encore que dans un château on avait besoin d'un bon prêtre, parlant à la fois la langue simple et naïve de la religion, puisqu'il s'adressait à des paysans, c'est-à-dire à des hommes simples et naïfs.

Plusieurs fois Jacques Mérey, dans ses voyages au château, avait causé avec lui et l'avait toujours trouvé indulgent et paternel ; c'étaient les deux grandes qualités qu'à son avis devait avoir un prêtre. Il lui avait donc, comme à Joseph le braconnier, comme à Jean Munier, l'intendant, promis que rien ne serait changé sinon en mieux à sa position. Il était chargé de visiter tous les villages environnants et de faire une liste des gens vraiment pauvres qui devaient recevoir des secours à domicile et de ceux qui, n'ayant pas de domicile, ne pouvaient en recevoir qu'à l'hospice.

Ce jour-là Jacques Mérey s'enferma avec lui et causa longuement.

C'était sans doute d'Eva et de ses projets futurs dont s'entretinrent ces deux hommes, car, aussitôt la conversation terminée, le prêtre sella un petit cheval qui lui servait dans ses courses pieuses, et prit le chemin d'Argenton.

Deux heures après, Jacques Mérey partit à son tour, et à une lieue d'Argenton il rencontra M. Didier, c'était le nom du brave homme, qui revenait au château.

— Eh bien, lui demanda-t-il, qu'a-t-elle répondu ?

— Elle a répondu : « Que sa volonté et celle de Dieu soient faites, » puis elle a joint les mains et prié. C'est une sainte personne que mademoiselle Eva.

— Merci, mon père, dit Jacques, et il continua son chemin.

Mais il était facile de voir que s'il avait imposé quelque nouvelle pénitence à Eva, il supportait lui-même et douloureusement une portion de cette pénitence, car, au fur et à mesure qu'il se rapprochait d'Argenton, son front se rembrunissait ; et, quand il mit la main sur le marteau de la porte de la petite maison, comme s'il eût voulu annoncer sa présence et ne point paraître tout à coup à l'aide de sa clef, on eût pu voir que sa main tremblait.

Il frappa cependant et Marthe vint ouvrir.

— Il ne s'est rien passé d'extraordinaire en mon absence ? demanda Jacques.

— Non, monsieur, répondit la vieille Marthe ; le curé du château, M. Didier, est venu ; il a causé pendant dix minutes avec mademoiselle Eva ; celle-ci a pleuré, je crois, et s'est retirée dans sa chambre.

Jacques Mérey fit un signe de la tête, hésita un instant

s'il entrerait dans la chambre d'Eva ou s'il monterait dans son laboratoire sans y entrer ; mais arrivé au premier, il s'avança doucement jusqu'à la porte, écouta et frappa :

— Entrez, dit la voix d'Eva, qui, sachant que Jacques Mérey ne frappait pas d'habitude à la porte de la rue, ne l'avait pas reconnu et croyait avoir affaire à un étranger.

Mais à peine eût-il ouvert la porte qu'elle jeta un cri, tomba à genoux et dit en ouvrant les mains et les bras :

— *Ecce ancilla Domini.*

## XVI

### LA CORBEILLE DE MARIAGE

Jacques la releva.

— J'hésitais à vous voir, dit-il.

— Pourquoi cela ? demanda Eva en levant ses grands yeux clairs sur le docteur.

— Je craignais, répondit celui-ci, que votre entretien avec M. Didier n'eût fait sur vous une plus vive impression.

— Oh ! dit Eva, vous m'aviez déshabituée des choses cruelles, Jacques ! L'impression, croyez-vous qu'elle soit moins violente parce que je n'éclate pas en sanglots, parce que je ne me roule pas à vos pieds : vous vous trompez, mon ami. Si vous m'avez trouvée à genoux, c'est que je ne voulais pas vous attendre assise et que je n'étais point assez forte pour vous attendre debout. D'ailleurs, n'étais-je pas prévenue, n'est-ce pas moi-même qui vous ai dit : Si jamais vous vous mariez, ne m'éloignez point pour cela de vous ; le prêtre est venu m'annoncer votre mariage ; mais il m'a annoncé en même temps que vous me gardiez comme une sœur et comme une amie. Je n'en espérais pas tant. Vous m'avez parlé d'expiation, jusqu'à présent, Jacques, je n'ai rien expié, je n'ai fait que suivre au penchant de votre volonté la route que j'eusse suivie seule. Vous avez employé une partie de ma fortune à des œuvres de charité, c'est ce que j'eusse fait moi-même. Aucune grande douleur qui puisse compenser celle que je vous ai faite n'a véritablement atteint mon cœur. Je commence d'aujourd'hui à marcher au milieu des ronces et des épines, sur des cailloux aigus. Mais que vous ai-je dit ? que vous ne vous apercevriez pas de ma souffrance, car j'aurais trop peur de vous lasser si je me laissais aller à ma douleur par mes plaintes et par mes sanglots. Je vous sais gré d'avoir choisi un homme de paix et de pardon pour m'annoncer cette nouvelle ; mais, au premier mot qu'il m'a dit, j'ai tout deviné, tout compris, et vous ai remercié du fond du cœur d'avoir eu pour moi ce dernier ménagement inutile. J'eusse mieux aimé tout apprendre de votre bouche. Vous avez craint mes larmes, vous avez redouté mes gémissements, j'allais dire mes reproches. J'oubliais que je n'avais pas de reproches à vous faire. Non ! j'eusse eu sur moi-même cette puissance de vous écouter avec le même sourire que j'ai sur les lèvres en vous écoutant à cette heure. J'ai promis, mon ami, je tiendrai jusqu'au bout.

— Merci, Eva, dit Jacques.

Et lui prenant la main il la baisa.

Mais à peine ses lèvres eurent-elles touché la main de la jeune fille, que celle-ci jeta un cri, devint pâle comme une morte et tomba sans connaissance sur une chaise.

Elle avait assez de force pour une douleur, pas assez pour une caresse.

Jacques profita de ce qu'elle avait les yeux fermés pour la regarder avec une incommensurable expression d'amour ; peu s'en fallut, car ses bras s'ouvrirent, qu'il ne la prît entre ses bras et ne la serrât contre son cœur.

Mais lui aussi avait une puissante volonté et avait juré d'aller jusqu'au bout.

Il tira un flacon de sa poche, et le lui fit respirer.

Si douloureuse qu'eût été la blessure, elle portait son baume avec elle. Eva rouvrit les yeux, ne prononça pas une parole, mais un double ruisseau de larmes coula sur ses joues et elle murmura :

— Oh ! que je suis heureuse. Qu'est-il donc arrivé ?

— Je vous laisse seule, Eva, dit Jacques, rappelez-vous !

Et il sortit.

Eva et Jacques ne se revirent qu'au dîner, et il ne fut plus question entre eux de la cause qui avait amené M. Didier à Argenton. Seulement de jour en jour le cercle de bistre qui s'était formé autour des yeux d'Eva allait s'élargissant. Sa pâleur devenait plus mate, et deux ou trois fois Jacques Mérey, se levant sur la pointe du pied, allait écouter à sa porte et l'entendait pleurer.

Lui-même alors, voulant ramener la conversation sur cet objet, parut embarrassé devant Eva, balbutia quelques paroles qu'il n'acheva point, comme s'il eût craint de lui faire une trop grande peine et de lui demander quelque chose au delà de ses forces ; aussi ce fut elle-même qui vint au secours de ses désirs.

Un soir qu'il paraissait plus troublé encore que d'habitude, elle s'agenouilla devant lui et, lui prenant les mains :

— Mon ami, dit-elle, vous avez quelque chose à me dire et vous n'osez point. Voyons, parlez, dites-moi tout, fût-ce mon arrêt de mort. Vous le savez, tout ce qui viendra de votre bouche me sera cher.

— Eva, dit Jacques, il va falloir nous séparer pour quelques jours.

Elle tressaillit et sourit tristement.

— Jacques, dit-elle, notre vraie séparation date du jour où vous ne m'avez plus aimée.

— Et cependant, continua Jacques, si vous le vouliez, nous ne nous séparerions pas, même pour ces quelques jours.

— Comment cela ? dit-elle vivement.

— Je vais à Paris pour faire des achats, *la personne* est orpheline, n'a point de parente qui puisse me guider dans l'achat des choses agréables à une femme.

— Eh bien, Jacques, demanda Eva, le cœur gonflé de sanglots, mais commandant encore à son émotion, ne suis-je pas là, moi ?

— Le fait est, Eva, reprit Jacques, que, si vous vouliez m'accompagner dans ce voyage, vous me rendriez un grand service.

— Me voilà, partons, plus vous me ferez souffrir, Jacques, plutôt je serai pardonnée de Dieu et de vous.

— Si cependant, reprit vivement Jacques, ce sacrifice est au-dessus de vos forces !

— Il n'y a qu'une chose qui soit au-dessus de mes forces, c'est de ne plus vous aimer.

— Eva !

— Pardon, c'est de toutes les promesses que je vous ai faites celle qui est la plus difficile à tenir ; il faut être indulgent pour moi à cet égard, mon ami. Quand partons-nous ?

— Demain soir, si vous voulez.

— Ma volonté est la vôtre ; demain soir je serai prête.

Jacques envoya retenir les trois places du coupé de la diligence, et le lendemain soir, après avoir été jeter dans la journée un regard sur le château de Chazelay et sur la maison du bois Joseph, qui était prête à recevoir ses maîtres, il partit avec Eva pour Paris.

A cette époque on mettait encore deux jours pour venir d'Argenton à Paris. Jacques arriva à sept heures du soir.

C'était du 15 au 20 juin, c'est-à-dire dans les plus beaux jours de l'année ; il faisait clair comme en plein midi. Jacques appela un fiacre, y fit monter Eva, monta derrière elle et dit au cocher :

— Hôtel de Nantes.

Eva tressaillit, elle regarda Jacques d'un œil qui voulait dire :

« Mais vous ne m'épargnerez donc aucune douleur. »

Jacques ne parut pas faire attention à ce regard, mais lui prenant la main, il la serra cordialement en lui disant :

— Eva, vous êtes une bonne créature ; on peut se fier à votre parole comme à celle d'un homme.

Quelque effort que fit Eva sur elle-même, au fur et à mesure qu'elle approchait de l'hôtel, cette espèce de tressaillement qu'elle avait eu en entendant donner cette adresse se changea en un tremblement dont elle n'était plus maîtresse.

Jacques demanda les deux chambres qu'il avait déjà occupées ; elles étaient libres.

Au pied de l'escalier, les jambes d'Eva lui refusèrent leur secours. Comme il avait déjà fait une fois, Jacques la prit dans ses bras et la porta jusqu'à l'entresol.

— Oh ! ici, dit-elle en entrant dans la chambre, ici j'ai été bien heureuse : j'ai cru mourir.

Et elle alla s'asseoir sur le lit, les mains étendues sur ses genoux, la tête basse, les yeux pleins de larmes.

— Pardonnez-moi, dit-elle à Jacques ; mais pourquoi m'avez-vous conduite ici ?

— Parce que c'est l'hôtel où je descends toujours, répondit Jacques, et que j'y ai mes habitudes.

— Pas pour autre chose, demanda Eva, pas pour me faire souffrir ?

— Pourquoi me dites-vous cela, Eva ? ces chambres sont des chambres, quelles traces ont-elles gardées de ce qui s'est passé ?

— Vous avez raison, Jacques, mais vous ne pouvez pas empêcher que je me souvienne. Il y avait un grand feu dans cette cheminée, le tapis était inondé d'eau, il y avait çà et là des habits déchirés, vous ne m'aimiez plus, mais du moins vous ne me haïssiez pas encore.

— Je ne vous ai jamais haïe, Eva; je vous ai plainte. Les reproches que je vous ai faits, je me les adressais à moi-même. J'ai trop soigné l'admirable perfection de votre corps; je n'ai point assez développé les forces de votre âme. C'est ma faute, c'est ma faute, c'est ma très grande faute. Mais ne pensons plus à tout cela. Que voulez-vous faire ce soir, Eva? voulez-vous sortir, voulez-vous rester dans cette chambre à regarder les passants?

— Je veux rester dans cette chambre, dit Eva, à regarder dans mon âme. Ne craignez pas que je m'y ennuie; elle est peuplée de souvenirs pour des siècles. Mais assez là-dessus, Jacques, je vous fatigue et je me brise le cœur. Vous avez les mesures prises pour les objets que vous voulez commander?

— Non, mais je tâcherai de trouver une personne qui soit à peu près de la même taille qu'elle.

— Si j'avais le bonheur de ressembler en quelque chose à cette bienheureuse personne, je vous dirais, Jacques: Prenez-moi, vous être utile serait ma plus grande joie.

Jacques regarda Eva, comme si seulement alors il pensait à cette possibilité.

— Ah! par ma foi! dit-il, c'est étrange, vous êtes juste de la même taille, et je suis certain qu'une mesure prise sur vous lui irait admirablement à elle.

— Disposez de moi, Jacques; ne suis-je pas une chose à vous appartenante et dont vous pouvez user à votre loisir?

— Eh bien, demain je donnerai ici rendez-vous aux tailleuses, aux couturières et aux marchands de châles et d'étoffes.

Le lendemain Jacques sortit dès le matin, en recommandant à Eva de se tenir prête pour neuf heures. A huit heures et demie il rentra, fit servir à déjeuner, fut aussi gai et aimable que possible avec Eva, chez laquelle les marchands de modes, les tailleuses, les couturières commencèrent à faire irruption vers dix heures du matin.

Alors, le cœur serré, mais le sourire sur les lèvres, Eva choisit les étoffes pour les robes, les formes pour les chapeaux, les cachemires pour les couleurs, puis vinrent les détails de peignoirs, de jupons, de tout ce monde de femmes enfin, comme l'appelle Juvénal.

Puis vint le tour des bijoux, des bagues, des colliers, des montres, des peignes; puis on passa aux gants, qu'on acheta par douzaines; au linge que Jacques recommanda à Eva de choisir le plus beau possible, et Eva, avec une petite robe de toile de printemps, sans un seul bijou aux doigts ni au cou, un de ces bonnets chiffonnés comme en portent les femmes le matin, choisit pour dix mille francs de bijoux, pour vingt mille francs de châles, pour douze ou quinze mille francs de linge, sans indiquer un seul instant de tristesse ou de jalousie en voyant passer à une autre tous ces trésors de toilette.

Je ne vous ai jamais haïe, Eva.

L'après-dînée fut employée aux mêmes détails d'une toilette féminine extrêmement élégante: des bas de soie, des jupons, des dentelles, etc. Il lui fallut assortir tout cela à la blancheur du teint, à la couleur des yeux, à la nuance des cheveux. Sous ce rapport, Jacques donna tous les renseignements avec une exactitude qui serra de plus en plus le cœur d'Eva, car elle prouvait quel souvenir fidèle il avait de la personne pour qui tous ces achats étaient faits, et Eva, la chose était visible, avait hâte de quitter Paris; mais il était impossible que toutes ces toilettes fussent livrées avant trois ou quatre jours.

Eva se tint constamment enfermée dans sa chambre de l'hôtel de Nantes.

Le troisième jour, tout était prêt. Jacques commanda des caisses.

— Où donc emportez-vous tout cela? demanda Eva.

— Mais en province, répondit Jacques.

— Ne vous... mariez-vous point ici? demanda avec hésitation la jeune fille.

— Non, je me marie à Argenton.

— Habiterez-vous... Argenton? articula Eva.

— De temps en temps, répondit Jacques... Mais nous avons une maison de campagne pour l'été et une maison de ville à Paris pour l'hiver.

— Il me sera permis de rester à Argenton, n'est-ce pas? demanda Eva, dans la petite chambre de notre petite maison.

Et en disant « notre petite maison », les larmes jaillirent malgré elle de ses yeux.

— Vous resterez où vous voudrez, bonne Eva, lui dit Jacques.

— Oh! bien obscure, bien cachée, bien inconnue, mais près de vous.

— Soyez tranquille, dit Jacques.

Ils repartirent le lendemain pour Argenton, avec toute une corbeille de mariage dont se fût contentée une princesse.

## XVII

### LE PARADIS RETROUVÉ

A leur retour à Argenton, autant Jacques était heureux d'avoir été si bien secondé dans ses achats par Eva, autant celle-ci paraissait triste d'être si fort ressemblante à la femme qu'allait prendre Jacques que l'on pût mesurer les habits de l'une à la taille de l'autre.

Tant que le jour de ce mariage avait été éloigné, Eva l'avait regardé d'un œil assez philosophique; mais au fur et à mesure que ce jour approchait, à l'idée qu'une autre femme allait s'installer dans la maison et matériellement s'emparer de l'homme qu'elle aimait plus que sa vie et pour lequel deux fois elle avait voulu mourir, une souffrance impossible à surmonter s'emparait d'elle. Cette douce quiétude qui était le fond de son caractère avait peu à peu fait place à une sensibilité nerveuse qui ne lui permettait pas de se tenir un seul instant tranquille.

Au moment où on s'y attendait le moins, et où elle s'y attendait le moins elle-même, elle bondissait de sa place, allait d'un bout à l'autre du salon, appuyait sa tête contre un marbre ou contre un carreau de vitre, se tordait les bras, jetait un cri, s'élançait dans le jardin et, au pied du pommier ou sous la tonnelle, restait des heures entières comme abîmée dans sa douleur.

Avec l'été le rossignol avait retrouvé sa plus douce voix. Le soir, elle se levait de la chambre où Jacques étudiait un plan de maison, sortait comme une insensée, allait s'asseoir sous la tonnelle, et, tout à coup, au milieu de ses plus douces mélodies, comme fatiguée de cet hymne au bonheur, elle se levait, le forçait de s'envoler et rentrait en pleurant

Mis en demeure de lui dire quel jour arrivait sa fiancée, Jacques lui avait indiqué le 1er juillet, ce qui lui donnait encore huit ou dix jours de répit.

Tous les jours en se levant elle prenait une plume et tirait une barre noire sur le jour où elle venait d'entrer. Trois ou quatre jours restaient encore à s'écouler avant le moment fatal, lorsque l'abbé Didier se présenta à la petite maison du docteur avec une jeune fille qui demandait à entrer à l'hospice comme sœur de charité.

Elle était belle, elle avait seize ans, elle était orpheline; jamais elle n'avait senti son cœur battre sous aucune passion, et, heureuse de la vie qu'elle avait menée jusque-là, elle désirait continuer de vivre dans le même calme et la même sérénité.

Pendant que l'abbé Didier et cette jeune fille étaient dans le laboratoire de Jacques, Eva ouvrit la porte et fit signe à l'abbé Didier qu'elle avait quelque chose à lui dire.

L'abbé Didier consulta Jacques des yeux; celui-ci lui donna congé par un signe et l'abbé suivit Eva dans sa chambre.

Un instant après il rentrait et amenait avec lui la jeune sœur qui avait été agréée par Jacques Mérey.

Dans quelques villes, ces douces et inoffensives congrégations avaient été abolies comme les autres ordres religieux; mais, dans cette pieuse partie de la France qu'on appelle le Berri, elles avaient continué de subsister, et les malheureux n'avaient point été privés de ces soins physiques que donnent de blanches et douces mains et de ces consolations spirituelles que donnent de jeunes et douces voix.

Sur quatre sœurs qui devaient se partager le soin des pauvres et des malades de l'hospice de Chazelay, trois avaient déjà été arrêtées, et c'était la troisième qui sortait de chez le docteur avec la promesse formelle d'être reçue.

Tout le reste de la journée, Eva parut plus calme. Au lieu de fuir la présence de Jacques, elle semblait la chercher; à son tour, on voyait qu'elle avait quelque chose à lui dire, quelque grâce à lui demander, mais qu'elle n'osait point.

De son côté, Jacques semblait résolu à ne point l'interroger; il ne fuirait pas une explication, mais il n'irait pas au-devant.

La journée et la soirée se passèrent ainsi. A dix heures, Eva, pâle, la poitrine haletante, se leva et marcha droit à Jacques dans l'intention de lui parler; mais elle n'en eut point la force, et se détournant elle se contenta de lui tendre la main, de lui dire bonsoir, et de sortir vivement; mais le sanglot qu'elle emportait avec elle refusa d'aller plus loin sans éclater.

Jacques entendit ce sanglot.

Depuis deux jours il voyait ce qu'elle souffrait, et souffrait autant qu'elle; mais il voulait que ce fût sa confiance en lui qui lui desserrât les lèvres, et non pas une prière ou un ordre de sa bouche.

Il resta donc l'œil fixe et l'oreille tendue vers la porte. Il comprit qu'elle s'était arrêtée en entendant le bruit de ses pleurs, qui, au lieu de s'éloigner par l'escalier qui conduisait à sa chambre, continuait de venir du palier.

— Eva, demanda-t-il, pourquoi pleurez-vous ce soir plus amèrement qu'hier ou avant-hier?

Eva rouvrit la porte, rentra toute chancelante et vint s'abattre à ses pieds.

— Je pleure plus amèrement ce soir que les autres jours, dit-elle, parce que je sens qu'il me sera impossible de tenir jusqu'au bout la promesse que je vous ai faite. Je voulais, quelque chose qui arrivât, rester près de vous, mon bon Jacques, mais je serais pour vous une source d'ennuis. Quelle femme, fût-ce une sainte, pourrait me souffrir près de vous, voyant mes yeux chercher vos yeux, mes mains chercher vos mains? Je vous connais toujours bon pour votre pauvre amie, vous ne la repousserez pas, et quelle femme vous aimant ne sera pas jalouse de moi et ne vous rendra pas malheureux par sa jalousie?

— Vous n'avez rien à craindre sous ce rapport, répliqua Jacques, je lui ai tout dit; seulement je n'ai accusé que moi. Jamais, vous pouvez être certaine, une observation ne vous sera faite de sa part.

— Vous répondez d'elle, Jacques, et je crois à votre promesse, mais c'est moi alors qui ne pourrais supporter le spectacle que j'aurais sans cesse sous les yeux. Je me trompais, je mentais à vous et à moi-même quand je vous disais que je pourrais vivre près d'elle, sous le même toit qu'elle, être sa dame de compagnie, son amie, au besoin son esclave. S'il y avait une femme capable d'un pareil abandon d'elle-même, croyez-le, Jacques, ce serait moi; mais ce que je ne puis pas nul ne le pourra, non! Il faut sans m'éloigner de vous, Jacques, il faut que je vous quitte. O ma pauvre petite maison! O mon pauvre nid si doux à mon corps meurtri! O chers objets que mes yeux ont été habitués à voir et ne verront plus, c'est demain qu'il faudra vous dire adieu, puisqu'elle arrive après-demain.

Et elle baisait le parquet, et en étendant les bras, elle prenait les pieds du bureau qu'elle serrait contre son front et en faisant deux pas elle allait jusqu'au piano sur les touches duquel elle appuyait ses lèvres.

Jacques étendit le bras, saisit sa main et l'attira vers lui; elle retomba à genoux, appuyée au bras de son fauteuil.

— Mais du moment où vous me dites ça, reprit-il, c'est que vous avez arrêté dans votre esprit un projet quelconque. Quel est ce projet?

— Ecoutez, dit Eva; cette jeune fille qui est venue aujourd'hui avec l'abbé Didier m'a ouvert les yeux sur ce que j'avais à faire. Je voudrais, comme elle, revêtir le saint costume des servantes; je voudrais, comme elle, me vouer au service de l'hôpital fondé sur l'emplacement du château où je suis née. Exigez de moi ce que je peux donner, ou demandez-moi ma vie, souffrez que je me rachète, puisque je n'ai pas le courage d'expier.

— C'est là-dessus que vous avez aujourd'hui consulté l'abbé Didier, n'est-ce pas?

— Oui.

— Et que vous a dit ce saint homme?

— Il m'a dit que c'était une inspiration du ciel, qu'il me soutiendrait, qu'il m'encouragerait dans la voie du salut. Puis ce qu'il m'a dit surtout, et ce qui m'a décidée à vous demander grâce pour le reste d'une pénitence que je n'ai pas la force de faire, c'est qu'une fois par semaine au moins vous viendriez visiter les pauvres et qu'alors je vous verrais.

— Mais vous savez, Eva, que les dignes sœurs ne peuvent posséder, et vous êtes riche encore de plus d'un million.

— Comment faire, Jacques, pour me débarrasser de toute cette fortune? N'avez-vous pas ma procuration générale? donnez ou vendez tout, faites ce que vous voudrez. Ce que vous ferez sera bien fait, pourvu que dans la solitude je puisse me vouer aux pauvres, à Dieu et à vous.

— Réfléchissez bien, Eva; si vous alliez vous repentir après avoir endossé le saint costume des filles de Dieu, il serait trop tard.

— Je ne me repentirai pas, soyez tranquille. Cette fois, je suis sûre de moi, je veux.

— Ecoutez, réfléchissez jusqu'à demain cinq heures. Demain à cinq heures nous monterons en voiture, je vous conduirai au château de Chazelay; là vous prendrez une dernière fois conseil de l'abbé Didier et je ferai ensuite à votre égard ce que vous désirerez que je fasse.

— Merci, Jacques, merci, dit-elle en saisissant la main de Mérey et en y appliquant de fiévreux baisers.

Puis elle se retira dans sa chambre, passa une partie de la nuit en prières et ne s'endormit qu'au jour.

Lorsqu'en se réveillant Eva demanda Jacques Mérey, on lui dit qu'il était parti dès le matin, mais en la faisant prévenir qu'il reviendrait la chercher à cinq heures du soir.

A cinq heures en effet la voiture s'arrêtait à la porte de la petite maison.

La journée s'était passée pour Eva à prendre congé de tous ses chers souvenirs. Elle emportait des feuilles de tous les arbres, des fleurs de toutes les plantes; elle avait baisé l'un après l'autre tous les meubles de sa chambre et du laboratoire de Mérey. Son intention avait été d'abord de demander d'emporter sa chambre tout entière avec elle. Mais l'abbé Didier avait répondu que c'était impossible, attendu que cela établirait une distinction entre elle et les autres sœurs. Elle n'avait donc pas insisté et n'avait de toute sa chambre pris que le Christ d'ivoire que lui avait donné Jacques.

Le moment du départ fut cruel; elle ne pouvait s'arracher des bras de la bonne Marthe, qui, de son côté, pleurait toutes les larmes de son corps. Enfin, son mouchoir sur les yeux, elle s'élança dans la voiture, dont les deux chevaux prirent aussitôt le galop.

Elle n'était point revenue au château depuis l'heure où elle l'avait quitté avec sa tante pour aller habiter Bourges; il ne lui rappelait donc que de tristes souvenirs, et elle ne regretta aucun des ornements seigneuriaux que l'hospice avait enlevés à la châtellenie.

A la porte, deux personnes paraissaient l'attendre; l'une était Jean Munier, à qui elle tendit doucement la main; l'autre était Joseph le braconnier, à qui elle tendit les deux mains, et à qui elle dit humblement :

— Embrassez-moi, mon père, car vous avez été un père pour moi.

— Et lui? demanda Joseph en montrant Jacques Mérey.

— Lui! dit-elle en lui baisant la main, il a été plus qu'un père, il a été un dieu!

Jacques était déjà à terre. Il tendit la main à Eva qui sauta près de lui.

— Voulez-vous visiter l'établissement dont vous êtes la fondatrice, ma chère Eva? demanda Mérey.

— Volontiers, répondit-elle en s'appuyant à son bras, car tant de sentiments divers s'agitaient en elle que sa tête tournait et que ses jambes ne pouvaient plus la porter.

Il y avait déjà dans l'hôpital quinze ou vingt malades, et dans l'hospice qui faisait le premier étage une dizaine de mères, de veuves avec leurs enfants. Tous ces malades et tous ces malheureux avaient été prévenus que celle qui allait les visiter était l'ancienne propriétaire du château, dont elle avait fait un refuge par miséricorde et par renonciation aux biens de ce monde.

Tous alors l'entourèrent, ceux des malades qui n'étaient pas alités comme les autres; tous la suivirent en l'accablant de bénédictions. Ils traversèrent successivement toutes les salles occupées des deux étages. Eva interrogeait les veuves sur leurs malheurs et les malades sur leurs souffrances.

Elle rencontra la jeune sœur qui était venue la veille avec l'abbé Didier, elle la reconnut et l'embrassa. Puis elle s'éloigna d'elle en jetant un long regard sur son costume si pittoresque et en même temps si triste.

Eva demanda quel était le bâtiment qui était illuminé intérieurement.

On lui répondit que c'était l'église.

— Allons-y, dit-elle.

A l'instant même les enfants se répandirent dans le jardin, cueillirent des fleurs; les mères brisèrent des branches pour représenter les rameaux; les enfants semèrent leurs fleurs depuis la porte de l'église jusqu'au pied de l'autel; les hommes et les femmes formèrent un berceau de feuillage sous lequel passèrent Eva et Jacques.

L'abbé Didier, en costume d'officiant, se tenait devant l'autel; il avait à ses pieds un coussin.

Eva ne douta point qu'il ne l'attendît pour lui faire un discours sur les devoirs de l'état qu'elle allait embrasser par humilité; elle écarta le coussin et se mit à genoux sur la pierre nue.

Alors, au grand étonnement d'Eva, Jacques s'agenouilla à ses côtés.

— Mon père, dit-il, je vous amène non seulement une sainte, mais une martyre. Je l'aime et je désire qu'en face de toute cette population qui lui doit le repos et la tranquillité, vous nous unissiez tous deux par le saint sacrement du mariage.

Eva poussa un cri qui ressemblait plus à un cri de douleur qu'à un cri de joie; puis, se redressant tout à coup et prenant sa tête entre ses deux mains :

— Est-ce que je deviens folle? dit-elle. Vous tous ici présents, est-ce que cet homme ne vient pas de dire qu'il m'aimait?

— Oui, Eva, je vous aime, répéta Jacques, non pas comme vous méritez d'être aimée, mais autant qu'un homme puisse aimer une femme.

— O mon Dieu! mon Dieu! s'écria Eva.

Et elle pâlit et s'affaissa sans connaissance sur le pavé de l'église.

Lorsqu'elle revint à elle, elle se trouva dans la sacristie. Jacques Mérey était à ses genoux et la serrait contre son cœur.

Et l'air retentissait des cris de :

— Vive le docteur Mérey! vive mademoiselle de Chazelay!

## CONCLUSION

Les évanouissements causés par la joie ne sont, quoi qu'on en dise, ni longs ni dangereux.

Au bout de dix minutes, Eva était rentrée dans l'entière possession d'elle-même, à part le doute qu'elle ne fût pas sous l'empire d'un rêve.

A la porte de l'église, la voiture l'attendait. Mais Eva était si faible que Jacques fut obligé de l'y porter dans ses bras. Le cocher savait où il devait aller; il ne demanda aucun ordre, et, au milieu des cris : Vive Jacques Mérey! vive mademoiselle de Chazelay! la voiture s'éloigna et tout rentra dans l'obscurité et le silence.

Eva regarda autour d'elle et près d'elle, ne vit rien que Jacques; elle poussa un cri de joie, se jeta dans ses bras et fondit en larmes.

Depuis cette insufflation à la suite de l'asphyxie, insufflation qui avait fini par un baiser, aucune caresse d'amant n'avait été échangée entre Jacques et Eva.

Ils restèrent donc enlacés dans les bras l'un de l'autre, Eva demandant au ciel, si c'était un rêve, que ce rêve ne finît pas.

Tout à coup la portière s'ouvrit, une vive lumière força Eva d'ouvrir les yeux et elle se trouva au milieu de domestiques tenant des flambeaux.

Jacques l'aida à descendre de voiture; elle ignorait complètement où elle était.

A peine avait-elle calculé que le roulement durait depuis cinq minutes que la voiture s'était arrêtée devant cette maison inconnue qu'elle n'avait jamais vue aux environs du château de Chazelay.

Elle monta sur un perron orné de fleurs, entra dans un vestibule orné de candélabres et de vases de Chine dont la forme lui était connue sans qu'elle pût dire cependant où elle les avait vus, autrement que dans la profondeur d'un rêve.

Puis elle passa dans le salon, tout orné de l'ameublement Louis XV qu'elle se rappelait aussi avoir vu; du salon par deux portes on entrait dans deux chambres à coucher.

L'une était la chambre grenat dont, nous l'avons dit, le seul ornement était un grand portrait de femme avec un prie-Dieu au-dessous.

En voyant ce portrait, Eva s'écria :

— Ma mère!

Et elle se jeta à genoux sur le prie-Dieu.

Jacques l'y laissa prier un instant, puis, l'enveloppant de son bras, il la souleva à la hauteur de ses lèvres :

— Mère, dit-il, je te prends ta fille, mais je m'engage à la rendre heureuse.

— Mais où sommes-nous donc? demanda Eva en regardant autour d'elle et en voyant à travers les vitres des fenêtres étinceler les lumières d'Argenton.

— Tu es dans la maison du bois Joseph ou dans ta villa Scipion, comme tu aimeras mieux. Ta chambre à coucher, et tu devines au portrait de ta mère que c'est ta chambre à coucher à toi, est juste à l'endroit où s'élevait la cabane du braconnier Joseph, qui est garde général de tes bois.

— Ah ! dit Eva en se jetant au cou de Jacques, tu n'oublies rien, et de tous les souvenirs tu fais une chose sacrée.

On sait que par un corridor les deux chambres à coucher donnaient l'une dans l'autre. Mérey conduisit Eva de sa chambre à coucher dans la sienne.

Eva n'avait encore rien vu qui ressemblât à cela, c'était du Pompéï tout pur. Les peintures dont les murailles étaient couvertes l'occupèrent un instant, puis elle passa dans deux boudoirs qui semblaient des frères jumeaux tant ils étaient pareils l'un à l'autre, excepté par les tableaux dont l'un appartenait à l'école lombarde et l'autre à l'école florentine.

Puis venait une galerie garnie de tableaux appartenant à toutes les écoles.

La visite se termina par les deux salles à manger. Une table à deux couverts était servie dans la salle à manger d'été, et, comme on était aux plus beaux jours, les fenêtres en étaient ouvertes, et de l'endroit où l'on devait s'asseoir on voyait tout à la fois les fleurs, les feuilles des arbres et les étoiles du ciel.

Jacques fit signe à Eva de prendre sa place, lui baisa la main et s'assit devant elle.

Elle soupa sans faire attention qu'elle mangeait. Les émotions de la journée l'avaient affaiblie. Rien ne donne appétit comme les larmes. Tant qu'ils sont malheureux, les malheureux ne veulent pas en convenir ; mais, une fois qu'ils ne le sont plus, c'est une vérité reconnue même par eux.

Ce fut là où Jacques Mérey mit Eva au courant de leurs affaires. L'hôpital était bâti et fondé ; la villa Scipion ou la maison du bois Joseph était complètement achevée ; au mois d'octobre, un hôtel les attendrait à Paris, et de la fortune d'Eva et de celle de Mérey, aussi considérables l'une que l'autre, il restait encore cent mille livres de rentes.

Eva avait voulu fermer l'oreille à tous ces calculs, mais Jacques avait jugé nécessaire de l'informer de toutes choses.

Lorsque le souper fut fini, Jacques reconduisit Eva à sa chambre.

— Ici, dit-il, vous êtes complètement chez vous ; les portes ne ferment que de votre côté. Quand vous les laisserez ouvertes, c'est que permission me sera accordée d'y entrer.

Eva le regarda tendrement.

— Jacques, dit-elle, une dernière prière. Retournons ce soir à Argenton.

— Pourquoi cela, chère amie ? demanda Jacques.

— Parce qu'il me semble que ce serait une ingratitude de passer la plus heureuse nuit de ma vie hors de la maison où tu m'as créée et où je me suis rachetée.

Jacques prit Eva dans ses bras.

— C'est toi qui n'oublies rien, lui dit-il. Partons pour Argenton, partons à l'instant même.

Et une heure après la porte de la petite maison se refermait sur les deux êtres les plus heureux de la création.

---

## TABLE DES MATIÈRES

DE

# LA FILLE DU MARQUIS

# TABLE DU VOLUME